## *Die wingerd sal weer bot*

Juliétte de Villiers bly aan as wynmaker op die plaas Lavardin nadat sy van die eienaar se seun, Bertus, geskei het. Bertus, wat 'n onstandvastige karakter is, het haar verlaat toe sy swanger geraak het en hy in daardie stadium nie kinders wou hê nie.

Ná 'n paar jaar keer die De Villiers's se oudste seun, Conrad, terug van oorsee om die bestuur van die plaas by sy pa oor te neem. Juliétte is onder die indruk dat Conrad negatief teenoor haar is, en probeer so ver moontlik kontak met hom vermy. Sy ervaar boonop steeds die pyn van Bertus se verwerping van haar en hul tweeling en weier om haar weer aan enigiemand bloot te stel. Maar daar is 'n romantiese vonk tussen haar en Conrad, al ontken sy dit ook.

Juliétte moet besluit of sy wil terugkeer na haar geboorteland toe en of sy Suid-Afrika permanent haar tuiste wil maak. Toe sy besluit om te bly, maak Bertus haar weer die hof, en ook Hermann, 'n boer van die omgewing, probeer haar hart wen. Toe is daar gerugte dat Conrad met die geitjie van 'n Susan gaan trou . . .

# Liefde is 'n kleur

Emma Hofmeyer sukkel lank na haar vernederende egskeiding steeds om die stukke van haar lewe weer bymekaar te kry. Sy was net agtien maande getroud, maar die uitwerking daarvan duur veel langer. Nie eens die vooruitsig om saam met haar beste vriende in die Alpe te gaan ski, kan haar opgewonde maak nie. Die wêreld het vir haar 'n grys plek geword en sy weet nie of sy ooit weer die vreugde van kleur sal ervaar nie.

Dis egter nie net Christo en Renate wat vir haar in die Alpe wag nie. Daar is ook Jacob wat tien jaar gelede deel was van 'n groep studente saam met wie Emma en Renate in Plettenbergbaai gekuier het. En hy onthou ongelukkig net té veel van die vakansie.

As Emma gehoop het om wonde te heel gedurende die vakansie, word haar hoop gou verydel. Niks kon haar voorberei het op die teenwoordigheid van Thom Murray nie. Hy was haar groot jeugliefde, maar ook die man wat haar hart gebreek het.

En toe daag sy gewese verloofde, Nelia, ook daar op en laat duidelik blyk dat sy hoop dat haar en Thom se verskille uit die weg geruim sal kan word. Gelukkig is daar die aantreklike vrygesel, Gustav, wat uit die staanspoor baie aandag aan Emma gee . . .

# Brug van woorde

Magriet Vosloo is 'n aantreklike ses en dertigjarige vrou wat alles het waarvan 'n vrou kan droom – 'n aantreklike, suksesvolle en baie welvarende man, twee oulike seuns en meer as genoeg geld en tyd. Maar pleks van tevrede en dolgelukkig wees, is sy sielsongelukkig, want haar huwelik ly onder haar man se sukses. Hy is feitlik nooit tuis nie. Daarom besluit sy dis beter dat hulle vir 'n rukkie apart van mekaar woon.

Toe begin sy navorsing doen vir 'n artikel oor Afrikaanse kletskamers, oftewel *chat rooms* – haar kinders dink sy is simpel om te praat van kletskamers – en 'n hele nuwe wêreld gaan vir haar oop. Boonop ontmoet sy 'n baie gawe kletsmaat, 'n man wat haar so goed verstaan . . .

# Wilna Adriaanse

## Omnibus 3

DIE WINGERD SAL WEER BOT
LIEFDE IS 'N KLEUR
BRUG VAN WOORDE

Jasmyn

EERSTE UITGAWE VAN:
*Die wingerd sal weer bot*: 2000, LAPA Uitgewers
*Liefde is 'n kleur*: 2004, LAPA Uitgewers
Brug van woorde: 2004, LAPA Uitgewers

Jasmyn
is 'n druknaam van
NB-Uitgewers
Heerengracht 40, Kaapstad 8001
© Wilna Adriaanse 2011
Alle regte voorbehou
Omslagfoto deur Gallo Images
Geset in 12 op 16 pt Sabon
Gedruk in Suid-Afrika deur
Interpak Books, Pietermaritzburg

Eerste uitgawe 2011

ISBN: 978-0-624-05385-9
ePub: 978-0-624-05386-6

# Inhoud

# Die wingerd sal weer bot

# 1

Juliétte vee met bewerige hande oor haar stemmige swart broekpak en druk 'n paar los hare agter haar nek in. Dan staan sy egter in die deuropening en is daar nie meer omdraaikans nie.

'n Lang gryskopman staan van sy stoel af op en stap haar tegemoet. "A, hier is jy nou! Ons was al bekommerd oor jou." Hy buk en soen haar op die wang.

"Ek is jammer ek is laat. Ek het my met die tyd misgis en val toe in die verkeer vas."

Sy voel hoe sy bloos, want haar tong voel vanaand ekstra dom en sy kan hoor haar aksent is swaarder as gewoonlik.

Sonder 'n woord neem Frederick haar aan die hand en lei haar na die jonger man toe, wat intussen ook opgestaan het. "Kom ontmoet vir Conrad."

Juliétte kyk op in 'n paar donker oë wat haar belangstellend betrag.

"Aangename kennis, Juliétte. Ek is bly om jou uiteindelik te ontmoet."

Sy neem die uitgestrekte hand en sê met neergeslane oë: "Aangename kennis." Dan draai sy om na die ouer vrou wat op die groot leunstoel sit en sê weer verskonend: "Ek is jammer as julle bekommerd was."

"Solank jy veilig terug is en al jou sake kon afhandel, is alles reg," antwoord Irma met 'n glimlag. "Die kin-

11

ders wou nie gaan slaap voordat jy terug is nie, maar die vaak het hulle oorval en Conrad het vir hulle 'n storie gaan lees."

Juliétte kyk vlugtig na die vreemdeling, en soos met hulle kennismaking oomblikke vantevore is dit sy wat weer eerste wegkyk. Dankbaar neem sy die glasie sjerrie wat Frederick vir haar ingeskink het. Gelukkig begin Irma 'n storie vertel en kan sy 'n paar oomblikke net stil sit en luister, maar sy is dankbaar toe Simon hulle vir aandete kom roep. Hoe gouer hulle klaar eet, hoe gouer kan sy kamer toe gaan. Sy stap stil langs Irma eetkamer toe.

"Conrad, jy kan maar jou plek aan die kop van die tafel inneem. Vanaand gee ek amptelik al my regte en verpligtinge oor en is ek afgetree en met vakansie," kondig Frederick gemaak ernstig aan.

"Dit lyk my julle gaan my by die diep kant ingooi," sê Conrad laggend terwyl hy woordeloos die stoel aan sy linkerkant vir Juliétte uittrek.

Nadat Frederick 'n tafelgebed gedoen het, begin hulle opskep en vir 'n paar minute daal daar 'n stilte terwyl almal hulle eerste happe neem.

"Jou ma en Maggie het die spreekwoordelike vetgemaakte kalf vir jou geslag."

Conrad kyk na sy ma en laat spottend hoor: "Ek is bly om te proe julle het nog nie julle touch verloor nie." En dan sug hy behaaglik. "Ek het nog nêrens in die wêreld sulke lekker kos geëet nie."

"Maggie sal baie bly wees om dit te hoor. Sy was die heeltyd wat jy weg was bekommerd dat jy met nuwe smake gaan terugkom," sê Irma met 'n glimlag.

Albei ouers kyk met soveel onverbloemde vreugde na hulle oudste seun dat Juliétte weer eens besef hoe baie hulle na hom moes verlang het.

"Jy het twee baie oulike seuntjies, Juliétte," onderbreek Conrad se stem haar gedagtes.

Sy knik sonder om iets te sê en hoop hy maak nie verder praatjies met haar nie. Sy verkies dat hy nie so hard probeer om vriendelik te wees nie.

"Jy is besonder stil vanaand," merk Irma op toe Juliétte nie verder op Conrad se opmerking reageer nie.

"Ek is seker moeg van die dag in die stad," antwoord sy ontwykend en hou haar blik doelbewus afgewend. Sy wens die ete was al verby, sodat sy haarself kan verskoon.

"Ek was verlede jaar vir 'n week op jou tuisdorp in Frankryk," probeer Conrad weer 'n gesprek aanknoop. "Dit is 'n pragtige omgewing, met uitstekende wyne."

"Wag totdat jy die wyn proe wat Juliétte van Lavardin se druiwe maak." Frederick kyk trots na haar en sy laat selfbewus haar kop sak.

"Ek kan nie wag om dit te proe nie . . . Ook nie om die kelder te sien nadat julle dit klaar gerestoureer het nie . . . Van buite af lyk dit baie indrukwekkend."

Juliétte is bewus van die donker oë wat geamuseerd op haar rus, en sy voel hoe haar ergerlikheid toeneem.

Toe sy hom nie antwoord nie, gaan hy gemoedelik voort, skynbaar onbewus van haar ongemak: "Ek sal bly wees as jy my môreoggend op 'n toer sal neem."

Voordat sy haar kan bedink, antwoord sy styf: "Die

13

kelder sal oop wees en die personeel sal jou met graagte rondwys."

Sy sien hoe Frederick en Irma verbaas na haar kyk.

"Jy behoort vir Conrad die kelder te wys, Juliétte. Dit is jou handewerk en ek is seker hy het vrae wat net jy sal kan beantwoord," sê Frederick met 'n sagte, paaiende stem.

Juliétte kyk na die ouer man en wens regtig hulle wil nie so hard probeer nie. "Goed, ons kan môre gaan kyk," antwoord sy kortaf, "maar nou moet julle my asseblief verskoon." Sy staan van die tafel af op, soen die twee ouer mense op die wang en knik vir Conrad voordat sy met 'n stokstywe rug by die deur uitstap. Sy kan voel hoe drie paar oë haar agterna kyk en sy hardloop die trappe twee-twee op en val moeg op haar bed neer. Haar gedagtes is soos 'n maalkolk waaruit sy nie kan ontsnap nie. Toe sy uiteindelik die lig afskakel en die donskombers tot teen haar ken optrek, dwaal haar gedagtes onwillekeurig na die man wat sy vanaand vir die eerste keer ontmoet het, en sy weet haar lewe sal nooit weer dieselfde wees nie. En al was haar lewe die afgelope paar jaar nie altyd maklik nie, was sy gewoond daaraan. Sy het nie nou lus vir veranderinge nie.

Juliétte stap die volgende oggend by die poskantoor uit, gooi die possak op die sitplek langs haar neer en toe sy die motor aanskakel, maak sy op 'n ingewing 'n U-draai en ry na een van die boomryke woonbuurte op die dorp.

Die reën val in vlae teen die motorruit en sy kyk

14

ingedagte na die kaal bome langs die strate. Sy voel ook op die oomblik of sy so sonder bedekking in die winterreën staan en met Conrad se terugkeer is die ou onsekerheid oor waar sy hoort terug.

Sy hou voor 'n karaktervolle ou huis stil en hardloop vinnig deur die reën tot op die breë stoep. 'n Kort, blonde vrou met laggende blou oë maak verbaas die voordeur oop en vra bekommerd: "Wat is verkeerd? Hoekom is jy so vroeg op my drumpel?"

"Ek kom net koffie drink," antwoord Juliétte gerusstellend.

"Ek kan nie glo dis al rede waarom jy hier is nie, maar dit is heerlik om jou te sien. Kom saam kombuis toe," nooi Helen hartlik en stap vooruit kombuis toe waar sy twee koppies koffie inskink.

Haar gesig verhelder toe sy die koppie voor Juliette neersit. "Hoe kon ek so dom wees! Conrad het gister gearriveer en dit is waarom jy vanoggend op die dorp rondloop."

"Jy ken my te goed," kan Juliétte net verleë sê. "Ek sien nie vanoggend vir die verlore seun kans nie. Die hele plaas is in rep en roer oor sy terugkoms."

"En wat was jou eerste indrukke?" wil Helen nuuskierig weet. "Is hy nog so aantreklik?"

"Ek weet nie; ek het nie juis gekyk nie."

Helen lag spottend. "Ek glo jou nie. Jy is nie so blind nie."

"Hy was destyds openlik gekant teen my en Bertus se huwelik. Nou kom hy na drie jaar terug, net om my én twee kinders op sy plaas en in sy toekomstige huis

15

aan te tref. Ek voel so ontuis dat ek nie eers na hom kan kyk nie."

"Is hy onvriendelik teenoor jou?"

"Nee, inteendeel . . ." Juliétte sug. "Hy is té vriendelik . . . het selfs gisteraand vir die kinders 'n storie gelees."

Helen se helder lag klink weer op en Juliétte kyk gesteurd na haar vriendin.

"Daar is werklik niks om oor te lag in die situasie nie. Ek vertrou hom nie."

Helen skud haar kop. "Juliétte, nie alle mans is soos Bertus nie . . . allermins Conrad. Hulle mag broers wees, maar hulle verskil soos dag en nag. Ek ken hulle vandat ek my oë in die wêreld oopgemaak het en ek is seker as jy hom beter leer ken, sal jy van hom hou. Min mense kan hom weerstaan."

"H'm . . . Ek is nie so seker daarvan nie," laat Juliétte wantrouig hoor. "Ek stel nie daarin belang om hom beter te leer ken nie . . . en na alles wat hy van my gesê het, is ek seker die gevoel is wederkerig."

"Gaan jy by die kelder aanbly?" verander Helen die onderwerp terwyl sy hulle koppies hervul.

"Nee, beslis nie. Hy sal nooit tevrede wees met die wyn wat ek maak nie. Ek is seker ek sal by een van die ander kelders in die omgewing werk kan kry."

Helen vou haar hande vertroostend om Juliétte se onrustige hande. "Moenie oorhaastige besluite neem nie. Jy het 'n huis op die plaas en Bertus het tog met die egskeiding baie goeie voorsiening vir jou en die seuns gemaak. Hoekom rus jy nie eers vir 'n paar maande nie?"

"Ek wil nie Bertus se geld gebruik nie. Ek sal self die kinders versorg . . . Wanneer hulle groot is, kan hulle besluit wat hulle met Bertus se geld wil doen." Juliétte neem 'n sluk koffie. "Ek dink dit sou vir ons almal beter gewees het as ek en die kinders van die plaas af kon wegtrek . . . Bertus se ouers wil egter niks daarvan hoor nie."

"Jy kan dit ook nie aan hulle of aan die kinders doen nie. Dit is jou kinders se enigste familie en jy sal hulle harte breek as jy hulle daar wegneem," maak Helen ernstig beswaar.

Juliétte staan van die tafel af op en begin ingedagte haar warm reënbaadjie aantrek. "Ons sal maar sien. Dankie vir die koffie en jou skouer, ek waardeer dit." Hulle sit hulle arms om mekaar en Helen druk haar vir 'n oomblik styf vas.

"Sê groete by die huis . . . spesiaal vir Conrad," roep Helen ondeund agter Juliétte aan toe sy deur die reën na haar motor toe hardloop. Juliétte waai met haar hand deur die lug asof sy die woorde daarmee kan wegwaai.

'n Kwartier later draai sy by die groot wit hekpilare van Lavardin in, en sonder om spoed te verminder, ry sy ingedagte met die kronkelpad tussen die wingerde deur. 'n Gevoel van hartseer en verlies spoel oor haar. Dit is die tweede keer dat sy afskeid moet neem van 'n plek waar sy gelukkig was.

Sy moet Helen gelyk gee: hierdie is die enigste tuiste wat sy en haar kinders op die oomblik ken. Maar dit sal nooit weer dieselfde wees nie. Sy het lief vir die plaas geword en daarom was haar werk in die kelder vir haar baie spesiaal. Maar sy onthou sy het altyd geweet Conrad gaan na die voltooiing van sy navorsing terugkom en by sy pa oorneem. Dit het egter altyd nog ver in die toekoms gevoel.

Sy ry so ingedagte dat sy eers van 'n ander voertuig bewus word toe sy 'n dringende getoet hoor. Sy kyk verbaas op en pluk dan hard aan haar motor se stuurwiel om aan die linkerkant van die pad te kom. Haar vierwiel-aangedrewe motortjie gly op die nat pad, bokspring oor die watersloot langsaan en kom na nog 'n paar spronge weer in die pad tot stilstand. Met die laaste sprong tref haar voorkop die stuurwiel en sy sit verdwaas met haar kop teen die stuurwiel en wag dat die gesuis in haar ore en die sterre voor haar oë moet bedaar.

Oomblikke later word haar motordeur oopgeruk en deur die newels sien sy Conrad se gesig.

"Wat doen jy? Jy kon ons albei verongeluk het."

Dit voel of die klank van sy stem deur haar kop sny en onwillekeurig lig sy haar hande om die pyn te probeer keer.

"Het jy seergekry?" Sy stem, wat oomblikke vantevore nog kwaai was het, is hoorbaar besorg terwyl hy haar hande van haar gesig af weghaal.

"Jy bloei."

Sy voel hoe iets onder haar haarlyn teen haar wang afloop.

"Jy moet by 'n dokter kom," sê hy sonder aarseling en tel haar summier uit haar motor en dra haar na die bakkie wat 'n paar meter verder staan.

18

Juliétte is so oorbluf dat sy nie 'n woord kan uitkry nie. Sy is bewus van sy hande wat haar sonder moeite oplig en die growwigheid van sy baadjie teen haar wang. Sy naskeermiddel herinner haar aan die reuk van grond en hout . . . en oop ruimtes. Onthuts sluit sy haar oë. Die hou teen haar kop laat haar vreemde gedagtes kry.

Conrad sit haar op die sitplek neer, haal 'n sakdoek uit sy sak en beduie sy moet dit teen die sny druk. "Dis skoon; ek hou dit vir noodgevalle."

Hy bestuur vinnig maar versigtig, en binne vyftien minute stop hulle voor die spreekkamer op die dorp.

Louis, Helen se man, staan by die ontvangstoonbank en kyk verbaas op toe Conrad met Juliétte in sy arms by die deur instap. Sonder om vrae te vra, stap hy haastig voor hulle uit na die ondersoekkamer toe en beduie vir Conrad om haar op die hoë bed neer te lê. Hy vat die bloedbesmeerde sakdoek uit haar hande en kyk na die sny teen haar voorkop. "Wat het gebeur?"

"Sy het haar kop teen die motor se stuurwiel gestamp," antwoord Conrad, terwyl sy blik bekommerd op Juliétte rus.

"Juliétte," vra Louis, "kan jy my hoor?"

Sy knik pynlik. "Ja, ek makeer niks."

Die twee mans kyk betekenisvol na mekaar en sy verwens haarself. En van alle mense moes dit toe Conrad wees.

"Ek gaan 'n paar steke insit en jou vanaand vir observasie in die hospitaal hou, net om seker te maak alles is reg," praat hy gerusstellend verder.

19

"Ek hoef nie hospitaal toe te gaan nie. Ek het net my kop gestamp." Juliétte voel hoe die viesheid in haar toeneem. Haar kop is baie seer, maar sy gaan beslis nie daaroor kla terwyl Conrad die hele tyd vir haar staan en kyk nie.

Louis ignoreer haar opmerking en begin om die wond skoon te maak. Nadat hy dit verdoof het, draai hy na Conrad toe. "Jy kan in die wagkamer gaan wag as jy wil. Hulle kan solank vir jou tee gee."

Conrad skud egter sy kop en gaan staan aan die ander kant van die ondersoektafel. "Ek sal sommer hier wag . . . Dan kan ek Juliétte se hand vashou."

'n Blos sprei oor haar wange toe Conrad die daad by die woord voeg. Sy probeer haar hand losmaak, maar sy greep is te styf en die inspanning vererger die pyn in haar kop.

Louis begin met geoefende vingers die wond met fyn stekies toewerk. "Vertel my wat gebeur het," sê hy terloops, sonder om sy oë van sy werk af te neem.

"Ek weet nie of dit 'n moord- of selfmoordpoging was nie," antwoord Conrad droog terwyl hy na Juliétte kyk wat vlugtig haar oë oopmaak, en dan weer vinnig sluit.

Louis vra nie verder uit nie. Die twee mans begin na mekaar se welstand verneem en Conrad wil met groot belangstelling weet hoe dit met Helen en die kinders gaan.

'n Uur later lê Juliétte op 'n hospitaalbed, geklee in 'n hospitaaljurk. Nadat Louis haar deeglik ondersoek en x-strale geneem het, was hy eers tevrede en kon Conrad haar hospitaal toe neem. Die pynstiller begin werk en sy maak dankbaar haar oë toe en raak aan die slaap.

Sy skrik baie laat wakker van stemme in die kamer, en toe sy haar oë oopmaak, staan die tweeling en hul grootouers bekommerd langs die bed. Toe hulle sien sy is wakker, kom hulle stadig nader en kyk met groot oë na die verband om haar kop. Juliétte moet mooi verduidelik dat sy nie siek is nie en dat sy die volgende dag huis toe sal kom.

Frederick en Irma wag tot die twee seuntjies al hulle vrae gevra het en begin het om die interessante hospitaalkamer te ondersoek, voordat hulle ook bekommerd verneem hoe sy voel. Sy verseker hulle dit was net 'n ligte stampie en dat Louis onnodig versigtig is. Hulle gesels nog 'n rukkie en belowe hulle sal haar kom haal sodra sy ontslaan kan word.

Na besoektyd sluimer Juliétte weer in en word eers met aandete wakker.

Net na aandete kom doen Louis sy rondtes. Nadat hy weer seker gemaak het dat daar nie verdere beserings is nie, maak hy die kamerdeur oop en tot Juliétte se verbasing kom Helen en Conrad ingestap. Conrad hou 'n ruiker wit rose vas wat hy versigtig op die muurkassie neersit.

Helen neem langs die bed plaas en vra bekommerd: "Hoe voel jy?"

Juliétte vat verleë aan die verband. "Dit lyk erger as wat dit is. Ek kan eintlik maar huis toe gaan."

"Laat mý maar daaroor besluit," laat Louis gemaak

ernstig hoor. Hy en Conrad staan weerskante van haar bed en gesels oor 'n komende rugbytoets.

Conrad moes hulle vertel het wat gebeur het, want niemand vra haar uit oor die ongeluk nie. Na sowat 'n halfuur groet Louis en Helen, en Juliétte slaak 'n sug van verligting. Tot haar ontsteltenis bly Conrad egter agter en neem op die voetenent van die bed plaas.

"Ek is jammer jy het seergekry. Ek sal in die vervolg meer oplettend wees wanneer ek bestuur, maar op die oomblik verkyk ek my nog aan alles op die plaas."

"Dit was nie jou skuld nie." Dit klink vir haar of sy soos 'n kind mompel.

"Kan ek jou môreoggend kom haal?"

Juliétte skud haar kop. "Jou pa sal my kom haal."

Vir 'n oomblik lyk dit of hy nog iets wil sê, maar hy bedink hom. Nadat hy haar 'n goeie nagrus toegewens het, vertrek hy oplaas. Sy lê nog 'n lang ruk na die deur en kyk, neem dan die kaartjie wat hy op die bedkassie gelaat het en lees die paar woorde.

*Ek is seker daar is vir ons albei plek op die plaas. Hoop jy voel gou beter. Conrad.*

Sy lees die woorde nog 'n keer voordat haar oë toe-val en sy met die kaartjie op haar bors aan die slaap raak.

# 2

"Waarom wil jy nie vanaand saam met ons eet nie?" Irma sit by Juliétte in die kamer, 'n dag na die ongeluk.

"My kop is seer en ek wil vroeg in die bed klim," maak Juliétte flou verskoning.

Sy sien die begrip in Irma se oë en toe die ouer vrou haar hand neem, het sy sommer lus en gaan aan die huil. "Ek glo nie dit is al rede nie . . . Wanneer gaan jy besef dat jy ook ons kind is en dat hierdie jou huis is?"

Juliétte laat haar kop verleë sak en haar stem is skor toe sy praat. "Daar sal nog genoeg geleenthede wees om saam te kuier; ek gun julle vanaand 'n lekker familie-ete."

"Jy is ook familie, en in elk geval het ek vir Louis en Helen ook genooi. So, ek wil geen verskonings hoor nie. Rus nou tot etenstyd en dan kom eet jy saam met ons."

Daar is finaliteit in Irma se stem, en Juliétte weet uit ondervinding dit sal nie help om verder te stry nie. Sy besluit om 'n ander saak aan te roer wat swaar op haar gemoed lê.

"Ek wil graag volgende week na die ander huis toe trek."

Die ouer vrou bly 'n oomblik lank met haar hand op die deurknop staan en draai dan stadig om. "Wat is jou haas?"

"Ons moet die een of ander tyd trek; dit kan net sowel nou wees. Ek dink nie dit is billik dat Conrad buite in die kothuis moet bly terwyl ek in sy huis is nie."

"Hier is genoeg plek in die huis as hy hier wil bly. Dit was sy keuse om voorlopig daar te woon," laat Irma beslis hoor.

"Ek sal dit nogtans verkies om na die ander huis te trek."

"Conrad het geweet jy en die kinders woon by ons. Dit was nie vir hom 'n verrassing nie . . . En in elk geval moet die huis eers uitgeverf word." Met dié woorde draai Irma om en trek die deur agter haar toe.

Juliétte bly moedeloos op die bed sit. Hulle oorlaai haar en die seuns met liefde en sy kan dit nie oor haar hart kry om hulle doelbewus ongelukkig te maak nie, maar hulle sal haar nou moet laat gaan. Dit is ondenkbaar dat Conrad sy huis met haar en die tweeling moet deel.

Juliétte hoor van ver af die vrolike stemme in die groot sitkamer en stap traag daarheen. Sy het verslaap en gaan seker die laaste wees om daar aan te kom, dink sy vies.

Erik, die jongste van die drie seuns wat op die buurplaas boer, is eerste uit sy stoel toe sy instap. "A . . . my skat! Uiteindelik. Ek het net gekom om jou te sien en het begin bekommerd word dat jy nie meer vir my lief is nie en dat ek die hele aand met die res opgeskeep gaan sit." Hy trek haar nader en terwyl hy haar skrams op die wang soen, fluister hy sag in haar oor: "Moenie so bang lyk nie. Nie een van ons byt nie."

Die ander mans het intussen opgestaan en Bertus kom ook nader om haar te groet. Sy is skielik weer bly hulle het dit deur die jare reggekry om op 'n redelik gemaklike voet met mekaar te wees. Ten minste kan hulle die gedwonge saamweestye beskaaf hanteer.

24

"Wat het met jou kop gebeur?" wil hy weet toe hy die wit pleister onder haar hare sien.

"Sy en Ouboet het 'n ligte onderonsie gehad," laat Erik stuitig hoor.

"Ja, jy moes sien hoe ek gelyk het," merk Conrad droog op en die ander begin almal lag, tot Juliétte se verleentheid.

Sy is dankbaar toe Frederick na die stoel langs hom beduie en haar nooi om te kom sit.

Aandete verloop gesellig en Juliétte verluister haar aan die groep mense rondom haar wat so gemaklik met mekaar verkeer. Dit is bande wat oor baie jare strek, dink sy met 'n tikkie weemoed. Helen het op die buurplaas grootgeword en Louis en Conrad is sedert universiteitsdae al vriende.

Na ete gaan almal terug na die sitkamer toe waar die kaggelvuur steeds brand. Die ruim vertrek is gesellig warm.

Juliétte sit so ingedagte na die lekkende vlamme en kyk dat sy eers besef iemand het met haar gepraat toe dit rondom haar stil word en sy die gesigte sien wat afwagtend na haar kyk. Sy kyk verward rond, tot die ander se vermaak.

"Waarom wil jy nie die kelder vir Conrad gaan wys nie?" herhaal Bertus sy vraag.

Juliétte sien hoe alle oë weer na haar draai. "Ek is jammer. Ek het nie geweet hy het nog nie gaan kyk nie," sê sy sonder om na iemand in die besonder te kyk.

"Hý het streng opdrag ontvang om vir háár te wag," merk Conrad droogweg op.

"Hou op om Juliétte te terg," kom dit streng van Frederick. "Sy kan jou môre gaan rondwys."

Die aand verloop gesellig verder, met baie gesels en gelag, en Juliétte moet mooi dink om die vinnig vloeiende gesprekke te volg. Haar Afrikaanse woordeskat is goed, maar sy moet tog konsentreer wanneer 'n groep mense saamgesels.

Frederick en Irma sê na die koffie nag, terwyl die jonger mense nog voor die kaggel bly sit.

Dit is na middernag toe Louis eerste opstaan en die ander hom lui volg. Juliétte stap saam om hulle by die voordeur te groet en toe die laaste motor vertrek, sê sy selfbewus vir Conrad nag en draai vinnig om.

Sy is by die trap toe hy agter haar praat: "Wil jy nie maar probeer om 'n bietjie te ontspan nie? Dis nie gesond om so gespanne te wees nie. En om die een of ander rede lyk dit of my teenwoordigheid dit vererger. Ek hoop ek is verkeerd."

Juliétte staan botstil op die onderste trap. Sy wens intens dat sy op die oomblik ver weg op 'n ander plek kon wees, verkieslik in haar eie huis, in haar eie land.

"Verbeel ek my die vyandigheid, of het ek iets gedoen waarvan ek nie weet nie?" vervolg hy agter haar rug.

Juliétte trek haar skouers agteroor, skud haar kop en begin weer haastig die trap klim.

"Ek het gesien hoe jy ons drie broers vanaand bekyk het en is nogal nuuskierig om te hoor tot watter gevolgtrekking jy gekom het," praat hy agter haar aan.

Sy is dankbaar toe haar kamerdeur agter haar toegaan. Tot haar ontsteltenis voel sy hoe die trane begin

loop. Sy sal haar moet regruk. Sy sal môre met Frede-
rick en Irma gaan praat en begin reëlings tref om na die
ander huis te trek. As die kinders dan hier moet groot-
word, sal sy verkies dat dit in haar eie blyplek is.

Dit is nog donker toe Juliétte die volgende oggend kel-
der toe stap. Sy is so ingedagte dat sy kwalik bewus
is van die ysige wind wat teen haar gesig waai. En die
kere wat sy bewus is daarvan, gee sy nie om nie.

'n Moderne kelder is 'n klompie jare gelede in die
berg gebou, met die ingang goed versteek deur 'n klofie
in die berg. Die nuwe kelder is deur middel van 'n on-
dergrondse gang aan die ou kelder verbind en al gebou
wat sigbaar is, is die ou kelder wat gerestoureer is om
as wynproe- en verkooplokaal te dien.

Die restourasieprojek het begin net nadat sy op die
plaas aangekom het, en sy het met groot belangstelling
die vordering dopgehou. Haar verbasing was groot toe
Frederick haar op 'n dag gevra het om te help met die
meubilering van die wynproe- en verkooplokale.

Juliétte skakel die ligte in die ontvangslokaal aan en
kyk krities om haar heen. Dis 'n ruim vertrek met 'n
lang houttoonbank en 'n paar ou geelhouttafeltjies met
stoele, waar besoekers kan sit en wyn proe. Teen die
een muur is die ou pleister afgekap en 'n glasvenster
bo-oor die rou baksteenmuur aangebring. Dit dien ook
as vertoonkas vir ou bottels wyn wat deur die verskil-
lende geslagte op Lavardin gemaak is. Die kombinasie
van die ou houtmeubels en die kleiteëlvloere skep 'n
warm, gesellige atmosfeer.

27

Langs die ontvangslokaal is 'n groter vertrek wat op dieselfde wyse ingerig is, maar met meer tafeltjies en 'n reuse-vuurherd waar ligte middagetes bedien word. In die somer word die groot deure oopgemaak en kan besoekers ook op die breë stoep onder die digte wingerdprieel sit.

Juliétte dwaal deur die vertrekke en vir die eerste keer voel sy onseker oor haar handewerk. Hierdie projek was destyds soos 'n reddingsboei toe haar wêreld in duie gestort het, maar nou wonder sy wat gaan gebeur as Conrad nie hiervan hou nie.

Vir die volgende uur loop sy rusteloos heen en weer en is verlig toe die ander personeel opdaag.

"En wat jaag jou vanoggend dat jy so vroeg hier is?" Pieter Durandt werk al vir die afgelope tien jaar by die kelder en is verantwoordelik vir die wynverkope en bemarking.

"Ek het werk wat ek vroeg wil afhandel," antwoord sy ontwykend.

Sy stap laboratorium toe, waar sy die hele oggend doelloos rondstaan en voel hoe die spanning in haar toeneem.

Middagete stap sy huis toe en sit afgetrokke en luister hoe die tweeling babbel.

Sy vermy Irma se vraende blik toe sy slegs 'n koppie koffie drink. Daar is nie 'n teken van Frederick en Conrad nie, en sy besluit om nie te vra nie.

Terug by die kelder bly sy onrustig ronddwaal.

"Kom drink saam koffie," nooi Pieter net voor sluitingstyd.

Die kaggel brand nog lekker warm en sy sug behaaglik toe sy saam met die ander personeel om die ou geelhouttafel gaan sit.

Gerhard du Toit, die plaasbestuurder, kom nat en koud by die deur in en gaan staan met uitgestrekte hande voor die vuur. Hy is in sy laat veertigerjare en werk al die afgelope twintig jaar op Lavardin. Juliétte was aanvanklik skrikkerig vir hom vanweë sy streng gesig en houding, maar het mettertyd geleer dat hy meestal onskadelik is en eintlik 'n vlymskerp humorsin onder dié streng uiterlike wegsteek. Gerhard se vrou, Magriet, behartig al vir baie jare die plaas se administrasie en het ook nou 'n kantoor in die gebou.

Die jongste lid van die personeel is 'n vrolike jong meisie, Cecile Jordaan, wat 'n jaar gelede aangestel is om Pieter met die wynverkope en bemarking te help. Sy is ook verantwoordelik vir die ligte etes wat middae bedien word.

Cecile is nog besig om koffie te skink, toe Conrad ingestap kom en gemaak kwaai wil weet: "Wat moet van die plaas word as almal sit en koffie drink?"

Juliétte se kop ruk omhoog, maar toe sy die glimlagte op almal rondom haar se gesigte sien, laat sy vinnig haar blik sak.

"Ons het al gewonder wanneer jy gaan kom kyk hoe dit hier lyk," vra Pieter verwytend.

"Ek het streng instruksies ontvang dat ek nie alleen mag kom kyk nie," laat hy droog hoor terwyl hy skrams na Juliétte kyk.

Gerhard trek nog 'n stoel nader aan die vuur en

Conrad sak met 'n geluidjie van genoegdoening langs hulle neer.

Cecile steek vrolik haar hand na hom uit en sê laggend: "Ons het nog nie ontmoet nie, maar ek het al baie van jou wyn in jou afwesigheid verkoop."

Conrad neem haar hand en sê verskonend: "Ek is jammer ek kon jou nog nie persoonlik bedank het daarvoor nie, maar wees verseker van my opregte dank en waardering." Hy vervolg met 'n vonkel in sy oog: "Ek het gesien hoe die wynverkope gestyg het vandat jy hier gekom het, en nou kan ek verstaan waarom. Ek moes geweet het Pieter kon nie skielik soveel verbeter het nie . . ."

Juliétte kyk verbaas hoe die wêreldwyse Cecile se wange verkleur en sy guitig giggel.

"Hallo, Juliétte," groet hy haar dan verskonend. "Ek is jammer ek is so laat, maar ek het gesukkel om die houer met my besittings deur doeane te kry."

Juliétte knik net en is dankbaar toe die ander weer vrolik begin gesels. Hoewel Conrad nie kommentaar lewer nie, gaan sy blik kort-kort in die vertrek rond en sy wens sy kan haarself verskoon en huis toe gaan.

Toe almal se koppies leeg is, kyk Conrad vraend na haar. "As jy nou tyd het, sal ek graag my beloofde toer wil neem." Hy spreek met die twee mans af hoe laat hy hulle die volgende oggend sal sien en bedank die steeds laggende Cecile vir die koffie.

Juliétte help om die koppies kombuis toe te dra en die drie vroue is nog skaars buite hoorafstand, toe Cecile onderlangs fluit en sê: "En ek het gedink Bertus en Erik is aantreklik! Ek dink ek het so pas my hart onherroeplik verloor." Sy sit met 'n dramatiese gebaar haar hand op haar hart.

"Hy verouder goed, " beaam Magriet ernstig. "Selfs die grys teen sy slape maak hom net nog meer onweerstaanbaar. Die vroue gaan weer tou staan by die hek. En hulle gaan nie baie lief wees vir jou as hulle uitvind julle deel 'n huis nie, Juliétte."

"Moenie verspot wees nie, en praat asseblief sagter. Die man gaan julle hoor," vererg Juliétte haar.

"Ek sal wat wil gee as ek en hy alleen hier kon agterbly . . . in die halfdonker kelder," sê Cecile met 'n vonkel in haar oë. "Jy is 'n baie gelukkige vrou, Juliétte."

"Julle is laf," sê Juliétte terwyl sy die koppies neersit en terugstap na waar die drie mans staan.

Toe hulle eindelik alleen is, draai Conrad stadig in die rondte en sê verwonderd: "Ek kon my in my stoutste drome dit nie so voorstel nie. Dit is werklik baie indrukwekkend en smaakvol. Waar het jy die twee ou houttoonbanke opgespoor?"

"By 'n veiling. Dit is van 'n ou skip afkomstig."

Soos hulle deur die verskillende vertrekke beweeg, gaan staan hy kort-kort stil om na die herkoms van die een of ander meubelstuk of voorwerp uit te vra.

Hy kyk lank na die versameling swart-en-wit foto's van die plaas wat teen die ontvangslokaal se muur hang.

Dan stap hy stil agter haar teen die trap op na die boonste vlak, waar die kantore ingerig is. Elke kantoor kyk uit op die ontvangslokaal en in die aand, met net 'n paar ligte aangeskakel, is dit 'n mooi uitsig van bo af.

"Baie dankie vir al jou harde werk," laat hy waarderend hoor toe hulle terug in die eetlokaal is.

"Almal het gehelp," antwoord Juliétte kortaf terwyl sy begin om die ligte af te skakel.

In die ontvangslokaal neem Conrad op die hoek van 'n tafel plaas en vou sy arms voor sy bors terwyl hy haar vraend betrag. "Wil jy nie asseblief vir my sê waarom jy vir my kwaad is nie?"

Juliétte kyk in sy vraende oë voordat sy haastig omdraai. Sy hand skiet egter blitsvinnig uit en vou om haar boarm. Hy verslap egter dadelik weer sy greep.

"Ek is jammer, maar staan asseblief net 'n oomblik stil dat ek met jou kan praat."

Toe sy net stil bly staan, lig hy sy hande asof hy moedeloos is.

"Kan jy ten minste net my vraag beantwoord?"

"Ek het niks om te sê nie," laat sy hees hoor.

"Ja, jy het." Sy stem is skielik driftig. "En jy gaan dit nou sê. Ek weier om elke keer in so 'n koue muur vas te loop wanneer ek naby jou kom. Jy sal maak dat ek jammer is ek het teruggekom."

Juliétte voel hoe haar Afrikaanse woordeskat haar meteens in die steek laat en sy soek na iets om te sê. "Waarom probeer jy so vriendelik met my wees?" antwoord sy oplaas met 'n teenvraag.

Sy sien die verwarring in sy oë toe hy vra: "Waarom mag ek nie vriendelik met jou wees nie?"

"Na alles wat jy van my gesê het, is dit nie nodig nie."

"Wat het ek van jou gesê?"

"Dat ek nie die regte vrou vir Bertus is nie."

"Ek was nie verkeerd nie."

"Jy ken my nie," laat sy sag hoor.

"Ek het nie nodig gehad om jóú te ken nie. Ek ken my broer. Hy is nie goeie troumateriaal nie. Ons almal weet dit. Hy hou nie van bande wat hom bind nie; dit is ook waarom hy nie wou boer nie en eerder die regsberoep gekies het. 'n Plaas is 'n nimmereindigende verantwoordelikheid waarvan jy nie kan wegkom nie. Daar is nie 'n deur wat jy aan die einde van die dag kan toetrek nie."

"Ek het nie met Bertus oor sy geld óf jou familie se besittings getrou nie," gaan Juliétte moeisaam voort. Dit voel of sy oor haar eie woorde wil struikel.

'n Klein glimlaggie huiwer om Conrad se mond. "Ek weet . . . en ek is jammer ek het dit gesê, maar Bertus wou nie na ons ander besware luister nie."

"Soos dat ek 'n uitlander met vreemde waardes en gewoontes is." Dan vervolg sy sagter: "Het jy nooit gedink ons kon dalk lief vir mekaar wees nie?"

Sy blik rus 'n oomblik peinsend op haar gesig voordat hy antwoord: "Verlief, ja, beslis, maar nie lief nie."

"Waarom nie lief nie?"

"Oor iets wat Erik en my pa eendag gesê het," antwoord Conrad ontwykend.

Juliétte wag op 'n verduideliking, maar Conrad wend nie 'n poging aan om haar te antwoord nie.

"Jy moes baie gelukkig en tevrede gewees het toe ons huwelik misluk het."

Conrad lig weer sy hande in 'n moedelose gebaar en vee dan oor sy oë.

"Glo jy werklik dat dit my goedkeuring weggedra het dat hy jou na vier maande gelos het omdat jy swanger geword het en hy nie kinders wou hê nie?"

"Jy het nie baie hard probeer om hom tóé anders te oortuig nie. Die vreemde vrou het maar net gekry wat sy verdien het . . ."

"Ek het hom elke dag gebel, totdat hy later geweier het om my oproepe te beantwoord. Ek het selfs 'n vliegkaartjie gekoop om vir 'n week huis toe te kom, maar een van die ander navorsers het siek geword en ek moes dringend Kalifornië toe gaan." Sy stem is weer harder en Juliétte tree onwillekeurig agtertoe.

"Dit sou nie help nie," gaan sy na 'n oomblik moedig voort. "Jou aanvanklike besware het sy verskonings geword." Met dié woorde swaai sy om en stap met lang treë na die groot houtvoordeur toe.

"Dink jy ek sou Bertus tot ander insigte kon bring?" keer sy stem haar by die deur.

Sy trek haar skouers op. "Dalk."

"Hoekom dink jy so?"

Sy draai stadig om en kyk lank na hom. "Omdat jy blykbaar wonderwerke kan doen . . . of so dink almal."

"Behalwe jy."

"Ek glo nie in gode met kleivoete nie."

Buite die deur haal sy 'n paar keer diep asem en voel hoe die koue aandlug haar keel brand. Dan vou sy haar arms voor haar en huil stil terwyl sy huis toe stap.

34

Besef hy nie watter invloed hy op die mense rondom hom het nie? Bertus het geglo hy het sy broer se volle ondersteuning en begrip en niks wat die ander kon sê, kon hom daarvan oortuig om met die huwelik aan te gaan nie. En nou, na drie jaar, kom staan hy voor haar en dink sy moet dankbaar wees dat hy sy hand met krummels na haar toe uitsteek. Hy bluf haar nie met sy vriendelikheid nie. Dit is 'n groot verligting vir hom dat sy broer van haar ontslae geraak het, en sy is seker hy sal mettertyd ook 'n plan beraam om haar en die seuns van die plaas af te kry.

## 3

Soos die dae verbygaan, voel Juliétte hoe sy al meer in haarself keer en sy kan soms sien hoe die ander bekommerd na haar kyk, maar sy het nie lus om te probeer verduidelik nie en probeer sover moontlik almal vermy. Wanneer iemand probeer om met haar te praat, skud sy net haar kop en sê daar is niks verkeerd nie. Sy het Frederick gevra om die huis waarin sy en Bertus gewoon het, te laat verf sodat sy en die kinders kan intrek. Dit bly egter koud en reënerig en die werkers kan nie so vinnig vorder soos wat sy gehoop het nie.

Na lang oorweging en 'n paar slapelose nagte, skryf sy een Saterdagoggend haar bedanking uit en gaan sit dit in Conrad se kantoor op die lessenaar neer. Daarna gaan soek sy die tweeling en kry hulle in die kombuis waar Maggie besig is om vir hulle middagete te gee.

"Kom sit en eet iets," kom dit gebiedend van Maggie. "Dit lyk of jy enige oomblik kan omval."

"Ek is nie honger nie, Maggie."

Maggie kyk haar op en af. "Wat eet aan jou hart?"

Juliétte skud haar kop ontwykend. Die tweeling het klaar geëet en is al weer haastig by die deur uit, terwyl sy besluiteloos by die groot kombuistafel bly sit.

"Waar is die ander mense?" vra sy later belangeloos.

"Meneer en Mevrou is stad toe vir middagete en ek het nog nie vir Conrad gesien nie," antwoord Maggie terwyl sy steeds vraend na Juliétte kyk.

"Ek gaan perdry," kondig Juliétte meteens aan en staan haastig op.

Dit is darem een ding waarvoor sy Bertus dank verskuldig is, dink sy wrang toe sy liefdevol oor haar perd se kop streel en die saal op die roesbruin merrie se rug sit. Hy het haar leer perdry en toe dit lyk of sy dit bemeester het, het Frederick en Irma Queenie vir haar gekoop. Sy was dadelik verlief op die lewendige, jong perdjie en hulle het gou 'n hegte band gesmee. Gelukkig hou Bertus deesdae sy perd naby die stad by 'n ryskool, sodat hy nie meer so dikwels hierheen kom om te ry nie. Dit is nog net Conrad se groot swart hings en Frederick se mooi wit Arabierhings wat die stalle met Queenie deel.

Die oomblik toe Juliétte in die saal is, gee sy Queenie vrye teuels en galop hulle by die kelder verby en met die bergpad tussen die rye wingerde langs. Die lug is koud teen haar gesig, maar ook baie verfrissend, en sy spoor Queenie aan.

Waar die pad sy hoogste punt bereik, trek Juliétte die teuels in. Toe Queenie tot stilstand kom, gly sy uit die saal en gaan sit op 'n rots van waar sy 'n wye uitsig op die plaas en vallei het. Sy het nooit kon dink dat daar nog 'n plek in die wêreld is wat naastenby so mooi soos haar tuisdorp en haar oorlede ouers se plaas kan wees nie, totdat sy die eerste keer hier gestaan het. Op die oomblik is die wingerde winterkaal en vorm dit 'n interessante kontras met die pers berge en groen velde rondom.

Sy is egter vandag te rusteloos om lank te vertoef. Terug in die saal gee sy Queenie weer vrye teuels en hulle gaan op volle galop teen die bergpad af. Sy stuur die perd met 'n ompad tussen die wingerde deur tot by die ingang na die plaas, en swaai daar in die toegangspad waar sy en Conrad die ongeluk gehad het. Die skielike dreuning van 'n motor laat haar Queenie inhou en uit die pad stuur.

Die motor kom langs hulle tot stilstand en 'n pragtige blonde vrou steek haar kop by die venster uit. Sy knik ligweg. Haar stem is egter nie baie vriendelik toe sy praat nie.

"Weet jy dalk waar Conrad is? Ek soek hom al die hele dag en hy antwoord nie sy selfoon nie."

Susan Malherbe en Conrad het vir baie jare 'n verhouding gehad en volgens Bertus sou hulle verloof geraak het voordat Conrad so skielik oorsee is. Susan is binne ses maande met 'n skatryk ouer man getroud en is weer na 'n jaar van hom geskei. Daar word gesê sy het net vir Conrad gewag om terug te kom, en hierdie keer gaan sy hom nie weer laat loskom nie. Juliétte het haar nog net een keer vantevore ontmoet, maar hare is nie die tipe gesig wat 'n mens vergeet nie.

Juliétte haal haar skouers op. "Ek is jammer, ek kan jou nie help nie."

Susan tokkel met haar goed versorgde vingernaels teen die motor se stuurwiel. "Hoe is dit moontlik dat niemand weet waar hy is nie? Wanneer jy hom sien, sê hy moet my dringend kontak of ten minste sy selfoon aansit." En dan trek sy so haastig weg dat Queenie senuagtig wegspring en Juliétte haar eers moet kalmeer.

Wat 'n koue, onvriendelike mens, dink Juliétte verontwaardig toe sy verder ry. Geen wonder Louis en Helen hou nie van haar nie.

By die stalle lei Juliétte vir Queenie koud voordat sy haar goed roskam en dan die sappige groen appels wat sy saamgebring het, uithaal. Frederick se Sultan kry een en toe stap Juliétte ook na Conrad se swart hings wat oor die staldeur na haar kyk. Frederick en Gerhard het hulle gedurende Conrad se afwesigheid oor Bacchus ontferm, maar het ook nie altyd genoeg tyd gehad om hom in oefening te hou nie.

Juliétte het een oggend haar moed bymekaargeskraap en die groot hings opgesaal. Sy het die hele tyd rustig met hom gepraat. Toe sy haar in die saal lig, het die grond skielik baie verder as gewoonlik gelyk. Bacchus het egter ongeduldig begin trippel en daar was nie afklimkans nie. Ten spyte van haar aanvanklike onsekerheid, het Bacchus hom baie goed gedra en het hulle twee daarna gereeld gaan ry.

Terwyl hy nou die appels uit haar hand staan en eet, streel sy met haar ander hand oor sy sygladde nek.

"Nou eet my perd al uit haar hand uit," klink Conrad se stem meteens beskuldigend agter haar op.

Juliétte swaai om en sien hoe Conrad en Louis laggend na haar staan en kyk. Juliétte voel hoe sy bloos en sy laat sak haar hand.

Duidelik ontevrede dat hy nie meer gekrap word nie, druk-druk die groot swart hings met sy neus teen haar.

"Siestog, Bacchus, probeer jy ook haar aandag kry?" Conrad streel oor die groot dier se kop. "Dis nie maklik nie, maar miskien sal sy met jou vriendeliker wees . . . Jy het ten minste nie kleivoete nie."

Juliétte wag nie om verder te hoor nie, maar loop vies verby Louis en stryk haastig aan huis toe. Waarom kan Conrad haar nie met vrede laat nie? dink sy ver-erg. Sy kan haar nie draai nie of sy loop in hom vas.

In die kombuis loop sy Sofie byna onderstebo, en nadat sy mompelend om verskoning gevra het, vra sy kortaf waar die tweeling is.

"Hulle speel nog buite op die gras," antwoord die meisie verskrik terwyl sy Juliétte met groot oë aankyk en dan vraend na Maggie kyk. Maggie haal net haar skouers op, ook nie gewoond aan hierdie Juliétte nie.

Juliétte soek op die groot grasperk, maar sien die tweeling nêrens nie. Nadat sy 'n paar keer geroep het, sien sy hulle vrolik saam met Conrad en Louis van die stalle af aangestap kom. Sy sien hoe die twee mans elkeen 'n seuntjie opraap en op sy nek sit, en sy hoor hoe die twee se uitbundige lag opklink.

"Piérre, Derrick! Kom hier!" roep sy na hulle op Frans en die twee mans gaan staan en tel die seuntjies af. Hulle wil nog protesteer, maar Juliétte se stem is so streng dat hulle dit nie waag om haar teë te gaan nie, en hulle hardloop gehoorsaam huis toe.

Juliétte wil ook op haar hakke omdraai, maar Louis roep haar terug. "Wil jy en die kinders nie ook vanaand by ons kom eet nie?"

"Nee dankie," laat sy oor haar skouer hoor. Uit die hoek van haar oog sien sy die grimmige trek op Conrad se gesig, maar sy stap net aan.

Sondagoggend laat Juliétte 'n briefie op die kombuistafel om te sê sy en die tweeling sal nie middagete op die plaas eet nie. Daar ry sy met hulle stad toe. Sy het geen begeerte om stad toe te gaan nie, maar sy weet nie waarheen anders nie.

Toe die tweeling later honger word, koop sy vir hulle toebroodjies by 'n braairestaurant en ry daarna weer doelloos rond.

Piérre en Derrick, wat nie gewoond is daaraan om so lank stil te sit nie, is egter later huilerig en Juliétte is verplig om teen laatmiddag huiswaarts te keer.

By die huis sit Conrad, Erik en hul ouers op die sonstoep, besig om koffie te drink.

"Waar wás julle die hele dag?" wil Frederick bekommerd weet toe hy hulle sien.

Juliétte groet afgetrokke, maar beantwoord nie sy vraag nie.

Die tweeling klim egter op hulle ouma se skoot en vertel met groot gebare hoe ver hulle ma met hulle gery het, en hoe moeg hulle geword het. Hulle sou seker nog wou vertel, maar Juliétte roep hulle streng om te gaan bad en dit is met lang gesiggies wat hulle voor haar uitloop.

Na nóg 'n slapelose nag stap Juliétte traag op na die groot wit gebou toe. Sy is verlig toe sy Conrad nêrens gewaar nie en daar ook nie werklik dringende werk vir haar is nie.

Nadat die ander personeel laatmiddag huis toe is, stap sy deur die stil gange tot by die verouderingskelder. Sy steek die twee kerse op die ou geelhouttafel aan en gaan sit op een van die riempiestoele. Die reuk van hout en wyn wat verouder, hang swaar in die lug en sy snuif behaaglik die bekende geure in. Dit is 'n reuk wat sy van haar jongste kinderdae onthou.

Sy het van kleins af geweet sy sou eendag haar pa se werk voortsit en het gedroom hoe hulle twee saam wyn sou maak.

Juliétte laat haar ken op haar handpalm sak en sit droomverlore na die brandende kerse en kyk. Haar gedagtes gaan op ver paaie.

Die onthou lê deesdae weer vlak. Sy was maar sestien jaar oud toe hulle saam in 'n motorongeluk omgekom het – hopeloos te jonk vir die verantwoordelikhede van 'n plaas. Toe sy twee jaar later uitvind haar voogde het die plaas so met skuld belas dat die grond verkoop moes word, was daar niks wat sy daaraan kon doen nie. Op agtien, en net klaar met haar skoolopleiding, moes sy afskeid neem van die enigste plek wat sy geken het.

Sy glo die dag toe sy die werk as wynkelner by die deftige Le Chateaux-restaurant in Parys gekry het, het haar tweede lewensfase begin. Die eienaars, Robért en Miriélle, het mettertyd haar familie geword. Dit was met hulle hulp en ondersteuning dat sy 'n wynmakers-kursus kon loop, en hulle was so trots soos ouers toe sy na drie jaar die kursus met hoogste lof geslaag het.

Min het hulle drie weke later op die lughawe geweet dat hulle mekaar nie gou weer sou sien nie. 'n Vakan-siewerk op 'n plaas in Suid-Afrika sou haar lewe on-herroeplik verander. Binne 'n paar weke het sy Bertus ontmoet en twee maande later was hulle getroud en het sy saam met Frederick wyn gemaak in hulle kelder. Sy kon nie gelukkiger wees nie en het geglo al die besware van sy familie was ongegrond. Totdat sy vier maande na die troue met 'n positiewe swangerskaptoets by die dokter se spreekkamer uitgestap het . . .

Juliétte skrik toe sy 'n beweging tussen die vate sien en dis eers toe hy nader tree dat sy Conrad herken.

"Ek is jammer ek het jou skrikgemaak." Hy staan binne die ligkring en beduie na die stoel waaruit sy op-gestaan het. "Sit, asseblief, ek wil met jou praat."

Sy stemtoon laat haar skielik in beweging kom.

"Juliétte, moenie kinderagtig wees nie. Sit asseblief sodat ons kan praat." Hy sak neer op die riempiestoel oorkant haar.

Sy sak stadig terug op die randjie van die stoel en kyk na die twee vlammetjies voor haar. Sy moet haarself bedwing om nie haar vinger stadig deur die lekkende vlammetjies te trek nie.

"Jy gedra jou soos 'n bedorwe kind, en almal rondom jou wag al in spanning vir jou volgende uitbarsting."

Juliétte knip haar oë 'n paar keer, nie seker dat sy hom reg gehoor het nie.

"Ek is baie jammer oor die pyn en hartseer wat my broer jou aangedoen het, en veral jammer dat ek jou nie kon help nie, maar jy kan nie toelaat dat dit jou hele lewe vernietig nie. Jy het jouself so toegespin in 'n kokon dat jy nie kan sien die lewe daar buite gaan aan en die son skyn weer nie."

Juliétte sit stomgeslaan na die man voor haar en kyk.

"Wat weet jy van die vernedering as jy deur jou man verwerp word?" Sy weet nie waar die woorde vandaan kom nie. "En dit terwyl jy swanger is . . . En om van vreemde mense se goedheid afhanklik te wees."

"Jy is nie afhanklik van vreemde mense se goedheid nie . . . Hulle is lief vir jou en wil jou graag by hulle hê. Kan jy dit nie net aanvaar nie?"

Sy kyk weer stil na die kerse.

Conrad sug hoorbaar. "Jy kan nie die twee seuns leer dat julle nie goed genoeg vir Bertus was nie . . . Bertus is júlle nie werd nie. Lig jou kop op en leer jou kinders dat hulle êrens hoort. Wys hulle jy gaan nie lê omdat 'n man nie wou grootword nie . . ." Die woorde hang vir 'n lang oomblik tussen hulle.

43

"En wat jou verblyf in die huis betref," sê Conrad vriendeliker, "ek het geen begeerte om alleen in daardie groot huis in te trek nie. Wanneer my ouers terug is na hulle vakansie, kan ons weer praat, maar op die oomblik is ek baie gelukkig waar ek is."

Hy strek sy bene voor hom uit en verskuif sy gewig op die stoel sodat hy gemakliker sit. Hy kyk afwagtend na haar. Sonder om 'n woord te sê, staan sy egter op en begin tussen die rye bottels en vate wegstap. Uit die hoek van haar oog sien sy hoe hy hom oplig, maar dan op die stoel terugsak.

"En terloops, ek aanvaar nie jou bedanking nie," roep hy agter haar aan.

Juliétte gaan botstil staan. Die trane wat agter haar oë brand, is vergete.

"Jy kan my nie dwing om vir jou te werk nie," sê sy sonder om na hom te kyk.

"Waar anders gaan jy werk kry?"

"Hier is baie ander kelders in die omgewing." Sy het teruggedraai en haar kop opgelig.

"Ek sal sorg dat jy nêrens anders werk kry nie," laat Conrad koud hoor.

Sy kan nie glo sy hoor reg nie en moet haar inhou om nie te skreeu nie. "Moenie my dreig nie," probeer sy so kalm moontlik sê.

"Ek probeer net keer dat jy in jou kortsigtigheid alles waarvoor jy die afgelope jare gewerk het, weggooi."

Juliétte bal haar hande in vuiste langs haar sye.

Voordat sy egter tot verhaal kan kom, staan hy op en kom staan voor haar. Hy neem haar hande in syne en

44

vou stadig haar vingers oop. "Juliétte, hou op om met my te baklei. Ek is nie Bertus nie."

Sy lag skor. "Julle is ewe arrogant."

"Miskien . . . maar met een verskil: ék is nie die een wat jou gelos het nie." Hy sug weer toe sy nie antwoord nie. "Waarom wil jy nie vir my werk nie?"

"Ek wil nie jou aalmoese hê nie," kry sy haar stem terug. "Ek en jy weet jy verduur my net om jou ouers se onthalwe."

"Jy is 'n goeie wynmaker, jy ken die plaas en die kelder . . . Waarom sal ek nou iemand anders gaan soek?"

Toe sy weer nie antwoord nie, sit hy sy hande op haar skouers en sy gesig is baie ernstig toe hy praat: "Ek wens ek kan alles wat ek oor jou gesê het ongedaan maak, maar ek kan nie. Al verskoning wat ek het, is dat ek uit onkunde gepraat het. En ek wens ek kon jou al die hartseer spaar, maar dit was onmoontlik."

Sy wil nie verder luister nie en hy laat gaan haar toe sy omdraai en wegstap. Dit is so maklik vir almal om te sê sy moet met haar lewe aangaan, maar wáár is haar lewe?

Juliétte klop huiwerig aan die kantoordeur en toe Conrad opkyk, wil haar moed haar begewe, maar sy ruk haarself reg en stap tot voor die lessenaar. 'n Week het verstryk sedert hulle gesprek in die verouderingskelder. 'n Week waarin sy baie min geslaap en feitlik niks geëet het nie. Sy het die meeste nagte op die stoel in die tweeling se kamer deurgebring. Daar was donker kringe onder haar oë toe sy die oggend in die spieël gekyk het, maar vir die eerste keer in jare was haar gemoed kalm.

Sy kan die verbasing in sy oë sien, maar hy groet vriendelik: "Dis 'n verrassing. Kom sit."

Sy gaan sit op die stoel voor sy lessenaar en vou haar hande gespanne op haar skoot. "Ek wil met jou praat, as jy tyd het." Haar stem is hees en terwyl sy wag dat hy antwoord, kug sy senuagtig.

"Ek het tyd." Sy stem is niksseggend en sy oë gesluier. Daar is nie 'n manier wat sy kan agterkom wat hy dink nie.

"Ek wil verlof neem."

Conrad sit nog steeds doodstil na haar en kyk en sy moet eers sluk voordat sy kan voortgaan. "Dit is op die oomblik stil by die kelder . . . en ek het al my werk afgehandel," las sy vinnig by.

Hy antwoord nie dadelik nie, maar neem die pen wat voor hom op die tafel lê en begin dit in sy hand ronddraai. "Mag ek vra waarheen jy wil gaan?" Sy stem is steeds niksseggend.

"Frankryk toe."

"Neem jy die kinders saam?"

"Ja."

"Kom jy terug?"

Juliétte sit vir 'n oomblik ingedagte, maar toe sy antwoord, kyk sy reguit in sy oë en sê baie eerlik: "Waarskynlik, maar die tyd sal moet leer."

"Is dit na aanleiding van ons laaste gesprek?"

Tot haar verleentheid voel sy hoe haar wange verkleur by die gedagte aan hulle laaste ontmoeting, maar sy lig moedig haar kop op. "Ek moet sekere besluite oor my lewe neem, maar ek kan dit nie hier doen nie."

"Is drie weke lank genoeg?" vra hy saaklik terwyl hy nog die pen tussen sy vingers ronddraai.

"Dit sal goed wees, dankie." Sy staan verlig op.

"Hier is genoeg mense wat mooi na die kinders sal kyk," keer sy stem haar by die deur.

"Ek weet, maar ek wil hulle graag saamneem."

Sy wag nie vir 'n antwoord nie, maar draai om en stap haastig laboratorium toe.

Toe Juliétte later die aand gaan eet, tref sy Conrad en sy ouers druk in gesprek in die studeerkamer aan. Al drie bly stil toe sy by die vertrek inkom en sy het 'n ongemaklike gevoel dat sy die onderwerp van bespreking was.

"Ons voel geëerd dat jy weer vanaand saam met ons eet," laat Frederick glimlaggend hoor: "Ek kan nie onthou wanneer laas ek jou gesien het nie."

"Dit is darem nie so erg nie," sê Juliétte verleë. "Ek was maar net 'n bietjie besig die afgelope tyd."

"Klaarblyklik ook te besig om te eet of te slaap," sê Irma streng. "Jy kan doen met 'n goeie bord kos en 'n behoorlike nagrus."

Juliétte wag dat hulle iets oor haar verlof moet sê, maar niemand lewer kommentaar nie en sy is verplig om hulle in te lig.

Conrad het intussen opgestaan en staan voor die kaggel met sy rug na hulle, en die ouer mense kyk vlugtig na mekaar.

"Ek dink dit sal jou die wêreld se goed doen. Jy was die afgelope twee jaar nog nooit van die plaas af weg nie." Dit is Irma wat opgewonde praat. "En jy weet ons sal die kinders soos goud oppas."

"Baie dankie, maar ek wil graag die kinders saamneem."

Frederick se stem is streng toe hy praat: "Ek dink jy verdien 'n vakansie, maar die kinders is te klein vir so 'n reis. Hulle bly hier."

Juliétte kyk verbaas van Frederick na Irma, maar dié het intussen 'n denkbeeldige rafel op haar langbroek ontdek en probeer dit met groot konsentrasie afhaal.

"Hulle is nie meer so klein nie, en daar sal mense wees wat my kan help."

"Juliétte, ek wil nie verder daaroor praat nie."

Frederick se stem klink skielik so moeg dat Juliétte nie die moed het om verder te redeneer nie. Sy besef hulle is bang sy bring die kinders nie terug nie.

# 4

"Ons het gehoop jy gaan die kinders saambring," sê Miriélle vir die soveelste keer teleurgesteld.

Juliétte sit saam met haar en Robért in die restaurant waar sy soveel jare gewerk het. Die weersiens op die lughawe was baie hartseer en hulle het onbeskaamd in mekaar se arms staan en huil.

"Miskien sien julle hulle gouer as wat jy dink."

"Oorweeg jy dit om terug te kom?"

Juliétte sien hoe Robért na Miriélle kyk terwyl hy dit vra.

"Ja, maar dit is nie 'n maklike besluit nie. Bertus het alle regte ten opsigte van die kinders afgeteken en ek is hulle enigste ouer en voog, maar daardie mense is al familie wat die kinders het." Sy sit 'n oomblik ingedagte voor haar en kyk voordat sy afgetrokke byvoeg: "Maar omstandighede op die plaas het verander, wat dit vir my moeilik maak om daar aan te bly."

Toe albei haar net vraend aankyk, laat sy met 'n skewe glimlaggie hoor: "Die erfgenaam is terug van sy oorsese navorsingsprojek, en ek weet nie of daar vir albei van ons plek is nie."

"Miskien moet jy hom verlei. Dit sal sommer 'n paar probleme gelyk oplos," laat Miriélle met 'n knipoog hoor.

Juliétte lig haar hande verdedigend op. "Asseblief nie. Daar is genoeg vroue wat tou staan. Ek stel nie belang om ook een te word nie."

Robért sit sy arm om haar skouers terwyl hy vertroostend sê: "Jy weet hoe gelukkig dit ons sal maak, maar ongelukkig kan net jy besluit waar jou toekoms lê."

Juliétte kyk na die vertrek rondom haar. Hoewel alles nog dieselfde lyk en sy nog die meeste van die personeel ken, voel die jare tussenin soos 'n leeftyd. Haar hele lewe het gedurende daardie tyd verander.

Sy sluit haar oë en sug moeg. Die afgelope twee dae het haar fisiek en geestelik uitgeput. Eers was daar die afskeid op die plaas. Sy het verkies om die kinders dáár te groet en nie op die lughawe nie. Daarna haar ont-steltenis toe sy besef het Conrad gaan haar lughawe toe neem. Toe die motor voor die huis wegtrek en die tweeling opgewonde oor die grasperk hardloop, kon sy haar trane nie keer nie. Met haar kop weggedraai, het sy ongesiens probeer om die stortvloed te keer. Sy hand het vir 'n oomblik op haar skouer gerus. "Ons sal baie mooi na hulle kyk."

Op die lughawe het sy haar hand na hom uitgesteek en haastig gegroet. Hy het haar egter nader getrek en liggies op die wang gesoen.

"Geniet jou vakansie . . . en ek hoop jy vind waarna jy soek."

Gedurende die volgende week loop Juliétte op al haar spore terug. Sy gaan staan soos 'n toeris op die uit-kykdek van die Eiffeltoring en kyk met verwondering na die ou stad weerskante van die kronkelende Seine-rivier. In die grootse Notre Dame-kerk steek sy kerse vir haar geliefdes aan en daarna dwaal sy in die ou straatjies rond.

Sy is soos 'n kind wat huis toe gekom het, dink sy na 'n week. En Robért en Miriélle kloek soos 'n pa en 'n ma om haar. Sy kan soms die hartseer in hulle oë sien wanneer hulle na haar kyk, en sy weet hulle is bewus van die worsteling waardeur sy gaan. Soos hulle beloof het, bel Irma haar elke aand sodat sy met die kinders kan praat, en al verlang sy baie, weet sy hulle is in goeie hande.

Na 'n week in Parys reis sy per trein na haar geboortedorp en vir die volgende week vertoef sy daar. Sy verlustig haar aan haar kindertyd-herinneringe. Sy kuier by ou vriende en bring 'n oggend by haar ouers se grafte deur. Haar verlange en hartseer is so intens dat sy met tye 'n fisieke pyn in haar bors ervaar.

Die hoogtepunt is die dag wat sy by die nuwe eienaar op haar ouers se grond deurbring. Kuier-kuier ontdek sy al die bekende plekke. Haar emosies oorweldig haar by tye so dat sy moet gaan sit. Toe sy die skemerte van die ou kelder binnegaan, voel dit vir haar of sy heilige grond betree. Sy laat haar hand oor die houtvate gly, asof sy iets van haar pa kan vasvat en aanraak.

Dit is met 'n gevoel van intense verlies dat sy 'n paar uur later die vertroostende skemerte verlaat.

Mevrou Rémy neem Juliétte laatmiddag na 'n pakkamer waar 'n paar van haar ouers se meubels agtergebly het. Sy staar verstom na die bekende voorwerpe en sak dan snikkend op een van die stoele neer. Die ouer vrou laat haar begaan en trek die deur saggies agter haar toe.

Dis asof sy jare se trane opgegaar het, dink sy toe sy veel later haar kop agteroor teen die stoelleuning laat sak. Trane oor haar ouers, haar mislukte huwelik, haar kinders. Kan sy vir hulle 'n toekoms skep waarin hulle gelukkig sal wees en sal weet wie hulle is?

Sy weet nie hoe lank sy so gesit het nie en knip haar oë toe haar gasvrou weer die vertrek binnekom.

"Voel jy beter?" wil die vrou simpatiek weet toe sy na Juliétte se rooigehuilde oë kyk.

"Ja, dankie. Ek is jammer vir die stortvloed."

Nadat hulle nog 'n wyle gesels het, wys sy meneer Rémy se aanbod om haar terug dorp toe te neem van die hand. Sy wil graag die paar kilometer stap.

Sy is kwalik bewus daarvan dat sy haar een voet voor die ander sit. Dit word 'n outomatiese beweging wat sy uitvoer terwyl haar gedagtes hulle eie loop neem, en sy is verbaas toe sy die hotel voor haar sien.

Toe die kinders daardie aand bel, vertel sy hulle van die plaas waarop sy was en dat sy hulle eendag daarheen sal neem. Sy kan egter hoor hulle verstaan nie, want hulle onderbreek haar kort-kort om te vertel wat alles op Lavardin gebeur. Juliétte kan later maar net luister en hartseer besef sy dat hulle niks van haar wêreld weet nie. Hulle kan haar taal praat, maar hulle hele lewe wentel om Lavardin en sy inwoners.

Toe hulle groet, verwag Juliétte dat Irma nog iets sal wil sê, maar luister verbaas toe Conrad se stem oor die lyn opklink.

"Kuier jy lekker?"

"Ja, dankie." Sy weet nie wat om verder te sê nie.

"Verlang jy darem na ons?"

Juliétte kan hoor hy glimlag en sy wonder waarom hy dit telkens regkry om haar soos 'n kind te laat voel.

"Ek sou graag die kinders hier wou hê," antwoord sy ongemaklik.

Sy diep lag laat haar senuagtig die telefoondraad om haar vingers draai.

"Gelukkige kinders," laat hy hoor en dra dan almal se groete oor.

Na 'n slapelose nag pak Juliétte die volgende oggend met gemengde gevoelens haar tas. Hierdie was haar afskeidskuier. Sy sal eendag vir die kinders haar geboortegrond kom wys, maar dis nie meer haar huis nie. Sy skakel mevrou Rémy en reël dat die paar meubelstukke Suid-Afrika toe verskeep word.

"Jy kom nie terug nie," laat Miriélle hoor toe hulle laataand in die sitkamer sit.

Juliétte skud haar kop.

Erik bel ook en Juliétte moet lag toe hy ontevrede laat hoor: "Ek is op pad om jou te gaan haal, want ek vertrou nie daardie Franse mans nie. Wanneer kom jy huis toe?"

'n Warm gevoel kom lê om haar hart by die gedagte aan "huis".

Twee dae voor Juliétte moet teruggaan, maak Miriélle haar vroeg die oggend met 'n koppie koffie wakker. "Ek bespreek jou vir die hele dag," kondig sy geheimsinnig aan.

Twee uur later sit Juliétte in 'n deftige haarsalon met 'n haarkapper wat haar van alle kante af bekyk en niksseggende geluide maak. Oomblikke later sien sy bewend hoe hy 'n skêr in haar lang hare indruk. Aanvanklik is sy te bang om te kyk en knyp sy haar oë styf toe. Later loer sy tog nuuskierig deur skrefiesoë en maak dan verbaas haar oë oop. Die eindproduk is 'n moderne, korter kapsel wat sag agtertoe gekam word, met fyn punte oor haar ore en 'n sagte gordyntjiekuif.

Juliétte staar na die onbekende vrou in die spieël.

Teen haar sin moet sy erken dat sy baie daarvan hou, en sy lyk sommer vir haarself aansienlik jonger as haar sewe en twintig jaar.

Die haarkapper stap trots om haar en Miriélle klap opgewonde haar hande en kondig selfvoldaan aan: "Nou vir nuwe klere."

"Ek hét klere," keer Juliétte haastig.

"Nie wat by dié nuwe Juliétte pas nie," antwoord Miriélle beslis.

Die volgende paar uur bring hulle in elegante Paryse boetieks deur.

"Ek gaan julle bankrot maak," keer Juliétte later uitasem.

"Ek weet nie wanneer ek jou weer sien nie."

Dit is laatmiddag toe hulle voetseer by die huis kom. Robért gee 'n bewonderende fluit toe hy haar sien.

Juliétte draai spontaan voor hom in die rondte. "Het ons jou geld goed spandeer?" vra sy vrolik.

"Dis die beste belegging wat ek nog gemaak het," antwoord hy meteens ernstig. "Jy lyk pragtig en dit is baie jammer dat ons jou moet laat teruggaan."

Juliétte steek haar hande na albei van hulle uit en sukkel om verby die knop in haar keel te praat. "Ek kan julle nooit bedank vir alles wat julle vir my gedoen het nie. Julle is die enigste familie wat ek het . . ."

Miriélle glimlag deur haar trane. "Belowe net jy sal mooi na jouself kyk. En as hulle nie goed is vir jou nie, sal ons jou gaan haal."

"Hulle is darem nie almal eenders nie; daar is wonderlike mense ook wat baie goed vir my en die kinders is," verdedig Juliétte.

"Is daar 'n spesifieke wonderlike persoon?"

Juliétte glimlag deur die trane vir Robért. "Ek het my les geleer en gaan nie gou weer iemand naby my hart vertrou nie."

"Ek is seker 'n paar gaan probeer, anders is hulle nie ware manne nie."

"Ek wag vir 'n baie spesiale man, en ek twyfel of daar sulkes is." En dan vervolg sy op 'n ernstiger noot: "Want hy sal ook 'n pa vir my kinders moet wees . . ."

Op die lughawe huil sy onbeskaamd op albei se skouers toe dit tyd raak om te groet.

"Kom kuier asseblief vir ons," soebat sy deur die trane. "Ek gaan in my eie huis op die plaas woon en daar is baie plek."

Hulle kyk na mekaar en Miriélle knik. "Laat weet ons as jy ingetrek het."

Toe die son die volgende oggend oor Afrika opkom, verwonder Juliétte haar aan die opgewonde afwagting wat sy ervaar. Daar is nog baie onsekerhede oor haar en die kinders se toekoms, maar sy glo hierdie is die beste besluit wat sy op die oomblik kon neem. Haar kinders se toekoms lê in hierdie sonskynland.

# 5

Juliétte staan besluiteloos voor die spieël in haar kamer. Sy het die vorige dag uit Frankryk teruggekeer en het haar deur Frederick laat ompraat om vanaand 'n wynproegeselligheid by die kelder by te woon. Na lang oorweging trek sy 'n nuwe sjokoladebruin fluweelromp by 'n bypassende kort baadjie aan. Donker kouse en stylvolle bruin leerstewels rond die prentjie mooi af.

Terwyl sy na die beeld in die spieël kyk, wil haar moed haar egter begewe. Die romp se soom sit bo haar knie en sy voel meteens baie selfbewus oor dié nuwe voorkoms. Voordat sy egter verder kan tob, klop iemand aan die deur. Op haar antwoord stap Irma die kamer binne.

Sy gaan staan stil toe sy Juliétte gewaar. "Ek verkyk my nog elke keer aan jou!" roep sy verbaas uit. "Dit is soos 'n nuwe mens wat van die vliegtuig afgeklim het."

Juliétte glimlag verleë. "Ek moet self ook nog aan die nuwe beeld gewoond word. Vanaand voel ek skielik baie selfbewus en oorweeg dit juis om iets anders aan te trek."

"Jy lyk pragtig en gaan gewis nie iets anders aantrek nie," antwoord Irma ferm. "Die tweeling het juis nou vir ons sit en vertel hoe mooi jy vir hulle lyk vandat jy teruggekom het."

"Ek kan nou nog nie glo julle het my nie op die lughawe herken nie," sê Juliétte laggend. "Miriélle was baie in haar skik toe ek haar vertel het. Sy voel sy het in haar doel geslaag."

"Het die ander by die kelder jou al gesien?" wil Irma met 'n vonkel in haar oë weet.

"Nee, ek was nog nie daar nie. Die kinders het my te besig gehou."

Juliétte is dankbaar dat Irma en Frederick by haar is toe sy 'n uur later by die wynlokaal instap. Pieter en Cecile is reeds besig om borde eetgoed op die tafels uit te pak en Erik maak wynbottels oop.

Al drie se monde gaan gelyktydig oop toe hulle haar sien.

Dit is Erik wat eerste sy stem terugkry. "Waar op aarde het jy al die jare weggekruip?" wil hy bewonderend weet.

"Julle maak almal asof ek al die tyd soos 'n monster gelyk het," sê Juliétte blosend.

"Dis nie waar nie," keer Erik haastig. "Maar dis soos 'n skoenlapper wat uit 'n kokon geklim het."

"Dit was net 'n haarsny, Erik."

"Nee, dit was nie. Jou oë blink en jy hou jou kop regop; 'n haarsny kon dit nie doen nie . . . Moet net nie vir my sê jy het op 'n Fransman verlief geraak nie."

Juliétte moet lag oor die teleurstelling op sy gesig, maar dan verstil haar lag toe sy opkyk en Conrad en Bertus by die deur sien inkom.

"Hy het vanmiddag kom wyn haal en het besluit om vir die funksie te bly," verduidelik Erik.

Voordat Juliétte nog iets kan sê, is die twee broers by

hulle en daal daar 'n afwagtende stilte oor almal neer. Juliétte voel hoe twee paar oë op haar tot ruste kom.

Dan gee Bertus 'n sagte fluit. "My magtig, Juliétte, is dit jy? Ek het jou nie herken nie." Hy sit sy hande op haar skouers en kyk haar ongelowig aan.

Tot haar verleentheid voel sy weer hoe haar wange begin verkleur. Sy probeer egter kalm klink toe sy antwoord: "Hallo, Bertus."

Haar blik beweeg van Bertus na Conrad toe. Daar is 'n grimmige trek om sy mond, maar hy leun vorentoe, soen haar vlugtig op haar wang en sê afgetrokke: "Welkom terug."

Bertus het nog nie sy oë van haar afgehaal nie en skud sy kop. "Ek kan nie glo jy lyk so goed nie."

Tot Juliétte se verligting arriveer die eerste gaste en staan die familie nader om te groet. Sy bly selfbewus eenkant staan. Frederick draai egter om en roep haar: "Kom staan by ons." Vir die volgende halfuur hou hy haar aan sy sy en word sy kort-kort aan iemand voorgestel wat sy nie ken nie. Die afgelope jare het sy verkies om nie sulke geleenthede by te woon nie. Vanaand wil Frederick egter geen verskoning van haar hoor nie. Aan die een kant is dit 'n groot verligting, want Bertus probeer kort-kort met haar gesels. Hy moet later tou opgooi toe Frederick hom vir die soveelste keer onderbreek.

Juliétte verwonder haar aan die gemaklike manier waarop die hele gesin sosiaal kan verkeer. Hulle is so seker van wie hulle is en waar hulle hoort, dat hulle almal rondom hulle op hul gemak laat voel.

"En as jy so alleen staan?" Erik het stil langs haar kom staan.

"Ek kyk vir die De Villiers's."

"Hoekom kyk jy vir ons?" vra hy verbaas.

"Julle is 'n besonderse familie," sê sy ernstig. "Ek sou nie omgegee het as ek so 'n familie gehad het nie."

"Is jy dan nie deel van die familie nie?"

"Nie regtig nie," antwoord Juliétte met 'n skewe glimlaggie. "Ek is maar net Aspoestertjie by die koning se bal."

"Jy gaan nie terug vuurherd toe nie," laat Erik kwaai hoor. "Jy lyk te mooi hier by die koning se bal."

Sy gee sy hand 'n drukkie. "Wat sal ek sonder jou gemaak het?"

Erik sien Bertus nader stap en sê ondeund in haar oor: "Praat van prinse en konings. Hierdie een wil jou baie graag na sy kasteel toe neem . . ."

"Waarom annekseer jy Juliétte, terwyl ek haar oral soek?" vra Bertus ontevrede toe hy voor hulle staan. "Ek het nog nie kans gekry om met jou te gesels nie," sê hy verwytend met sy arm om Juliétte se skouers.

Erik maak sy oë groot agter Bertus se rug en Juliétte kan nie anders as om te lag nie. Voordat hulle egter verder kan gesels, kom Conrad nader gestap en Juliétte wonder waarom hy vanaand so ontevrede lyk.

"Juliétte, kan ek jou vir 'n oomblik sien?" vra hy sonder om na Bertus te kyk.

"Nee, ek wag al hoe lank om haar vir 'n paar minute alleen te kry." Bertus se arm span stywer om haar skouers terwyl hy uitdagend na sy broer kyk.

Conrad kyk vererg na Bertus en sy stem is kil toe hy sê: "As sy klaar gewerk het, kan jy haar met plesier weer kry."

Juliétte voel hoe die ergernis in haar opstoot. "Ek is jammer ek het nie geweet daar is werk wat ek moet gaan doen nie," sê sy net so kil terwyl sy Bertus se hand van haar skouer afskud.

Conrad neem haar aan die arm en stuur haar tussen die gaste deur. "Hier is twee Franse wynskrywers wat sukkel om te kommunikeer en as dit nie te veel moeite is nie, sal ek dit waardeer as jy jou oor hulle sal ont-ferm."

Frederick sug verlig toe Conrad en Juliétte by hulle aansluit. "Nou kan jy met graagte oorneem," sê hy op Afrikaans en verskoon homself.

Conrad stel haar aan die twee mans bekend en albei lag verlig toe sy hulle op Frans groet. Hulle begin da-delik met oorgawe gesels.

Tot Juliétte se ergernis bly Conrad by hulle staan en is sy verplig om vir hom te tolk. Saam beweeg hulle vier van tafel na tafel om die verskillende wyne te proe. Soms gaan dit moeilik om die regte Afrikaanse of En-gelse woord te vind. Juliétte is bewus daarvan dat sy later met haar hande saamgesels, maar sy kan haarself nie keer nie. Dit is 'n gewoonte wat sy probeer afleer, maar na drie weke in Frankryk kom dit weer outoma-ties. 'n Paar keer verbeel sy haar sy sien 'n geamuseerde lig in Conrad se oë.

Sy is verlig toe die funksie tot 'n einde kom en die gaste begin vertrek. Sy staan voor die kaggel en wag dat

60

Frederick en Irma haar roep om te ry, toe Bertus met 'n moedelose gesigsuitdrukking aangestap kom. "Nou gaan jy seker vir my sê jy is moeg en wil gaan slaap."

"Ja, ek ís moeg en wíl gaan slaap," antwoord Juliétte. Haar hande is styf inmekaar gevou.

"Ek sal dit net aanvaar as jy môreaand saam met my sal gaan eet."

"Ek weet nie . . ." huiwer sy.

"Geen verskonings nie," val hy haar in die rede. "Ek laai jou sewe-uur op." Met dié soen hy haar vlugtig en stap deur toe.

Juliétte gaan sit op die naaste stoel en wonder onrustig waar sy nuwe belangstelling in haar vandaan kom.

Pieter en Cecile kom sê nag en op haar vraag of hulle nie vir Frederick en Irma gesien het nie, antwoord Conrad agter haar: "Hulle is huis toe."

Juliétte kyk hulpsoekend na Pieter en Cecile. "Sal een van julle my gaan aflaai, asseblief?"

Pieter knik instemmend.

"Sy kan saam met my ry," sê Conrad saaklik, en Juliétte sien hoe die ander twee na mekaar kyk.

In die motor sit sy doodstil, maar kyk vraend na hom toe hy verby die huis ry en voor die kothuis stilhou. "Ons gaan eers koffie drink," sê hy terloops toe hy haar vraende blik sien.

Juliétte voel 'n fladdering op haar maag en wil eers sê sy is te moeg, maar hy het reeds uitgeklim en hou haar deur vir haar oop.

Hy steek eers 'n vuur in die klein kaggel aan voordat hy die ketel gaan aanskakel. Toe hy sien sy staan steeds

61

in die middel van die vertrek, beduie hy na een van die gemakstoele. "Sit gerus."

Sy probeer ongemerk rondkyk. Sy was al vantevore hier, maar nou is daar 'n paar ander meubelstukke by wat sy nie ken nie en die boekrak is vol boeke. Die koerant lê oop op die eetkamertafel en oor een van die stoele hang 'n dik trui en 'n serp. 'n Paar familiefoto's staan op die kaggelrak, onder meer een van die twee-ling. Verbaas wonder sy waar hy dit gekry het.

"My ma het dit vir my gestuur," praat hy agter haar. Hy sit 'n skinkbord met koffiebekers tussen hulle op die koffietafel en sak dan agteroor op die groot gemak-stoel. "Baie dankie vir jou hulp vanaand. Dit is soveel makliker as 'n mens mekaar kan verstaan," sê hy gesel-serig nadat hy 'n slukkie van sy koffie geneem het.

Juliétte haal haar skouers op en sê met 'n tikkie sar-kasme: "Dit is my werk."

Conrad kyk skielik met meer aandag na haar. "Jy is vir my kwaad omdat ek jou en Bertus se geselsie on-derbreek het."

Sy skud haar kop. "Ek was nie kwaad nie."

"Jy het vanaand 'n groot opskudding veroorsaak," gaan hy ongestoord voort.

Juliétte vat aan haar hare. "My vriendin het gedink dis 'n nodige verandering."

"Ek praat nie net van jou hare nie . . . maar dié lyk ook mooi. Dit lyk egter of jy . . . gevind het waarna jy gaan soek het," probeer hy woorde vind.

Sy kan net voor haar sit en kyk, nie seker of sy hom moet antwoord nie.

Hy het intussen sy bene uitgestrek en betrag haar peinsend deur half gesluierde ooglede. "Het jy toekomsplanne gemaak?" onderbreek hy na 'n oomblik of wat die stilte.

"Ek sou graag wou teruggaan na my vaderland." Sy huiwer. "Maar my kinders het ongelukkig geen ander familie as hierdie een nie. Hulle is seker klein genoeg om weer aan te pas, maar ek sal hulle graag die geleentheid wil gee om deel van 'n familie te wees."

"Ek dink jy het 'n goeie besluit geneem." Die oë wat so maklik speels kan lyk, rus ernstig op haar. "Beteken dit jy sal ook by die kelder aanbly?" Hy gooi nog hout op die vuur.

"Ek sal voorlopig aanbly, totdat jy iemand anders gevind het."

"Hoekom wil jy weggaan?"

Juliétte oorweeg haar antwoord. "Ek moet op my eie bene begin staan . . . Ek het lank genoeg weggekruip."

Conrad skud moedeloos sy kop. "Ek sal jou graag wil behou."

Sy skuif ongemaklik op die stoel rond en kyk wantrouig na die man oorkant haar. Hoekom maak hy dit vir haar so moeilik?

"Dit is 'n sakebesluit, en het niks met jammerte te doen nie," lees hy haar gedagtes. "Die kelders sal tou staan om jou te bekom."

Die onverwagse kompliment laat haar wange verkleur en sy sit haar leë beker terug op die skinkbord en staan haastig op. "Solank dit vir die kelder 'n goeie belegging is, sal ek aanbly, mits jy nie sal huiwer om my te sê as jy iemand anders wil aanstel nie."

"Jy sal die eerste wees om die nuus te hoor," belowe hy plegtig terwyl hy ook opstaan en sy hand na haar uitsteek. Sy is verplig om haar hand in syne te plaas.

"Mag dit vir ons twee 'n nuwe begin wees," laat hy ernstig hoor en vervolg dan met 'n glimlag: "En mag jy leer om my eendag in my oë te kyk."

Die oomblik toe sy in die geamuseerde oë opkyk, groet sy haastig. "Dankie vir die koffie. Goeienag."

Hy lag sag. "Wag, ek stap saam met jou."

Hulle neem kortpad langs die swembad verby, en 'n paar minute later is hulle by die groot opstal. Hy sluit die deure van die sonstoep oop en terwyl Juliétte vir die tweede keer nag sê, loop sy haastig die huis binne.

"O . . . terloops," roep hy haar weer tot stilstand, "jou twee Franse vriende het my en my vrou genooi om Saterdagaand saam met hulle in die stad te gaan eet, voor hulle teruggaan."

Juliétte draai stadig om en sê verbaas: "Ek het nie geweet jy het 'n vrou nie."

"Ek ook nie. Blykbaar het jy hulle laat verstaan ons twee is getroud."

Vir 'n oomblik is Juliétte sprakeloos, dan antwoord sy met gloeiende wange: "Ek het beslis nie."

Conrad hou sy hande paaiend in die lug. "Juliétte, ek terg jou net. Ek het jou as mevrou De Villiers be-kendgestel en hulle het aanvaar jy is my vrou."

"Ek hoop jy het hulle reggehelp," sê Juliétte nog steeds verontwaardig.

64

"My Frans is nie so goed nie." Sy gesig lyk die ene onskuld, maar sy kan sien hy lag vir haar.

"Ek wil nie saamgaan nie," sê Juliétte beslis.

"Jy moet, dis jou werk."

"Ek het skielik baie nuwe verpligtinge bygekry." Met dié woorde draai Juliétte onthuts om en stap kamer toe. Sy kan egter hoor hoe Conrad hardop lag, en vir die eerste keer twyfel sy aan haar besluit om hier aan te bly. Sy verstaan hom nie en weet nie wat sy van sy optrede moet dink nie. Dit sou heelwat makliker gewees het as hy haar en die seuns geïgnoreer het.

## 6

Juliétte sit saam met Bertus in 'n deftige restaurant in die stad. Dit is die vierde opeenvolgende aand wat hy haar uitneem. Hy weier om enige verskoning te aanvaar en daag elke aand met 'n bos blomme of duur, ingevoerde sjokolade by die huis op en bly daar sit totdat sy gaan aantrek.

Juliétte kon die vrae in Frederick en Irma se oë sien, maar sy kon hulle nie antwoord nie, hoofsaaklik omdat sy nie verstaan wat besig is om te gebeur nie.

"Kom kuier vir die naweek by my?" vra Bertus nou terwyl hy oorleun en sy hand oor hare plaas.

Sy skud dadelik haar kop en vra dan dringend: "Hoekom stel jy skielik weer in my belang? Ek lyk miskien vir jou anders as die afgelope twee jaar, maar ek is nog dieselfde mens met wie jy nie langer getroud wou wees –"

"Ek wíl met jou getroud wees," val hy haar in die rede. "Ek wou net nog nie kinders hê nie!"

Juliétte gee 'n skewe laggie. "Bertus, dit is te laat vir ons twee om weer te probeer. Daar het te veel gebeur."

"Is daar iemand anders?" vra hy met vernoude oë en 'n ontevrede trek om sy mond.

"Nee, daar is niemand nie."

"Dan is daar geen rede waarom ons nie weer kan probeer nie." Hy glimlag tevrede.

"Jy vergeet ek het nou twee kinders."

"Ek is seker ek sal kan leer om 'n pa te wees. Jy probeer verniet allerhande verskonings uitdink; jy weet ek gooi nie maklik tou op nie."

"Ek sien nie weer daarvoor kans nie," antwoord Juliétte sag. "Ek is vir die eerste keer in 'n baie lang tyd gelukkig en ek wil nie weer my lewe kompliseer nie."

Bertus skud sy kop. "Dit sal nie weer dieselfde wees nie. Daarvoor het jy my woord."

"Ek wil huis toe gaan, asseblief."

"Die aand het nou eers begin. Ons gaan nog later vriende van my vir koffie ontmoet."

Juliétte skud moeg haar kop. "Nie vanaand nie, dankie."

Hy is besonder stil op pad plaas toe en Juliétte voel hoe die spanning in haar toeneem. Dit sal so maklik wees om toe te gee en te maak asof die verlede nie gebeur het nie, maar dit is asof sy rooi ligte sien flikker wanneer sy daaraan dink.

Toe hy haar in die voorportaal groet, trek hy haar nader en wil haar soen, maar sy draai haar uit die omhelsing los.

"Hoe laat kan ek jou môreaand kom haal?"

"Ek gaan nie môreaand saam met jou uit nie."

"Waarom nie?" Sy kan sien hy is ontevrede.

"Ek moet werk."

"Van wanneer af werk jy op 'n Saterdagaand?"

"Bertus, asseblief –"

"Saam met wie gaan jy môreaand uit?"

"Saam met my." Juliétte swaai verskrik om vir die stem agter hulle. Conrad staan doodluiters teen die trapreling en kyk kalm na die toneeltjie voor hom.

Bertus kyk verbaas na sy broer en begin ongelowig lag. "En as ek mag vra, waarheen gaan julle miskien?"

"Jy mag nie vra nie, want dit gaan jou nie aan nie." Hoewel daar 'n spiertjie in Conrad se wang begin spring, is sy stem kalm en vriendelik.

"Hoekom moet Juliétte op 'n Saterdagaand werk?" Bertus is duidelik vererg en probeer nie om dit weg te steek nie.

"Omdat ek haar gevra het."

Bertus kyk na Juliétte asof hy haar die kans wil gee om Conrad te weerspreek. Sy sê egter nie 'n woord nie; staan net voor haar en kyk. Hy draai in sy spore om en trek die groot geelhoutdeur met 'n harde slag agter hom toe.

Sonder om na Conrad te kyk, stap Juliétte haastig by hom verby teen die trap op. Sy weet sy behoort nag te sê, maar sy het genoeg vir een aand gehad.

Sy loer by die tweeling se kamer in en Sofie kyk verbaas op. "Mevrou is vroeg terug. Was dit nie 'n lekker aand nie?"

"Ek was moeg," is al wat sy daarop sê, maar vervolg dadelik vriendeliker: "Baie dankie dat jy by hulle gebly het. Ek hoop hulle was soet."

"Stroopsoet, soos altyd. Meneer Conrad het vir hulle 'n storie kom lees toe hy teruggekom het van die dorp af."

Juliétte kyk na die opgewonde gesig voor haar. Sy wil eers 'n opmerking maak, maar besluit daarteen. Nadat sy Sofie gegroet het, stap sy kamer toe.

Die oomblik toe sy op haar bed gaan sit, lui haar selfoon in haar handsak. Ongewoond aan oproepe daardie tyd van die aand, kyk sy na die nommer op die skermpie, maar dis nie 'n nommer wat sy ken nie.

"Goeienaand."

"Waarom is jy kwaad vir my?"

Sy herken dadelik Conrad se stem en voel hoe die bloed weer na haar gesig styg.

"Juliétte . . .?"

"Ja."

"Wou jy môreaand saam met Bertus uitgegaan het?"

"Nee."

"Wat is dan die probleem?"

"Ek kan namens myself praat en vind dit aanmatigend dat jy en Bertus my oor my kop bespreek of ek aan julle behoort."

Daar is 'n kort stilte voor Conrad se verbaasde lag

oor die lyn opklink. "Ek is jammer. Ek wou net nie hê Bertus moes sy irritasie op jou uithaal nie."

Sy voel skielik intens moeg en groet sonder 'n verdere woord.

Hy sug. "Lekker slaap. Sien jou môreaand."

Toe sy klaar aangetrek is, loer Juliétte 'n laaste keer in die spieël. Die nuwe swart langbroek met die effense klokpype lyk heel mooi. Daarby het sy besluit om die kort swart baadjie met die kunspels om die kraag aan te trek. Al juwele wat sy dra, is 'n paar klein goue oorringe. Op 'n ingewing sit sy haar oorlede ma se trouring aan haar regterhand. Dié eenvoudige goue band met die twee diamante het vir haar groot sentimentele waarde en is daarom een van haar kosbaarste besittings.

Die tweeling is reeds gebad en sit saam met Frederick en Irma voor die kaggel in die studeerkamer toe Juliétte daar kom. Sy het hulle die oggend saam dorp toe geneem en vir elkeen 'n nuwe speelgoedtrekkertjie gekoop. Met dié is hulle besig om die mat om te ploeg, want volgens hulle wil hulle wingerd plant.

Sy het skaars gesit toe Conrad binnekom. Hy lyk vanaand besonder aantreklik, dink Juliétte onwillekeurig. Die donkerblou dubbelborsbaadjie en spierwit hemp lyk mooi teen sy sonbruin vel en grys slape. Die baadjie beklemtoon sy breë skouers en Juliétte kan weer verstaan waarom daar blykbaar 'n tou meisies agter hom aan is. Sy kyk egter haastig weg toe hy na haar kyk.

Hulle groet die ander en nadat sy die twee seuntjies

69

vermaan het om soet te wees, stap sy saam met hom buitentoe.

Die motor staan reeds voor die voorstoep en Conrad hou die deur vir haar oop om in te klim. Toe hy langs haar inskuif, skakel hy egter nie die motor aan nie, maar draai hom skuins in die sitplek sodat hy haar kan sien.

"Kan ons asseblief 'n skietstilstand verklaar . . . ten minste net vir die aand? Môre kan jy weer met my baklei."

Juliétte kyk in die donker oë wat baie naby haar is. Sy kan net knik. Hy sit 'n oomblik langer na haar en kyk, asof hy nog nie tevrede is nie, skakel dan die motor aan. Vir 'n paar kilometer is dit net die dreuning van die motor se enjin wat hoorbaar is.

"Jy lyk besonder mooi vanaand." Conrad sê dit sonder om sy oë van die pad te neem.

Juliétte skraap al haar moed bymekaar en sê stram: "Jy lyk ook baie deftig."

Hy kyk verbaas na haar en 'n glimlag begin aan sy mondhoeke trek. "Baie dankie, dis 'n onverwagse maar aangename kompliment om van jou te kry."

Sy is meteens bly oor die donkerte, en wonder vererg waarom hy dit telkens regkry om haar op haar ouderdom nog so te laat bloos, asof sy 'n tienermeisie is. Sy weet hy speel met haar en sy vermoed hy lag lekker elke keer wanneer hy sien hoe sy bloos en oor haar woorde struikel. Gelukkig gaan hulle nie die hele aand alleen wees nie en sy sal 'n keer 'n taalvoorsprong hê.

Met die instap in die restaurant sien hulle dadelik

hul twee gashere wat hulle met groot glimlagte inwag. Hulle neem by die klein kroegie plaas en die kelner bring vir elkeen 'n glasie sjerrie.

Die twee Franse begin met soveel oorgawe gesels dat Juliétte goed moet konsentreer om vir Conrad te kan tolk. Maar die gesprek vlot maklik en selfs sy is aansienlik meer ontspanne toe hulle die kelner na hulle tafel toe volg.

'n Stem langs Juliétte laat haar en Conrad gelyktydig vassteek.

Conrad draai na die eienaar van die stem en aan sy gesigsuitdrukking kan Juliétte sien hy het dit herken voordat hy die meisie gesien het.

"Naand, Susan . . . Hoe gaan dit met jou?"

Die meisie buk oor en soen Conrad sag op sy mond. "Noudat ek jou gesien het, gaan dit baie goed." Sy kyk nie vir 'n sekonde weg van sy gesig af nie.

Juliétte probeer ongemerk langs Conrad verbyskuif om solank die ander twee te volg. 'n Hand op haar arm laat haar egter tot stilstand kom.

"Juliétte, laat ek jou voorstel. Dit is Susan Malherbe, en dit is —"

"Ek weet wie dit is," val die meisie hom in die rede. "Bertus se eks."

Juliétte knik ligweg, maar draai dan weg en volg haar twee landgenote na hul tafel.

Na 'n paar minute sluit Conrad by hulle aan en sê onderlangs op Afrikaans: "Ek is jammer. Dit was 'n baie onnodige opmerking."

Haar skouers roer effens. "Maar feitelik korrek."

71

Dan draai sy na die twee buitelanders en vertaal met 'n onskuldige gesig: "Conrad vra om verskoning dat hy net eers 'n báie goeie vriendin moes groet."

Die twee Fransmanne se blikke gaan belangstellend na Susan en haar metgesel wat twee tafels verder plaasneem, en dan lewer albei onderlangs kommentaar.

"Wat het hulle gesê?" wil Conrad weet toe Juliétte haar kop blosend skud.

"Hulle is beïndruk deur jou wat 'n vrou én 'n meisie kan aanhou," jok sy ontwykend. Sy gaan beslis nie vir hom sê haar twee landgenote is van mening dat sy 'n beter keuse as sy blonde vriendin is nie.

Hy kyk haar ongelowig aan en sy tel die spyskaart op en hou haar daarmee besig.

Die aand verloop verder gesellig. Juliétte weet nie of dit die wyn of die teenwoordigheid van twee landgenote is wat haar vanaand soveel selfvertroue gee nie, maar soos die aand vorder, neem sy al hoe meer aan die gesprek deel. Sy kan later selfs 'n paar kwinkslae na Conrad mik, tot groot vermaak van die ander twee. Of miskien is dit omdat die kil blikke van die blonde meisie haar ontsenu. Juliétte weet nie of Conrad bewus is daarvan dat hulle dopgehou word nie; indien wel, laat hy dit nie deur woord of daad blyk nie.

Dit is byna middernag toe die vier van hulle aanstaltes begin maak om te vertrek. In die sitkamer neem Juliétte en Conrad afskeid van die ander twee en stap stil langs mekaar voordeur toe.

Susan en haar metgesel staan by die ontvangstoonbank toe Juliétte en Conrad verbystap, en die meisie stap doelgerig voor Conrad in en sit haar hand besitlik op sy arm. "Wanneer sien ek jou?"

Juliétte verwonder haar aan soveel selfvertroue en vererg haar terselfdertyd vir die manier waarop die vrou haar rug op haar draai. Sy besluit om buite die voordeur vir Conrad te wag, maar asof hy haar gedagtes gelees het, sluit sy hand om hare en sy is verplig om te bly staan. Sy kyk ongemaklik van die een na die ander en weet nie vir wie sy die versigtigste is nie. Daar is duidelik 'n klomp onafgehandelde emosie tussen hulle en die frustrasie is duidelik op Susan se gesig te sien.

"Ek weet nie, Susan, ek is baie besig op die plaas. Ek sal jou bel."

Sy kyk na Juliétte en dan weer na Conrad en gee 'n klein laggie. "Dit sal dalk help as jy vir jou 'n assistent kry wat kan help werk. Of hou jy haar vir ander redes aan?"

Juliétte het haar lanklaas so vererg. Sy kan verstaan dat die vrou dalk gefrustreerd is, veral as sy nog gevoelens vir Conrad het, maar sy wat Juliétte is was beslis nie die oorsaak van hulle probleme nie. Waarom maak die vrou haar dan die teiken van haar wrewel? Sonder om verder te dink, strek sy haar en soen Conrad ligweg teen sy wang. Sy hou haar stem sag en strelend toe sy praat: "Verskoon my vir 'n oomblik, chérie, ek is nou terug."

Juliétte wag nie om die uitdrukking op Conrad se gesig te sien nie; die manier waarop Susan se oë vernou, is genoeg. Met 'n gevoel van genoegdoening draai sy om en stap na die kleedkamer toe. Haar bravade is egter van korte duur en toe sy voor die spieël staan, druk sy haar hande teen haar rooi wange. Sy weet nie wat haar besiel het nie en het geen behoefte om weer vanaand vir Conrad te sien nie. Sy kan dink hy is nie baie gelukkig met haar nie. Die stukkie kinderagtige optrede het waarskynlik die situasie nog meer ingewikkeld gemaak.

Dan begin sy saggies lag. Sy moes beslis te veel wyn gedrink het.

Na 'n paar minute in die koel kleedkamer, voel sy aansienlik beter en is dankbaar toe sy in die portaal kom en Conrad alleen vir haar staan en wag. Een kyk na sy gesig laat egter al haar bravade verdamp en sy kyk haastig weg. Tot haar verbasing lyk hy meer geamuseerd as vies.

Sonder 'n woord neem hy haar aan die arm en hulle stap saam motor toe. Sy sit met oordrewe belangstelling na die motors langs hulle en kyk toe Conrad die groot motor behendig in die verkeerstroom inswaai en dit is eers toe hulle die middestad verlaat, dat hy vir die eerste keer na haar kyk.

"Dit lyk my ek moet jou net kwaad genoeg maak, dan doen jy baie interessante dinge."

"Ek is jammer as ek vir jou probleme veroorsaak het," antwoord Juliétte. "Ek het te veel wyn gedrink . . ."

"Ek glo nie vir 'n oomblik jy is jammer nie; dit was presies wat jy wóú doen."

"Ek het my vervies omdat sy my ook soos een van julle besittings behandel het en van my praat asof ek nie bestaan nie."

74

"Ek het gedink na daardie openlike liefdesverklaring behoort jy tog aan my. Was ek verkeerd?"

Juliétte skud haar kop. "Dít was allermins 'n liefdes-verklaring."

"Dán kan ek nie wag vir 'n regte een nie."

Sy kan hoor hy geniet homself en sy maak 'n gebaar met haar hand. "Jy is nou sommer laf. Ek het vir 'n oomblik sommer net nie gedink wat ek doen nie."

Hulle het intussen by die plaashek ingedraai en Conrad ry stadig tussen die wingerde deur.

Toe hy die voordeur oopstoot en haar laat instap, begin sy selfoon lui. Hy huiwer, maar haal dit tog uit sy sak en antwoord.

Sy sien hoe hy frons en sy hoop dit is nie slegte nuus nie.

"Susan, ek kan nie nou praat nie. Ek bel jou môre."

Juliétte begin omdraai, maar hy lig sy hand en sê sag terwyl hy 'n oomblik die selfoon weg van sy oor hou: "Moenie loop nie, ek wil nog gou met jou praat."

Sy maak egter of sy hom nie hoor nie en draf die trappe op.

Nadat sy by die tweeling ingeloer het, trek sy vinnig haar slaapklere aan en val moeg op die bed. Laat hy maar sy eie lewe uitsorteer. In die vervolg sal sy versigtiger wees wat sy aanvang. As sy ook eers in haar eie huis is, sal dinge weer meer normaal voel.

75

## 7

"Hoekom het jy my nie vertel daar is iets tussen jou en Conrad aan die gang nie?" Helen kyk beskuldigend na Juliétte.

Juliétte staan op en maak die laboratoriumdeur toe. "Daar is niks tussen ons aan die gang nie. Waar kom jy daaraan?"

Juliétte kon haar oë nie glo toe Helen die Maandagoggend so vroeg by die kelder instap nie. Met die eerste oogopslag kon sy sien haar vriendin het iets gewigtigs op die hart.

"Mense het julle gesien, Juliétte. En volgens dit wat ek hoor, is alles beslis nie so onskuldig soos jy dit wil laat klink nie."

Juliétte hou haar vinger voor haar mond en sê fluisterend: "Moenie so hard praat nie. Netnou hoor een van die ander jou." Sy gaan sit agter die lessenaar en begin sag lag. "Dit was nie soos dit gelyk het nie, glo my."

Helen het ook gaan sit. "Nou vertel my dan hoe dit is, en bewaar jou siel as jy vir my jok."

Juliétte vertel laggend van die voorval by die restaurant en Helen se mond val verbaas oop. "Ek kan nie glo dat jy, van alle mense, so iets sal doen nie."

Juliétte vee oor haar hare en sê kopskuddend: "Ek ook nie. Ek was op daardie oomblik net so geïrriteerd dat ek nie normaal gedink het nie."

Helen bars uit van die lag. Sy lag tot daar trane uit haar oë loop. Toe sy eindelik die trane afvee en tot bedaring kom, laat sy met 'n sug hoor: "Ek is so trots op jou. Jy het lank genoeg jou kop laat hang en die wêreld oor jou laat loop. Ek wens net ék was daar om Susan se gesig te sien." Dan oorval die lag haar weer.

"Wie het vir jou vertel?"

"Bertus het my gisteraand gebel om te vra of daar waarheid in die storie is," laat Helen oplaas uitasem hoor. "Jy kan dink hoe verbaas ek was, maar ek het net gesê ek is jammer ek kan nie kommentaar lewer nie." Vir 'n oomblik vrees Juliétte dat Helen weer gaan begin lag.

"Waarom het jy nie vir Bertus gesê dit is 'n vals gerug nie?" vra Juliétte beskuldigend.

Helen se oë begin weer vonkel. "Nooit. Ek en Louis was so opgewonde, ons kon nie slaap nie."

Juliétte kan bloot haar kop in ongeloof skud. "Julle het seker nie vir 'n oomblik geglo dit is wáár nie."

"En hoekom nie? Ek dink julle sal wonderlik vir mekaar wees."

"Helen, moet asseblief nie dat jou verbeelding met jou weghardloop nie." En dan voeg sy half ingedagte by: "Sy is darem 'n pragtige vrou; hulle moes 'n baie mooi paartjie gewees het."

"Sy is, maar sy is 'n moeilike mens en Conrad kan bly wees hy het destyds weggekom. Daai vrou sal enige man se lewe moeilik maak."

"H'm . . . maar ek dink nie sy gaan hom hierdie keer laat wegkom nie."

'n Klop aan die deur laat albei vroue stilbly. Magriet kom ingestap met briewe wat Juliétte moet teken. Sy kyk nuuskierig van die een na die ander. "Waaroor is al die opgewondenheid?"

"Helen het goeie nuus gekry," laat Juliétte mompelend hoor.

Magriet kyk verbaas na Helen. "As ek van julle gelag moet aflei, is dit besonder goeie nuus."

Helen se oë begin weer vonkel en sy kyk na Juliétte toe sy antwoord: "Dit is . . ."

Magriet neem die briewe by Juliétte en stap uit, maar draai by die deur weer om. "Ek het byna vergeet . . . daar het 'n joernalis van 'n tydskrif geskakel om 'n afspraak te maak vir 'n onderhoud met jou."

"Waar kom hulle aan my?"

"Hy was by die wynproe en het jou vlugtig ontmoet. Wanneer kan jy hom sien?"

Juliétte skud beslis haar kop. "Ek gaan geen onderhoud met 'n joernalis doen nie. Laat hulle met Conrad 'n onderhoud voer."

Magriet en Helen probeer vir 'n paar minute om haar van besluit te laat verander, maar gee later moed op.

Toe Magriet uit is, staan Helen ook op en Juliétte stap saam met haar motor toe.

Helen waai uitgelate toe sy wegtrek.

Terug in haar kantoor sit sy vir 'n paar minute starend deur die venster en kyk. Haar lewe was so rustig en voorspelbaar voor Conrad se terugkoms; nou is daar kort-kort die een of ander woeling. Sy is nie seker wat sy verkies nie. Sy hou daarvan om te weet wat sy kan verwag; verrassings maak haar onrustig.

Toe die telefoon oomblikke later lui, is sy huiwerig

78

om te antwoord. En soos sy gevrees het, is dit Bertus aan die ander kant.

"Wat is tussen jou en Conrad aan die gang?"

Juliétte vervies haar onmiddellik vir sy stemtoon. "Dit het niks met jou te doen nie."

"Los die kinderagtigheid, Juliétte."

"Ek is nie kinderagtig nie. Ek is baie ernstig as ek vir jou sê ek is geen verduideliking aan jou verskuldig nie."

"Ek kom laai jou sesuur se kant op, dan gaan eet ons iets. Daar is 'n paar dinge waaroor ek met jou wil praat."

Juliétte kyk deur die venster na die wingerde en die berge wat vanoggend persblou is. Aan die een kant wil sy haar vervies en die telefoon neersit, maar aan die ander kant voel sy vreemd jammer vir Bertus.

"Ek gaan nie weer saam met jou uit nie. Ek het vir jou gesê dit is te laat vir ons om weer te probeer, maar jy het verkies om my nie te hoor of te glo nie. En ek probeer nie speletjies speel nie. Dit het my twee jaar geneem om weer my voete te vind; ek het geen begeerte om my lewe van voor af omver te werp nie." Juliétte voel hoe die kalmte wat sy oomblikke gelede gevoel het, verdwyn en sy onwillekeurig al meer ontsteld raak. Hierdie is die laaste gesprek wat sy op die oomblik met Bertus of enige ander man wil hê.

"Ek is baie lief vir my broer, maar ek hoop jy besef hy gebruik jou net om Susan jaloers te maak. Moenie jou hart op my broer sit nie; jy is nie sy tipe nie."

"Ek is heeltemal bewus daarvan, maar ek is ook nie jou tipe nie, Bertus." Sy sit die gehoorstuk neer en sak dan stadig af grond toe met haar rug teen die koue muur. Sy vee oor haar gesig. As sy nie so moeg gevoel het nie, kon sy seker gelag het. Hoe het sy na al die tyd weer in so 'n situasie beland, en dit met Bertus van alle mense? Terwyl sy eintlik net gelos wil word om 'n rustige nuwe lewe vir haar en die kinders te probeer skep. Dit het dalk tog maar tyd geword dat sy vir 'n ander werk uitkyk. Terwyl sulke gedagtes deur haar kop flits, laat sy haar kop op haar knieë sak.

"Wat op aarde maak jy op die vloer? Het iets gebeur?"

Conrad en Erik staan in die deur en kyk bekommerd na haar.

Toe sy nie antwoord nie, herhaal Conrad sy vraag, net dringender: "Wat maak jy op die vloer?"

"Ek sit sommer."

Die twee broers kyk na mekaar, dan weer na Juliétte. Sy maak egter geen aanstaltes om op te staan nie.

Erik buk oor haar en lig haar orent. Toe sy voor hom staan, sit hy sy hande op haar skouers en kyk bekommerd af in haar oë. Sy stem is streng en gebiedend toe hy praat: "Juliétte, sê vir my wat gebeur het."

Sy skud haar kop. "Niks het gebeur nie. Ek het sommer net 'n bietjie gesit."

Erik hou haar nog 'n oomblik vas, maar toe sy niks verder sê nie, laat hy haar los en kyk hulpsoekend na Conrad wat nog steeds met nougetrekte oë in die deur staan.

"Ons het jou kom haal om saam met ons te gaan eet. Cecile het heerlike kos vanmiddag," sê Erik.

Juliétte skud haar kop. "Nee dankie, ek is nie honger nie."

"Kom drink dan net 'n koppie koffie saam," hou hy vol.

Sy knik ingedagte, en oomblikke later skuif sy langs Erik by een van die tafels in die eetlokaal in.

Cecile kom sit stomende kommetjies sop voor elkeen neer en in die middel van die tafel 'n mandjie met varsgebakte brood. Juliétte voel kort-kort Erik en Conrad se vraende blikke op haar, maar is dankbaar vir die ander personeel se teenwoordigheid wat hulle verhoed om verdere vrae te vra.

"Juliétte, ek hoor die tydskrifte staan tou om 'n onderhoud met jou te kry."

Dit is Pieter wat haar uit haar gedagtes ruk. Onmiddellik is alle oë nuuskierig op haar en Juliétte kyk beskuldigend na Magriet. Sy is seker dit is waar Pieter sy inligting gekry het.

Voordat Juliétte kan antwoord, fluit Erik saggies. "Ek het gewonder wanneer hulle gaan toeslaan; 'n paar het my by die wynproe kom vra wie jy is."

Cecile sien duidelik ook haar kans en sê met oortuiging: "Dit is net jammer Juliétte weier om met hulle te praat. As dit ek was, sou ek so geëerd gevoel het, en dit sal goeie publisiteit vir die kelder wees."

Juliétte kyk van Pieter na Cecile en vra met kwalik verbloemde ergernis: "Waarom doen júlle dan nie die onderhoud nie?"

"Want hulle het ons nie gevra nie," kom dit snipperig van Magriet.

81

"Wel, ek het niks om vir hulle te sê nie." Juliétte stoot haar stoel agteruit en draai sonder 'n verskoning om en stap na haar kantoor toe.

Wat is dit vandag met almal? Van wanneer af kan almal my lewe reël? wonder sy vies toe sy die kantoordeur agter haar toemaak. Voorheen het hulle haar met rus gelaat. Sy het haar werk gedoen en almal het op 'n beleefde afstand gebly. 'n Knaende stemmetjie herinner haar dadelik daaraan dat sy nie graag weer so geïsoleerd wil lewe nie. Sy het begin gewoond word aan die personeel se groter vrymoedigheid teenoor haar.

'n Ligte klop aan die deur laat haar gesteurd opkyk, maar tot haar verligting is dit Erik wat om die deur loer. "Is dit veilig om in te kom?"

Juliétte gee 'n glimlaggie. "Het hulle jou afgevaardig om te kom kyk waarom ek sulke swak maniere het?"

"Nee, ek kom hoor wat verkeerd is . . . Ek is bekommerd oor jou."

Juliétte sit haar arms om sy nek en druk hom 'n oomblik vas. "Wat sou ek al die tyd sonder jou gedoen het? Ek kon nie vir 'n beter broer gevra het nie."

"Dankie, maar vleitaal gaan jou nie help nie. Ek wil weet waarom lyk en tree jy op asof jy besig is om van jou varkies te verloor."

Sonder om daaroor te dink, begin sy hom van Bertus se oproep vertel.

Erik luister sonder om haar te onderbreek en toe sy klaar vertel het, skud hy sy kop. "Ek het geweet Bertus gaan die een of ander tyd berou kry. Is jy seker jy wil nie weer probeer nie?"

Juliétte kyk lank stil na hom en haar stem is hees toe sy antwoord: "As dit 'n paar maande vroeër was, sou ek seker ja gesê het."

"Wat het verander?"

"Ek het die afgelope paar maande baie geleer. Soos dat ek nie meer bang is om alleen te wees nie, of om 'n enkelouer te wees nie. Dit is nie maklik nie, maar ek sal dit oorleef."

"Het jy hom nog lief?"

"Ek weet nie of jy dit liefde kan noem nie. Ek kan nie glo ek sê dit nie, maar ek is jammer vir hom, want ek dink hy sou graag anders wou wees as hy kon."

Erik sit sy arms om haar en hou haar 'n oomblik styf teen hom. "Ek dink dit was 'n goeie besluit. Daar sal wel weer eendag iemand verbykom wat jou hart vinniger laat klop, en tot daardie tyd kan jy my maar leen."

Juliétte snork hardop. "Ek sal nie eers weet wanneer dit die regte een is nie . . ."

Erik soen haar vlugtig teen haar voorkop voordat hy laggend sê: "Ek sal jou sê."

"Ek is jammer om julle te steur, maar ons het nog werk om af te handel."

Nie een van hulle het die deur hoor oopgaan nie en die skielike stem agter hulle laat albei opkyk. Conrad staan in die deur.

Erik vee oor haar wang. "Jammer, maar jy sal jou eers van my af moet losskeur. Dit lyk my ek gaan moeilikheid kry as ek nie nou gaan werk nie."

Juliétte glimlag, maar sluk haar antwoord toe sy na

Conrad kyk. Die duiwel is vandag op die plaas los, besluit sy toe sy hulle agterna kyk.

Juliétte is verlig toe die middag tot 'n einde kom en almal begin huis toe gaan. Sy is bly toe Gerhard aanbied om toe te sluit, en sy stap moeg huis toe. Die tweeling kom vertel opgewonde hulle het saam met Erik in sy bakkie gery, en dan hardloop hulle weer om nog iets opwindends te gaan doen.

Irma sit op die sonstoep en Juliétte sak by haar op 'n stoel neer.

"Was dit 'n moeilike dag?" Die ouer vrou kyk met soveel deernis na haar dat Juliétte dadelik vermoed Bertus het met sy ma gepraat.

"Het Bertus met julle gepraat?"

"Ja, hy was vanoggend hier by ons na julle telefoongesprek . . . en ons dink albei jy het die regte besluit geneem," haal sy die wind uit Juliétte se seile.

"Ek is jammer. Ek weet dit sou julle baie gelukkig gemaak het, maar ek dink nie dinge sal ooit weer tussen my en Bertus werk nie en dalk is dit goed dat dit nou gebeur het. Ek sou dalk altyd gewonder het."

Irma sit haar hand op Juliétte s'n en sê met groot oortuiging: "Ons sal baie gelukkig wees as jy weer iemand vind wat vir jou lief is, en vir wie jy lief kan wees, maar dit is nie Bertus nie . . . Ons het dit ook vir hom gesê."

Juliétte voel hoe die trane agter haar oë begin brand. Sy dink aan al die kere wat sy hierdie vrou se hand op haar arm of skouer gevoel het en geweet het sy kan met enigiets na haar toe gaan. Daarom staan sy op en gaan sit haar arms om Irma. "Baie dankie vir alles. Ek sal julle nooit kan vergoed vir alles wat julle die afgelope paar jaar vir my en die kinders gedoen het nie."

"Ons vergoeding is dat jou oë soms weer blink en ons jou meer dikwels hoor lag."

"En waaroor is al die trane?" Frederick en Conrad kom ingestap en kyk verbaas van Irma na Juliétte.

"Niks wat julle sal verstaan nie," laat Irma met 'n laggie hoor, terwyl Juliétte haar wange afvee.

Maggie bring 'n skinkbord met koffie en Juliétte is verplig om eers saam te drink, terwyl sy eintlik brand om in haar kamer te kom. Dit is die derde keer vandag dat Conrad in vreemde omstandighede op haar afkom: die eerste keer op die vloer in haar kantoor, toe in Erik se arms en nou in trane saam met sy ma. Sy kan net raai wat hy teen hierdie tyd dink. Daarom hou sy haar oë op die koppie in haar hand gerig en probeer om nie na hom te kyk nie. Sy volgende woorde laat haar egter vinnig opkyk, en sy kan nie glo dis dieselfde man wat 'n paar uur vantevore in haar kantoordeur gestaan het nie. Hy lyk ontspanne en glimlag gemaklik.

"Het Juliétte julle vertel dat 'n tydskrif 'n artikel oor haar wil doen?"

Frederick en Irma kyk verras na haar. "Dit sal interessant wees, en sommer goeie publisiteit vir die kelder ook," laat Frederick opgewonde hoor.

"Dis wat ons almal voel, maar sy stel nie belang nie."

Juliétte kyk na hom en wens die dag kan nou klaarkry.

"Natuurlik gaan jy dit doen," laat Irma beslis hoor. "Dink hoe opgewonde die kinders sal wees om jou in 'n tydskrif te sien."

"Ek het nog nie besluit of ek dit wil doen nie," antwoord Juliétte ontwykend.

"Daar is niks om oor te besluit nie. Conrad, laat hulle môre die tydskrif bel en 'n afspraak maak."

Juliétte kyk moedeloos na Irma, wie se trane duidelik iets van die verlede is. Dis asof hulle haar in 'n stroom gegooi het en al wat sy kan doen, is om saam met die stroom te gaan. 'n Vreemde gedagte vir haar. En dan besef sy waarom Conrad die brokkie nuus aan sy ouers oorgedra het. Hy het geweet wat hulle reaksie sou wees en dat sy nie vir hulle nee kan sê nie. Op daardie oomblik verwens sy hom met alles wat sy het.

Irma begin dadelik moontlike plekke vir foto's identifiseer en Juliétte luister in stomme verontwaardiging hoe die besluit uit haar hande geneem word.

Nadat hulle koffie gedrink het en nog 'n wyle gesels het, verskoon Conrad homself. Op 'n vraag van Frederick of hy vir aandete daar sal wees, skud hy sy kop en antwoord vaag iets van 'n afspraak. Met 'n laaste triomfantelike blik na Juliétte, stap hy op die wye stoep uit en langs die swembad verby na die kothuis onder die hoë akkerboom.

Juliétte kyk hom agterna en wens sy voet gly en hy val in die swembad. En dan moet sy glimlag vir haar kinderagtigheid.

# 8

Juliétte staan by 'n ou houtvat, besig om wyn uit te tap wat sy wil toets. Sy kan voel hoe 'n diep tevredenheid in haar kom lê. Die hele proses van wynmaak is na al die jare steeds een van haar groot liefdes. Vandat die eerste druiwe by die kelder afgelaai word, tot daardie eerste bottel volgemaak is. Die afgelope maand het daar 'n rustigheid oor die kelder kom lê wat sy terdeë geniet. Die werk is aansienlik minder en sy het tyd om soms sommer net tussen die vate deur te loop en haar te verbeel sy kan die proses sien wat binne-in aan die gang is – die vermenging van soveel verskillende elemente, geure en smake. Dit is asof die magiese wisselwerking ook rondom die vate aan die gang is en die atmosfeer is afwagtend stil. Dis soos om vir geliefdes te kom kuier.

Sy dink vir die soveelste keer hoe gelukkig sy is om hier te kan werk. Sy sal Conrad altyd dankbaar wees dat hy nie haar bedanking aanvaar het nie. Sy weet sy sal waarskynlik eendag by 'n ander kelder moet gaan werk, maar op die oomblik is dit vertroostend om nog 'n bietjie tussen die bekende te wees. Nie dat die afgelope tyd in sy diens altyd maklik was nie. Inteendeel, soms het dit vir haar gevoel sy kan hom te lyf gaan, en ander kere moes sy weer verbaas staan oor sy bedagsaamheid. As sy egter met haarself eerlik wil wees, het sy met elke nuwe uitdaging wat hy aan haar gerig het sterker anderkant uitgekom.

Soos weer verlede week met die onderhoud vir die tydskrif. Die aand voor die tyd het sy tot laat in die studeerkamer bly sit. Frederick en Irma het haar die hele aand probeer gerusstel, maar haar senuwees het aan haar geknaag en sy was van voor af geïrriteerd met almal wat haar in hierdie situasie laat beland het. Conrad inkluis. Sy het opgekrul op een van die rusbanke voor die kaggel gesit, met die meesleurende musiek uit die musiekblyspel *Les Misérables* rondom haar. Hoe lank hy vir haar gestaan en kyk het, weet sy nie, want sy het eers van sy teenwoordigheid bewus geword toe hy ewe gemaklik langs haar op die rusbank neersak.

"Het jy al die opvoering gesien?" het hy met half toe oë gevra terwyl hy sy bene lank voor hom uitgestrek het.

Juliétte het haarself nog kleiner in haar hoekie opgekrul en koel geantwoord: "Ja."

Hy het sy kop effens dwars gedraai en haar vraend bekyk. "Is jy al weer vir my kwaad oor iets?"

Toe Juliétte nie antwoord nie, het hy opgestaan en na 'n rukkie met twee kelkies en 'n bottel port teruggekeer en droog opgemerk: "Miskien sal dit jou tong losmaak."

Sy het huiwerig die kelkie by hom geneem.

"Waarom is jy weer vir my kwaad?"

"Waarom het jy jou ouers van die onderhoud vertel?" het sy met 'n teenvraag geantwoord.

"Waarom nie?"

"Jy weet ek kan nie vir hulle nee sê nie."

"Waarom wil jy nie die onderhoud doen nie?" Hy het stip na haar gekyk en Juliétte het die kelkie om en om in haar hand gedraai.

"Die mense hoef nie van my te weet nie . . ."

"Dink jy werklik na al die jare weet niemand van jou nie? Net oor jy met jou kop in die sand geleef het, beteken nie ander het jou nie raakgesien nie. En jy het geen rede om weg te kruip nie . . . Jy ís deel van die plaas en hierdie familie."

"Ek wil nie my verbintenis verduidelik nie . . ."

"Jy kan altyd weer sê jy is my vrou."

Toe sy hom 'n skewe kyk gee, het hy sy arm om haar skouers gesit en haar nader getrek.

"Ontspan, Juliétte. Ek sal by jou bly en jy hoef geen vrae te beantwoord wat jy nie wil nie."

Sy het so ongemerk moontlik onder sy arm uitgeskuif tot sy weer in haar hoek van die rusbank was.

Hy het laggend sy kop geskud, opgestaan en spelerig oor haar hare gevryf.

Hy het woord gehou en toe die joernalis die volgende oggend met die fotograaf by die kelder opdaag, was hy aan haar sy. Cecile het koffie, tee en eetgoed aangedra en die fotograaf het met sy kameras gewerskaf en deurtyd foto's van haar geneem terwyl die onderhoud aan die gang was. 'n Paar keer was sy nie seker sy het die vraag reg verstaan nie. Conrad het dit elke keer vir haar herhaal.

Sy is wel oor haar verbintenis met die De Villiers-familie gevra, en waar sy aanvanklik die vraag gevrees het, het sy toe vinnig na Conrad gekyk en baie duidelik geantwoord dat sy met Bertus getroud was. Toe sy weer na Conrad kyk, kon sy die tevredenheid in sy oë sien en het haar hart 'n slag gemis. Sy het haarself egter vinnig weer onder beheer gekry en sonder probleme die res van die onderhoud afgehandel.

Daarna het die fotograaf haar opgeëis en moes sy op verskillende plekke in en om die kelder vir foto's poseer. Conrad het agterna gedrentel en waar sy selfbewus was, grappe met haar gemaak totdat sy ontspan het. In die verouderingskelder moes Juliétte met 'n glasie rooiwyn by die tafel sit, met net die kerse wat langs haar brand. Die fotograaf se kamera het begin kliek en hy het uit alle hoeke foto's geneem, terwyl hy kort-kort uitgeroep het: "Perfect! Wonderful! You are absolutely gorgeous!"

Juliétte het verleë na Conrad gekyk waar hy eenkant teen die muur gestaan het. Daar was 'n vreemde uitdrukking in sy oë en vir 'n sekonde het dit gevoel of sy nie kan wegkyk nie. Na wat soos 'n ewigheid gevoel het, het sy die fotograaf se stem gehoor en vinnig van die stoel af opgestaan, nie seker waar sy was of wat sy volgende moes doen nie. Gelukkig het hulle na buite beweeg en het die helder winterson haar terug werklikheid toe gebring.

Die laaste foto wat hulle wou hê, was een van haar en Conrad voor die kelder, terwyl hulle 'n kelkie wyn na mekaar hou asof hulle 'n heildronk drink. Conrad het gemoedelik langs haar kom staan en Juliétte het gewonder hoe sy na hom gaan kyk sonder om te bloos.

"Verbeel jou net Susan staan en kyk vir ons." Sy onderlangse woorde het haar so onkant betrap dat sy moes lag terwyl sy na hom opkyk. Die fotograaf het hulle afgeneem en tevrede sy kamera begin wegpak.

Nadat hulle die joernalis en die fotograaf weggesien

het, het Juliétte Conrad skaam bedank vir sy hulp. Hy het net met 'n glimlaggie sy skouers opgehaal. "Jy het dit self gedoen. Jy kan baie trots op jouself wees."

Hier waar sy nou in die kelder staan, kan sy weer die salige geborgenheid voel wat sy op daardie oomblik ervaar het. Dan skud sy haar kop om van al die gedagtes ontslae te raak.

Vanaand het sy 'n afspraak met Hermann Malherbe, en haar maag trek op 'n knop as sy daaraan dink. Hy boer aan die ander kant van die dorp en sy het hom lank gelede eendag by Louis en Helen ontmoet. Haar verbasing was baie groot toe hy haar laas week een aand bel en vir koffie nooi. Irma het al haar beswaer weggelag en gesorg dat sy aangetrek kom. Hulle het by 'n gesellige restaurantjie op die dorp gaan koffie drink en Juliétte was verras toe hy haar aflaai en sy sien hoe laat dit is. Hy is 'n onderhoudende geselser en sy moes teen wil en dank erken sy het die aand geniet.

Die koffiedrinkery is 'n paar aande later deur 'n fliek gevolg en die vorige aand is hulle saam met vriende van hom na 'n restaurant in die stad toe. Vanaand gaan sy saam met hom na 'n vriend se verjaarsdagparty toe. Tot nou toe het hy haar heeltemal op haar gemak laat voel en sy hoop maar vanaand sal nie 'n uitsondering wees nie.

Juliétte stap saam met Hermann tussen die ander gaste deur. Kort-kort stop hy om haar aan iemand voor te stel, of bekendes te groet. By een so 'n groep kyk sy verbaas in Conrad se gesig vas.

"Juliétte, jy ken vir Conrad, maar laat ek jou aan die ander voorstel."

Werktuiglik knik sy in die rondte, sonder dat enige naam by haar registreer, totdat sy die blondine langs Conrad sien. Susan staan met haar hand besitlik op Conrad se arm en kyk met kwalik verbloemde wrewel na Juliétte. Albei vroue knik stram.

Hermann het intussen met een van die mans in die groep begin gesels en Juliétte is verplig om in die kring te bly staan. Sy waag dit liewer nie weer om na Conrad of sy metgesel te kyk nie, en hou haar gevolglik besig om die res van die gaste te bestudeer. Sy sal haar nie verbaas as Bertus ook nog hier is nie. Dit is 'n redelik geslote gemeenskap waar almal mekaar ken; baie van die mense is ou inwoners wat saam grootgeword het.

Die aand word 'n mengelmoes van gesigte en stemme en Juliétte gee later moed op om al die name te onthou of al die gesprekke te volg.

"Geniet jy die partytjie?" Conrad het ongesiens langs haar ingeskuif en praat by haar oor om homself hoorbaar te maak.

"Ja dankie, en jy?" antwoord Juliétte vriendelik terwyl sy kyk waar Susan is.

"Ek sal veel eerder saam met jou voor die kaggel wil sit en musiek luister," antwoord hy speels en voeg dan ernstig by: "Het ek al vir jou gesê ek hou van jou musieksmaak?"

"Waar is jou metgesel? Is jy nie bang sy is weer kwaad vir jou nie?" ignoreer sy die opmerking.

"Sy is nie vir mý kwaad nie; sy is vir jóú kwaad!"

Juliétte lig haar gesig verbaas op na hom: "Wat het ék gedoen? Ek ken haar skaars en ek is seker jy het vir haar verduidelik waarom ek jou die aand gesoen het."

Hy glimlag breed. "Hoekom vra jy haar nie waarom sy vir jou kwaad is nie?"

Juliétte neem 'n sluk wyn en stik skielik. Hy klop haar laggend op die rug. "Is jy só bang vir haar, of is jy bang vir haar antwoord?"

Sy kyk rond of sy vir Hermann gewaar, maar hy staan in 'n ander vertrek met iemand en gesels. Conrad moes haar sien rondkyk het, want hy buk weer af by haar oor en sê selfvoldaan: "Hermann het 'n baie klein keldertjie op sy plaas; ek dink nie daar is werk vir jou nie."

"Wie sê ek wil in sy kelder gaan werk? Hy het veel meer om 'n vrou te bied as 'n kelder."

"A . . . Ek sal graag wil hoor wat dit is; miskien sal ek ook 'n vrou kry as ek weet waarna hulle soek."

"Elke vrou het haar eie vereistes en verwagtinge," antwoord Juliétte met meer selfvertroue as wat sy voel.

Daar is soveel pratery rondom hulle dat Conrad haar aan die arm stuur tot in 'n hoek van die vertrek waar dit stiller lyk. Sy staan met haar rug teen die muur en wens sy het nie toegelaat dat die gesprek in so 'n rigting ontwikkel nie.

"Laat ek dan hoor wat jou vereistes is? Ek is seker dit sal leersaam wees."

"Miskien moet jy jou maar toespits op jou aanstaande se verwagtinge. Dit sal nie help om ander vroue se behoeftes te ken nie."

Conrad lig stadig sy hand en vee ingedagte 'n haar

van haar voorkop weg terwyl sy blik oor haar gesig gly. "Ek probeer my bes om uit te vind wat sy wil hê, maar dis baie moeilik."

"Dan het jy nou die geleentheid om haar te vra," antwoord Juliétte met 'n soet glimlaggie.

Conrad volg haar blik en sien hoe Susan tussen die gaste deur soek. Haar glimlag verdwyn vinnig toe sy sien wie langs hom staan. Op daardie oomblik glip Juliétte vinnig tussen die mense deur en laat Conrad alleen agter om Susan se ontevredenheid te hanteer.

'n Paar keer gedurende die res van die aand gewaar sy weer vir Conrad, maar nie weer sonder Susan nie. Sy het hom 'n paar keer betrap dat hy oor die vertrek na haar kyk, en wanneer hy gesien het sy kyk vir hom, het hy elke keer vrolik geknipoog.

Juliétte is verlig toe Hermann net na middernag begin aanstaltes maak om te vertrek. Op pad huis toe sit en luister sy laggend na staaltjies wat hy haar oor die ander gaste vertel. Hy is 'n oulike man en die vrou wat hom kry, sal baie gelukkig wees, dink sy toe hulle by die huis stilhou.

By die voordeur buk hy en soen haar sag op haar mond. "Nag, Juliétte, baie dankie vir 'n heerlike aand."

Sy vee ingedagte oor haar lippe toe sy teen die trap opstap. Voor Bertus was daar nie baie mans in haar lewe nie – daarvoor het sy te hard gewerk – en na Bertus was daar nooit weer iemand nie.

Verder af in die gang sien sy Frederick en Irma se deur nog oop staan. Op 'n ingewing stap sy daarheen en klop saggies.

94

"Kom binne, Juliétte," kom Irma se stem van binne.

Tot Juliétte se verbasing sit albei die ouer mense nog regop in die bed met 'n boek.

"Was die kinders moeilik?" vra sy die eerste vraag wat by haar opkom.

"Nee, ons het ook gaste gehad en hulle is eers laat weg. Kom sit en vertel ons hoe die aand was," nooi Frederick terwyl hy na die bed se voetenent beduie. Juliétte het al telkemale so by hulle op die bed gekuier en dit is sulke tye wat sy werklik voel sy behoort tot 'n familie.

"Dit was 'n aangename partytjie. Daar was baie mense . . ."

Voordat sy verder kan praat, begin Irma en Frederick lag. "Met ander woorde, dit was een van daardie aande wat almal rondgestaan het en probeer het om 'n glas en 'n bord vas te hou en nog te eet ook, terwyl jy jou ore moet spits om te hoor wat die een langs jou sê." Frederick knik sy kop asof hy die presiese prentjie kan sien.

Juliétte moet lag vir sy raak beskrywing. "Dit was darem nie so sleg nie," keer sy en voeg dan as 'n nagedagte by: "Conrad en Susan was ook daar."

"H'm . . . Hy het my vertel hy gaan na 'n verjaarsdagpartytjie toe," merk Irma niksseggend op.

Juliétte kan ook nie uit een van hulle se gesigsuitdrukking agterkom hoe hulle oor Conrad se aanstaande vrou voel nie. Sy het beslis nie die moed om hulle te vra wat hulle van haar dink nie, gevolglik verander sy die onderwerp. Nadat hulle nog 'n rukkie lank gesels het, sê sy nag en stap kamer toe.

Sy het pas haar slaapklere aangetrek en staan met

haar tandeborsel in haar hand, toe haar selfoon begin lui. Oortuig daarvan dat dit Robért en Miriélle moet wees wat dié tyd van die nag bel, sê sy laggend in Frans: "Hallo, my skat. Hoekom bel jy so laat? Dit is al laatnag hier."

"Hier is dit ook nag, maar ek kon nie vroeër bel nie, want jy het nou eers teruggekom . . . my skat."

Juliétte kyk vir die eerste keer na die naam op die skermpie.

"Conrad, wat is verkeerd? Hoekom bel jy my?"

"Ek wil met jou gesels . . . maar sê my, het jy nog 'n kêrel in Frankryk ook? Is dit nie 'n bietjie baie, selfs vir 'n Franse meisie nie?"

"Het jy vanaand te veel gedrink?" vra Juliétte bekommerd.

Die diep lag wat sy as antwoord kry, stuur meteens 'n rilling langs haar ruggraat af. Sy stem is hees en strelend toe hy weer praat. "Ek wens ek het, dan kon ek ten minste nou geslaap het. Hier lê ek egter en die slaap ontwyk my."

"Drink 'n slaappil," kan sy haarself nie keer nie.

"Waar het jy gehoor ek en Susan gaan trou?" ignoreer hy haar stuitige opmerking.

Juliétte skuif haarself geriefliker op die bed voordat sy antwoord: "Ek kan nie onthou nie."

"Sal jy by die kelder aanbly as ek met haar trou?"

"Nee." En dan moet sy ook stil glimlag toe hy hardop lag.

"Wil jy hê ek moet tussen haar en my wynmaker kies?"

96

"Dit behoort nie moeilik te wees om weer 'n wynmaker te kry nie, maar dit is nie maklik om die regte vrou te kry nie," antwoord sy sedig.

"Wil jy nie maar met my trou nie? Dan het ek 'n wynmaker én 'n vrou."

"Nee dankie, ek gaan beslis nie met 'n man trou omdat hy 'n wynmaker soek nie."

"Soek Hermann 'n vrou of 'n wynmaker?" verander Conrad vinnig van rigting.

" 'n Vrou," antwoord Juliétte met oortuiging.

"Het julle al daaroor gepraat?" Sy stem is skielik nie meer so spelerig nie.

"Ja," kom die noodleuentjie moedswillig.

"Julle ken mekaar skaars!"

Juliétte gee 'n dromerige sug. "Soms weet 'n mens net wanneer iemand reg is vir jou . . ."

"Ek glo jou nie. Jy is besig om met my gek te skeer."

Juliétte hoor die onsekerheid in sy stem en moet glimlag. Sy verstaan nie waaroor dié gesprek gaan nie en wil liefs nie weet nie, maar ten minste klink hy nie meer so selfvoldaan nie.

"Nag, Conrad."

"Nag, Juliétte . . . En terloops, ek gaan trou, maar nie met Susan nie."

Sy wil nog haar mond oopmaak om kommentaar te lewer, maar die verbinding is reeds verbreek en sy bly sit ingedagte met die gehoorstuk in haar hand.

'n Uur later lê en rol sy nog op haar bed rond. Haar gedagtes is soos die wind wat nie vasgevang kan word nie. Sy dink aan baie mense en dinge, maar laat haarself nie toe om oor Conrad te dink nie. Wanneer haar gedagtes in daardie rigting wil beweeg, keer sy dit doelbewus. Dit is al baie lank dat sy haarself nie toelaat om oor hom te wonder of te dink nie. Nie eers alleen in haar bed nie. Iets waarsku haar dat dit 'n ingewikkelde onderwerp is en sy het nie op die oomblik lus vir ingewikkelde sake nie.

Die volgende oggend vroeg word Juliétte uit 'n diep slaap gewek deur die gelui van 'n telefoon. Sy sukkel om agter te kom waar die geluid vandaan kom, totdat sy besef dit is haar telefoon op die bedkassie. Haar stem is mompelend toe sy antwoord.

"Wat maak jy?" kom Conrad se stem verbasend wakker en vrolik oor die lyn.

"Ek slaap," mompel Juliétte weer, terwyl sy probeer sien hoe laat dit is. Die wekker langs haar bed wys dit is net na sesuur en sy wonder onrustig of daar iets by die kelder verkeerd is.

"Kom ry saam met my perd," nooi Conrad gesellig.

"Hoor jy nie ek sê ek slaap nog nie?"

"Ek wil jou iets wys."

Juliétte skud haar kop om helder te probeer dink, maar voordat sy hom kan antwoord, sê hy vinnig: "Ek wag vir jou by die stalle," en dan hoor sy hoe hy die verbinding verbreek.

Teësinnig staan sy op, maar na 'n warm stort voel sy effens beter.

Die perde is klaar opgesaal toe sy by die stalle kom, en Conrad is besig om 'n saalsak oor Bacchus se rug te hang. Juliétte wonder vir 'n oomblik wat daarin kan wees.

"Jy moet ophou om my op sulke vreemde tye te bel," sê sy kwaai toe sy Queenie se teuels by hom neem.

"Dit is al wanneer jy alleen is," antwoord hy onverstoord terwyl albei hulle perde bestyg.

"Waarheen gaan ons?"

"Ek gaan vir jou die oggendstond wys."

Juliétte probeer die woord herhaal, maar die klanke is vir haar te moeilik en oplaas vra sy: "Wat is dit?"

"My eie towerkuns. As jy dit een keer gesien het, sal jy nooit hier kan weggaan nie."

Daar is 'n varsheid in die lug wat Juliétte laat besef die lente is naby, en te oordeel na die lewendigheid van die perde is sy seker hulle kan dit ook voel. Hulle ry op 'n stywe galop met die bergpad langs en op dieselfde plek waar sy al verskeie kere gestop het om die uitsig te bewonder, trek Conrad vir Bacchus in en klim uit die saal. Juliétte volg hom en tot haar verbasing gooi hy 'n kombers bo-op die hoogste rots oop en haal 'n fles koffie en toebroodjies uit die saalsak.

"Vir hoeveel meisies het jy al hierdie moeilike woord kom wys?" spot sy.

Conrad skink twee bekers koffie in en terwyl hy die een na haar uithou, antwoord hy nadenkend: "Ek kan nie onthou nie; ek het later ophou tel." Juliétte kyk verontwaardig na hom en hy begin lag. "As jy regtig wil weet, jy is die eerste . . . Tevrede?"

"Omdat jy bang is jy verloor 'n wynmaker?"

"Onder meer."

Dis net lig genoeg dat Juliétte die vallei onder hulle kan sien, en vanoggend lê daar los misvlae langs die riviere en vleie. Toe sy omdraai en na die bergtoppe agter hulle kyk, staan sy verstom en kyk hoe die bergspitse van ligroos na donkerrooi verkleur. En onder in die vallei steek die eerste sonstrale 'n rooigoud vuur aan. Stadig kruip die strale oor die berge totdat die hele vallei oortrek is met goud.

Sy kyk na Conrad en glimlag. "Dit ís soos 'n wonderwerk."

Sy blik rus stil op haar gesig terwyl hy sy beker met albei hande vashou. Hulle kyk vir 'n lang oomblik na mekaar sonder om iets te sê, en Juliétte verbeel haar sy haal swaarder asem, maar dan lag hy en sy sug byna verlig.

"My towerkuns het gewerk . . . Nou sal jy sal nooit hier kan weggaan nie."

"Miskien sal 'n prins my eendag uit die towerkrag kom red," sug Juliétte terwyl sy oor die landskap onder haar sit en kyk.

Conrad staan meteens op en hou sy hand uit om haar op te help. Vir 'n sekonde staan sy reg voor hom en kyk in sy donker, onleesbare oë. Dan draai sy haastig om en swaai haarself behendig in die saal.

Hulle praat nie op pad terug stalle toe nie. 'n Werker wat besig is om die stalle skoon te maak, bied aan om die perde af te saal en hulle stap saam huis toe.

"Sal jy môreoggend weer saam met my gaan ry?" vra hy voordat hulle by die kombuisdeur ingaan.

"Gee jou aanstaande vrou nie om as jy soveel tyd

saam met ander vroue deurbring nie?" ontwyk sy die vraag.

"Ék sal haar nie vertel nie, as jy haar ook nie vertel nie."

"Ek weet nie eers wie dit is nie . . . hoe kan ek haar vertel?" laat Juliétte verbaas hoor.

"H'm . . . Ek sal jou nog vertel wie sy is, maar nie nou al nie," antwoord Conrad tergend terwyl hy vlugtig met sy hand deur haar hare vee.

# 9

"Mamma, kyk!" Derrick en Piérre kom opgewonde na Juliétte aangehardloop toe sy by die kombuisdeur instap. "Kyk, dit is jy!" Hulle hou triomfantlik 'n tydskrif na haar uit.

Juliétte neem die tydskrif en loer versigtig na die glansblaaie. Dit is inderdaad die artikel oor haar. Met 'n vreemde gevoel kyk sy na die persoon wat uit die bladsye na haar terugkyk, en sy moet erken die fotograaf het hom goed van sy taak gekwyt. Elke foto is so noukeurig geneem en geplaas, dat sy tevrede voel met die eindproduk. Die joernalis het die teks al vir haar gestuur om te lees voordat dit na die drukkers gestuur is, en daarmee was sy ook tevrede.

Juliétte sien verbaas dat Maggie, Sofie en Simon ook elkeen met 'n eksemplaar staan en opgewonde kommentaar lewer.

"Het julle ál die tydskrifte opgekoop?" wil sy laggend weet.

"Mevrou Irma het vir ons elkeen een gebring," laat Maggie trots hoor. En vervolg dan verwonderd: "Dit is die mooiste foto's wat ek nog gesien het, maar die een van jou en Conrad is die heel mooiste. Julle kyk só mooi vir mekaar," sê sy en sug behaaglik.

Tot Juliétte se groter verleentheid lewer Sofie ook nog kommentaar: "Jy moet met hom trou; julle maak so 'n mooi prentjie."

"Sofie," laat Juliétte streng hoor, "moenie sulke praatjies maak nie. Dit is net 'n foto."

"H'm," laat Simon ook van die kant af hoor, " 'n baie mooi foto." En toe Juliétte in die swart man se oë opkyk, kry sy 'n gevoel dat hulle iets kan sien wat sy nie sien nie, en sy skud onrustig haar skouers en sê berispend: "Ek wil nie weer hoor julle praat hieroor nie."

Sy kan voel hoe al drie haar agterna kyk toe sy uit die vertrek stap.

Die tweeling huppel voor haar uit na waar Irma in die studeerkamer sit, ook besig om die artikel te lees.

Glimlaggend kyk sy op na Juliétte. "Wat 'n pragtige stukkie werk. Jy was verniet so senuweeagtig –"

"Mamma en oom Conrad gaan trou," val Derrick sy ouma in die rede.

"Derrick!" Juliétte voel hoe haar wange verkleur.

"Sofie sê so," kom Piérre vinnig tot sy boetie se verdediging.

"Sofie weet nie waarvan sy praat nie." Juliétte se

stem is nou kwaai en die twee seuntjies besluit om liewer ander geselskap te gaan soek.

Toe Juliétte na Irma kyk, sien sy die vraende blik op die ouer vrou se gesig en sy kyk verleë weg. Haar blik kom tot rus op die pakke kaartjies en koeverte op die lessenaar. "En dié klomp kaartjies?" is sy bly om die onderwerp te verander.

"Vir Conrad se verjaarsdag oor 'n maand. Hy wou nie partytjie hou nie, maar ek het hom daarvan oortuig dat nadat hy so lank weg was, ons gerus hierdie jaar 'n lekker partytjie kan hou. Ek het so aangehou, hy moes later ingee," laat Irma laggend hoor.

"Waar word die partytjie gehou?" vra Juliétte belangstellend.

"By die kelder. Die proelokaal is so mooi, en dit sal lekker wees om dit op die plaas te hou. Ek het spyseniers gekry om die kos te maak, sodat die personeel ook die aand kan geniet en nie hoef te werk nie."

Juliétte is nie seker of sy haar hulp moet aanbied nie, maar besluit daarteen.


"Mag ek by jou sit?" Conrad staan in die verouderingskelder en kyk na Juliétte wat by die tafel met 'n glasie rooiwyn in die hand sit en speel. Die kerslig weerkaats in die glas en tooi die ou houttafel en vate in 'n sagte geel gloed.

Sy knik en beduie na die ander stoel.

"Hoekom het jy nie vanoggend saam met my kom perdry nie?" wil Conrad weet terwyl hy 'n stoel uittrek en oorkant haar gaan sit.

"Ek het verslaap."

Nadat Conrad haar drie oggende gebel het om te gaan perdry, het dit in 'n gewoonte ontwikkel waarna Juliétte elke oggend uitsien. Sommige oggende is hulle gesprekke lig en grappig, ander oggende is dit weer ernstig. Juliétte vind hom 'n baie maklike geselsgenoot, en soms raak sy stil as sy besef hoe baie sy hom van haarself vertel.

"Seker omdat jy gisteraand so laat saam met Hermann gekuier het," sê Conrad afkeurend.

"Hoe weet jy hoe laat ons teruggekom het?" vra sy verbaas.

"Hy het by my verbygery."

"Dan het jy self ook maar baie laat by die huis gekom."

"Maar ek kon vanoggend opstaan . . . En terloops, is dit nie 'n bietjie vroeg om te begin drink nie?" vra Conrad terwyl hy na die glas in haar hand kyk.

"Ek het na die kleur sit en kyk, maar miskien moet jy 'n slag proe hoe smaak goeie wyn." Juliétte skink vir hom ook van die wyn in 'n proeglas.

"Ek weet ek maak goeie wyn," laat Conrad selfvoldaan hoor terwyl hy die glas teen die lig hou.

"Jy het nie hierdie wyn gemaak nie. Jy vergeet die De Villiers's is nie die enigste wynmakers op hierdie plaas nie. Inteendeel, ek weet nie eers of van hulle kán wyn maak nie."

"Noudat ek terug is, sal ek jou leer hoe 'n meester wyn maak," terg Conrad nadat hy aan die wyn geproe het.

Juliétte trek die bottel wyn nader en vra verontwaardig: "Wat is met hierdie wyn verkeerd?"

"Jy het met jou kop wyn gemaak; jou hart was nie daarin nie . . . Wynmaak is 'n ding vir die hart. Maar moenie bekommerd wees nie," vervolg hy troostend, "dit is 'n uitstekende wyn en niemand sal agterkom jou hart was nie daarin nie."

"Is jy ál een met daardie kennis?" vra sy bytend.

"Ja, want ek is al een wat die wynmaker so goed ken . . ."

Sy skud ongelowig haar kop en laat laggend hoor: "Jy is baie verwaand."

Vir 'n oomblik daal daar 'n gemoedelike stilte tussen hulle neer, terwyl albei 'n slukkie neem.

"Ek het nie vir jou 'n uitnodiging gestuur vir my partytjie nie," sê Conrad skielik.

Sy woorde hang tussen hulle, dan haal Juliétte net haar skouers op.

"Die rede," gaan Conrad voort, "is dat ek wil hê jy moet saam met my gaan."

Sy sit woordeloos na hom en kyk. Sy kan nie besluit of hy weer besig is om haar te terg nie.

Toe die stilte te lank rek, vra Conrad: "Sal jy saam met my gaan?"

Juliétte gee eers 'n kuggie voordat sy antwoord: "Nee."

"Hoekom nie?" Sy oë vernou merkbaar.

"Jy ken genoeg meisies wat jou met graagte saam met jou sal gaan; ek dink 'n paar het al uitrustings ook aangeskaf."

"As ek een van hulle nooi, sal die ander kwaad wees. Jy is al een wat my uit die verknorsing kan help. Hulle ken jou nie."

"Gmf!" kom dit verontwaardig. "Jy sal maar die gevolge van jou gewildheid self moet dra. Ek kan jou nie help nie."

"Juliétte," vra Conrad meteens peinsend, "hoekom is jy so bang vir my?"

Sy kry meteens warm en kyk by hom verby na die rye vate.

"Ek is nie bang vir jou nie." Haar woorde weerspreek egter haar stemtoon en sy neem 'n groot sluk wyn.

"Nou gaan dan saam met my."

"Ek wil nie." Dan moedeloos: "Waar is jou aanstaande vrou, hoekom gaan sy nie saam met jou nie?"

"Sy kan nie saamgaan nie, en in elk geval het ek besluit dat as jy nie saamgaan nie, gaan ek die partytjie kanselleer." Conrad se blik rus uitdagend op haar.

"Jy kan dit nie doen nie. Jou ma het alles klaar gereël." Sy kan voel sy is besig om haar te vervies.

"Ek kan doen wat ek wil," antwoord hy onverstoord.

Juliétte kyk oor die tafel na hom en dan probeer sy 'n nuwe aanslag. "Die mense gaan praat."

"Hulle praat alreeds . . . Jy weet dit net nie."

Sy gooi haar hande in die lug en met 'n string Franse woorde loop sy haastig by hom verby.

Die res van die middag stap sy saam met die tweeling op die plaas rond. Die twee seuntjies hardloop en spring soos uitgelate bokkies voor haar uit en dit word 'n heerlike, ontspanne middag. Hoewel dit nog koel is, verlustig Juliétte haar in die vroeë tekens van die lente wat oral sigbaar is.

Toe hulle by die huis is, hardloop Piérre en Derrick kombuis toe om vir Maggie en Sofie te vertel wat hulle alles gesien het.

Hulle kom 'n rukkie later opgewonde haar kamer binne met 'n briefie vir haar. Soos gewoonlik begin hulle gelyktydig praat.

"Oom Conrad het vir Mamma 'n brief geskryf. Maak oop en lees."

Juliétte maak huiwerig die koevert oop en lees die paar woorde: *Kom eet vanaand saam met my. Asseblief!*

"Wat sê hy, Mamma?"

"Sommer niks, Piérre."

Gelukkig kom roep Sofie hulle om te gaan bad en hoef Juliétte nie verdere vrae te beantwoord nie. By die deur draai Piérre om en sê belangrik: "Oom Conrad sê jy moet hom bel."

Oom Conrad is vol bevele, dink Juliétte verontwaardig.

Sy gaan lê vir 'n halfuur in 'n warm bad en is besig om haar hare droog te blaas toe die telefoon lui.

"Hoe laat kan ek jou kom haal?"

Juliétte sug lank en hoorbaar. "Ek kan nie saam met jou uitgaan nie, ek het reeds ander planne."

"Kanselleer hulle."

"Ek sal nie." Sy skud verontwaardig haar kop asof hy haar kan sien.

"Juliétte, jy het nie ander planne nie; jy wil net moeilik wees. Trek jou aan, ek kom haal jou oor 'n uur . . . Daar is 'n paar dinge wat ons moet bespreek."

"Waarheen gaan ons?" Hulle het deur die dorp gery en nog steeds wil hy nie sê waarheen hulle op pad is nie.

"Maak dit saak?" antwoord Conrad lui sonder om sy oë van die pad af te haal. Oor die luidsprekers kom die meesleurende klanke van 'n saksofoon, en Juliétte kan voel hoe sy onwillekeurig begin ontspan. 'n Paar kilometer verder draai hulle op 'n grondpad af en na sowat nog 'n kilometer stop hulle voor 'n pragtige ou gewelhuis.

"Ek het al gelees oor hierdie plek," sê sy opgewonde. "Dit is baie eksklusief en jy moet maande vooruit bespreek. Hoe het jy so vinnig plek gekry?"

"Ek het gesê ek moet 'n baie moeilike vrou se guns wen, en hulle het my jammer gekry," sê Conrad droog.

Binne verkyk Juliétte haar aan die plek se ouwêreldse sjarme. Dit het die gevoel van 'n eeue oue ingeleefde woning, waar die tyd stilgestaan het.

'n Gryskopman kom met uitgestrekte arms na hulle toe aangestap. Conrad steek sy hand laggend uit en tot Juliétte se verbasing stel hy haar op Frans aan Philippe voor. Sy moet glimlag toe haar landgenoot oor haar hand buig en sy lippe vlugtig oor haar hand vee.

Hy groet haar in haar moedertaal en voeg met 'n knipoog by. "Jy is nog mooier as wat Conrad jou beskryf het."

Juliétte voel hoe sy bloos en kyk vlugtig na Conrad.

Hy het nie eers die ordentlikheid om ook verleë te lyk nie, dink sy vies.

'n Aantreklike donkerkopvrou met 'n wit uniform aan kom uit die kombuis en Conrad soengroet haar voordat hy haar aan Juliétte voorstel. Sy is Renée, Philippe se vrou, en ook die sjef van dié eksklusiewe eetplek. Sy groet Juliétte vriendelik en vra belangstellend uit na die tweeling en haar kuier in Frankryk.

Na 'n paar minute vra Conrad moedeloos dat hulle stadiger moet praat.

Voordat Juliétte haar kan bedink, vra sy gemaak ernstig aan haar twee landgenote: "Móét ons stadiger gesels? Dis so lekker dat hy ons nie verstaan nie."

Albei lag en kyk met meer belangstelling na haar.

Conrad mik 'n hou na haar sitvlak en sê gebelg: "Ek hét dit verstaan."

Onder gelag neem Philippe hulle na 'n klein privaat eetkamertjie.

Toe hulle alleen is, kyk Juliétte beskuldigend na Conrad. "Jy kan Frans praat en jy ken die eienaars van die mees eksklusiewe eetplek in die wynlande. Hoeveel geheime het jy nog?"

"Ek het Philippe en Renée leer ken die jaar wat ek in Frankryk gewoon het. Toe hulle die moontlikheid begin ondersoek het om 'n restaurant hier te kom oopmaak, het ek hulle na die destydse eienaar van hierdie plasie verwys. Hy het nie kinders gehad nie en die koop is dadelik beklink. Hulle is dolgelukkig hier en soos jy weet, is die restaurant 'n reuse-sukses. Die bietjie Frans wat ek ken, het ek ook daardie jaar in Frankryk geleer,

maar ek het nie die selfvertroue om dit in vreemde ge-
selskap te praat nie. Die tweeling gee my egter op die
oomblik privaat lesse," bely Conrad laggend.

Sy is egter nog nie tevrede nie. "Waar het hulle so
baie van my en die kinders gehoor?"

"Ek weet nie. My pa moes hulle seker vertel het,"
laat hy ongestoord hoor.

Nadat Philippe vir hulle wyn geskink het en hulle
weer alleen is, lig Conrad sy glas. "Ek is jammer oor
vanoggend . . . Ek wou jou nie ontstel nie."

Juliétte skuif ongemaklik op haar stoel rond en pro-
beer aan iets dink om te sê, maar sy voel weer hoe die
stroom besig is om haar mee te sleur.

"Beteken dit jy sal iemand anders saamneem party-
tjie toe?"

"Nee, dit beteken net ek is jammer ek het jou so
skielik gevra. Jy gaan saam met my, of die partytjie
word afgestel."

"Jy mag my nie afdreig nie." Sy voel hoe haar keel
weer saamtrek.

"Ek kan nie anders nie. Jy is te koppig!"

"Wat dink jy gaan jou familie en vriende sê as jy met
my daar aankom?"

"Dat ek 'n baie gelukkige man is." Toe Juliétte hom
nie antwoord nie, vervolg Conrad sugtend: "Ons ry
elke oggend saam perd, ons werk saam, hier is ons
vanaand saam – waarom kan ons nie saam na my par-
tytjie toe gaan nie?"

"Dis anders. Dit sal soos 'n openlike verklaring wees."

" 'n Verklaring van wat?" wil hy belangstellend weet.

110

Juliétte voel hoe haar wange weer warm word, maar sy gaan moedig voort: "Dat daar iets tussen ons is."

Conrad se oë begin weer vonkel toe hy verbaas vra: "Is daar nie?"

"Ek is nie jou tipe nie," laat sy beslis hoor en voeg ingedagte by: "En ek speel nie met vuur nie."

Toe die woorde uit is en sy diep lag opklink, kan sy haar tong afbyt.

"En wié is my tipe?" wil hy geamuseerd weet en voeg met 'n stout laggie by: "En hoe weet jy ek is vuur as jy nog nie met my gespeel het nie?"

Dit voel vir Juliétte of die mure van die vertrek nouer word en sy verwens hom met sy praatjies. Sy is baie verlig toe Philippe die vertrek binnekom. Hy gee een kyk na haar gesig en vra diskreet of hy later moet terugkom. Tot haar nog groter verleentheid hoor sy haarself benoud sê: "Nee, bly asseblief!"

Philippe kyk beskuldigend na Conrad en sê gemaak ernstig: "Conrad, dit lyk my jy maak vir Juliétte bang."

Conrad haal sy skouers kamma onskuldig op en kyk uitdagend na Juliétte. "Ek het haar net 'n vraag gevra, maar sy wil my nie antwoord nie . . . Miskien kan jy haar met die antwoord help."

"Conrad . . ." Juliétte se stem is dreigend en sy kyk waarskuwend na hom.

Hy draai bedees na Philippe toe en sê sober: "Ons is gereed om te bestel."

Nadat Philippe hulle gehelp het om geregte te kies en nog wyn gebring het, laat hy hulle weer alleen.

111

Juliétte laat kwaai hoor: "Jy maak vir my die lewe baie moeilik."

"Jy maak die lewe vir jouself moeilik. Doen wat jy wil doen en vergeet 'n slag wat ander mense gaan sê."

Sy kyk na hom, sug en speel 'n oomblik met die eetgerei op die tafel. Toe sy praat, is haar stem ernstig. "Ek is nie seker hoe dit gebeur het nie, en of dit dalk net ek is wat so voel nie, maar op 'n manier glo ek het ons vriende geword. En jy is 'n baie goeie vriend en ek waardeer jou vriendskap meer as wat jy sal dink, maar jy hoef nie verantwoordelik vir my te voel nie. Ek kan nou na myself kyk."

Conrad knik. "Ek weet jy kan, maar ek wil steeds saam met jou na my verjaarsdagpartytjie toe gaan." En dan lag hy toe Juliétte na haar moedertaal oorslaan en haar hande met 'n hulpelose gebaar in die lug gooi.

Philippe stap net toe die vertrek binne en begin ook verbaas lag toe hy Juliétte se stortvloed woorde hoor. "Sy gaan nie haar kos geniet as jy haar so kwaad maak nie," laat hy beskuldigend hoor toe hy die voorgeregte op die tafel neersit.

Conrad gooi ook moedeloos sy hande in die lug en verklaar met groot onskuld: "Ek máák haar nie kwaad nie; sy is áltyd vir my oor die een of ander ding kwaad."

"Dis nie waar nie," keer Juliétte vinnig. "Net as jy sulke onsinnige goed sê of doen!"

Conrad kyk na Philippe wat staads langs die tafel staan. "Dink jy dit is onsinnig van my om vir my 'n metgesel na my partytjie te nooi?"

112

"Natuurlik nie," kom Philippe se ferm antwoord.

"Natuurlik kan jy iemand saamnooi," roep Juliétte uit, "maar nié vir my nie!"

"Waarom nie?" wil Philippe verbaas weet, en sy kyk ergerlik na hom. Net nie nog een nie. Hulle is soos 'n gedugte stroom wat haar nie kans gaan gee om asem te skep nie.

"Ek dink jy sal die aand saam met Conrad geniet," gaan Philippe met oortuiging voort, en voeg met 'n knipoog by: "Hy kan eintlik baie sjarmant wees, as hy wil."

Juliétte laat haar kop vlugtig in haar hande sak en toe sy opkyk, sien sy hoe Conrad haar uitdaag om steeds nee te sê. Haar moed wil haar eers begewe, maar dan lig sy haar kop verder en sê: "Ek sal saam met jou gaan, maar net as jy my aan jou aanstaande vrou voorstel en ek die versekering het dat sy nie sal omgee nie."

Die twee mans kyk mekaar vir 'n oomblik stil aan, dan draai Philippe laggend om. "Ek het ander gaste wat bedien moet word," sê hy en voeg streng by: "Onthou om julle kos te eet."

Duidelik dankbaar oor dié streng vermaning, begin Conrad dadelik van die voorgereg eet.

"Het ons 'n ooreenkoms?" vra Juliétte koppig.

Tussen happe kos deur knik Conrad baie vaag en sê hy sal later aan haar verduidelik.

Die res van die ete verloop vreedsaam en Juliétte is in vervoering oor die heerlike kos – tot Philippe se groot vreugde.

Dit is baie laat toe Conrad op sy horlosie kyk, en

Juliétte besef sy het tog die aand baie geniet. Dit is so maklik om met hom te gesels, dink sy vir die soveelste keer.

Hulle neem afskeid van Philippe en Renée, met die belofte om te kom kuier.

In die motor laat Juliétte haar kop teen die sagte leer-bekleedsel rus en ongemerk sit en hou sy Conrad dop, wat behendig maar oënskynlik moeiteloos die groot motor op die pad hou.

"En wat is jou gevolgtrekking nadat jy my so intens bekyk het?"

Sy is bly oor die donkerte in die motor.

"Dit moet baie lekker wees om oral advokate te hê wat jou saak help beveg." Toe hy vraend na haar kyk, vervolg sy met 'n tikkie verwyt: "Jy het soveel vriende en familie en almal dink jy is wonderlik. . . Jy kan net jou vingers klap, en hulle spring . . ."

"Almal behalwe jy," merk hy droog op.

"Iémand moet teen jou bestand wees," sê Juliétte laggend terwyl sy nou openlik na hom sit en kyk. Hy is soos 'n rots, dink sy sag, alles aan hom is sterk en vas. Soos wat hy vandag is, sal hy waarskynlik tot aan die einde van sy lewe wees. Sy het hom eintlik net geterg met sy gewildheid by een en almal; sy kan baie goed verstaan waarom hy so gewild is. Ten spyte van wie hy is en wat hy al vermag het, en sy aantreklikheid, is hy totaal pretensieloos.

Sy wonder hoe dit sal voel . . .

Maar voor sy die gedagte klaar gedink het, sit sy meer orent, draai haar kop en kyk deur die venster.

114

"Wat het jou nou skrikgemaak?" wil Conrad verbaas weet, maar Juliétte skud haar kop.

"Ek moet vir tien dae Frankryk toe gaan," onderbreek sy stem haar deurmekaar gedagtes. "Kom saam met my."

Juliétte kyk verbaas na hom. "Wat gaan jy daar doen?"

"Na nuwe oesmasjiene kyk, en ek het 'n tolk nodig."

Sy kan die lag nie keer nie. "Ek glo nie meer daardie verskoning nie. Jy het geensins 'n tolk nodig nie."

"Gaan dan saam as geselskap," gaan hy onverstoord voort. "Die tweeling kan ook saamgaan."

"Jou aanstaande vrou moet 'n baie besonderse mens wees om jou toe te laat om so 'n ruim hart te hê," laat sy ongelowig hoor. "En terloops, wanneer ontmoet ek haar?"

"Ek kan haar nie nou aan jou bekendstel nie."

"Waarom nie?"

"Want sy weet nog nie sy gaan met my trou nie."

"Het jy haar nog nie gevra nie?" Sy het weer skuins op die sitplek gedraai en sit en kyk na sy profiel in die sagte lig van die paneelbordliggies.

"Nee."

"Hoekom nie?"

"Sy wil nog nie erken sy is lief vir my nie," laat Conrad droog hoor en kyk dan gesteurd na Juliétte toe sy hardop lag.

"So, daar ís darem nog een wat nie dadelik voor jou sjarme geswig het nie," sê sy hoogs geamuseerd. "Nou is ek nog nuuskieriger oor haar."

"Gaan jy nou my uitnodiging aanvaar?" ignoreer hy haar laaste opmerking.

"Nee dankie. Dis 'n gulde geleentheid om jou vriendin saam te neem. Sy sal nie anders kan as om daar haar liefde te bely nie." Sy kan nie die spot uit haar stem hou nie en Conrad kyk fronsend na haar.

"Van wanneer af is jy so besorg oor my liefdeslewe?"

"Jy het so baie vir my gedoen, ek wil jou ook graag help." Juliétte se stem is sag en onskuldig en Conrad kyk wantrouig na haar.

"Ek het nie jou hulp nodig nie, dankie. Ek is seker ek sal darem 'n vrou kan kry."

"Hoe kan jy so seker wees dat sy wel vir jou lief is?" wil sy nadenkend weet.

"Dis in haar oë . . ."

Juliétte vra nie verder uit nie en dit raak weer stil in die motor.

By die huis stap Conrad saam met haar tot in die portaal, waar sy laggend na hom kyk en met nadruk sê: "Baie dankie vir 'n besonder aangename en interessante aand . . . En jy moet maar sê as jy hulp nodig het . . . met die vraery."

Voordat sy kan omdraai, tree hy nader, sit sy arms om haar en soen haar. Sy staan vir 'n oomblik verstar, dan voel sy vir die tweede keer die aand asof sy in 'n stroom beland het. Mettertyd word sy bewus van sy hande wat dralend oor haar rug gly en die reuk van sy naskeermiddel. Sy moet droom, probeer sy haarself oortuig, maar toe hy haar nog nader trek en sy sy lyf teen hare voel, weet sy nie meer so mooi waar sy is en wat besig is om met haar te gebeur nie. Sy weet sy moet iets doen, maar sy is nie seker wat nie.

Dan gly sy lippe lig en spelerig oor haar mond en fluister hy sag teen haar lippe: "Dink jy nóg ek het hulp nodig?"

Juliétte se oë gaan oop. Sy is nie eers seker wanneer sy hulle gesluit het nie. Sy kyk in sy laggende oë en tree effe van balans agtertoe. "Dit is nie vir mý wat jy moet beïndruk nie."

"Ek wou net jou mening ook kry," antwoord Conrad terwyl hy met 'n vreemde blik na haar staan en kyk.

"Ek kan nie namens 'n ander vrou praat nie."

"Sou jy tevrede gewees het?"

Juliétte draai om en begin die trap opklim, maar halfpad gaan sy staan en sonder om terug te kyk, antwoord sy ontwykend: "Geen kommentaar."

"Bonne nuit, chérie!" volg sy laggende stem haar.

"Goeienag, Conrad," antwoord sy sag terwyl sy haar kamerdeur toemaak en met haar kop teen die donker hout leun.

"Jy ís besig om met vuur te speel!" maan sy haarself ernstig.

In die vroeë oggendure sluk sy 'n slaappil en voel dankbaar hoe sy na 'n tydjie begin wegraak.

"Kom sit nader aan my, ek het na jou verlang." Juliétte laat toe dat Hermann haar nader trek op die rusbank. Hy het saam met hulle op Lavardin geëet en nou sit hulle elk met 'n koppie koffie in die studeerkamer.

"Gaan ons volgende week na Conrad se partytjie toe?" vra hy onverwags.

Juliétte wens hy het nie die onderwerp aangeroer nie. Sy wil nie vanaand oor Conrad praat nie.

"Ek kan nie saam met jou gaan nie," antwoord sy ontwykend terwyl sy buk om haar koppie neer te sit.

Daar is 'n kort stilte en sy kan die verbasing in sy stem hoor toe hy vra: "Gaan jy saam met iemand anders?"

"Ja, iemand het my al 'n geruime tyd gelede gevra."

"Mag ek weet wie?"

Juliétte weet vir 'n oomblik nie of sy hom moet antwoord nie. Na haar en Conrad se laaste gesprek is sy nie seker of hy nog saam met haar wil gaan nie.

"Conrad het my genooi," antwoord sy so ongeërg moontlik.

"Waarom gaan hy nie saam met Susan nie? Ek hoor hulle staan op troue." Terwyl Hermann praat, skuif hy weg van haar af sodat hy haar in die gesig kan kyk.

"Ek weet niks van sy liefdesake af nie." Juliétte voel meteens moeg en wens sy kan kamer toe gaan. Hulle sit 'n rukkie so, elkeen vasgevang in sy of haar eie gedagtes.

Dit is Hermann wat die stilte verbreek. "Gaan julle dikwels saam uit?"

"Nee."

"Maar julle het al saam uitgegaan?"

"Ja." Juliétte wil liewer nie vra waarheen die gesprek lei nie.

"Ek hou nie daarvan dat jy met ander mans uitgaan nie." Die woorde klink heel bedaard, maar Hermann se gesigsuitdrukking is baie ernstig toe hy na haar kyk.

"Hermann . . ."

"Jy weet hoe ek oor jou voel," gaan hy sag voort. "Ek was bereid om te wag totdat jy gereed is om weer 'n verbintenis aan te gaan, maar ek wil nie meer eenkant wag en toekyk hoe ander mans jou uitneem nie. Ek wil met jou trou . . ."

Juliétte skuif ongemaklik rond. "Jy is te haastig. Ons ken mekaar nie so lank nie."

"Het jy nog 'n gevoel vir Bertus?"

Sy skud driftig haar kop. "Bertus behoort tot die verlede."

"Is daar iemand anders?"

"Nee."

"Ook nie Conrad nie."

Juliétte vee moeg oor haar oë. "Ook nie Conrad nie."

Hy sit sy arm om haar skouer. "Ek wil jou graag glo, maar ek is nie seker dat jy eerlik is nie. Ek ken ook vir Conrad en weet dat die helfte van die dorp se meisies op hom verlief is."

Ek wonder wat met die ander helfte verkeerd is, dink Juliétte onwillekeurig en moet lag kry vir haar eie gedagtes. Sy is seker iets het haar brein aangetas, want sy voel nie meer in beheer van haarself nie.

"Dit laat my net nog meer besef dat ek jou so gou moontlik van hierdie plaas af moet kry . . . voordat jy ook die pad van al die ander loop."

Juliétte staan ergerlik op. Sy kan voel sy is besig om 'n hoofpyn te kry. "Ek is nie al die ander nie en ek wil nie verder oor hierdie saak praat nie."

Hermann het ook opgestaan en hou sy hande apologeties uit na haar. "Ek is jammer. Maar sal jy ten minste dink oor my huweliksaansoek?"

Juliétte voel meteens jammer dat sy haar vererg het. Hermann is 'n wonderlike man en sal 'n goeie huweliksmaat vir iemand wees.

"Ek sal daaroor dink," antwoord sy vriendeliker.

By die voordeur soen hy haar sag op haar mond, maar lig vinnig sy kop toe die voordeur agter hulle oopgaan. Albei kyk verbaas hoe Erik ingestap kom. Sy gesig is wasbleek en sy oë is onnatuurlik groot.

Juliétte steek haar hand uit en hou aan Hermann se arm vas asof sy haarself wil staal teen die nuus.

"Conrad was vandag saam met een van die medenavorsers na 'n wingerdbouprojek in die suide van Frankryk . . ." Dan raak sy stem byna weg. "Hulle vliegtuig word vermis."

Juliétte voel hoe sy begin bewe, maar daar is niks wat sy daaraan kan doen nie. 'n Vreemde koue is besig om van haar voete teen haar bene op te styg.

"Juliétte, wat is verkeerd?" wil Hermann bekommerd weet, terwyl hy haar terug na die studeerkamer neem en haar weer op die rusbank laat sit.

Erik loop haastig die trap op om die nuus aan sy

ouers oor te dra, en binne enkele oomblikke kom hulle ook die studeerkamer binne. Albei is reeds in hul nagklere. Irma neem langs Juliétte plaas en sit haar arm om haar bewende skouers.

Hermann probeer steeds om 'n antwoord uit haar te kry, maar toe sy hom steeds nie antwoord nie, gaan staan hy by Erik en Frederick.

"Is daar iets waarmee ek kan help?"

Erik skud sy kop. "Ons moet nou maar net wag. Daar woed op die oomblik 'n storm in daardie gebied, so ons sal eers môre nuus kry."

Juliétte is bewus daarvan dat Hermann kort-kort na haar kyk en is verlig toe hy begin groet. "Laat weet my asseblief as julle tyding gekry het."

Erik knik en stap saam om Hermann weg te sien. Oomblikke later stap Louis en Helen saam met Erik die studeerkamer binne.

Helen gaan sit by Irma en Juliétte op die bank. Sy neem albei vroue se hande in hare, maar dis met Juliétte dat sy praat.

"Kan jy my hoor?" Toe Juliétte haar nie antwoord nie, gaan sy paaiend voort: "Conrad is nie dood nie; hulle vliegtuig word net vermis. Ek is seker hulle is veilig en sal môre van hulle laat hoor." Terwyl sy praat, kyk sy oor Juliétte se kop na Irma en in albei vroue se oë is 'n onuitgesproke versugting dat Helen se woorde bewaarheid sal word. Juliétte weet Helen probeer hulle bemoedig, maar die bewing in haar wil nie bedaar nie.

Haar skouers roer en haar stem is sag toe sy praat. "Hy is dood . . ."

"Juliétte, drink vir my hierdie . . ." Louis het intussen voor haar kom kniel en hou 'n glas uit. Helen help haar om dit vas te hou, en na 'n rukkie is dit asof haar lyf nie meer so koud kry nie.

Louis hou ook 'n glas na Irma uit en die ouer vrou sluk dadelik die amberkleurige vloeistof. "Ek gaan vir ons tee maak," laat sy moedig hoor.

Helen staan egter op en kyk na Juliétte. "Ons twee sal gaan tee maak."

In die kombuis sak Juliétte op 'n stoel neer en dan begin sy praat terwyl sy voor haar uitstaar. "Ek het met hom baklei voordat hy weg is."

"Waaroor het julle baklei?"

"Die dag voordat hy vertrek het, was ek in die kelder besig toe hy met die tweeling daar aangekom het. Hulle het die hele oggend saam met hom op die plaas rondgery."

"Mamma!" het die twee seuntjies die oggend opgewonde uitgeroep toe hulle haar sien. "Ons het saam met oom Conrad gery en hy het ons laat bestuur."

Juliétte het vir 'n rukkie na hulle opgewonde vertelling geluister en hulle toe gestuur om by Cecile te gaan koeldrank drink.

"Jy is besig om die kinders te bederf en te geheg aan jou te laat word," het sy gesê toe die twee uit die vertrek uit was.

Conrad het vraend na haar gekyk en daar was 'n frons tussen sy oë toe hy vra: "Hoekom mag hulle nie aan my geheg word nie? Vertrou jy my nog nie?"

122

"Dit het niks met vertroue te doen nie. Ek wil nie hê hulle moet aanvaar dat jy altyd deel van hulle lewe gaan wees nie."

"Waarom gaan ek nie altyd deel van hulle lewe wees nie?"

Sy het haar hande moedeloos in die lug gegooi en gesê: "Jy gaan eendag trou en jou eie gesin kry."

"Is dít jou rede?" Conrad het spottend gelag. "Jy doen hulle én my 'n groot onreg aan."

"Hulle is nog klein en ek moet hulle beskerm."

Conrad het sy hande op haar skouers gesit en sy was verplig om na hom te kyk.

"Jy is 'n lafaard, Juliétte. Jy kruip agter jou kinders weg omdat jy nie die werklikheid wil aanvaar nie."

"Ek weet nie waarvan jy praat nie en ek wil ook nie verder hieroor praat nie."

"Laat weet my as jy eendag weet waarvan ek praat . . . Ek kan jou nie laat sien as jy nie wíl sien nie." Hy het haar skouers gelos en toe sy hom agterna kyk, het sy geweet hy is baie kwaad, maar sy kon steeds nie die woorde keer nie.

"Jou bewonderaarsklub is groot genoeg. Los my kinders uit."

Toe hy vir 'n oomblik terugdraai, was sy oë so kil dat sy haar hande na hom wou uitsteek en haar woorde ongedaan probeer maak, maar dit was soos 'n vreemdeling wat voor haar gestaan het.

"Net soos jy wil . . ."

"Dit was sy laaste woorde aan my."

Helen kyk met groot deernis na haar. "Dit was 'n misverstand, Juliétte. Julle het albei dinge gesê wat julle nie bedoel het nie. Wanneer hy terugkom, kan jy aan hom verduidelik."

"Hy verstaan nie dat ek dit net vir die kinders makliker wil maak nie," laat Juliétte ingedagte hoor.

"Vir die kinders of vir jóú?"

Sy kyk woordeloos na Helen. Dis so moeilik om helder te dink en selfs al het sy nie so deurmekaar gevoel nie, weet sy nie of sy die antwoord op daardie vraag weet nie.

Net na middernag neem Frederick vir Irma aan die hand en vra dat Erik hulle moet kom roep as daar nuus is. Afgetrokke kyk Juliétte na die twee ouer mense. Haar ankers is skielik vanaand weerloos.

Ingedagte staan sy op en sit haar arms om albei van hulle. Woordeloos vertroos hul liggame mekaar.

Juliétte weier om ook kamer toe te gaan. Sy krul haarself in 'n bondel in die hoek van die rusbank op. Sy is bewus van die ander se bekommerde blikke, maar sy wil nie praat nie. Dit voel of die nag eindeloos voor haar uitstrek.

Hulle lyk al vier ewe sleg, dink sy toe die eerste sonstrale vroegoggend deur die vensters val.

Op Helen se versoek skakel Erik 'n vriend in Frankryk, maar hy het ook nog geen tyding gekry nie.

Die tweeling groet opgewonde al die gaste toe hulle opstaan, maar kyk vraend na hulle ma. Sy probeer vir hulle glimlag, maar haar gesig voel stram en sy is bly toe Helen aanbied om vir hulle ontbyt te gaan gee.

Frederick en Irma se gesigte dra ook die spore van slapelose ure toe hulle in die studeerkamer kom. Juliétte kyk met 'n knop in haar keel hoe hulle naby mekaar bly en kort-kort aan mekaar raak. Klein vertroostende gebare.

Met elke lui van die telefoon raak die groepie nog stiller. Die nuus het vinnig versprei en baie mense bel om hulle ondersteuning oor te dra.

Hermann skakel ook en vra om met Juliétte te praat. "Hoe gaan dit met jou?"

Juliétte sukkel om verby die heesheid te praat. "Dit voel soos 'n nagmerrie . . ."

"Ek wens ek kon jou dit spaar, maar ek kan nie."

"Ek weet."

"Juliétte . . . jy moet mooi na jouself kyk en as jy my ooit nodig het . . . ek sal altyd daar wees."

"Dankie, Hermann . . . vir alles."

"Totsiens, Juliétte."

Sy sit ingedagte met die gehoorstuk in haar hand en 'n vae besef begin tot haar deurdring. Sy laat haar kop hartseer op die lessenaar sak.

Hermann het haar gegroet.

Toe die soveelste oproep net na sononder deurkom, staar almal moeg na die telefoon. Louis tel die gehoorbuis op en sy stemtoon laat almal skielik regop sit. Erik gaan staan langs Juliétte en sy neem dankbaar sy hand.

"Where? When? Are you sure? Merci, Monsieur!"

Almal volg die eensydige gesprek met toenemende onrus. Dit was beter toe daar hoop was.

"Hy is veilig!" onderbreek Louis se stem hulle gedagtes. "Hulle het 'n noodlanding op 'n afgeleë vliegveld gedoen. 'n Vliegtuig is reeds op pad om hulle te gaan haal."

"En hoe voel jy vandag?"

Juliétte kyk onbegrypend na Irma wat met 'n skinkbord by haar kamerdeur inkom.

"Hoe laat is dit?"

"Middagete," antwoord Irma laggend. "Jy het byna agtien uur lank geslaap."

"Ek kan nie onthou dat ek in my bed geklim het nie."

"Erik het jou kamer toe gedra nadat jy in die studeerkamer flou geword het. Nadat ek en Helen jou gehelp het om uit te trek, het Louis jou 'n inspuiting gegee."

Juliétte se wange verkleur en sy vat selfbewus aan haar hare.

"Nou moet jy eers eet. Louis het opdrag gegee dat jy nie mag gaan werk nie."

Toe Juliétte die skinkbord neem, kyk sy na Irma.

"Hy is veilig. Ons het vanoggend met hom gepraat en hy stuur vir jou groete."

Juliétte knik en kyk stil na die skinkbord met kos, en Irma laat haar alleen om te eet.

# 11

Juliétte staan onseker tussen die wagtendes op die lughawe. Conrad het laat weet sy moet saam met Simon lughawe toe kom, want hy bring vir haar 'n verrassing saam. Sy kan nie dink wat die verrassing kan wees nie. Irma kon of wou ook nie meer inligting gee nie. Sy het nog nie met Conrad gepraat sedert daardie laaste gesprek nie en kan voel hoe haar maag senuagtig fladder.

Sy dink aan haar reaksie die afgelope paar dae en hoop niemand het hom vertel hoe sy flou geword het nie. Sy sien nie kans om haar reaksie te probeer verduidelik nie, want sy weet intuïtief dat as sy dit aan haarself bely, sy nie weer beheer oor haarself sal hê nie.

Die vliegtuig is laat en sy loop onrustig heen en weer. Sy kan Simon se besorgde blik op haar voel, maar kan nie stilsit nie. Uiteindelik kom die aankondiging dat die vlug van Parys af geland het. Die sittendes begin stadigaan opstaan om nader aan die deure te beweeg. Juliétte gaan staan met haar rug teen die verste muur van die aankomsaal, elke spier in haar snaarstyf gespan.

Dit duur 'n wyle voordat die deure oopswaai en die eerste passasiers deurgelaat word. Sy voel hoe haar hande mekaar krampagtig vind en wens sy het nie saamgekom nie.

Die volgende oomblik staar sy in ongeloof na twee mense wat soekend uitgestap kom. Sy kom skielik in beweging en druk tussen die ander passasiers deur om snikkend in Miriélle en Robért se arms te val.

Albei maak vertroostende geluide en vryf paaiend oor haar hare, terwyl hulle self die trane van hulle wange afvee. Toe sy uiteindelik haar kop oplig, staan Conrad met 'n moeë glimlaggie agter hulle. "Hallo, Juliétte."

Sy vee verleë oor haar nat wange en glimlag bewerig. "Hallo, Conrad."

Hy tree nader en soen haar vlugtig op haar wang. Juliétte kan die ander twee se belangstellende blikke sien, maar sy begin na 'n sakdoek in haar handsak soek.

Conrad klim voor in die motor langs Simon in en Juliétte gaan sit agter tussen haar twee vriende. Sy het soveel vrae wat sy wil vra, maar 'n knop in haar keel en die bekende gestalte op die voorste sitplek weerhou haar daarvan. Sy probeer so normaal moontlik al die bakens langs die pad aan hulle uitwys en is verlig toe die motor voor die opstal stop.

Irma en die tweeling kom op die stoep uitgestap en Juliétte besef onmiddellik dat Irma geweet het hulle kom saam met Conrad. Juliétte stel hulle aan mekaar voor en dan sak die twee besoekers op hul knieë voor die twee seuntjies neer, terwyl Juliétte aan hulle verduidelik wie dit is. Hulle groet die gaste vriendelik, en Robért en Miriélle kyk verbaas op na haar toe die twee seuntjies hulle in perfekte Frans verwelkom.

"En ons oefen al die tyd ons Engels," laat Robért laggend hoor.

Net voordat hulle by die voordeur ingaan, sien Juliétte hoe Irma haar hande om haar oudste seun se lyf te sit en hom styf teen haar vasdruk. Die trane begin weer van voor af oor haar wange loop en sy stap haastig vooruit.

Maggie het aandete op die breë stoep langs die swembad bedien en hoewel die drie reisigers moeg is, is almal traag om bed toe te gaan. Frederick en Irma sê eerste nag en Conrad volg hulle net daarna.

Juliétte kyk hom sugtend agterna en wonder hoe hulle die stramheid tussen hulle uit die weg gaan ruim. Tydens aandete was hy vriendelik, maar die ou gemoedelikheid was weg en hulle was twee beleefde vreemdelinge.

Toe sy terugkyk na haar twee vriende, besef sy dat sy hardop gesug het en dat daar in albei se oë onuitgesproke vrae lê.

"Ek kan nie glo julle is eindelik hier nie," ignoreer sy die vraende blikke.

"Conrad het ons so vriendelik genooi dat ons nie kon weier nie," laat Miriélle glimlaggend hoor, en gaan dan half ingedagte voort: "Wat 'n besonderse man."

"Waar het julle ontmoet en hoe het hy julle hier gekry?" kom die vraag wat al die hele dag aan haar knaag.

"Ons het 'n oproep van hom ontvang toe hy in Parys was, en het hom genooi om een aand saam met ons in die restaurant te kom eet. Ons het die aand heerlik gesels en het afgespreek om hom weer te sien voordat hy sou terugkom. Hy het egter die volgende oggend geskakel om ons te bedank vir die ete en ons te nooi om saam met hom terug te vlieg en by jou te kom kuier.

Nadat ons hom die vorige aand ontmoet het, was ons so nuuskierig om die res van die familie te ontmoet dat ons nie baie oorreding nodig gehad het nie."

Juliétte sit ingedagte na haar vriendin en kyk. Nog twee mense wat voor hom geswig het, dink sy effe moedeloos.

"Wat is tussen julle aan die gang?"

Sy kyk verbaas na Robért. "Daar is niks . . ."

"Juliétte," laat hy egter streng hoor, "dit is ons met wie jy praat."

"Ons is . . . of eintlik wás goeie vriende voordat hy Frankryk toe is," laat sy ontwykend hoor.

"Wat het intussen gebeur?"

"Ons het 'n argument gehad voordat hy weg is en het nog nie weer met mekaar gepraat nie."

"Was julle nét vriende?"

Juliétte se blik dwaal oor die blou water van die swembad na die huisie onder die akkerboom. Haar stem is sag toe sy antwoord: "Ja, ons was net vriende." Sy sit meteens regop in haar stoel. "Moenie eers begin om ander gedagtes te kry nie," laat sy streng hoor. "Ek is nie blind nie; ek kan sien hoe almal vir ons kyk wanneer ons gesels, maar hy is die laaste man by wie ek romanties betrokke sal raak."

Robért en Miriélle kyk na mekaar en dan paai Miriélle: "Miskien is dit omdat almal dink julle sal goed vir mekaar wees."

"As vriende, ja. Enige iets meer sal hopeloos te ingewikkeld vir my wees. En in elk geval is ek nie sy tipe nie. . . en ons gaan ook nie weer oor hom gesels nie."

"Hy het ons na sy partytjie genooi," verander Robért die onderwerp.

"Dis gaaf van hom; dit sal heerlik wees om julle daar te hê." Juliétte klap haar hande soos 'n kind teen mekaar, maar versober dadelik weer. Sy weet nie meer of sy nog veronderstel is om saam met hom te gaan nie. Miskien was hy so kwaad vir haar dat hy iemand anders gevra het. Hoe gaan sy dit uitvind? wonder sy angstig. Sy het nie die moed om hom te vra nie.

Vir Juliétte vlieg die volgende paar dae te vinnig verby. Daar is soveel wat sy vir Robért en Miriélle wil wys en soveel om oor te gesels. Op hulle beurt verlustig hulle hul weer in die familie se warm gasvryheid en natuur-lik die twee seuntjies se teenwoordigheid. Juliétte wys hulle met onbedekte trots op die plaas rond; hulle eet een middag by die kelder, ry die omgewing plat, besoek al die normale toeriste-attraksies en tussenin gesels hulle onverpoos. Saans eet hulle saam met Frederick en Irma. Soms sluit Conrad by hulle aan en kan Juliétte net verbaas toekyk hoe spontaan die gesprekke vlot.

Hulle eet een aand by Philippe en Renée en dit word 'n onvergeetlike aand. Helen nooi hulle ook almal een aand vir ete en Juliétte sit met groot dankbaarheid en trots na haar Suid-Afrikaanse vriende en kyk. Dit word nog 'n gesellige aand waar almal lag en gesels.

Dit is 'n baie stil Juliétte wat laataand agterin die motor langs Miriélle en die tweeling sit. Voor hulle is Conrad besig om vir Robért die een en ander oor die geskiedkundige dorp te vertel.

Juliétte kyk verbaas op toe Miriélle se hand op hare kom lê en die ouer vrou sag in Frans sê: "Jy het die regte besluit geneem om terug te kom. Hierdie is nou jou en die kinders se tuiste."

Sy kan net knik. Die knop in haar keel is te groot om te praat.

By die huis help Robért en Conrad om die twee seuntjies na hulle beddens te dra en daarna sê almal nag en gaan na hulle kamers toe.

Toe Juliétte se selfoon 'n paar minute later lui en sy sien dis Conrad, huiwer sy voor sy versigtig antwoord.

"Ek het vergeet om jou te sê dat daar dokumente by die kelder is wat jy moet gaan teken, asseblief."

"Ek sal môreoggend gaan. Ek . . . is jammer dat ek dié week so min by die kelder was."

"Jy kan later weer werk; kuier maar eers saam met jou vriende."

Sy stem is nie onvriendelik nie, maar die hartlikheid wat daar was, is weg.

Juliétte huiwer voordat sy groet. Dan haal sy vinnig asem en keer hom voordat hy kan aflui. "Conrad . . . baie dankie dat jy hulle saamgenooi het . . . en vir al julle gasvryheid. Ek waardeer dit baie."

"Dit is 'n plesier."

"Ek . . . ons moet gesels . . ." gaan sy stamelend voort.

"Is daar 'n probleem?"

Hy gaan dit vir haar baie moeilik maak.

"Is jy nog kwaad vir my?" verander sy van strategie.

Sy wens meteens sy kan sy gesig sien. Sy moes nie nou die saak geopper het nie. "Is ons nog vriende?" gaan sy nietemin voort toe hy haar nie dadelik antwoord nie. Haar stem wil in haar keel vassteek.

"Ja, ons is nog vriende."

"Jou verjaarsdag . . . moet ek nog saam met jou gaan?" Sy kan haarself nie keer nie.

"Net as jy wil."

Juliétte druk die selfoon dood en gooi dit op die bed. Dan gryp sy haar baadjie wat nog oor die stoel hang. Sy is bly om te sien die lig in sy huis brand nog, maar dit sou ook nie 'n verskil gemaak het as dit af was nie. Hy gaan nóú na haar luister.

"Ek kan nie julle speletjies speel nie . . ." begin sy toe die deur oopgaan.

Die klein glimlaggie om sy oë ontgaan haar nie en sy kan voel hoe die ergernis teen haar nek opkruip.

"Jy praat nie meer met my nie . . . Ek weet nie . . ." gaan sy uitasem voort.

Conrad neem haar hand en trek haar die vertrek binne. "Kom binne. Jy sal die hele plaas wakker maak."

Die staanlamp in die hoek van die vertrek is aangeskakel en 'n boek lê oop op die koffietafel. Hoe kan hy hierdie tyd van die aand sit en lees asof niks verkeerd is nie? Toe sy omdraai, sien sy eers hy het net 'n kortbroek aan en is kaalbolyf. Haar blik sak onwillekeurig en sy voel hoe haar bravade begin wankel.

"Waaroor is jy al weer so kwaad?" Hy het op die gemakstoel teruggesak en beduie met sy een hand na die ander stoele.

Juliétte wens hy wil vir hom 'n hemp gaan aantrek, maar sy gaan sit tog op die randjie van die rusbank.

"Jy praat nie meer met my nie . . . Ek weet nie hoe ek teenoor jou moet optree nie."

Sy voel hoe haar wange warm word en sy besluit net daar sy gaan 'n dokter sien, want 'n vrou van haar ouderdom kan nie meer oor alles bloos nie.

"Jy het voor my vertrek dit duidelik gemaak dat ek jou en jou kinders moet uitlos. Ek het net op jou versoek gereageer."

"Jy . . . weet dit is nie hoe ek dit bedoel het nie . . ."

"Nou hóé het jy dit bedoel? Miskien moet jy dit weer vir my verduidelik."

"Ek wil nie hê die seuns moet jou as vanselfsprekend aanvaar nie. Jy gaan tog eendag jou eie kinders hê . . ." Haar stem is byna pleitend.

"Jy was nooit bekommerd dat hulle te geheg aan Erik sal word nie." Dis nie 'n vraag nie.

Sy begin haar hande inmekaarvleg. Sy het vanaand 'n groot fout begaan om hierheen te kom.

"Dis anders . . ."

"Wat is so anders? Ons is albei familie van die seuns. Tensy dit met my persoonlik te doen het." Sy oë vernou. "Is dit wat die probleem is?"

"Jy weet dit is nie waar nie." Juliétte voel hoe die vertrek al hoe warmer word en trek haar baadjie uit. Wat 'n gemors. "Hoekom wil jy my nie verstaan nie?" Sy kyk na hom en hou haar hande vraend uit.

"Ek verstaan beter as wat jy dink. Dis jy wat nie verstaan nie."

Juliétte sak agteroor teen die bank se rugleuning. "Ek weet nie waarvan jy praat nie."

"Jy sal ook nie as jy aanhoudend baklei nie."

Sy staan op, tel haar baadjie op en loop haastig na die voordeur toe. Terwyl sy met haar een hand die deurknip probeer oopmaak, trek sy met die ander haar baadjie aan. Vir 'n oomblik staan en sukkel sy om die twee take gelyk uit te voer, en dan voel sy hoe sy hande haar baadjie oor haar skouers trek. Sy probeer die deurknip draai, maar haar brein en hande wil nie vanaand saamwerk nie. Hy staan so naby haar dat sy hom kan voel.

"Ek het na jou verlang . . . " Sy mond is by haar oor.

Die hoendervleis slaan oor haar hele lyf uit en sy sukkel om iets te kry om te sê.

"Ek moet nou gaan . . ."

"Wat het van Hermann geword? Hoekom kuier hy nie meer by jou nie?"

"Hy is seker besig . . ."

"Of hy het agtergekom hoe jy voel . . ."

Dis asof hy 'n net om haar span en die net al hoe stywer trek, dink Juliétte paniekerig. "Dis laat, Conrad. Ek is nie nou lus vir jou raaisels nie."

Hy maak die voordeur vir haar oop en stap saam tot by die deur van die sonstoep, waar hy met sy hand liggies deur haar hare vryf voordat hy nag sê.

Juliétte se oë is droog gehuil. Sy weet nie hoe lank sy in 'n hopie op haar bed lê en huil het nie. Al wat sy weet, is dat sy nog nooit in haar lewe so ongelukkig was nie. Nie eers na Bertus nie. Maar oor Bertus het ek nooit so gevoel nie, fluister iets in haar.

Sy het geweet dis moeilikheid soek om hier aan te bly en met hom vriende te raak. Sy het geweet as sy iets meer vir hom begin voel, gaan dit haar hart wees wat in die slag bly. As sy eerlik met haarself wil wees, is dit iets wat sy lankal weet.

Sy wens sy het teruggegaan Frankryk toe; sy wens sy het hom nooit ontmoet nie. Hy het van die begin af met haar gespeel en sy het daarvoor geval. Hoe kon sy so dom wees? Al troos wat sy het, is die sekerheid dat min meisies hom sou kon weerstaan het.

Maar die troos is van korte duur. Sy weet nie of daar werklik iemand anders is nie, maar selfs al is daar nie en selfs al voel hy dalk meer vir haar as dat sy bloot 'n vriendin is, sien sy nie kans om eers die moontlikheid van 'n verhouding met hom te ondersoek nie. Sy het nie die selfvertroue om so iets aan te pak met 'n man soos Conrad nie. En nou lê Saterdagaand nog voor. Sy sien nie meer kans om saam met hom te gaan nie, maar watter verskoning gaan sy aanbied?

Haar laaste gedagte voordat sy in die vroeë oggendure aan die slaap raak, is dat sy net die partytjie agter die rug moet kry. Daarna sal sy planne maak. As sy alleen twee kinders in die wêreld kon bring, sal sy daardeur ook kan kom. Sy het net afstand nodig, en tyd.

Almal het reeds klaar ontbyt geëet toe Juliétte met 'n bleek gesig en opgehewe oë verskonend by hulle aansluit. Toe sy die oggend in die spieël gekyk het, het sy geweet daar gaan baie vrae wees, maar niks wat sy gedoen het, kon die spore van die nag se trane uitwis nie. Gelukkig maak niemand 'n opmerking nie, maar sy kan sien hoe almal se oë vraend na mekaar draai. Net Conrad sit met 'n onleesbare gesigsuitdrukking oor die rand van sy koffiekoppie na haar en kyk.

Sy drink net 'n koppie koffie en is dankbaar toe Miriélle haar vra om iets in haar kamer te gaan kyk.

Toe die deur agter hulle toegaan, draai haar vriendin besorg na haar.

"Wat op aarde is verkeerd? Kyk hoe lyk jy!"

"Ek kon nie slaap nie."

"Is dit iets waarmee ek kan help?"

"Nee, ek sal môre weer beter voel . . . Dankie."

"Het jy 'n rok vir Conrad se partytjie?"

"Nee, ek het nie geweet wat ek moet aantrek nie."

"Kry jou handsak. Simon het aangebied om ons stad toe te neem vir inkopies. Ons gaan vir jou 'n rok koop."

Juliétte is vanoggend te moeg om te argumenteer en 'n uur later is hulle op pad stad toe.

Dit word 'n vermoeiende dag en Juliétte is dankbaar toe sy vroeg daardie aand op haar bed neersak. Op Irma se aandrang het sy 'n slaappil gedrink en sy sluit dankbaar haar oë.


"Maak toe jou mond, Conrad!"

Die ander lag oor Irma se teregwysing voordat hulle oë syne volg. Dan verstil die vertrek en asems word hoorbaar ingetrek. Juliétte het in die deur verskyn en trap rond. Miriélle se keuse het uiteindelik op hierdie besonderse donkergroen fluweelrok geval en sy knik tevrede toe sy na die eindproduk kyk. Die kort rok vou perfek om Juliétte se skraal lyf, terwyl die kort moue oor haar skouerknoppe pas en haar skouers kaal laat. Haar kort, golwende hare is losweg agteroor gekam en al juwele wat sy dra, is 'n paar mooi smarag- en diamantoorkrabbe wat Irma vir haar geleen het. Ragfyn sykouse en swart fluweelhoëhakskoene rond die prentjie af.

Dit is Robért wat eerste in beweging kom en glimlaggend sy hand na haar uitsteek en haar met 'n string Franse woorde nader trek. Sy kan net selfbewus na al die komplimente luister en is bly toe iemand 'n glasie sjerrie in haar hand sit. Onwillekeurig gaan haar blik vir die eerste keer na die man wat steeds roerloos na haar staan en kyk. Haar hart begin moeisaam klop toe sy in die donker oë opkyk. As dit moontlik is, lyk hy vanaand nog aantrekliker in sy donker pak, spierwit hemp en strikdas. Irma het besluit om dit 'n baie deftige partytjie te maak.

"As Conrad sy asem terug het, kan ons maar vertrek," grap Frederick, en Conrad kan net verleë glimlag.

Sy verleentheid laat Juliétte ook lag; sy het hom nog nooit so gesien nie.

By die kelder hou hy haar aan haar arm terug en laat die ander eerste instap.

"Dink jy hulle sal ons mis as ons nie die partytjie bywoon nie?" fluister hy onderlangs.

Juliétte kyk besorg na hom. "Voel jy siek?"

"Ja. Siek dat almal jou so gaan sien."

"Ek het Miriélle gewaarsku dat die rok te . . . gewaag is," laat sy ontsteld hoor. "Ek sal iets anders gaan aantrek . . ."

Hy lag. "Dis nie wat ek bedoel nie. Ek sal net verkies om jou vanaand net vir myself te hê."

"Kom, ons moet ingaan," ignoreer sy die opmerking.

Met sy hande op sy bors verklaar hy seergemaak: "Jy breek my hart!"

Asof dit in my vermoë is om daardie hart te breek, dink Juliétte. Maar dan ruk sy haarself reg en stap hulle die kelder binne.

Die vertrekke is vanaand feestelik getooi, met groot ruikers blomme en kerse wat oral brand, 'n geskikte agtergrond vir die gaste wat in hulle deftigste klere pronk. Die mans is baie elegant in hulle donker pakke en die vroue skitter in hulle pragtige aandrokke en blink juwele.

Juliétte is verheug om Philippe en Renée ook te sien en is dankbaar vir haar vier landgenote se teenwoordigheid. Tot haar groot verligting sit hulle saam met die familie aan tafel.

Bertus, met 'n pragtige jong rooikopmodel aan die arm, kyk haar met opgetrekte wenkbroue op en af en sou seker iets gesê het as Conrad nie juis toe langs haar verskyn het nie. Die spanning word gelukkig verlig toe Erik en 'n meisie ook by hulle aansluit en Erik vrolik sy broer gelukwens en vir Juliétte vertel hoe mooi sy lyk.

139

Nadat al die gaste hul plekke ingeneem het, stel Louis 'n kort heildronk op Conrad in, waarna Conrad almal bedank vir hulle teenwoordigheid en die goeie wense en hulle nooi om die aand te geniet.

Daarna begin die kelners die kos bedien en 'n gesellige rumoer daal oor die vertrek.

Toe die musiek later begin, neem Conrad Juliétte se hand en onder 'n luide handeklappery begin hulle dans.

Toe sy arm om haar sluit, moet sy haarself keer om nie haar oë toe te maak en haar kop teen sy skouer te laat sak nie. Enersyds omdat dit so salig voel om in sy arms te wees en andersyds omdat al die oë wat hulle dophou haar ontsenu.

"Moenie my so styf vashou nie, die mense kyk vir ons," maak sy saggies beswaar, maar al antwoord wat sy kry, is 'n lui glimlag en sy arm wat nog stywer om haar vou.

Toe die laaste note wegsterf, wil Juliétte dadelik teruggaan na hulle tafel toe, maar Conrad hou haar teen hom vas totdat die musiek weer begin. Van die gaste het darem by hulle aangesluit en sy kan effens ontspan.

"Jy kan nie die hele aand net met my dans nie."

"Hoekom nie?"

"Jy is die gasheer; jy moet met al die vroue dans."

"Ek kan doen wat ek wil," laat hy moedswillig hoor. "Ek gaan beslis nie dat 'n ander man met jou dans nie."

Juliétte kan die lag nie keer nie. "Wie sê hulle wil met my dans?"

"Ek gaan nie die kans waag nie."

Sy skud laggend haar kop en hulle kyk mekaar vlugtig in die oë. Vir die eerste keer vandat sy hom ken, is daar 'n weerloosheid in syne wat haar vinnig laat wegkyk. Sy voel hoe sy lippe vir 'n oomblik teen haar voorkop rus en die stroomversnelling wil haar weer wegspoel.

Die aand word 'n mengelmoes van gesigte, musiek en stemme, en Juliétte moet haarself soms knyp om seker te maak sy is nie besig met 'n baie lekker droom nie. Conrad laat haar glad nie onder sy oë uit nie en sy moet wonder wat die ander gaste van sy gedrag dink. Dit lyk egter nie of hy omgee nie.

Toe Erik haar kom vra om te dans, frons Conrad. "Het jy nie 'n meisie nie?"

Erik lag egter net en trek haar aan haar hand op. "Ek sal haar in een stuk terugbring," belowe hy.

"Geniet jy die aand?" vra hy op die dansbaan.

Juliétte moet lag. Erik ken haar so goed. "Ja en nee."

"Ontspan net en geniet dit," gee hy ernstig raad. "Jy lyk soos 'n prentjie en my broer is baie gelukkig om jou aan sy sy te hê."

Juliétte is jammer toe die musiek ophou, want saam met Erik kon sy 'n bietjie ontspan.

Op pad na hulle tafel toe keer Louis haar voor en trek haar terug na die dansvloer toe, waar Helen reeds besig is om met Conrad te dans.

"Jy behoort met jou vrou te dans," laat Conrad vies hoor toe hulle verby mekaar dans.

"Ontspan, Conrad. Jy kan haar nie die hele aand annekseer nie," kap sy vriend terug.

141

Toe die musiek eindig, is Conrad onmiddellik by Juliétte, tot groot vermaak van Louis en Helen wat hom kopskuddend aankyk.

Voordat hulle egter kan begin dans, keer van die gaste hulle voor om 'n paar woorde met Conrad te gesels. Terwyl Juliétte langs hom staan en wag, voel sy hoe iemand aan haar hand trek. Toe sy omdraai, staan Bertus agter haar en vra haar baie formeel om te dans.

"Ek sal my mooi gedra," verseker hy toe hy sien sy weifel.

Conrad het ook omgedraai en Juliétte kan sy oë sien verdonker. Die gaste is egter nog besig om te gesels en hy kan net toekyk hoe sy en Bertus op maat van die musiek tussen die ander dansers deurvleg.

"Ek het jou nog nooit so mooi soos vanaand gesien nie."

"Dankie." Juliétte kan nie aan iets anders dink om te sê nie.

"Conrad is 'n gelukkige man."

Toe Juliétte nie antwoord nie, laat Bertus sag hoor: "Dis nogal swaar vir my ego om dit te erken, maar ek dink nie jy sou ooit so oor my gevoel het nie."

Juliétte kyk op in sy oë. Sy wil iets sê, maar hy skud sy kop en vervolg op dieselfde stemtoon: "Hy sal goed vir jou wees, Juliétte. En vir die kinders."

Sy is verlig toe die musiek ophou en beduie haastig dat sy kleedkamer toe moet gaan. Sy stap egter by die kleedkamer verby en dit is eers toe sy die stilte van die verouderingskelder bereik, dat die bewing in haar effens bedaar. Sy steek 'n kers aan en gaan sit op een van

142

die riempiestoele. Bertus se opmerking het haar heeltemal ontsenu en sy wonder of haar gevoelens so opsigtelik is. As dit die geval is, is dit geen wonder Conrad speel speletjies met haar nie. Watter man sou nie? Of dis dalk sy manier om te sê hy is jammer oor alles wat hy destyds oor haar gesê het. Gee haar 'n bietjie aandag en laat haar beter oor haarself voel. Sy sal wel eendag aanbeweeg of besef daar is nie vir hulle twee 'n toekoms nie.

"Jy mag my nooit weer so laat skrik nie."

Juliétte raak lam toe die stem so skielik in die stilte opklink en toe sy Conrad na haar aangestap sien kom, voel sy hoe haar hart vinniger klop.

"Ek het jou en Bertus sien dans, en die volgende oomblik was julle albei weg," gaan hy voort.

"Ons het net gedans . . ." begin Juliétte verduidelik terwyl sy opstaan en rusteloos heen en weer beweeg.

"Ek weet, ek het hom later buite op die stoep gekry, maar jy was steeds weg. Waarom kruip jy weg?"

"Ek wou net 'n rukkie kom asemskep." Sy staan op. "Maar ons kan nou maar weer teruggaan. Ek is seker jou gaste . . ."

Hy kom nader, tot hy voor haar staan, en sit sy vinger op haar lippe.

"Sjjjt, net vir 'n oomblik . . . sodat ek iets vir jou kan sê."

"Wat wil jy vir my sê?" Sy kyk verby hom.

"Ek is lief vir jou."

Sy woorde is so sag dat Juliétte seker is sy het haar dit verbeel.

Hy lag sag toe sy na 'n rukkie nog steeds net na hom kyk. "Moenie vir my sê jy het dit nie geweet nie. Ek is seker tot die tweeling weet dit."

Sy skud haar kop, maar kry nog nie die regte woorde om te sê nie.

"My pa en Erik het voor jou en Bertus se troue vir my gesê hulle wens ek kon jou ontmoet, want jy is die tipe meisie met wie ek sal wil trou," gaan hy voort. "Dit is een van die redes waarom ek Bertus daarvan probeer oortuig het om nie met jou te trou nie. Ons twee het nog nooit dieselfde smaak in meisies gehad nie."

"En Susan . . . en die ander meisie met wie jy wil trou?"

"Susan was nooit 'n opsie nie. Sy het dit geweet en was sommer net vreeslik moedswillig. Die ander meisie . . . Dis 'n bietjie meer ingewikkeld . . ."

"Hoe ingewikkeld?"

"Sy is baie moeilik. Selfs nadat ek haar so pas vertel het ek is lief vir haar, val sy steeds nie in my arms nie."

"Conrad . . ."

Hy soen haar stil.

"Jy het die aand in die motor gesê jy weet sy is lief vir jou," begin sy praat toe hy sy kop lig. "Wat maak jou so seker?"

Hy vee onseker met sy hand deur sy hare. "Verwaandheid, maar nou is ek skielik nie meer seker nie. Maar toe ek jou en Bertus vanaand sien dans, het ek besluit ek is nou moeg gewag."

"Van wanneer af?" probeer sy nog wal gooi.

"Ek weet nie; ek dink van die begin af. Maar die og-gend toe jy vir my gesê het jy wil met vakansie gaan, het ek dit aan myself erken. Ek was so bang dat jy nie gaan terugkom nie, dat ek my pa en ma omgepraat het om die kinders hier te hou. Dit was my enigste wapen . . . Ek is jammer."

"Watter rede het jy hulle gegee?"

"Hulle het geweet. Almal weet al lankal, net jy wou dit nie sien nie."

"Ek is nie jou tipe nie –"

"Sjt . . ." fluister hy weer met sy mond teen hare. "Al wat ek nou wil hoor, is dat jy lief is vir my. Al jou ander besware en verduidelikings kan jy later gee."

"Kies vir jou iemand wat nie met 'n hele pakkie kom nie – waar dinge nie so ingewikkeld gaan wees nie."

"Ek hou van ingewikkeld."

"Moenie dit vir my so moeilik maak nie."

Hy soen haar weer en toe hy sy kop lig, raak sy met haar vingerpunte sag aan sy gesig.

"Wat wil jy hê moet ek vir jou sê?"

"Dat jy vir my lief is."

"Ek dog jy weet dit."

"Sê dit nogtans."

"Ek is lief vir jou," kry sy die woorde oplaas uit.

Hy lig haar van die grond af op en draai haar stadig in die rondte terwyl hy haar soen.

"Uiteindelik."

Toe hulle 'n ruk later terugstap, neem hy haar hand en sy kan sien hoe 'n paar mense hulle veelbetekend aankyk. En sy is seker sy hoor Helen hardop sug.

"Daar is nog iets wat jy moet weet," hou hy haar terug voordat hulle by die tafel is.

Sy kyk vraend op na hom.

"Ek het Robért en Miriélle belowe ons sal trou voordat hulle oor twee weke moet teruggaan."

"Jy speel seker!" Juliétte buig haar nek agteroor om sy gesig te sien. Sy sien hoe sy oë by haar verby kyk en toe sy hulle volg, moet sy lag vir die afwagtende gesigte aan hulle tafel.

"En as ek nee sê?"

"Jy kan nie terwyl almal vir ons kyk nie."

"Jy het al weer jou plek goed gekies," laat sy gemaak verontwaardig hoor.

"Ek kan nie anders nie . . . Met jou het ek al die hulp nodig wat ek kan kry . . ."

# Liefde is 'n kleur

# 1

Emma staan afgetrokke en kyk hoe die bagasieband rukkerig lewe kry en die tasse een-een van agter die plastiekgordyn uitgespoeg word. Haar blik volg die mengelmoes kleure en vorms en hier en daar kyk sy 'n pakkie of tas agterna.

"Met my geluk het hulle my tas heel onder ingepak, of dalk glad nie ingepak nie," onderbreek 'n stem haar gedagtes. Dis die ouer vrou wat langs haar op die vliegtuig gesit het. Haar skoonseun werk hier in Genève en sy kom vir 'n maand by hulle kuier. Sy was die hele nag geselserig en Emma weet presies wat sy vir elke kleinkind saamgebring het.

"Ek is seker jou tas was op die vliegtuig," verseker Emma haar.

"Waarheen het jy nou weer gesê is jy op pad?" Die vrou se blik is vasgenael op die bewegende band.

"Ek gaan saam met vriende ski." Emma noem die naam van die dorpie. "Dis net oorkant die grens in die Franse Alpe." Sy het dieselfde vraag al 'n paar keer gedurende die nag gevra, maar Emma gee heel geduldig weer die antwoord.

Voordat sy Emma kan antwoord, gewaar die vrou egter haar groot tas en haar gesig verhelder. "Uiteindelik!"

Emma staan nader en help haar om die tas van die

band af te haal. Dit voel of daar 'n olifant in is. Hulle twee groet en Emma kyk weer na die bagasie wat stadig in die rondte verby haar draai. Sy is bewus daarvan dat die tasse met elke omwenteling minder word, maar dis eers toe die leë band tot stilstand kom, dat sy verward rondkyk. Sy was so besig om na almal se bagasie te kyk, dat sy hare gemis het en nou het iemand anders dalk haar tas geneem! Of was haar tas glad nie op die band nie? Die gedagte laat haar effe dronk van verwarring voel.

Sy kyk onseker om haar, maar daar is niemand by wie sy navraag kan doen nie en sy stap haastig na waar sy 'n inligtingstoonbank gewaar.

Die meisie agter die toonbank beduie in gebrekkige Engels na 'n kantoor en Emma volg ergerlik haar instruksies. Sy is nie vreeslik bygelowig nie, maar as dit darem nie 'n duidelike teken is dat sy nie moes gekom het nie!

'n Jongerige man kyk afgetrokke op toe sy die kantoor binnestap.

"My tas was nie tussen die ander bagasie nie," val sy in Engels met die deur in die huis.

Hy steek sy hand traag uit. "U vliegtuigkaartjie en bagasiestrokies."

Sy aksent is swaar en Emma moet mooi luister om te verstaan waarvan hy praat.

Sy blik draal stadig oor die kaartjie en dan beduie hy na 'n plakkaat teen die muur, waarop 'n verskeidenheid soorte tasse aangedui word. "Identifiseer u tas," kom dit weer op dieselfde kras manier.

Sy kyk na die verskillende vorms, make en kleure op

die plakkaat en skud dan haar kop. "My tas is nie op die plakkaat nie."

Die man sug oordrewe moedeloos. "Naastenby. Ek wil net 'n idee kry waarna ek moet soek."

Emma druk op 'n prentjie.

"Kleur?"

"Blou." Hy is nie al een wat bot kan wees nie en op hierdie stadium het sy baie meer rede as hy.

"Ek sal navraag doen. Kom oor 'n halfuur terug."

Emma wil vir hom sê sy wil nie 'n halfuur wag nie, maar sy hou haar in en gaan soek 'n koffiedrinkplek.

Twee ure later skud die Franssprekende Switser egter steeds sy kop. "Die tas is nog nie opgespoor nie. Laat u vakansieadres en ons sal die tas aanstuur."

"En wat moet ek intussen aantrek?" kook Emma oor. "En wat gebeur as julle nooit die tas opspoor nie?"

"U tas is verseker." Hy gaan hom duidelik nie aan haar histerie steur nie.

"Maar totdat ek die inhoud van die tas kan eis, het ek klere nodig om aan te trek!"

Hy haal sy skouers op. "Laat die adres hier, ons sal u laat weet."

"Ek het geweet ek moet by die huis bly!" slaan sy ergerlik na Afrikaans oor, maar haal tog die adresboekie uit en skryf haar naam, selfoonnommer en die adres in die ski-oord neer.

Die koue wil haar asem wegslaan toe sy buite die lughawegebou na 'n huurmotor soek en sy druk haar hande diep in haar baadjiesakke. Die huurmotorbestuurder knik toe sy vir hom die adres van die trein-stasie gee en sy sak effe moedeloos agterin die motor neer. Plek-plek lê daar hope sneeu langs die pad en êrens diep in haar voel sy tog 'n roering. Sy sal dit beslis nog nie opgewondenheid noem nie, maar dis darem iets.

Dis maar net die vreemdheid wat jou interesseer, pro-beer 'n stemmetjie die roering blus en sy wonder wat van haar ander stemmetjie geword het. Die een wat haar vroeër sou aangehits het om voor op die sitplek te sit, opgewonde na alles sou laat kyk het, afwagtend sou laat uitsien het na die volgende twee weke. Maar daardie stemmetjie is lankal dood, verseker sy haarself. Dit help nie eers meer om daaroor te rou nie. Dis nou net sy en hierdie een wat te gewillig is om haar te laat glo dat alles grys en uitsigloos is. Dat sy nie veel beter verdien nie. Dat dit beter sal wees as sy met haar om-standighede vrede maak.

En ter versterking van hierdie gedagtes, moet sy op die stasie verneem dat sy haar trein verpas het en dat die volgende een eers oor 'n uur vertrek. Sy vind 'n bankie en sit en kyk na die mense wat haastig heen en weer by haar verbyloop. Almal lyk so doelgerig, asof hulle presies weet waarheen hulle wil gaan en hoe hulle daar gaan uitkom. Sy hou 'n groepie jongmense dop wat met ski's oor hulle skouers van 'n trein afklim en laggend die dag se wedervaringe loop en bespreek. Hulle gesigte lyk so vrolik en onbesorg.

Emma haal haar selfoon uit en skakel Renate se nommer.

"Em! Is jy hier?" groet 'n vrolike stem aan die ander kant.

"As 'hier' Genève beteken, dan is ek hier. My bagasie is weg en ek het my trein verpas. Die volgende een vertrek eers weer oor 'n uur."

"Ag heng, ek is jammer vir jou. Soek hulle darem na jou bagasie?"

" 'n Suurknol het my verseker hulle sal soek, maar ek het 'n vermoede teen hierdie tyd weet hy nie eers meer ek was daar nie. Miskien moet ek eers hier bly totdat ek gehoor het van my tas," dink Emma hardop. Sy was so haastig om by bekendes te kom, dat sy hierdie opsie misgekyk het.

"Nee, klim op die trein en kom hierheen. As hulle jou tas vind, sal hulle dit laat aflewer en as jy moet teruggaan stad toe, kan ons sommer saam met jou met die trein gaan en die aand terugkom. Dis nie so ver nie. En intussen gaan ek solank vir jou 'n lekker lang dop skink sodat jy kan begin ontspan sodra jy hier kom."

"Ek het geweet ek moes nie gekom het nie," opper sy nou haar gevoelens van vroeër. "Ek het nog nie behoorlik uitgepak in die Kaap nie en nou flenter ek oorsee rond."

"Jou paar goedjies sal nie wegraak nie en enige mens wat vir drie jaar in Gauteng oorleef het, het 'n vakansie nodig. Veral as hulle nog deurgemaak het wat jy het."

Emma glimlag onwillekeurig. Dit klink asof Renate reeds lekker vakansie hou en sy gaan nie nou haar vriendin se opgewondenheid blus nie. Dit het sy al genoeg die afgelope twee jaar gedoen sedert die egskeiding. Dus groet sy net en sit dan maar weer na die mense rondom haar en kyk.

Uiteindelik hoor sy die afkondiging en sy haas haar om in die wagtende trein te klim. Sy weet nie hoe die plek lyk waarheen sy op pad is nie, maar sy wil beslis ook nie die nag op die stasie deurbring nie.

Namate die drein die stad agterlaat, word die landskap buite die treinvensters al hoe witter, totdat daar net plek-plek 'n ander kleur sigbaar is.

Sy was as student laas in Europa en toe was dit somer. Rudolf wou nooit Europa toe kom nie. Wanneer hy wel gekom het, was dit gewoonlik vir besigheid en dan net vir 'n paar dae.

Gee hom liewer Amerika en die Ooste. Europa was net té oud vir hom, het hy altyd gesê. Gedurende die agtien maande wat hulle getroud was, was hulle vier keer Amerika toe en twee keer in Singapoer. Hy is verslaaf aan die Oosterse tegnologie en het haar elke keer dae aaneen saamgesleep om al die nuutste uitvindsels te sien.

Hulle huis het soos 'n winkel vir elektroniese goed gelyk en hy kon nooit verstaan dat sy nie sy opgewondenheid gedeel het nie. En tot sy ergernis kon sy ook nooit die vele apparate baasraak nie en hy sou dikwels saans by die huis kom en haar aantref waar sy in 'n stil huis sit en boek lees. Soms was dit omdat sy wou lees, maar ander kere was dit eenvoudig omdat sy nie die regte beheerapparaat vir die televisie of klanktoestel kon kry nie. En as sy dit wel gekry het, het sy dikwels nie geweet watter knoppie om te druk nie. 'n Boek was soveel makliker.

Die trein kronkel deur die berge en Emma kan aan haar oordromme voel dat hulle besig is om al hoër te klim. Dit word vroeg skemer tussen die berge en saam met die vreemde wit skemerte daal 'n verlatenheid oor haar. Dis soos 'n grys mantel wat om haar skouers gehang word. Sy is 'n vreemdeling op pad na nêrens, flits dit deur haar gedagtes en vir die soveelste keer wonder sy waarom sy gekom het. 'n Paar jaar van nou af . . . miskien . . . maar nie terwyl die grysheid nog so dikwels om haar vou nie. Sy het nie eers bagasie nie . . . so asof sy nog 'n keer getoets word.

Sy kyk na die mooi versierde winkelsak op die sitplek langs haar. 'n Tandeborsel, 'n klein buisie gesigroom, 'n paar stukkies onderklere en twee nuwe hemde. Afkomstig van peperduur winkels op die lughawe.

Die trein wieg liggies heen en weer en sy wens meteens sy kan maar net so bly sit totdat die wêreld om haar weer eendag kleur het. Sy onthou 'n rolprent oor die Tweede Wêreldoorlog wat sy 'n klompie jare tevore gesien het. Die prent is in swart-en-wit, afgesien van een toneel waar 'n klein dogtertjie met 'n rooi jassie aan deur die verlate strate stap. Net die spatseltjie kleur teen die grys agtergrond. Haar winkelsak is ook vanaand die enigste spatsel kleur in haar swart-en-wit wêreld. Kersfeesrooi teen die verlatenheid . . .

Emma moes ingesluimer het, want sy skrik wakker toe die trein langs 'n verligte perron tot stilstand kom. Sy vee moeg oor haar oë terwyl sy probeer om die naam van die stasie te sien. Dan sien sy die uithangbord 'n entjie na haar linkerkant en sy tel haar skouersak en die rooi winkelsak op. Van hier af, het Renate gesê, is dit nog 'n halfuur se ry met die huurmotor tot by die ski-oord.

Gelukkig is daar 'n paar huurmotors buite die gebou en toe Emma die adres vir die eerste bestuurder wys en hy knik, klim sy verlig agterin die motor. Die vreemde man kyk egter om hom rond asof hy iets soek en na 'n oomblik besef Emma dat hy waarskynlik na haar bagasie soek, en sy skud haar kop.

Toe die motor oomblikke daarna in beweging kom, sit sy haar kop teen die kussings. Sy het 'n brandende begeerte na 'n bad en 'n bed wat nie beweeg nie.

Die motor se ligte gooi twee geel ligstrale in die donker en Emma is verbaas toe sy op haar horlosie kyk en sien dat dit sewe-uur is. Dit het vir haar gevoel of dit naby middernag moet wees.

Die pad kronkel nog verder teen die berg op en Emma is dankbaar vir die donkerte, want net die gedagte aan die afgronde laat haar kop duisel. Maar oplaas hou die eindelose draaie op en bevind hulle hulle in 'n dorpie.

Te oordeel na die hoeveelheid ligte, kan dit nie 'n groot dorp wees nie en behoort die bestuurder maklik sy pad te vind. Sy kyk rond op soek na straatname en nommers, maar dit blyk gou dat die man sy pad in die dorpie ken en kort voor lank hou hulle voor 'n helder-verligte spitsdakhuis stil. Sy betaal hom en klim dan stadig uit die motor.

Sy het skielik nie die moed om in te gaan nie. Die ysige buitelug slaan egter haar asem weg en sy vou haar baadjiekraag hoër teen haar nek op voordat sy stadig haar pad oor die gladde trappies vind. Sy kan musiek uit die huis hoor kom, maar toe sy aan die houtvoordeur klop, is daar geen antwoord nie. Sy draai versigtig die deurhandvatsel, en bevind haar in 'n koue portaal, waar ski-stewels, ski's en sneeuplanke teen die een muur staan en dik ski-baadjies aan hake teen die muur hang. Sy klop aan die deur wat sy vermoed na die huis lei, en na 'n paar oomblikke gaan die deur oop en 'n aantreklike blonde vrou staan voor haar.

"Hallo!" Sy kyk na die rooi winkelsak in Emma se hand.

Emma knik. Sy wonder of die huurmotorbestuurder haar by die regte adres afgelaai het. Maar dan sien sy die herkenning in die vrou se oë en sy voel die ou, loodswaar gevoel wat sulke tye in haar kom lê.

"Jy is Christo en Renate se vriendin. Ek is Elsa. Kom gerus binne. Ek het 'n oomblik gedink jy verkoop Kersfeeskoekies of so iets." Haar oë gaan weer vloer toe. "Is jou bagasie nog buite?" Elsa praat vinnig, asof sy selfbewus is, maar dit troos al dat sy Afrikaans praat.

Emma skud haar kop. "My bagasie swerf êrens tussen Kaapstad en Genève. Hulle kon dit nog nie opspoor nie."

Elsa kyk haar simpatiek aan. "Dit het een keer met my ook gebeur en dis 'n nagmerrie, veral as jy goeie klere gehad het. Ek het twee denims gehad waaraan ek verslaaf was en ek kon net nooit weer daarna sulkes êrens te koop kry nie, om nie te praat van my lekker handgebreide truie wat in my tas was nie." Dit klink asof sy nie asemskep tussen die sinne nie, maar sy het darem al opsy gestaan sodat Emma kan binnekom.

Die ruim woonkamer is gesellig ingerig, met twee donkerbruin leerrusbanke en twee groot gemakstoele wat met 'n outydse, gestreepte maroen materiaal oorgetrek is.

Op die groot houtkoffietafel lê 'n paar tydskrifte en 'n koerant. Nog twee leunstoele staan voor die venster, en op die tafeltjie tussenin brand 'n mooi ou staanlamp. Emma probeer so ongemerk moontlik alles inneem. Van die agtsitplek-eetkamertafel, tot die moderne hout-en-chroom-kombuis, wat deur 'n lang toonbank van die leefarea geskei word.

Sy weet nie wie se huis dit is nie, maar alles dui op uitsonderlike smaak en geld. Maar vreemd genoeg lyk die huis gesellig ingeleef, afgesien van die kombuis wat duidelik gemoderniseer is. Geen wonder Christo en Renate kom ski so graag saam met hulle vriende nie. Dis 'n mooi plek en op die oomblik heerlik warm. Die koue begin stadig uit haar lyf sypel.

"Renate-hulle behoort nou-nou hier te wees. Dis hulle beurt om vanaand kos te kook, maar ons het so lank geski dat sy gou iets by die winkel moes gaan kry het." Die blonde vrou beduie na een van die banke. "Kom sit solank, of sal ek eers jou kamer vir jou gaan wys? Nie dat jy juis kan uitpak nie, maar miskien wil jy solank bad."

Emma knik dankbaar. " 'n Bad sal baie welkom wees. Dit voel of ek al 'n week gelede by die huis weg is."

Elsa beduie oor haar skouer vir Emma om haar te

158

volg. Tussen die kombuis en die leefarea gaan 'n hout-trap op, wat Elsa kreunend begin klim.

"Waarom bou die Europeërs so graag verdieping op verdieping? Ek haat dit om so baie trappe te klim," kla sy met gelate wrewel. Die trappe is egter nie so erg nie en 'n oomblik later staan hulle in 'n ruim trap-portaal.

"Hier is die badkamer wat jy kan gebruik." Sy be-duie na die deur aan die linkerkant van die portaal en dan wys sy na nog 'n stel steil houttrappe voor hulle. "Jy moet ongelukkig hier ook nog op. Ek is jammer vir jou, maar ons ander het reeds die onderste kamers geannekseer en ek gaan nie ruil nie."

Toe Emma halfpad teen die trap op is, roep Elsa van onder af. "Die ligskakelaar sit aan jou linkerkant, teen die muur, en daar is blykbaar handdoeke in die kas. Maak jou tuis!"

Emma antwoord nie. Gelukkig vind haar hand mak-lik die skakelaar en dan gaan staan sy botstil. Dit is 'n ruim dakkamer, met 'n outydse wit ysterdubbelbed. Weerskante van die bed staan twee groengeskilderde bedkassies, teen die oorkantste muur 'n soortgelyke groen klerekas en voor die vensters met hulle guitige luike staan 'n geblomde leunstoel. Dit lyk soos 'n kamer uit 'n kindersprokie en sy bly nog 'n paar oomblikke onseker staan. Wanneer laas het sy in so 'n kinderlike, mooi kamer geslaap?

Nadat sy een van die nuwe hemde en skoon onder-klere uit die sak gepak het, haal sy twee handdoeke uit die kas en klim weer die steil trappe af, na waar Elsa vir haar die badkamer gewys het. Toe sy in die portaal staan, sien sy vir die eerste keer die deuropening teen die oorkantste muur. Die portaallig skyn met 'n streep na binne en toe Emma effens nader tree, sien sy dat dit 'n ruim slaapkamer is.

Emma klop liggies aan die badkamerdeur voordat sy die lig aanskakel en die deur oopstoot. Dis 'n ruim badkamer met 'n lekker groot bad, 'n stort en 'n wasbak. 'n Skeermes, skeerroom en 'n bottel naskeermiddel staan op die bad langs die wasbak. 'n Handdoek hang oor die stortdeur, en op die stortrakkie staan 'n bottel sjampoe.

Sy draai die bad se krane oop en skeur die koeverte met badskuim, wat haar ma op die lughawe in haar handsak gedruk het, oop en giet dit stadig onder die lopende water uit.

Die oomblik toe sy in die warm water terugsak en die duisende wit borrels oor haar spoel, maak sy haar oë toe. Die spanning in haar skouers begin voelbaar skietgee.

Dis met moeite dat sy haar na 'n paar minute sover kry om haar te was en dan laat sak sy haar kop agteroor in die water. Haar hare voel ook asof dit 'n week laas gewas is.

"Is jy besig om selfmoord in my bad te pleeg?"

Emma se oë vlieg oop en met 'n gespat van water probeer sy regop kom, totdat sy die man gewaar wat besig is om sy hare met 'n handdoek droog te vryf. Dan sak sy haastig terug onder die wit borrels in, net om oomblikke later weer proesend orent te kom. Voordat

160

sy egter iets kan sê, word die deur weer oopgemaak en die volgende oomblik is sy alleen in die vertrek.

Sy skud stadig haar kop terwyl sy wonder of sy aan die slaap geraak het en dit net 'n droom was. Geen man sal tog in 'n badkamer instap terwyl 'n vreemde vrou in die bad lê nie!

Maar bo die subtiele geur van die badskuim hang daar nou onmiskenbaar 'n ander geur . . . 'n manlike geur. Sy begin vervaard die sjampoe in haar hare invryf terwyl sy die vreemde man se gesig in haar gedagtes probeer oproep. Sy is seker sy het al daardie stem gehoor, maar met die water en haarslierte in haar oë kon sy nie sy gesig behoorlik sien nie. Sy skud haar kop. Dit moet haar verbeelding wees. Maar terwyl sy haar haastig afdroog, word sy bewus van 'n knaende gedagtetjie wat aan die rand van haar bewussyn huiwer. Sy weet nie wat dit veroorsaak nie. Miskien het dit iets te doen met die stem wat sy deur die water en skuim gehoor het.

## 2

Emma klim die trappies een-een af. Sy het so lank as wat sy kon in haar kamer gedraai, maar Renate het nou al twee keer na haar geroep.

By gebrek aan 'n haardroër het sy haar donker, skouerlengte hare agteroor gekam. Sy hoop maar die hitte in die huis sal dit spoedig laat droog word. Die hemp wat sy op die lughawe gekoop het, is korter as wat sy gedink het en 'n stukkie maag wil-wil uitsteek.

Die vrolike stemme wat na haar toe opstyg, laat haar 'n paar keer huiwerend tot stilstand kom, maar dan haal sy diep asem en gee haastig die laaste paar treë.

Renate is in die kombuis besig om 'n slaai te maak terwyl Christo met 'n kurktrekker in die een hand en twee bottels wyn in die ander by die eetkamertafel staan. Albei los waarmee hulle besig is en kom haastig nader. Renate se arms gaan verwelkomend om Emma se lyf.

"Uiteindelik! Ons het al begin dink jy het weggeraak!" Sy soen Emma op die wang.

Dan tree Christo ook nader en sy arms sluit ook om Emma se lyf. "Ek het gedink die een of ander mooi Fransman het jou ontvoer en ek was nie seker of jy wil hê ek moet die polisie bel of nié!" Sy oë spot in hare en toe sy skuins na hom gluur, trek hy laggend sy vingers deur haar nat hare.

"Ongelukkig was dit net my bagasie wat weggeraak het," laat Emma met 'n klein glimlaggie hoor. Dis so goed om uiteindelik twee bekende gesigte te sien.

Renate wil die storie van die verlore bagasie hoor en dan wil sy weet of Emma tevrede met haar kamer is. Haar hande het intussen weer met die slaai besig geraak en Emma wonder meteens waarom haar vriendin senuweeagtig voorkom.

Dan hoor sy 'n stem agter haar en toe sy omdraai, gaan haar mond effens verbaas oop. 'n Aantreklike blondekopman met 'n moderne bokbaardjie staan met 'n uitgestrekte hand voor haar.

"Ek sal myself maar bekendstel . . . ek is Jacob."

Emma huiwer 'n oomblik voordat sy haar hand in syne plaas. Die blonde hare is aansienlik minder en daar lê 'n paar sonplooie langs die blou oë, maar Emma herken hom dadelik as een van die groep studente wat sy en Renate tien jaar tevore in Plettenbergbaai leer ken het. Sy het hom nooit weer gesien nie, maar tog dikwels oor hom gewonder, al was die herinneringe aan sy vriend soveel intenser. Haar verbasing maak egter haar tong lam en sy kan net knik.

Emma kyk vraend na Renate wat doodstil agter die toonbank staan, maar voordat een van hulle iets kan sê, klink 'n ander stem agter Emma op en die oomblik toe sy dit hoor, besef sy watter gedagte vroeër aan die rand van haar bewussyn gehuiwer het.

"Ek is bly om te sien jy het die bad oorleef."

Sy draai stadig om, asof sy die oomblik wil uitrek.

"Emma, ek weet nie of jy vir Thom onthou nie?"

Daar was wel 'n tyd in haar lewe toe haar wraakgedagtes hom tot 'n lelike, vaal mannetjie verdoem het omdat hy haar hart gebreek het, maar sy het hom nooit vergeet nie. En nou, tien jaar later, is hy aantrekliker as ooit en sy wonder waarom die heelal nie haar versugtinge gehoor het nie.

Die bekende gelaatstrekke is nog daar, maar die sterk gesig het ouer geword, lagplooitjies het langs die donker oë gevorm, die gesig het karakter gekry. Dis nou die gesig van 'n man. Die donker hare is korter as destyds, maar krul nog steeds effens in sy nek.

Sy hande is in sy broeksakke en Emma knik vir 'n

tweede keer, haar wange skielik warm en haar stem hees toe sy afgetrokke groet.

Renate het intussen twee bakke kos op die tafel neergesit en roep almal nader. Stoele word uitgetrek, borde word heen en weer aangegee en intussen word wyn geskink. Emma staan onseker eenkant, totdat Christo haar nader trek.

"Kom sit hier langs my sodat ek kan kyk of jy jou kos opeet."

Sy skuif langs hom by die tafel in en toe hy vir haar 'n bord aangee, huiwer sy. Sy is nie honger nie, maar sy weet as sy nie eet nie, gaan Renate en Christo weer 'n opmerking oor haar gewig maak.

"Ek het hard aan hierdie ete gewerk, so ek wil geen kommentaar hoor nie en julle moet alles opeet," laat Renate dreigend hoor toe almal kos in hulle borde het.

Christo lig sy wynglas terwyl hy na Emma draai. "Welkom hier by ons, Emma!"

Emma knik verleë, maar gelukkig is almal honger na die dag in die buitelug en daar word met oorgawe weggeval aan die hoender-en-pastagereg.

Tussen twee happe kos gee Jacob skielik 'n uitroep wat almal haastig laat opkyk.

"My magtig! Ek wou mos sê ek ken jou ... Emma ... Emma Hofmeyer! Jis, maar ek is stadig vanaand." Jacob kyk opgewonde na Emma. " 'n Mens vergeet mos nie maklik so 'n Irish beauty nie!" Hy buig vorentoe om beter te kan sien. "Jou oë is steeds die spreekwoordelike kleur van viooltjies," spot hy. "Hoe gaan dit met jou? Ek het jou foto's in die koerant gesien met die egskeiding . . ." Hy bly skielik verleë stil en kyk dan na Thom. "Het jy geweet dis sy wat kom?"

Thom knik sonder om iets te sê.

"Waar woon jy en wat doen jy deesdae? As ek reg onthou, het jy argitektuur of so iets geswot," vervat Jacob sy ondervraging.

"Ek het drie weke gelede Kaap toe getrek en ek restoureer ou geboue," antwoord Emma die vrae so bondig moontlik.

"Ek woon ook in die Kaap. Jy moet jou adres vir my gee."

"Waar ken julle twee haar vandaan?" vra Elsa terwyl sy om die beurt van Thom na Emma en Jacob kyk.

Emma en Thom hou hulle met die kos op hulle borde besig, maar Jacob laat geselserig hoor: "Ons het op Plettenbergbaai ontmoet . . . die Desembervakansie nadat ons klaar graad gekry het en Emma en Renate eerstejaars was." Hy kyk van Thom na Emma. "Is dit al tien jaar gelede? Genugtig, dit voel soos gister." Dan kyk hy met 'n stout glimlag na Emma. "Het jy nog daardie geel bikini?"

Emma sit en krap met haar vurk deur die kos. Haar wange is warm onder die ander se vraende blikke. Sy skud haar kop terwyl sy oplaas die stryd gewonne gee en haar mes en vurk in haar bord neersit. Sy kan Renate se oë op haar voel, maar sy kyk nie na haar vriendin nie. Christo begin gelukkig 'n storie vertel en toe sy dankbaar na hom kyk, knipoog hy vir haar en sy kan in vrede agteroor sit. Maar sy bly intens bewus van twee donker oë wat nou en dan vir 'n oomblik op haar rus. Jacob is egter nie subtiel nie. Hy kyk kort-kort met openlike belangstelling na haar.

"Jy kan nie jou eerste aand alleen by die huis bly nie," laat Renate na ete hoor toe Emma nie saam na 'n kuier-plek wil gaan nie. "Ek sal by jou bly."

"Ek wil net slaap," keer Emma, want al wil sy dol-graag by Renate hoor hoe op aarde sy en Thom Mur-ray in een huis beland het, is sy nou te moeg vir daardie gesprek.

Renate wil nog daaroor redeneer, maar Emma ver-seker haar sy gaan nie goeie geselskap wees nie. Dis met 'n gevoel van verligting en dankbaarheid dat sy die huis hoor stil word.

Sy klim in die bed en vou die sagte wit beddegoed oor haar skouer. Sy het nog 'n slaappil om haar na 'n genadige droomwêreld weg te voer, want sy sien nie kans vir haar deurmekaar gedagtes nie.

'n Halfuur later rol sy egter steeds rusteloos rond. Na haar ongemaklike slaap op die vliegtuig het sy uit-gesien na 'n goeie nagrus, maar nou lyk dit of nie eers die slaappil haar kop gaan stil kry nie. Sy kan nie glo dat Renate haar nooit gesê het hulle is vriende met Thom nie, of dat hy ook hier gaan wees nie. Sy lek oor haar droë lippe en wens sy het 'n glas water saam kamer toe gebring. 'n Paar minute later besluit sy om tog maar kombuis toe te gaan.

Die huis is gelukkig nog stil. Daar brand 'n muurlig in die trapportaal, asook op die onderste stel trappe. In die woonkamer brand een van die staanlampe en

166

Emma staan 'n oomblik stil terwyl sy weer die vertrek bewonder.

Rudolf se huis was groot en luuks en tog het sy altyd ingeperk gevoel. Dit was asof al die luukses haar vasgeklem het. Hierdie huis is aansienlik kleiner, maar dit laat haar asemhaal.

Rudolf kon nooit verstaan dat sy besittings haar so min beïndruk nie. Of dat die vakansies waarop hy haar geneem het, haar nie opgewonde gemaak het nie. Sy het na eenvoudige vakansies by die see gesmag, na 'n rustige aand by die huis. Sy skud ingedagte haar kop. Miskien het dit maar te doen gehad met die manier waarop hulle grootgeword het. Daar was altyd genoeg kos op haar ouers se tafel en niemand het ooit nodig gehad om met vodde rond te loop nie, maar onnodige luukses is nooit gekoop nie.

Rudolf se pa is 'n suksesvolle sakeman en saam met die sukses het die luukses gekom, en as enigste kind het hy nie dikwels die woord "nee" gehoor nie. Miskien daarom dat hy ook nie haar nee wou aanvaar het toe sy vir hom gesê het hulle pas nie by mekaar nie.

Sy maak die yskas oop en haal 'n botteltjie water van die onderste rak af.

"As jy honger is . . . daar is brood in die kas . . ."

Haar kop ruk so vinnig omhoog dat dit met 'n slag die deur van die yskas tref en haar oë sluit onwillekeurig toe daar miljoene sterretjies in haar kop ontplof. Maar toe sy hulle uiteindelik oopmaak, staan sy alleen in die kombuis. Sy kyk verward om haar rond, maar daar is niemand nie en sy begin bekommerd wonder of die slaappil haar laat stemme hoor. Sy tel die botteltjie water van die vloer af op. Toe stap sy haastig boontoe terwyl sy met 'n ongeduldige gebaar die prop begin oopdraai en 'n paar slukke neem. Die pil het uiteindelik begin werk en is besig om haar lighoofdig te maak.

Uit die hoek van haar oog gewaar sy egter skielik 'n figuur in die trapportaal en sy gil benoud.

"Wat besiel jou?" snak sy toe sy Thom herken en tegelykertyd proesend die laaste mondvol water probeer sluk.

"Ek is jammer . . . ek het gedink jy het my hoor inkom." Thom steek sy hand uit asof hy wil keer dat sy val. "Ek het my beursie vergeet en het teruggekom om dit te kom haal," verduidelik hy verskonend.

Emma word meteens bewus van die skrapse hempie wat sy aan het en sy rem aan die soom terwyl sy selfbewus omdraai.

"Jy het water op jou gemors." Sy blik gaan na die vlek voor op die hemp en sy weet nie of sy haar die spot in die donker oë verbeel nie.

Emma draai stadig om terwyl haar een hand aan die trapreling vashou. Die laaste steil trappies na haar kamer lyk skielik ver.

"Dis op die oomblik die minste van my bekommernisse." Daar is 'n eienaardige suisgeluid in haar ore en haar tong voel skielik of dit te groot vir haar mond is.

Hy gee 'n tree nader. "Kan ek vir jou iets gee om aan te trek?"

Emma skud haar kop terwyl sy liggies van een voet na die ander wieg. "Nee, dankie."

Sy sien hoe hy na die skrapse hempie kyk wat plek-plek nat aan haar lyf kleef en sy is seker sy verbeel haar nie hierdie keer die spot nie.

"Nog net so koppig."

"Hoe het ek hier beland?" Sy het moeite om die woorde uit te spreek en moet kort-kort haar oë knip omdat sy nie meer op die gesig voor haar kan fokus nie.

"Sover ek weet, met 'n vliegtuig tot in Genève en vandaar met 'n trein en die laaste ent met 'n huurmotor."

Haar bene gee onder haar mee en sy sak op die onderste trappie neer. "Moenie probeer snaaks wees nie! Jy weet wat ek bedoel. Wat maak ek saam met jou en Jacob in 'n huis?" Sy wil hom nog 'n paar goed toevoeg, maar haar tong wil lankal nie meer haar verstand gehoorsaam nie.

"Emma . . ." Hy staan skielik voor haar en sy is vaagweg bewus van sy blik wat bekommerd oor haar gaan. "Voel jy sleg?"

Sy skud haar kop. "Ek het 'n slaappil gedrink." Sy probeer opstaan, maar haar hand gly van die trapreling af en sy sak weer op die trappie neer.

"Ek kan jou nie boontoe dra nie. Dis te steil."

Sy hoor die stem, maar die woorde het nie meer betekenis nie en toe sy oomblikke later voel hoe sy opgelig word, kan sy haar ook nie teësit nie. Sy is net effens bewus daarvan dat sy neergelê word en iets warms om haar gevou word.

"Jy . . . het . . . my hart . . . gebreek." Haar bewussyn het reeds afgeskakel, maar dis of die woorde êrens gewag het om gesê te word.

"Slaap nou," antwoord 'n stem en sy gee haar gewillig aan die swart newels oor.

## 3

Die reuk van koffie maak Emma wakker, maar sy lê nog vir 'n wyle met toe oë. Haar bewussyn is nog op 'n salige halfwegstasie. Sy voel uitgerus, maar onthou nie veel van die vorige aand nie. Sy kan nie onthou of sy toe al die kartonne uitgepak het nie. Sy hoop so . . . sy is moeg om na alles te soek.

Dan dring die geur weer deur haar bewussyn en vir 'n oomblik wonder sy wie vir haar koffie gemaak het . . . Miskien is haar ma hier . . .

Sy maak haar oë stadig oop en knip hulle 'n paar keer om aan die skemerte gewoond te raak. Maar die beeld wil nie duideliker word nie. Die onbekende voorwerpe wil nie verdwyn nie. Haar oë flits vervaard heen en weer in die vreemde vertrek en dan kom sy haastig orent. Iets is vreeslik verkeerd. Dit is nie haar kamer nie . . . dis ook nie haar woonstel nie.

Oplaas vloei die herinneringe soos 'n stroom water deur haar. Sy is nie by die huis nie. Sy is in Frankryk . . . saam met Renate en Christo. Haar kop sak in haar hande. En . . . Jacob . . . en . . . Thom. Sy kyk weer om haar rond. Maar hierdie is nie haar dakkamer nie. Sy lê in 'n reuse-hemelbed, tussen sagte wit lakens en onder 'n bonkige bulsak. Oorkant die bed hang swaar,

170

donkergroen gordyne tot op die vloer en teen die muur is 'n ingeboude kas. Weerskante van die bed staan twee antieke bedkassies, en op die een naaste aan haar staan die bottel water wat sy die vorige aand in die kombuis gaan haal het. Sy onthou dat sy die water uit die yskas gehaal het, maar daarna onthou sy niks.

Emma kyk weer om haar rond. Langs die bottel water staan 'n klein wekkertjie en 'n boek lê voor die klein horlosietjie. Sy draai die boek om en lees stil die titel en skrywer se naam. Tot haar verbasing is dit 'n Franse boek. Sy laat sak dit terug op die kassie langs haar. Sy weet nie wie van die huismense is Frans magtig nie. Miskien Elsa . . .

"A, jy is wakker!"

Die stem in die deur laat Emma vinnig omswaai, en tot haar verligting sien sy Renate met 'n skinkbord in die hand. Sy kom orent teen die kussings en vee met haar hand deur haar hare. "Waar op aarde is ek? Ek ken nie hierdie kamer nie."

Haar stem is so benoud dat Renate moet lag.

"Jy het in Thom se kamer geslaap. Jy het blykbaar op die trappe aan die slaap geraak."

Emma laat sak haar kop in haar hande en toe sy weer opkyk, skud sy haar kop. "Ek het nie gedink daar kan soveel dinge in een dag met 'n mens verkeerd gaan nie. Dis asof ek op 'n verkeerde verhoog beland het en nou nie weet wat my rol of my woorde is nie."

Renate neem langs haar op die bed plaas en hou 'n koppie koffie na haar uit. "Daar het nie soveel dinge verkeerd geloop nie; jy was maar net gisteraand moeg

171

en toe lyk alles vir jou erger. Ek is seker na 'n koppie koffie en 'n warm stort sal alles vanoggend beter lyk. En ons sal later bel en miskien het hulle jou tas al opgespoor," troos Renate asof sy met 'n kind praat.

Emma neem 'n sluk van die warm koffie en dan kyk sy met vernoude oë na die vrou voor haar. "Waarom het jy my nie gesê Thom gaan hier wees nie?"

Renate antwoord nie dadelik nie. "Omdat ek geweet het jy dan nie sou kom nie, en ek wou graag hê jy moes saamkom. Die verandering kan jou net goed doen. Jy het die afgelope twee jaar soos 'n kluisenaar gelewe."

"Wie se huis is hierdie?" verander Emma die onderwerp.

"Dis Thom s'n."

Emma kreun asof sy pyn het. "Ek sou beslis nie gekom het as ek dit geweet het nie. Ek het nie eers geweet jy sien hom na al die jare nog nie."

"Ek het hom nooit weer gesien nie, totdat ek en Christo hom toevallig eendag raakgeloop het en toe eers uitgevind het hy en Thom was saam op universiteit. Hulle almal was saam – Jacob én daai ander klomp wat ook op Plettenbergbaai was."

"Waarom het jy my nie vertel nie?" Emma drink die laaste bietjie koffie en sit dan die koppie op die bedkassie neer.

"Ek wou al dikwels, maar ek het altyd getwyfel en soos die jare verbygegaan het, het ek aangeneem dit maak nie meer saak nie." Renate skud haar kop laggend. "Jy het destyds nie baie mooi dinge oor hom gesê nie en wou nooit weer oor hom praat nie."

172

"Ek het rede gehad en ek dink jy kon my maar vertel het. Dan kon ek my ten minste voorberei het." Die beskuldiging lê in Emma se oë.

Renate steek haar hand uit en plaas dit oor Emma se hande wat rusteloos die laken heen en weer vou. "Ek het rêrig gedink na tien jaar sal jy nie meer omgee nie. Ek het dikwels gewonder of jy hom nog ooit onthou."

Emma lag spottend. "My eerste groot liefde. Ek was negentien en tot oor my ore verlief op die man, en jy wonder of ek hom onthou! Nadat jy maande lank my trane moes afdroog."

"Tien jaar is lank en intussen was jy getroud met 'n ander man en jy het nooit weer oor Thom gepraat nie," verdedig Renate geduldig.

"Ek weet nie of ek dit wat ek en Rudolf gehad het 'n huwelik kan noem nie." Sy skud haar kop stadig, asof sy diep ingedagte is. "As ek oor iets in my lewe spyt is, dan is dit daardie agtien maande."

Renate kyk aandagtig na haar vriendin. Dié glimlag meteens onseker. "Jy het seker nie al die jare nog oor Thom getreur nie?"

Emma huiwer 'n oomblik voordat sy haar kop skud. "Nie soseer getreur as wat ek dikwels gewonder het hoe dit saam met hom sou wees nie. Maggies, Renate, jy was daar. Jy weet hoe verlief ek was en miskien is ek maar net een van daardie vrouens wat nie maklik verlief raak nie."

"Ek is vreeslik jammer. As ek geweet het dit sou so moeilik vir jou wees, sou ek jou nie saamgenooi het nie."

"Dis nie moeilik nie. Ek is net onkant betrap en dit

voel vir my of ek effens van balans af is na al my ma-newales van gisteraand, maar moenie bevrees wees nie, ek is nie meer op Thom Murray verlief nie. Hy is net nóg iets waaroor ek spyt is. Ek het hopeloos te veel emosies op hom gemors."

"Ek is bly, want ek wil hê jy moet die vakansie ge-niet."

"Praat julle soms oor my?" Emma se wange word warm toe die vraag uit is.

"Hy vra soms hoe dit met jou gaan, maar ons het nog nooit oor julle of die vakansie op Plett gepraat nie."

Emma bly peinsend stil en toe sy weer praat. "'n Vrou is veronderstel om op haar beste te lyk as sy 'n ou liefde raakloop." En sy begin vir Renate vertel van die voorval in die badkamer en later die aand op die trap.

Renate se helder lag weerklink deur die ruim kamer en toe sy praat, is sy uitasem. "Arme jy! Ek kan my net indink hoe vies jy moes wees, maar as jy mooi daaraan dink, was julle eerste ontmoeting ook nie baie ordelik nie." Sy begin weer lag. "Miskien ontketen julle chaos in die atmosfeer wanneer julle naby mekaar kom." Sy raak aan die merkie langs Emma se oog. "Jy dra im-mers nou nog die letsel van sy lyfplank."

Emma snork minagtend.

"As dit enigsins 'n troos is, kan ek net vir jou sê jy was nie die laaste meisie wat oor hom gehuil het nie. Hy is 'n vrekaantreklike ou en julle twee het 'n wonder-like vakansie gehad. Die tipe vakansieromanse waaroor boeke geskryf word."

174

"Net jammer ek het nooit so 'n boek gelees en besef die klem val op die woord 'vakansie' nie." Emma vee oor haar oë.

Renate sit meteens haar arms om haar vriendin se nek ek druk haar vas. "Ek is so bly jy het gekom. En ek is seker as jy net eers begin ontspan, sal jy die vakansie geniet. 'n Mens kuier so lekker hier dat jy nie anders kan nie."

"Is hy nie getroud nie?" Emma se stem sak tot 'n fluistering.

Renate skud haar kop en toe sy praat, is haar stem ook vertroulik sag. "Hy was verloof aan 'n meisie, maar daar het iets skeefgeloop. Hier was al die afgelope vier jaar een of twee meisies saam, maar ek weet nie wat van hulle geword het nie. Een van hulle woon in die Kaap en ek sien haar soms, en sy het beslis nog kontak met hom, maar verder is sy lewe 'n geheimenis." Dan begin haar bruin oë ondeund vonkel. "Miskien kan jy hom vra wat aangaan."

Renate koes vinnig toe Emma met die kussing na haar slaan. Dan staan sy op en kyk laggend op haar vriendin se kwaai gesig af. "Ek is bly om te sien daar is nog iets van die ou humorsin. Ons het al begin vermoed ons gaan vir die res van ons lewens met 'n suurpruim opgeskeep sit."

"Hoe de duiwel kan hy so 'n huis in Frankryk besit? Wat doen hy en waar woon hy deesdae?" ignoreer Emma die spot.

"Hy woon al vier jaar lank in Genève en werk vir die een of ander groot Switserse bank. Blykbaar is hy een van daardie finansiële wonderkinders wat op 'n jong ouderdom stof in die ou manne se oë skop."

"Waar het hy geslaap?" onthou Emma nog die een vraag wat sy nie gevra het nie.

"Bo in jou kamer, maar hy het al opgestaan."

"Wat is Elsa en Jacob se storie?" verander Emma die onderwerp.

"A, vriend Jacob en sy liefdeslewe." Renate skud haar kop. "Sy en Jacob het blykbaar soos broer en suster langs mekaar grootgeword. Ons het haar drie jaar gelede ontmoet toe ons vir die eerste keer hier kom ski het. Op daardie stadium was sy in 'n ernstige verhouding betrokke, maar dit het nie altyd so goed gegaan nie en Jacob het haar saamgenooi. Ek het toe al begin vermoed hy voel nie heeltemal meer so broederlik teenoor haar nie." Renate lag. "Vir iemand met so 'n groot mond het hy nogal 'n klein hartjie en ek dink hy was te bang om die verhouding tussen hulle te versteur. Ses maande gelede het sy finaal die verhouding verbreek, en natuurlik op Jacob se skouer kom huil. En sedertdien doen hulle feitlik alles saam. Ek weet nie hoe lank hulle hulself nog gaan oortuig dis net vriendskap nie. Die vorige jaar was dit vir hulle maklik om die kamer met die twee enkelbeddens te deel, maar ek het 'n vermoede hierdie jaar slaap nie een van die twee baie rustig nie." Renate kyk op haar horlosie. "Sjoe, dis nou eers genoeg gesels. Gaan trek aan en kom eet ontbyt."

Emma knik terwyl sy haar bene van die bed af swaai.

Toe sy bo in haar dakkamer kom, wens sy sy kan vir

die res van die vakansie daar wegkruip. Alleen, hoog bo die aarde . . . waar geen oë haar kan sien nie.

Emma trek haar skouers agteroor en lig haar ken op toe sy op die onderste trappie kom.

"A, jy is uiteindelik wakker. 'n Mens sou sê jy is die een wat 'n laat nag gehad het," roep Jacob vrolik toe sy die vertrek inkom.

Emma groet verleë en dan sak sy haastig langs Christo neer.

"Het jy lekker geslaap?" Sy blou oë rus warm in hare en sy voel skielik 'n knop in haar keel. Waarom kon sy nie ook liewer só 'n man ontmoet het nie? Hy is so 'n warm en opregte mens. Iemand wat jy met jou lewe kan vertrou.

"Ja, dankie." Sy hou die koppie voor haar uit dat hy vir haar kan koffie skink, maar toe hy vir haar 'n bord aangee, skud sy haar kop.

"Gaan jy nie eet nie?" wil Jacob weet.

Emma sien hoe Renate fronsend opkyk. Hulle kan so aanhou dat sy moet eet, en kan nie verstaan as sy sê sy het nie 'n eetlus nie. Sy roer stadig met die teelepel terwyl sy die melk laat inloop en kyk ingedagte hoe die swart vloeistof van kleur verander. Koffie het haar stapelvoedsel geword . . . én haar troos.

"Het jy al iets van jou bagasie gehoor?" Elsa dra vanoggend 'n donkerblou T-hemp by haar ski-broek en haar blonde hare is agter haar kop in 'n poniestert vasgemaak.

Emma skud haar kop, maar voeg tog as 'n nagedagte

by: "Ek sal later bel en vra. Miskien het hulle daarvan vergeet."

"Dus kan jy nog nie vandag saam met ons gaan ski nie?" wil Jacob teleurgesteld weet en Emma skud weer haar kop. Maar in haar binneste is sy vir die eerste keer dankbaar vir 'n tas wat êrens sonder haar rondswerf. Toe sy nog gedink het sy kom saam met vreemdes vakansie hou, het sy dit oorweeg om weer te probeer ski, maar nou is daar nie 'n kans dat sy haar saam met hulle op die hellings gaan begewe nie.

Sy en Rudolf het twee keer in Colorado gaan ski en hy was nie een keer beïndruk met haar poging nie. Sy het elke aand in die kamer 'n ski-les gekry en dan het hy die volgende dag ontevrede met haar geraas as sy nie sy instruksies uitgevoer het nie. Die tweede keer was dit so erg dat Emma na drie dae haar ski's terug-geneem het na die ski-winkel en die res van die tien dae gelees en gestap het. By die huis het sy die ski-pak agterin haar kas opgehang en gehoop sy hoef dit nooit weer aan te trek nie. Miskien was dit dan tog 'n goeie ding dat die tas weggeraak het – nou het sy 'n goeie verskoning waarom sy nie kan ski nie.

"Thom sê hier is ski-pakke wat jy kan leen," onder-breek Renate se stem haar gedagtes.

Emma skud haar kop. "Dankie, maar dis nie nodig nie." Sy speel met die teelepel in haar piering.

"Dit hang in my kamer en jy kan dit gerus gebruik." Dis die eerste woorde wat hy vanoggend met haar praat en Emma kyk weer vlugtig op, maar sy oë rus niksseggend in hare.

178

"Ek kan nie ski nie," besluit sy om met die waarheid uit te kom. Dan los hulle haar dalk in vrede.

"Ons sal jou leer, dis maklik." Jacob knik ingenome. "Dit gaan maar net alles oor balans en 'n paar basiese beginsels wat jy moet onthou."

Emma skud weer haar kop. "Ek wil eers vandag my tas probeer opspoor."

Gelukkig kan niemand met dié verskoning fout vind nie en sy word in vrede gelaat om nog 'n koppie koffie te drink.


Na ontbyt vra Emma vir Thom of sy die huistelefoon mag gebruik. Sy kan beslis nie so 'n selfoonoproep bekostig nie. Hy knik en beduie na die tafel.

Dis egter nie so maklik om telefonies met 'n Fransman oor 'n verlore tas te argumenteer nie. Sy kan nie besluit of hy haar werklik nie verstaan, en of hy verkies om haar nie te verstaan nie.

Toe Renate later langs haar kom staan en vraend haar wenkbroue optrek, kan Emma net magteloos haar kop skud. Sy skrik toe iemand die telefoon uit haar hand neem. Sy tree agteruit en luister verbaas hoe Thom in skynbaar vlot Frans die gesprek oorneem.

"Hulle het nog nie jou tas opgespoor nie, maar is bereid om jou voorlopig 'n bedrag geld voor te skiet. Jy sal egter self na hulle kantore in Genève moet gaan."

Emma draai om en huiwer net 'n oomblik voordat sy knik. Sy sal moet uitvind hoe laat die trein vertrek. Miskien weet Renate van 'n gastehuis in Genève waar sy die nag kan deurbring.

Maar toe sy oomblikke later vra, is dit Thom wat haar antwoord. "Ek moet môre stad toe gaan. Jy kan saam met my ry."

Emma voel hoe haar mond droog word en haar maag 'n draai gee.

"Ek kan sommer met die trein gaan," wys sy die aanbod van die hand, maar Renate tree fronsend tussenbeide en binne oomblikke word die besluit namens haar geneem.

"Waarom wil jy nie hê ek moet met die trein ry nie?" Emma kyk na Renate wat oorkant haar in die restaurantjie sit. Nadat die ander met hulle ski's weg is, het Renate aangebied om haar die dorpie te wys. Dis snerpend koud en Emma se klere is beslis nie geskik vir dié temperature nie. Nadat hulle 'n uur lank deur die paar winkeltjies gedwaal het, was sy dankbaar toe Renate voorstel dat hulle koffie moet gaan soek.

"Dit sal vreeslik kinderagtig wees om met die trein te ry, en dit terwyl Thom stad toe moet gaan." Renate glimlag vertroostend, maar voordat Emma haar kan antwoord, staan die kelnerin by hulle en Renate kyk vraend na haar vriendin.

"Wat gaan jy eet? Hulle het die heerlikste sjokoladekoek."

Emma skud haar kop en bestel net 'n koppie koffie, maar Renate beduie vir die kelnerin om tog maar twee snye koek te bring.

"Jy weet ek eet nie koek nie."

Renate skud haar kop. "Jy het koek geëet toe ek jou

180

ontmoet het en sover ek kan onthou, het jy koek geëet tot die dag wat jy met Rudolf getroud is."

Emma gee 'n skewe glimlag. "Hy hou nie van vet vrouens nie."

"Ek hoop nie jy dink daardie man se norme geld vir die res van die samelewing nie. 'n Man wat sy vrou soos 'n geraamte kan laat lyk, behoort nie los rond te loop nie en moes lankal agter tralies gewees het."

"Hy was nie so erg nie en baie van die dinge was miskien ook my eie skuld, soos dat ek nooit met hom moes getrou het nie. Ek het van die begin af geweet ons pas nie, maar nogtans het ek my in 'n huwelik laat inpraat."

Die kelnerin bring die twee koppies koffie en Emma kyk met afgryse na die groot snye sjokoladekoek. "Ek is seker ek sal doodgaan as ek dit eet. 'n Mens kan nie na vier jaar van onthouding jou lyf aan so iets blootstel nie."

"Nonsens! Jou lyf sal waarskynlik dink dis Krismis. Kan jy dink hoe uitgehonger jou smaakorgane moet wees?"

Emma kan net lag vir haar vriendin se woorde. Hulle het al 'n honderd maal hierdie gesprek gehad. Almal het verwag om na die egskeiding die ou Emma te sien. Vrolik, selfversekerd en lus vir die lewe. Sy dink nie hulle verstaan wat met haar in die agtien maande van haar huwelik gebeur het nie.

Al die kritiek wat sy moes aanhoor. Hy was nooit tevrede nie, nie met haar lyf nie en ook nie met haar persoonlikheid nie. En na die egskeiding was dit net nie meer belangrik om uit te vind wie sy was nie. Was dit net te veel moeite om na haarself te soek. Miskien gee sy ook net nie meer om nie. Haar lyf is bloot 'n vervoermiddel wat haar van een plek na 'n ander bring. Haar vriendinne sal haar waarskynlik ook nie glo as sy hulle vertel dat sy feitlik nooit in 'n spieël kyk nie.

"Wanneer laas het jy van hom gehoor?" Renate kou stadig aan 'n happie koek.

"Ons het geen kontak nie."

Rente skep nog 'n stukkie koek met haar vurkie op en sit dit in haar mond. "Verlang jy ooit na hom?" Sy eet die donker sjokoladekoek proe-proe.

Emma kyk na die deur waar skiërs met rooi wange so pas ingekom het. "Nee, ek verlang nie na hom nie. Ek is net jammer dat ons dit aan mekaar gedoen het. Ek verlang baie dae na myself, want êrens deur die loop van die twee jaar wat ons bymekaar was, het ek verlore geraak en ek weet nie of ek ooit weer daardie persoon gaan vind nie. Ek het geen vertroue meer in myself nie en beslis ook nie in my oordeelsvermoë nie."

Renate skud stadig haar kop. "Hoe weerstaan 'n mens in elk geval so 'n mooi man as hy daarop uit is om jou te verlei? Tussen al daardie blomme en sjarme is dit sekerlik onmoontlik om jou sinne te behou."

Emma gee 'n skewe glimlag. "Kan jy onthou hoe ons woonstel soms van die blomme gelyk het?"

"Christo wou my nie glo toe ek hom vertel het dat ons een aand uit radeloosheid 'n bos blomme in die toilet gedruk het nie." Renate se lag klink helder bo die ander stemme op en Emma kan nie help om ook te lag nie.

182

"Ten minste het jy genoeg parfuum om jou die helfte van jou lewe te hou, as die goed net nie alles verslaan het teen daardie tyd nie."

Emma voel hoe haar wange warm word en sy kyk deur die venster toe sy antwoord. "Ek het al die parfuum uitgegooi. Die oggend toe ek die Sondagkoerante oopgeslaan het en die foto's van hom en die meisie op Mauritius gesien het. Bottel vir bottel, in die toilet. Hy was woedend toe hy dit uitvind."

Renate trek haar asem hoorbaar in terwyl sy met groot oë na Emma kyk.

Emma trek haar skouers verskonend op. " 'n Mens doen kinderagtige goed onder sulke omstandighede en ek is nie trots daarop nie, maar ter verdediging van myself kan ek net sê dat dit nooit parfuum was waarvan ek gehou het nie. Soos met al my klere, het hy besluit wat by my pas."

Renate blaas laggend haar asem uit. "Skielik besef ek daar is tog hoop vir jou. En dis nou hoog tyd dat jy daardie spoke begrawe en weer deel van die lewe word. En eendag gaan daar 'n vreeslike oulike man oor jou pad kom."

Emma steek haar hande in die lug. "Dankie, maar ek soek nie mans oor my pad nie en ek probeer nie nou soos 'n tragiese figuur uit 'n Griekse drama klink nie. Ek sukkel nog steeds om die ou Emma op te spoor en 'n man gaan my nie help om dit te doen nie. Die meeste mans wil jou liggaam en siel oorneem, en ek wil nooit weer so magteloos voel soos daardie agtien maande nie. En ek weet nie of ek ooit weer 'n man gaan vertrou nie. Wie sou ooit kon dink die bedagsame en sjarmante Rudolf sal na die troue in 'n beheervraat ontaard?"

"Alle verhoudings maak jou nie magteloos nie. Daar is ook verhoudings wat jou versterk."

Emma skud haar kop. "As jy so sê . . . maar ek sien nie kans om weer te probeer uitvind nie."


# 4


Emma kom toe nooit daarby uit om die koek te eet nie. Sy neem wel op Renate se aandrang twee happe en moet erken dat sy nog nooit so 'n lekker koek geproe het nie. Die res besorg sy verskonend aan die kelnerin terug.

Daarna stap hulle vinnig huis toe en Emma is dankbaar vir die gesellige hitte toe hulle instap. Sy weet nie of sy in haar lewe al so koud gekry het nie.

Die ander is nog nie by die huis nie en Emma gaan lê ontspanne met 'n tydskrif op die bank.

"Wie betaal vir die kos?" wil sy 'n rukkie later lui weet toe sy sien Renate is besig om 'n lysie in die kombuis te maak.

"Ons besluit gewoonlik op 'n bedrag per kop en dan betaal almal dit aan die begin van die vakansie. As daar aan die einde van die vakansie iets oor is, gaan hou ons lekker party daarmee."

Emma knik en toe sy opstaan om haar beursie te

gaan haal, skud Renate haar kop. "Jy hoef nie nou dadelik te betaal nie."

Maar Emma is reeds by die trap en toe sy met haar beursie terugkom, laat sy ernstig hoor: "Dis erg genoeg dat ek in sy huis vakansie hou en gisteraand in sy bed geslaap het. Gun my dit asseblief om vir my eie kos te betaal."

Renate trek moedeloos haar skouers op. "Jy kan darem moeilik wees."

Emma gaan lê weer op die bank en moes ingesluimer het, want sy word wakker van stemme en sit verskrik regop. Dis gelukkig net Jacob en Elsa wat uitasem die huis binnekom.

"Jis, dit was nou lekker." Jacob trek sy handskoene uit en vryf sy hande soos 'n kind teen mekaar. "Jy moet saam kom ski. As 'n mens dit eers kan doen, is dit heeltemal verslawend." Hy kyk glimlaggend na Emma.

"Moet haar nie dwing as sy dit nie wil doen nie," betig Elsa hom.

Emma se blik gaan verras na haar. Maar Elsa het alreeds weggedraai.

Jacob se gesig verraai niks toe hy na Emma kyk nie en met 'n glimlag laat hy hoor: "O ja, Thom het gevra dat jy hom sesuur by die winkel moet kry, want jy moet blykbaar vanaand saam met hom kos maak. Hy is baie dankbaar om eindelik ook hulp te hê."

"Seker om die skottelgoed te was," laat Renate uit die kombuis hoor.

Die voordeur gaan weer oop en dan kom Christo

ook met 'n rooi blos op die wange die huis binne. "Sjoe, maar dis koud." Hy begin die ski-pak van hom afstroop en nadat hy dit in die portaal opgehang het, gaan sit hy in sy kortbroek en T-hemp langs Emma.

"En toe? Hoe was julle dag?"

"Lekker, maar ek het net besef ek sal dringend warmer klere en skoene moet kry. Ek weet nie waarom ek so dom aangetrek het nie, maar ek het gedink ek sal op die lughawe my tas oopmaak en dan my warm baadjie en stewels aantrek."

"As jy nog net tot môre kan uithou, kan jy vir jou behoorlike warm klere koop, nie die ligte goedjies wat ons in Suid-Afrika kry nie. Hierdie mense weet hoe om klere vir die koue te maak."

Emma kyk op haar horlosie en dan na Christo. "Weet jy dalk by watter winkel ek vir Thom moet kry?"

"By die kruidenierswinkeltjie . . . Julle moet blykbaar nog oor vanaand se spyskaart besluit. Ek het gesê hy hoef nie bekommerd te wees nie, want jy is 'n vrou met 'n paar kookkursusse agter die rug."

Emma kyk onthuts na die man langs haar. "Moet asseblief nie sulke stories versprei nie, netnou verwag almal 'n vyfstermaaltyd."

"Dis nie stories nie. Ek weet mos hoe lekker jy kan kook." Christo strek sy bene lui voor hom uit. "En in elk geval sal enigiets beter wees as die brousels wat Thom tot dusver vir ons opgedis het."

Emma staan laggend op. "Op hierdie noot gaan ek julle nou eers verlaat. Ek het geen behoefte om saam met daardie man inkopies te doen of kos te maak nie, maar aangesien ek gisteraand in sy bed geslaap het, skuld ek hom seker."

"In wie se bed het jy gisteraand geslaap?" Christo se oë trek fronsend na mekaar toe.

Emma voel hoe haar wange warm word. Sy het aangeneem Thom of Renate het vir die ander van haar skandes vertel.

"Jou vrou kan jou maar vertel, maar dis beslis nie wat jy dink nie." En met dié woorde glip sy by die deur uit.

Die sypaadjies en straatjies is seepglad en Emma stap so stadig as wat sy kan, maar sy besef na 'n minuut of twee dat sy hoegenaamd nie reg aangetrek is vir die koue wat vroegaand oor die berge neerdaal nie en sy versnel haar pas.

Voor die winkel wil haar voete vir 'n oomblik onder haar uitgly, maar sy herwin gelukkig betyds haar balans. Thom is nêrens te sien nie en sy stap die winkel binne, maar toe daar ook nie 'n teken van hom is nie, gaan neem sy weer voor die gebou stelling in. Mense kom en gaan by haar verby terwyl sy bibberend die straat dophou. Na 'n kwartier kan sy hoegenaamd nie meer haar gesig, hande of voete voel nie en sy oorweeg dit ernstig om huis toe te gaan. Sy is werklik nie bereid om te verkluim nie.

"Wat maak jy hier buite?" Emma het nie vir Thom gesien aankom nie en skrik toe hy skielik by haar praat.

"J ... jy ... het ... gesê ek ... moet sesuur ... hier ...

wees," klappertand sy. Die woorde wat uit haar mond kom, klink net so skeefgetrek soos haar mond voel.

"Maar my magtig, nie buite nie! Waarom het jy nie solank ingegaan of saam met ons iets kom drink nie?"

Terwyl hy praat, vryf hy haar arms op en af en dan trek hy haar die warm winkel binne, terwyl hy na haar klere beduie.

"Is dit die warmste klere wat jy saamgebring het?"

Emma vertel weer stotterend van die klere in die tas en dat sy gedink het sy sal op die lughawe warmer aantrek. Hy skud net sy kop terwyl hy 'n inkopiemandjie neem en haar in een van die winkelgangetjies instuur.

"Daar hang twee ski-pakke by die huis. Waarom trek jy nie die goed aan nie?" Dit lyk egter nie of hy vir 'n antwoord wag nie, want by die wynrak tel hy 'n glaskraffie op en begin die skroefdop oopdraai. Dan hou hy dit na haar uit. "Drink! Dit sal help."

Emma skud haar kop. "Ek kan nie in 'n winkel uit 'n bottel staan en drink nie." Sy is verbaas toe die woorde redelik verstaanbaar oor haar lewelose lippe kom. Maar dan moet sy vinnig haar mond oopmaak toe hy die bottel tot teen haar lippe bring en dit stadig begin kantel terwyl sy ander hand teen haar agterkop rus.

Emma voel hoe die soeterige vloeistof haar keel effens brand en dan 'n warm kol op haar maag veroorsaak.

Toe hy uiteindelik die bottel wegneem, hoes sy uitasem. Sy voel hoe sy plathand teen haar rug slaan. Haar oë traan, maar sy is dankbaar vir die genadige hitte wat besig is om deur haar lyf te versprei.

Thom draai die bottel weer toe, sit dit in die inkopie-

mandjie en begin dan tussen die rakke deur beweeg.
Hy kyk terug na waar sy bly staan het.

"Jy is die kok, jy moet sê wat ons moet koop."

Emma verwens vir Christo met sy groot mond, maar
laat haar blik tog vlugtig oor al die onbekende produk-
te gaan. Dan begin sy hier en daar na iets beduie. Na
omtrent tien minute knik sy tevrede en hulle stap na
die kasregister toe. Emma sien hoe die meisie vraend
na die bottel drank kyk, maar dan sê Thom iets vir
haar in Frans en sy gee 'n guitige giggel terwyl sy waar-
derend na hom kyk. Daar volg nog 'n paar glimlagte
en onverstaanbare woorde en dan is hulle uiteindelik
reg om huis toe te gaan.

Emma wonder stilweg of hy deesdae met alle meisies
so flirt.

Buite die winkel moet sy 'n oomblik wag sodat hy sy
sneeuplank kan optel, dan stap hulle die steil paadjie
uit. Sy is so bang om te gly dat sy nie eens bewus is dat
haar gesig van voor af van alle lewe ontneem word nie.
Na 'n paar treë kan sy ook nie meer haar voete voel nie
en sy is dankbaar toe die bekende huis voor hulle in die
donkerte opdoem.

Emma draai in die kombuis rond. Sy is nog nie heel-
temal seker of sy werklik veronderstel is om die kook-
werk te doen nie.

"Jy is blykbaar 'n kok van formaat," merk Thom op
toe hy 'n glas rooiwyn na haar uithou.

Emma neem die glas, maar reageer nie op sy stelling
nie.

"Maak jou tuis." Hy beduie na waar hulle inkopies op die toonbank uitgepak is. "Sê as daar iets is waarmee ek jou kan help." Daarmee tel hy sy eie glas wyn op en kyk afwagtend na haar.

Emma voel soos een van daardie sjefs op *Ready, Steady, Cook* op die TV. Voor haar lê die bestanddele en daar word van haar verwag om 'n meesterstuk op te tower.

Sy het lanklaas gekook en al is al die tegniese kennis nog daar, is haar selfvertroue nié.

"Jy hoef my nie te help nie. Ek sal regkom," sê sy sonder om weer na hom te kyk. Wat sy eintlik wil sê, is dat hy by die ander moet gaan sit en ophou vir haar kyk. Dit maak haar senuweeagtig en laat haar voel of sy nie eers water kan kook nie.

"Nee, die ander gaan my dit nooit vergewe nie," antwoord hy terwyl hy sy kop skud.

"Kook dan die rys en sny die groente in repies," laat sy oor haar skouer hoor, maar tien minute later is sy spyt sy het nie daarop aangedring dat hy by die ander moet gaan sit nie. Die kombuis is ruim genoeg vir twee mense, maar té klein vir haar en Thom Murray. Met elke omdraai voel dit vir haar of hulle teen mekaar is.

"Jy laat kosmaak soos 'n kunswerk lyk," laat hy met 'n sug hoor terwyl hy teen die toonbank aanleun en 'n sluk van sy wyn neem.

Emma tree werktuiglik agteruit en voor sy kan keer, brand die elektriese pan 'n wit strepie teen haar arm en sy kan die uitroep nie keer nie.

Thom neem haar aan die arm en bekyk die wond

met aandag. Sonder 'n woord trek hy 'n laai oop en haal 'n buisie salf uit. Sy hande is verbasend bekend en Emma draai haar kop weg.

"Is jy orraait?" wil hy weet toe sy voortgaan om die vleisskywe te braai.

Emma knik. "Ek is byna klaar." Dis baie beter dat sy besig bly. Herinneringe aan die maand op Plettenbergbaai bespring haar op die vreemdste tye. Sy onthou hulle laggende stemme bedags in die branders en hulle fluisterstemme saans laat langs die vuur. Sy skud haar kop. Sy is seker die wyn is besig om na haar kop toe te gaan, want haar gedagtes wil skielik nie ingeperk word nie. Die skok om hom na soveel jaar weer te sien, het nog nie bedaar nie. Sy voel gedisoriënteerd en van balans af.

Sy slaak byna hoorbaar 'n sug van verligting toe hulle 'n halfuur later die kos tafel toe dra.

Toe die leë borde opsy geskuif word, sit almal behaaglik agteroor. Dit was 'n heerlike maaltyd en al die bakke is leeg.

"Hoe kan 'n man 'n vrou verneuk as sy so kan kook?" sug Jacob. Die oomblik toe die woorde uit is en Elsa hom in die ribbes stamp, verkleur sy gesig helderrooi. Hy kyk verskonend op en daar lê opregte spyt in sy oë.

Emma voel hoe haar wange ook brand, maar sy forseer 'n glimlag na haar mond en dan bied sy aan om te gaan koffie maak. Toe sy die ketel aanskakel, praat Jacob agter haar.

"Ek is jammer, dit was 'n sotlike ding om te sê en ek hoop regtig jy sal my daarvoor vergewe. Ek weet nie hoe ek dit kon sê nie, maar glo my as ek sê dit was nie om jou seer te maak nie."

Hy lyk so verskonend dat Emma nie kan help om te glimlag nie.

"Vergeet dit. Ek moet dit seker as 'n kompliment sien." Sy draai om en begin na die koffiebekers soek.

Jacob wil nog iets sê, maar Thom het agter hulle in die kombuis ingekom met die vuil borde in sy hande, en iets in sy blik laat die ander man stilbly.

"Hoe laat wil jy môre ry?" Dis Christo wat vraend na Thom kyk toe hulle sit en koffie drink.

"Nie later as agtuur nie. Ek weet nie hoe die paaie lyk nie." Hy kyk na Emma. "Hoe laat moet ek jou wakker maak?"

Sy skud haar kop. "Ek sal wakker word."

Hy knik net, maar Jacob laat hoopvol hoor: "Kom jy saam? Ons gaan 'n bietjie in die dorp kuier."

Emma skud haar kop. "Nee, dankie. Ek sien nie kans om weer buitentoe te gaan nie."

"Sal jy môreaand saam met ons gaan kuier as jy warm klere het om aan te trek?"

Hy lyk steeds verskonend en Emma voel meteens jammer vir hom. "Ja, ek belowe ek sal môreaand saam gaan kuier."

Renate en Christo is ook nie lus om weer die elemente te trotseer nie en die drie van hulle maak nog koffie. Daarna sit hulle nog vir 'n uur of wat en gesels voordat Emma nagsê en stadig die trappies na haar dakkamer bestyg.

Terwyl hulle sit en koffie drink het, kon sy voel hoe die huis se hitte en die wyn haar ontspanne en lomerig maak, maar 'n uur later in haar bed lê sy met starende oë in die donker. Sy het nie lus om saam met Thom stad toe te gaan nie. Sy het gehoop Renate sal aanbied om saam te gaan, maar Renate het aan tafel gesê sy moet môre wasgoed was, anders het sy en Christo nie meer skoon klere vir Kersfees nie. En sy weet as sy haar vra, sal Renate weer allerhande afleidings maak.

Sy skud haar kop in die donker terwyl 'n spotlaggie in haar keel opstyg. Die lewe bak jou soms wrede poetse. As sy uit al haar vriende en kennisse een persoon moes kies wat sy nie op hierdie stadium in haar lewe sou wou sien nie, dan is dit seker Thom. Sy gee 'n wrang laggie. 'n Mens is nie veronderstel om 'n ou kêrel raak te loop as jy so sleg lyk nie, ook nie terwyl jy nog sukkel om jou mislukte huwelik te probeer vergeet nie. Dis die tipe scenario wat jy in flieks sien, en dan hoop en bid dit gebeur nooit met jou nie. Veral nie as die ou kêrel Thom Murray is en lyk soos hy lyk nie.

# 5

Dit is donker en die huis is nog stil toe Emma die volgende oggend vroeg versigtig die trappies afklim. In die kombuis brand egter 'n lig en sy kan die koffie ruik, maar sy gewaar niemand nie. Dan kom Thom by die voordeur in en sonder om juis te groet, beduie hy na die koffiemasjien.

"Skink sommer vir my ook in, melk en een lepel suiker." Hy verdwyn weer teen die trappe op terwyl Emma al gapend die twee koppies koffie inskink.

Dit voel of daar 'n sak sand in haar oë omgekeer is. Na 'n paar oomblikke hoor sy weer die voetstappe en sy begin haastig die warm vloeistof afsluk.

'n Luukse viertrekvoertuig staan voor die huis toe Emma buite kom. Die enjin is reeds aangeskakel en toe Thom die deur aan die regterkant vir haar oophou, wonder sy benoud of hy wil hê sy moet bestuur. Dan gewaar sy gelukkig die stuurwiel aan die linkerkant en sy glimlag verleë in die donker, dankbaar sy het nie 'n opmerking gemaak nie. En om te dink haar ouers en onderwysers het op 'n stadium gedink sy is intelligent! Deesdae voel dit of haar brein uit ou bondels watte bestaan.

Sy knip gehoorsaam die veiligheidsgordel vas en sit dan agteroor teen die sagte leersitplekke.

Emma kyk benoud hoe die soveelste draai nader kom en haar hande klem natgesweet om die armleunings. As die treinrit senutergend was, moet hierdie sekerlik 'n nagmerrie wees.

Dis net lig genoeg dat sy die gapende afgronde langs die pad kan gewaar. Die spoed waarmee hy ry, wil haar by tye in 'n asemnood dompel en dit lyk nie of daar ooit 'n einde aan die draaie en afgronde gaan kom nie. Soms sluit sy haar oë, maar dis nog erger, want dan is

194

haar lyf nie voorbereid op die voertuig se bewegings nie.

As sy daaraan dink dat sy saam met hom moet terugry, wil haar longe beslis nie meer hulle werk doen nie en sy besluit daar en dan om met die trein terug te gaan. Om alles te kroon, skakel hy nog die radio aan en leun dan gebukkend vooroor totdat hy 'n radiostasie vind waarna hy soek.

Haar rasionele kant kan nie help om stilweg sy bestuursvermoë te bewonder nie. Sy weet nie of sy al ooit iemand gesien het wat met soveel gemak 'n voertuig hanteer nie. Haar irrasionele kant verseker haar egter dat hy 'n doodsgevaar vir haar en alle ander padgebruikers is.

"Ken jy Europa?"

Die vraag kom so onverwags dat Emma vir 'n oomblik wonder of hy met haar praat. Hy draai sy kop en kyk vraend na haar en sy skud haastig haar kop.

"Ek was jare gelede op 'n studentetoer." Wat sy nie sê nie, is dat dit die Junievakansie na hulle vakansieromanse was. Haar ouers het uit die bloute aangebied om vir haar die kaartjie te koop en sy het dankbaar die kans aangegryp.

Hy begin haar die een en ander oor die gebied vertel, en hier en daar wys hy iets interessant uit. Elke keer wanneer een van sy hande die stuurwiel verlaat, kan sy voel hoe haar liggaam snaarstyf span en haar oë met moeite sy gebaar volg.

"Vind jy die aardrykskundeles vervelig, of is die pad net besonder interessant?"

195

Emma se wange verkleur dieprooi. "Jy ry hopeloos te vinnig!" Die woorde borrel oor haar lippe.

Toe hy na haar kyk, huiwer daar 'n glimlag om sy mondhoeke. "Waarom het jy dit nie vroeër gesê nie?"

Emma het nie 'n antwoord op die vraag nie, behalwe miskien om te erken dat sy nie juis 'n dringende behoefte het om met hom te gesels nie.

Toe sy nie antwoord nie, laat hy droog hoor: "Ek ken die pad."

Maar dis tog of hy daarna die draaie met minder oorgawe benader en sy voel vir die eerste keer dat sy effens kan ontspan. Toe hulle na 'n uur die berge verlaat, sug sy stilweg. Noudat die pad oop en reguit is, kan sy haar verkyk aan die mooi ou plaashuise langs die pad. Die meeste se dakke is met 'n dik laag sneeu bedek en êrens in haar ervaar sy 'n opgewonde roering. Op hierdie oomblik is sy tog bly sy het gekom.

Emma is verlig toe hulle eindelik voor die lugredery se kantore stilhou. Om saam met hom deur die stadsverkeer te vleg, is byna net so angswekkend soos die rit deur die berge. Sy kan sien dat hy die stad goed ken, maar sy is nie gewoond daaraan om aan die regterkant van 'n voertuig te sit en nie 'n stuurwiel in haar hande vas te hou nie, met die gevolg dat sy kort-kort haar hande wil uitsteek wanneer hulle om 'n draai gaan.

"Dankie vir die geleentheid." Sy begin om die deur oop te maak, maar hy skud sy kop.

"Wag, ek stap saam met jou."

Sy sal dit nooit erken nie, maar dis 'n groot verligting

om iemand by haar te hê wat groot en intimiderend genoeg is, sodat die apatiese klerk skielik meer lewe kry. En die feit dat Thom die taal kan praat, vergemaklik dinge net nog meer.

Maar selfs Thom kan niks verander aan die skamele bedrag wat die lugredery aan haar beskikbaar stel nie, en Emma wonder benoud wat sy daarmee gekoop sal kry.

Thom skuif egter die note na die klerk terug, neem haar aan die arm en stap by die kantoor uit.

"Wat doen jy? Ek het nie klere nie en ook nie geld om nuwes te koop nie." Sy ruk haar arm los toe hulle op die sypaadjie staan.

"Hulle kan maar nog na jou tas soek en as hulle dit nie kry nie, kan jy na die vakansie 'n behoorlike eis instel. Hierdie tyd van die jaar is niemand meer lus om te werk nie, en jy gaan jou net frustreer om nou met hulle te argumenteer." Hy het weer die motordeure oopgesluit, maar Emma bly blasend op die sypaadjie staan.

"Ek gaan nie met hulle argumenteer nie. Ek gaan net die geld neem en vir my skoon klere koop." Dis asof dae se spanning in haar wil oorkook.

"Dis nie genoeg nie, en dan gaan hulle later sê jy is alreeds vergoed." Sy stem is ongeduldig.

Emma beduie ontsteld na die klere wat sy dra. "En intussen moet ek vir tien dae só lyk!"

"Ek sal vir jou geld leen."

Hy maak die motordeur oop en beduie dat sy moet inklim, maar die afgelope twee dae se gebeure word op daardie oomblik, soos 'n sneeubal teen 'n berghelling, net te groot. Sy draai vererg om. Is daar iets aan haar wat mans laat dink hulle kan haar lewe vir haar reël? wonder sy wrewelrig. Miskien staan daar 'n boodskap teen haar voorkop geskryf – wat net mans kan sien. Sonder om te weet waarheen sy op pad is, vleg sy deur die voetgangers, maar net voordat sy die straat kan oorsteek, vou 'n hand om haar boarm en is sy verplig om tot stilstand te kom.

"Jy kan nou maar ophou met die tragiese Aspoes-tertjie-vertoning. Dit pas jou nie! Ek is jammer jou tas is weg en dat jou lewe die afgelope paar jaar blykbaar nie 'n pot plesier was nie, maar die wêreld het nie tot 'n einde gekom nie. Daar kon baie erger dinge met jou gebeur het. Christo en Renate het moeite gedoen om jou hierheen te laat kom – die minste wat jy kan doen, is om jou soos 'n volwassene te gedra. Jy kan nie altyd weghardloop as dinge nie na jou sin gaan nie." Sy stem is sag en as dit nie vir die woorde en die pynlike greep om haar arm was nie, sou sy kon dink hy is met 'n rustige gesprek besig.

Toe sy nie reageer nie, skud hy ergerlik sy kop. "Magtig, Emma! Dis net geld . . . Jy kan dit vir my teruggee wanneer hulle jou uitbetaal of wanneer jy terug by die huis is." Hy los haar arm en tree effens terug terwyl hy met sy hand deur sy hare vee. "Moenie alles so inge-wikkeld maak nie."

'n Skewe glimlag huiwer meteens om sy mond, maar Emma ignoreer dit. Sy woorde weerklink nog in haar ore en op daardie oomblik wens sy dat sy net kan weg-raak. Soos die spreekwoordelike mis voor die son verdwyn. Maar daar is nie 'n son nie en die aarde wil ook nie oopgaan en haar insluk nie. Na 'n oomblik kan sy haar maar net weer in die voertuig laat inhelp en in stilte kyk sy hoe hy langs haar inskuif. Haar lyf is snaarstyf gespan en agter haar oë het 'n verblindende hoofpyn begin klop.

Toe hulle minute later voor 'n groot winkel stilhou, bly sy lusteloos sit.

"Hierdie winkel het 'n groot verskeidenheid en jy behoort alles hier te kry. As jy egter nie regkom nie, kan ons na 'n paar ander toe ook gaan. Maar moenie 'n ski-pak koop nie. Jy kan dié by die huis gebruik. Dit behoort jou te pas."

Emma luister na die woorde, maar toe hy 'n dik rol note na haar uithou, is dit asof haar hele wese rebelleer en sy nie sover kan kom om dit te neem nie.

"Moet asseblief nie so koppig wees nie!" Sy stem is ongeduldig in die geslote ruimte.

Oplaas steek sy haar hand uit en dan druk sy dit haastig in haar skouersak voordat sy die deur oopmaak en uitklim.

"Hoe lank het jy nodig?" roep hy agter haar aan.

Sy trek net haar skouers op.

"Ek kry jou weer drie-uur hier."

Sy knik, maar toe sy wil omdraai, keer sy stem haar weer. "Koop genoeg warm klere én skoene!"

Sy draai sonder 'n antwoord om en stap tussen die mense deur na die verligte gebou met die blink en rooi Kersversierings in die vensters. Haar keel brand, maar sy weet daar is nie meer trane nie. Lankal nie meer nie.

Al wat oorgebly het, is die grysheid. En nou is daar ook sy woorde. Skroeiende woorde vir iemand wat gedink het sy is besig om weer beheer oor haar lewe te neem. In sy oë is sy 'n jammerlike figuur. 'n Aspoestertjie. Sy vee ergerlik haar hare agteroor. Sy sal haar nie aan sy woorde steur nie. Na Rudolf het sy besluit dat sy haar nooit weer volgens iemand anders se wil sal vorm nie.

Sy loop vir 'n halfuur doelloos deur die winkel, nie seker wat sy wil hê nie. Sy kan nie onthou wanneer laas sy iets vir haarself gekoop het nie. Miskien moet sy maar by die kosmetiektoonbank begin. Sy gebruik nie veel grimering nie, en sy het gelukkig 'n lipstiffie en 'n buisie maskara in haar handsak gehad. Miskien net 'n goeie vogroom en 'n reiniger. Die vriendelike meisie agter die toonbank knik instemmend toe Emma aan haar verduidelik wat sy wil hê.

Na haar aankope begin sy weer stadig na die klere-afdeling beweeg. Dit is die moeilike deel. Maar na nog 'n halfuur tussen die rye en rye klere ervaar sy tog 'n sprankie belangstelling. Daar is sulke mooi klere en alles is van 'n goeie kwaliteit. En die eenvoudigste snitte is baie meer haar smaak as al die oordadige uitrustings wat Rudolf vir haar gekoop het. Huiwerig haal sy hier en daar 'n kledingstuk van die rak af en toe sy 'n paar oor die arm het, beduie 'n assistent vir haar na die aanpaskamertjies.

Vir 'n oomblik wil haar moed haar begewe toe sy die groot spieëls gewaar, maar dan begin sy tog stadig die een kledingstuk na die ander aanpas. Sy wonder waarom die ligte in die kamertjies altyd so skerp moet

200

wees, want sy lyk vir haarself ongekend maer en afgerem. Miskien is dit wat haar familie en vriende al vir vier jaar vir haar probeer sê, en sy nie wil hoor nie. Haar gesig is stram en haar eens blink oë staar moeg na haar uit die spieël. Sy kyk haastig weg. Dit maak tog nie saak nie.

Maar toe sy later met haar pakkies voor die winkel staan en wag, kan sy steeds die gesig in die spieël sien. Die vreemdeling wat in haar liggaam kom woon het.

Emma is so ingedagte dat sy aanvanklik nie Thom se motor sien stilhou nie en dis eers toe hy haar naam roep, dat sy opkyk. Sy tel haastig die pakkies langs haar op en stap na waar hy uitgeklim het en vir haar die deur oophou. Hy neem die pakkies by haar en bêre dit agterin die voertuig voordat hy inklim en haastig wegtrek.

"Het jy alles gekry wat jy nodig het?" Hy kyk na die klere waarmee sy die oggend van die huis af weg is.

"Ja, dankie." Sy weet nie wat sy verder moet sê nie.

"Het jy genoeg geld gehad?"

"Ja, dankie." Sy hou die orige note na hom uit en hy neem dit met 'n effense frons. Dit was meer as genoeg en Emma wonder of hy dink sy wou 'n pelsjas koop.

"Sal jy nou ophou om soos die arme Aspoestertjie te lyk?"

Haar kop draai effens skuins, maar toe sy die spotlaggie om sy mond sien, draai sy weer haar gesig weg.

Hy lag hardop en Emma se hande vou op haar skoot inmekaar. Sy is op die oomblik pynlik bewus van hoe sy lyk en wonder of hy homself daaroor verlekker. Sy het destyds vir hom baie lelike goed gesê . . . seermaakwoorde toegesnou toe hy wou verduidelik. En nou, tien jaar later, gaan dit goed met hom. Hy is duidelik suksesvol én aantreklik – dinge wat sy gehoop het hy nooit sal wees nie.

"Waarom het jy jou nie sommer in die winkel warmer aangetrek nie?" Hy kyk weer skuinsweg na haar, maar sy skud net haar kop.

Hy praat ook nie weer nie en sy sit en kyk afgetrokke met hoeveel gemak hy die voertuig deur die druk verkeer bestuur. Dis 'n pragtige stad en sy neem haar voor om eendag hierheen terug te kom. Eendag as sy weer al die kleure om haar kan sien.

# 6

'n Uur later kyk sy met hernieude angs hoe die pad voor hulle tussen die berge wegraak en haar hande vind by voorbaat die armleunings. Dis al sterk skemer en die liggies op die paneelbord gooi 'n sagte groen lig deur die kajuit.

Thom het die afgelope uur 'n paar keer probeer om 'n gesprek aan die gang te kry, maar Emma is nie in staat tot meer as 'n paar woorde op 'n keer nie. Nou sit en kyk sy benoud hoe die eerste van die draaie nader kom.

"Wat het jou besiel om met Rudolf Bester te trou?"

Sy kyk verbaas na hom, maar hy kyk na die pad voor hom en sy gesig is so niksseggend dat sy amper wonder sy of sy haar die vraag verbeel het, maar dan draai hy sy gesig en kan sy die vraag in sy oë sien.

"Ek wil nie daaroor praat nie." Sy kan nie glo hy het haar dit gevra nie. Hoewel sy hom nie van onvriendelikheid kan beskuldig nie, het sy ook nie die idee gekry dat hy vreeslik opgewonde oor haar besoek is nie. Die meeste van die tyd lyk dit eerder of hy haar met 'n traak-my-nieagtigheid bejeën. Soos wat 'n mens 'n lastige kind sal verdra. En nou wil hy skielik oor haar huwelik praat.

"My onderwerpe raak nou uitgeput, en dis iets waaroor ek op 'n tyd nogal gewonder het."

"Ek gaan nie my huwelik met jou bespreek nie." Emma kan voel hoe die ergernis bitter in haar mond kom lê.

"Ek het ook geen begeerte om jou huwelik met jou te bespreek nie. Ek is net verbaas dat jy nie geweet het hy was nooit goeie troumateriaal nie. Menige meisie wou op universiteit hulle polse oor hom sny."

Sy gee 'n wrang laggie en hou vermakerig haar hande voor haar uit, haar polse na bo gedraai. "Dan was ek seker gelukkig dat ek nooit daardie drang gekry het nie."

"Ek dink in jou geval sou dit minder skade gedoen het."

Emma kyk na die profiel langs haar. "Wat bedoel jy?"

Hy wag tot die aankomende voertuig by hulle verby is voordat hy antwoord. "Daar is ander maniere om jouself seer te maak – jy hoef dit nie noodwendig met 'n skeermeslemmetjie te doen nie."

Die verbystering maak haar brein lam en sy sukkel om die regte woorde te vind. "Wat laat jou dink jy weet wat in my lewe aangaan of hoe ek voel?"

"Dit kos nie 'n graad in sielkunde om te sien jy is besig om jouself op te kerf oor iemand wat dit beslis nie werd is nie. Sy rondlopery het nie iets oor jou gesê nie, maar was doodeenvoudig 'n refleksie van die tipe man wat hy is. Jy het darem seker al daardie som vir jouself gemaak."

Emma se mond gaan oop en toe asof sy na woorde hap. Op die ou end kry sy egter geen woorde raak gehap nie en draai sy net haar kop sodat sy deur die venster na die donkerte kan kyk. Sy kan voel hy kyk na haar en sy skud haar kop.

"Jy het nie 'n idee waarvan jy praat nie." Sy wonder waarom dit voel asof hulle hopeloos te stadig ry. Sy wil so gou moontlik by die huis kom. Dit voel alte veel soos 'n nagmerrie – sy en Thom alleen in 'n motor, met gapende afgronde langs hulle. Niks aan hierdie prentjie voel of lyk vir haar eg nie. Nie eers die stem langs haar nie.

"Jy het daardie eerste aand op die trap iets gesê, maar ek weet nie of jy van my gepraat het nie," verander hy die onderwerp.

Emma voel hoe sy onder haar baadjie warm word. Sy weet sy het gepraat, maar kan om die dood nie onthou wat sy kwytgeraak het nie.

"Wat het ek gesê?" Miskien is dit beter om te weet.

"Dat ek jou hart gebreek het."

Nou slaan die sweet ook in haar nek en op haar oor-

204

verhitte gesig uit. "Die slaappil het my laat hallusineer en dit was beslis nie vir jou bedoel nie." Sy kan maar later vir die leuen gestraf word, maar nou is daar nie 'n manier waarop sy aan hom gaan erken dat sy dit vir hom gesê het nie.

Sy gewaar hoe sy kop na haar draai en toe sy teen haar sin na hom kyk, sien sy die glimlag om sy mond en die oë wat haar stilweg uitdaag, en draai haar kop weg.

"Thom, waarom het jy toegelaat dat Renate en Christo my saamnooi as jy my nie hier wou hê nie?" Sy knip die sitplekgordel los en begin haar baadjie uittrek. Dis meteens verstikkend warm in die voertuig. Sy sukkel om weer die gordel vas te knip en voel hoe sy hand oor hare sluit, maar voordat sy dit kan wegtrek, hoor sy die klikgeluid en dan plaas hy weer sy hand op die stuurwiel.

"Waarom dink jy ek wil jou nie hier hê nie?"

Sy gee 'n harde laggie. "Dink jy ek is onnosel? Jy verdra my ter wille van gemeenskaplike vriende, maar dis al."

"Wil jy hê daar moet meer wees?"

Weer klink haar kras laggie in die motor op. "Moenie jouself vlei nie."

"Dan weet ek nie waarom my houding jou pla nie."

"Miskien omdat ek weer soos die gek in die verhaal voel. Asof almal ingelig was, net ek nie." Haar stem klink onnatuurlik skerp.

"Niemand kan jou soos 'n gek laat voel sonder jou toestemming nie."

"Die aand in die badkamer . . . Waarom het jy nie omgedraai toe jy sien ek lê in die bad nie? En in die kombuis . . . Jy het geweet ek het jou nie hoor inkom nie. En toe staan en praat jy allerhande stories met my terwyl jy kon sien ek is vas aan die slaap." Sy trek haar asem skerp in. "En vandag vertel jy my ek lyk soos 'n jammerlike Aspoestertjie." Sy huiwer 'n oomblik asof sy iets oordink en toe sy weer praat, is haar stem vol wrang ironie. "Ja, ek wonder nou self hoe ek kon dink jy is nie opgewonde om my te sien nie."

Sy sagte lag laat 'n krieweling teen haar rug afbly. "Wil jy hê ek moet opgewonde wees om jou weer te sien?"

"Vergeet dit!" Sy skud haar kop. Dis 'n hopelose gesprek en hoe gouer hulle by die huis kom, hoe beter.

"Ek het nié geweet jy is in die badkamer nie en toe ek jou gewaar, was jy in elk geval so diep onder die berge skuim dat ek niks onbehoorliks kon sien nie," vervat hy asof sy nie gepraat het nie. "En later die aand het ek gedink jy het my hoor inkom, maar verkies om my te ignoreer . . . soos jy doen sedert jy hier aangekom het. Hoe moes ek geweet het jy het die een of ander dodelike slaappil gedrink? 'n Slaappil is nie veronderstel om jou soos 'n voorhamerhou uit te sit nie. Waarvan het jy my nog beskuldig? O ja, die Aspoestertjie-storie! Ek het nie gesê jy is 'n jammerlike figuur nie; ek het gesê jy gedra jou soos die arme Aspoestertjie. Tevrede om alleen saam met die kat voor die kaggel te sit terwyl die res almal partytjie hou. Dis asof jy besluit het dat jy nooit weer gelukkig mag wees nie. Ek verstaan dit net

206

nie. Dis nie soos jy was nie." Die laaste sin word met 'n mate van gevoel gesê, asof hy werklik kan onthou hoe en wie sy was.

"Ek dink dit sal beter wees as ek hierdie vakansie kortknip," laat sy met haar gesig na die venster hoor.

"Het jy nog nie die gewoonte afgeleer om weg te hardloop as dinge nie na jou sin is nie?"

Emma vee moeg oor haar oë. Die hoofpyn wat vroeër die dag agter haar oë begin het, is besig om in een van die ergste hoofpyne van haar lewe te ontwikkel en sy wil nie meer na hom luister nie. Sy wil bo in haar dak-kamer op haar bed lê en haar verbeel sy hoef nooit weer af aarde toe te kom nie. En asof iemand na haar ver-sugtinge geluister het, doem daar die volgende oomblik ligte voor hulle op en sy besef hulle is in die dorpie. Sy slaak byna hoorbaar 'n sug van verligting. Nog 'n paar kilometer saam met hom in die motor en sy het haarself gewillig teen die kranse afgewerp.

Die voertuig het ook nog nie behoorlik tot stilstand gekom nie, toe maak sy al die deur oop en klim haas-tig uit. Skielik voel sy egter hoe haar voete onder haar wegraak en voordat sy kan keer, lê sy soos 'n hulpelose insek op haar rug.

Thom stap haastig om die motor. Hy staan en kyk vir 'n oomblik op haar af voordat hy sonder 'n woord sy hand na haar uithou en haar orent help. Hy skud die sneeu van haar rug af en vra met 'n uitdrukkinglose stem of sy seergekry het.

Emma se eerste impuls is om om te draai en weg te stap, maar sy kan voel dat sy enige oomblik weer op die seepgladde tuinpaadjie kan neerslaan, en tot haar verdere verleentheid is sy genoodsaak om by hom in te haak en toe te laat dat hy haar tot by die voordeur help. Toe hy sien sy is veilig, draai hy terug om hulle pakkies te gaan haal en sy stap haastig die huis binne.

Die ander sit almal lui agteroor in die woonkamer.

"Wat het van julle geword?" Jacob kyk na sy horlosie en dan met konsentrasie na Emma se gesig. "Moenie vir my sê die man het jou langs die pad probeer verlei nie!" Hy lag guitig vir sy eie grap.

Emma beantwoord so volledig en vriendelik as wat sy op daardie oomblik kan die ander se vrae oor hoe die dag was, en of sy reggekom het by die lugredery. Toe die voordeur agter haar oopgaan, neem sy haastig die pakkies uit Thom se hand en nadat sy 'n "dankie" gemompel het, vra sy om verskoon te word en haas haar uit die vertrek.

Onder normale omstandighede sou sy seker vir Thom gevra het of hy sy badkamer wil gebruik, maar vanaand is nie normale omstandighede nie. Nadat sy haar aankope in haar kamer neergesit het, klim sy haastig die trappies af en stort so vinnig as wat sy kan. Sy trek haar nuwe slaapklere aan en oomblikke later sak sy met 'n sug op die bed neer. Dit voel vir haar as sy nie nou haar kop neersit nie, gaan dit in twee helftes oopbreek.

"Em?" Renate se stem klink onseker van die trapportaal se kant af op en Emma lê eers vir 'n paar sekondes stil voordat sy tog antwoord.

"Wat's fout?" Renate kom langs die bed tot stilstand en kyk bekommerd op haar vriendin af.

"Niks. Ek het net 'n verblindende hoofpyn, maar ek sal môre weer reg wees." Sy probeer gerusstellend glimlag.

"Wil jy nie iets eet nie?"

Emma skud haar kop. "Asseblief nie."

"Kan ek vir jou iets bring vir die hoofpyn?" Renate laat haar koel hand 'n oomblik teen Emma se voorkop rus.

"As jy iets het wat die moeder van hoofpyne kan laat bedaar."

Renate knik en toe sy omdraai, kyk Emma haar met 'n skielike skuldgevoel agterna. Sy sal haar moet regruk. Sy is nie net besig om haar eie vakansie te bederf nie, maar ook dié van die mense wat die afgelope paar jaar soos 'n reddingsboei vir haar was.

"Kan ek binnekom?"

Emma hoor Thom se stem van die boonste trappie af kom en sy skuif dieper onder die beddegoed in, totdat net haar gesig uitsteek.

"Ek hoor ek het jou 'n hoofpyn gegee." Hy hou 'n glas water en toe hy sy ander hand na haar uitsteek, lê daar twee geel kapsules in sy palm.

Sy kyk wantrouig na die twee pille.

"Die versoeking was baie groot, maar ek sal dit nie in my eie huis doen nie. Ek het nie 'n behoefte daaraan dat jy vir die res van my lewe by my moet spook nie," laat hy met 'n skewe glimlag hoor.

Emma is verplig om effens regop te kom, maar nadat sy die kapsules gesluk het, sak sy weer teen die kussings af.

"Ek moet blykbaar om verskoning vra omdat ek jou ontstel het."

Emma probeer haar kop skud, maar die geringste beweging laat dit voel of sy met twee halwe skedels gaan sit. Daarom laat sy net stil hoor: "Spaar jou asem."

"Ek wou nie regtig moeilikheid soek nie. Ek wou eintlik net jou aandag van die pad aflei."

"Waarmee het Renate jou gedreig as jy nie kom verskoning vra nie?" Haar oë rus donker in syne.

"Dis te wreed om oor te vertel."

"Loop nou asseblief." Sy is terdeë daarvan bewus dat sy 'n gas in sy huis is, maar sy wil nie verder praat nie.

"Ek sal loop as jy belowe om nie môre weer op die eerste trein en vliegtuig te spring nie."

"Ek sal sien." Genade, kan die man nie besef sy het pyn nie!

"Dis nie goed genoeg nie." Hy vryf deur sy hare. "Ag deksels, Emma, tien jaar is 'n lang tyd om 'n wrok te koester. Ons is nie eers meer veronderstel om mekaar se name te onthou nie."

Haar blik rus 'n oomblik in syne, maar dan kyk sy eerste weg, want sy kan haarself nie vertrou nie. Sy is seker haar emosies staan op haar voorkop geskryf.

"Ek sal bly. Loop nou net, asseblief. My kop wil regtig bars."

Vir 'n oomblik rus sy hand ook teen haar voorkop en sonder dat sy wil, gaan haar oë onder die koel aanraking toe.

"Lekker slaap."

Sy maak nie weer haar oë oop nie, maar luister stil hoe hy die lig afskakel en hoe sy voetstappe teen die trappies af wegraak.

As die pille net die pyn wil wegneem! En sommer saam met die pyn al haar gedagtes en herinneringe sal uitvee. Nie dat daar soveel herinneringe is nie. Hulle het mekaar 'n maand lank geken. Dis al. Maar tog onthou sy. Alles. Sy stem, sy lag . . . tot sy hande. Die eerste keer toe hy haar gesoen het en sy gedink het sy het in die hemel beland.

Emma draai op haar sy. Dis onsinnig, maar dis omdat sy nie verwag het om hom hier te sien nie. Dis skok wat skielik haar geheue wakker gemaak het. Onder normale omstandighede sou sy dalk vir hom in die straat kon knik, of 'n vinnige paar woorde gewissel het. Sy moet net hierdie nag oorleef. Môre sal sy hulle almal wys. Sy is nie 'n jammerlike figuur nie. Sy kleef nie aan ou herinneringe en verlore liefdes nie. Môre sal sy begin vakansie hou.

# 7

Emma kyk senuweeagtig hoe Christo haar voete op die lang ski's neersit. Dan hoor sy die klikgeluid en die volgende oomblik staan hy regop langs haar.

"Nou is jy letterlik gereed vir groot hoogtes," lag hy af na haar.

Sy frons. "Moenie met my spot nie. As julle nie oppas nie, sal julle my onder in die vallei moet gaan op-tel." Sy wil vir hom sê wat Rudolf altyd van haar ver-moëns op die ski's gesê het, maar sy weet hy sal net weer 'n opmerking oor Rudolf se karakter maak. Dis 'n onderwerp waaroor Christo by tye baie uitgespro-ke kan wees. Daarom probeer sy maar om met soveel waardigheid as wat moontlik is saam met hom na die ski-hyser te beweeg.

Jacob het ook die oggend aangebied om haar te leer, maar Emma het verkies om onder Christo en Renate se wakende oë haar eerste les te kry.

"Hierdie pak lyk of dit vir jou gemaak is." Renate haal hulle van agter af in en haar oë gaan bewonde-rend oor die bloupers ski-pak wat Emma dra.

Toe Emma die oggend in die sitkamer gekom het, het daar twee ski-pakke oor 'n stoel gehang en volgens Elsa het Thom gesê sy kan albei gebruik. Die een was dié mooi bloupers een met 'n paneel wit strepies op die linkervoorpant. Die ander een was geel en wit. Albei het haar baie goed gepas. Sy wou nie vra nie, maar vermoed dit moet vorige of huidige meisies s'n wees. Maar as hy nie omgee nie, wie is sy om te kla?

" 'n Mooi ski-pak waarborg ongelukkig nog nie dat ek sal kan ski nie." Emma skuifel met die hulp van twee ski-paaltjies voetjie vir voetjie vorentoe, totdat sy by die bewegende band is wat haar na die bopunt van die beginnerhelling sal neem. Christo help haar om die handvatsel raak te vat en dan word sy teen die skuinste opgesleep terwyl haar bene kort-kort onder haar wil uitgly.

Bo gekom, wag sy totdat Christo langs haar tot stilstand kom voordat sy huiwerig omdraai. Dan begin sy stadig teen die helling afgly. In daardie oomblik probeer sy alles onthou wat sy geleer het en wonder bo wonder bly sy op haar voete totdat sy voor Renate tot stilstand kom.

"En jy sê jy kan nie ski nie!" Renate glimlag selfvoldaan.

Emma beduie na die kindertjies wat met groot vaardigheid teen die skuinstes af ski. "Ek is nie veronderstel om saam met die doekdraers te ski nie." Sy kyk na 'n steil helling waar tientalle skiërs met sierlike draaie afkom. "Dít noem 'n mens ski!"

"Wees net geduldig. Jy het die basiese kennis en nou is dit net 'n geval van oefening."

Christo kom langs hulle tot stilstand en kyk met dieselfde trots as sy vrou na Emma. "Die prentjie van agter af lyk baie goed." Sy oë lag ondeund en Emma kan nie help om ook te lag nie.

"Kom. Nog 'n paar keer net om jou balans reg te kry, dan kan jy saam met ons opgaan."

"Gaan julle solank, dis beter as ek op my eie my voete vind. Roep net die reddingswerkers as julle 'n blou sneeubal teen die berg sien afrol."

Christo en Renate kyk na mekaar en dan beduie Renate na 'n baie aantreklike jong man wat besig is om 'n groep kleintjies te leer ski.

"Die mooie jong man kan nie sy oë van jou afhou nie. Ek is seker hy sal eerder daai kleintjies teen die berg laat afrol en jou red."

Emma lag verleë. Sy het ook die mooi blonde jong man gesien en toe hulle oë een keer ontmoet het, het hy vriendelik geglimlag. En sy kon nie help om die openlike bewondering in sy oë te sien nie, al wou 'n ou stemmetjie haar verseker sy misgis haar.

"Hy sal ook net belangstel totdat hy hoor hoe oud ek is."

"Dink net hoe ek jou gaan beny as jy 'n vakansieromanse met so 'n mooi jong instrukteur optel." Renate gee 'n diep sug. "En hier moet ek maar die hele vakansie met my ou man tevrede wees."

Christo tel 'n handvol sneeu op en voordat Renate kan keer, druk hy dit in haar gesig. Sy gee proesend pad. Dan kyk sy met laggende oë op na hom terwyl sy haar hand na hom uithou.

"Kom, ons laat vir Emma alleen sodat sy die jong mans kan verlei, en dan gaan wys jy my waartoe jy nog alles in staat is." En daarmee swaai sy haar ski's om en Christo is verplig om haar te volg.

Die volgende halfuur spandeer Emma al haar tyd daaraan om haar verroeste kennis te toets. Een of twee keer val sy, maar sy kry dit reg om op te staan. Een keer ski die jong instrukteur haastig nader en help haar orent. Emma kan net verleë glimlag. Geleidelik begin sy al meer ontspan en moet sy aan haarself erken dat sy dit terdeë geniet. Hier is niemand wat ongeduldige kritiek lewer nie.

"Gebruik jou heupe . . ."

Die onverwagse stem langs haar laat haar verskrik

opkyk en dan voel sy hoe haar voete sonder die res van haar lyf vorentoe beweeg. Die volgende oomblik lê sy op haar rug en kyk op in 'n dodelike aantreklike gesig.

"Ek is jammer!" Hy praat Engels, maar met 'n swaar Franse aksent. "Ek wou jou nie laat skrik nie." Hy buk agter haar om haar op te help.

Sy skud verleë die sneeu van haar pak af en tel die twee paaltjies op wat eenkant geval het. Sy wil eers vir hom sê hy het so pas al haar pret bederf, maar hy het intussen weer begin praat.

"As ek geweet het hier is soveel talent tussen die beginners, het ek lankal aangebied om 'n instrukteur te word."

Emma se blik gaan benoud heen en weer of sy nie dalk vir Christo of Renate of selfs Jacob gewaar nie, maar tevergeefs. Sy wonder of sy nie die hulp van die jong instrukteur moet inroep nie.

"Kom drink saam met my koffie," nooi die vreemdeling met 'n verskonende glimlag terwyl hy na die klein kiosk aan die onderpunt van die beginnershelling beduie. "Dis die minste wat ek kan doen nadat ek jou laat val het."

Emma begin haar kop skud, maar hy neem een hand in syne en lyk vir die oomblik heel onskuldig toe hy haar in haar oë kyk. "Ek is onskadelik en hier is genoeg mense om jou te red as ek my nie gedra nie."

Emma weet nie waarom sy op die ou end tog wankelrig agter hom aan ski nie. Hy beduie na een van die ruwe houtbankies en sy neem dankbaar daarop plaas terwyl hy by die toonbankie twee koppies koffie bestel. Die twee meisies agter die toonbank moet hom ken, want hulle maak 'n grappie met hom terwyl albei hom skalks dophou. Hulle kyk ook met openlike nuuskierigheid na Emma.

'n Wit polistereenkoppie word minute later na haar uitgehou en haar hande vou effens lomp daarom.

"Ek weet nog nie eers wat jou naam is nie," laat die man met 'n verleidelike glimlag hoor toe hy langs Emma plaasneem.

"My naam is Emma. En joune?" Sy het nie beplan om hom te vra nie, maar die vraag glip tog uit.

"Emma . . ." Dis asof hy haar neem op sy lippe proe. "Aangename kennis, Emma, my naam is Gustav."

Emma knik en neem weer 'n sluk van haar koffie.

"Waar kom jy vandaan en waarom het ek jou nog nooit vantevore hier gesien nie?" gaan hy onverstoord voort.

"Ek kom van Suid-Afrika af en dis my eerste keer hier."

"Suid-Afrika," laat hy peinsend hoor. "Ek sal 'n slag moet gaan kyk hoe lyk die land wat soveel mooi meisies oplewer." Sy blik gaan onbeskaamd oor haar gesig, maar dan is dit asof 'n gedagte hom te binne skiet en die helder blou oë trek fronsend na mekaar. "Moenie vir my sê jy is een van Thom se meisies nie! Wat is dit met die Suid-Afrikaner en wat het hy wat ons ander nie het nie? Die man het 'n onuitputlike bron van mooi meisies wat hy elke jaar saambring." Hy gooi sy hande in die lug.

Emma kan nie help om te glimlag nie. As daar 'n

handboek oor aartsverleiers geskryf word, kan hulle vir Gustav gebruik. Sy wil haar mond oopmaak om te sê sy is nie een van Thom se meisies nie, maar hy praat reeds weer.

"Julle is nie dalk getroud nie?"

Emma skud haar kop en wil weer verduidelik, maar hy gee haar nie kans nie.

"Dis goeie nuus. Solank daar nie 'n trouring aan 'n vrou se vinger is nie, is alles nog geoorloof." Sy vingers raak-raak aan haar nek.

Emma kan die senuweeagtige laggie nie keer nie. Almal wil hê sy moet die vakansie geniet, maar sy weet nie of hierdie man deel van haar vakansiepret moet wees nie. Sy is nog besig om half uitasem na 'n antwoord te soek, toe 'n skiër langs hulle tot stilstand kom en sy bril opskuif.

"A! Net die man wat ek soek," laat Gustav hoor toe hy Thom gewaar. Die twee mans skud hand en Thom sak oorkant hulle op nog 'n bankie neer.

"Hoe gaan dit, Gustav?" Thom se blik huiwer op Gustav se hand wat in Emma se nek rus.

"Dit het uitstekend gegaan totdat ek uitgevind het hierdie mooi vrou behoort aan jou."

Emma voel hoe die donker blik na haar verskuif en sy word warm onder die ski-pak.

"Maar tot my vreugde moes ek hoor sy is nog nie gering nie," laat Gustav veelbetekend hoor terwyl sy arm om Emma se skouers gaan.

"En wie sê vir jou sy sal in jou belangstel?" 'n Lui glimlag pluk aan Thom se mondhoeke.

217

Voordat Emma kan beweeg of iets sê, rus Gustav se lippe warm teen haar wang. Dan sit hy terug.

"Sy weet ek gaan nie haar hart breek nie. Jy, daarenteen, gaan dit beslis doen, soos jy al die ander se harte gebreek het."

"Komende van die man wie se reputasie langer as die Ryn is," lag Thom spottend.

Emma het lanklaas in haar lewe sulke onsinnige praatjies gehoor, en sy weet sy moet opstaan, maar sy is doodbang sy slaan voor hulle neer as sy nou probeer wegski.

"Selfs die Ryn het 'n einde, Thom." Sy blou oë kyk verleidelik in hare. "En ek het 'n vermoede hierdie een is my einde."

Emma kan nie help om senuweeagtig te lag nie, maar dan verstil die lag op haar mond toe Thom praat.

"Jammer, Gustav, maar hierdie een is nie beskikbaar nie." Daarmee staan hy op en trek haar orent.

Emma voel of sy, soos Lot se vrou in die Bybel, in 'n soutpilaar verander het.

"Jy breek my hart, Emma," kreun Gustav teatraal en dan verskuif sy blik na Thom. "Ek gaan dit nie so maklik aanvaar nie, my vriend. Vir hierdie een sal jy harder moet werk as vir die ander."

Thom grinnik net oor die opmerking voordat hy versigtig met Emma aan die hand teen die volgende helling begin afski.

"As jy 'n vakansieflirtasie wil aanknoop, kan ek vir jou 'n paar mans aanbeveel, maar vriend Gustav is gevaarlik. Jy kan dalk jou vingers lelik verbrand," laat hy hoor toe hulle buite hoorafstand is.

Emma kyk vererg op na hom. "Ek het nie met hom geflirt nie."

"Dis net 'n vriendelike waarskuwing. As Gustav iets wil hê, sorg hy gewoonlik dat hy dit kry."

"Is dit nie redelik aanmatigend om namens my te besluit met watter man ek 'n affair mag aanknoop nie?" Haar ergernis maak haar skielik ongekend dapper en uitgesproke.

"Ek dink nie jy kan jou eie oordeel op die oomblik vertrou nie."

"En dit beteken?" Sy kom tot stilstand en verplig hom om ook te bly staan.

"Ek dink nie jy's mans genoeg vir Gustav nie."

"Ek wil beslis nie mans genoeg vir hom wees nie, maar ek wil dalk vrou genoeg vir hom wees," laat sy uitdagend hoor.

Hy kyk 'n lang oomblik na haar asof hy wil seker maak sy bedoel wat sy sê. "As jy 'n man soek om jou vakansie op te vrolik, sal dit veiliger wees om jou visier op my te stel as op Gustav."

"Die man wat volgens oorlewering elke jaar met 'n vars voorraad meisies hier aankom?" antwoord Emma spottend.

"Moenie alles glo wat jy hoor nie."

"H'm . . ." Sy besluit om nie verder op die saak in te gaan nie. Daardie opmerking van Gustav het soos 'n klippie in haar skoen kom lê en om die een of ander rede irriteer dit haar vreeslik.

"As jy dan so graag 'n affair met Gustav wil optel, waarom het jy vir hom gesê jy is my meisie?"

"Ek het nié vir hom gesê ek is jou meisie nie," laat sy verontwaardig hoor. "Dit was sy eie afleiding en voordat ek hom kon reghelp, het jy daar aangekom en het julle met julle onsinnige gesprek begin."

"En die dame protesteer darem net te veel," antwoord hy met 'n beterweterige glimlag.

"Thom, ek weet vir 'n man met jou reputasie behoort dit moeilik te wees, maar ek koester werklik geen brandende begeerte om een van jou meisies te wees nie. Ek dink ek het 'n bietjie meer verstand as dit."

"H'm, ek hoor jou en ek is jammer ek het jou pret bederf. Ek belowe ek sal in die toekoms nie so haastig op my wit perd spring nie. Dit wás arrogant van my om te dink jy is nie vrou genoeg vir Gustav nie."

Emma kyk na hom om seker te maak hy is ernstig, maar hy is reeds besig om na die ski-hyser te beduie. "Kom ek gaan wys jou 'n lekker plek om te ski."

"Ek kan nog nie ski nie," maak sy beswaar, maar hy is reeds besig om met haar aan die hand in die rigting van die ski-hyser te beweeg.

"Dis 'n maklike helling en daar is nie so baie kinders en beginners nie." Hy trek haar saam met hom op die bankie van die ski-hyser neer en haar maag gee 'n draai toe hulle die hoogtes ingelig word.

"Hoe lank het jy al die huis?" verbreek sy eerste die stilte.

"Twee jaar, maar ek kom al die afgelope vier jaar hier ski." Hy strek sy arm en laat dit op die bankie se rugleuning agter haar rus.

Emma kyk na die wit berge om hulle en verwonder

220

haar weer eens aan die vreemde paaie waarop 'n mens se lewe soms loop. Hierdie is 'n romantiese plek; 'n plek vir verlief wees en pret hê. En van al die plekke moet sy nou juis vir Thom weer hier raakloop.

"En as jy so diep dink?" verbreek sy stem haar gedagtes.

"Dis 'n pragtige plek hierdie," antwoord sy stil.

Sy blik verskuif saam met hare na die bergspitse en sneeuhellings om hulle. En dan is dit tyd om af te klim. Hy help haar vinnig van die bankie af en hulle ski weg.

Dit is, soos hy gesê het, 'n maklike helling en dis aansienlik stiller as die een waar sy vroeër was.

"Gebruik jou heupe en knieë," beduie hy vir haar en dan begin hy agteruit ski sodat hy haar kan dophou.

"Jy het al geski," merk hy terloops op.

Emma knik. "Twee keer sonder veel sukses." Sy gaan hom nie oor die besonderhede van daardie twee ski-pogings inlig nie.

"Jy het goeie balans en behoort dit maklik baas te raak." Hy beduie vir haar 'n makliker manier om te stop en sy verwonder haar aan die rustigheid waarmee hy haar pogings dophou.

Sy is aanvanklik erg op haar senuwees en verseker hom 'n paar keer dat sy op haar eie sal regkom, maar hy wend nie 'n poging aan om haar alleen te laat nie en soos die minute 'n uur en later twee ure word, ontspan sy onwillekeurig.

Êrens in haar kan sy 'n versigtige opgewondenheid voel omdat daar iets is wat sy weer regkry.

# 8

'n Paar koppe draai toe Emma net na vyfuur die res-
taurant saam met Thom binnestap. Moeg na al die
oefening, wou sy net huis toe gaan, maar hy het haar
verseker dat die ander almal in die hotel sal wees.
Emma is verlig om te sien sy voorspelling was reg.

"Wat op aarde het van julle geword?" wil Jacob weet
toe hulle by die groep tot stilstand kom.

"Ek het Emma tussen die babas uit gaan red," laat
Thom niksseggend hoor.

Dis lekker warm in die vertrek en sy trek haar baa-
djie uit en haal die mus van haar kop af.

"Ek dog net Christo en Renate mag saamgegaan
het?" wil Jacob beskuldigend weet toe Emma langs
hom sit.

Emma kyk verleë op, maar sien betyds die lagplooie
om sy mond en sy ontspan. Op Jacob se gesig het 'n
paar lyne bygekom, maar verder is hy nog net so vol
streke soos tien jaar tevore. Hy verlei links en regs,
maar sy het destyds al agtergekom dis onskadelike
praatjies. Hy doen dit met almal . . . behalwe dalk die
een oor wie hy ernstig voel, besef sy skielik.

Voordat sy hom egter kan antwoord, draai hy na
Thom.

"Dit lyk my die geskiedenis is besig om homself te
herhaal." Daar dans veelbetekenende liggies in sy oë.

Emma wens die vloer wil oopgaan en haar insluk. Sy
wens sy kan weet wat Thom op daardie oomblik dink,
maar toe sy vlugtig in sy rigting kyk, sit en kyk hy af-

getrokke na die deur wat kort-kort oopgaan en ander mense binnelaat.

"Wat bedoel jy?" Dis Elsa wat belangstellend oorleun om beter te hoor. Dan kyk sy na Emma. "Het jy en Thom 'n verhouding gehad? Ek dog julle was net terloopse kennisse."

Emma voel hoe haar wange rooiwarm gloei.

"Ken jy nie die storie nie?" vra Jacob.

Iemand het 'n glas wyn voor Emma neergesit en sy begin dorstig daaraan drink terwyl sy hulpsoekend na Renate kyk. Haar vriendin is egter besig om glimlaggend na Jacob te luister en knipoog net ondeund vir Emma.

"Nadat ons graad gevang het, is vyf van ons Plett toe. Heel luuks in een van die ouens se familie se strandhuis. Die eerste oggend is ons vroeg af strand toe, reg vir die son en see, toe die twee van hulle," – hy beduie na Emma en Renate – "met hulle skrapse bikini's op die strand opdaag. Die manne het behoorlik na hulle asems gesnak en omtrent die helfte van die strand se sand ingesuig." Hy neem eers 'n sluk wyn voordat hy dramaties voortgaan met sy vertelling. "Daardie middag laat, terwyl ek lê en slaap het, het van die ouens besluit om weer te gaan swem, want daar was lekker groot branders. En van hier af moet ek ongelukkig staatmaak op die ander se verslag na die tyd. Thom was blykbaar besig om soos 'n cowboy met sy lyfplank branders te ry, toe hy skielik een van die ander ryers tref. Daar was 'n gemaal van arms en bene en planke, maar toe hy homself uit die water lig, was die ander ryer nêrens te sien nie, net die plank het eenkant gedryf. 'n Paar oomblikke later het 'n donker kop bo die wit skuimbranders uitgekom, hoesend en proesend. Hy het nader gegaan om te help en toe sien hy die straaltjie bloed teen haar wang." Hy sit weer sy arm om Emma se skouers. "In elk geval, om 'n lang storie kort te maak, hy het dadelik die kans aangegryp om die ridder te wees – en na 'n uur en 'n half by die hospitaal se ongevalle-afdeling, was albei glo blind van die liefde. Ek persoonlik het nooit daardie storie geglo nie. Ek het gereken dit was net die soutwater wat hulle verblind het."

"En toe?" por Elsa hom aan.

Jacob trek sy skouers gelate op terwyl hy aan die fyn letseltjie langs Emma se linkeroog raak. "Hy het haar toe reeds gemerk en sy het nooit weer twee keer na die res van ons gekyk nie."

Elsa kyk na Thom. "Is dit waar?"

"Is wat waar?" Sy oë is op skrefies getrek asof hy doelbewus nie wil hê iemand moet sy gedagtes kan lees nie.

"Jacob se storie."

"Dit hang af na watter deel van die storie jy verwys."

"Dit maak nie saak nie," laat Elsa uitasem hoor. "Vertel verder! Wat het toe gebeur – hoe lank het julle 'n verhouding gehad?"

Haar oë is gelukkig op Thom en Emma gee nog 'n paar benoude slukke aan haar byna leë glas. Sy kan Jacob persoonlik verwurg oor sy groot mond. Sy het geweet sy moet by die huis bly. Sonder dat sy geweet het hierdie twee skimme uit haar verlede gaan deel van die vakansie wees, het 'n stemmetjie haar gewaarsku dat sy by die huis moet bly.

"Sy was nie lus vir so 'n ou man nie en het my na die vakansie gelos," antwoord Thom terwyl hy haar van onder sy wimpers dophou.

Elsa kyk weer vol belangstelling na Emma, wat intussen haar glas leeg gedrink het en dankbaar kyk hoe Christo dit weer vol skink. "Hemel, Emma, ek ken jou nie goed nie, maar ek is seker jy sal my vergewe as ek sê dat dit 'n besonder dom ding was om te doen. Was jy nie al deur die jare jammer oor daardie besluit nie?"

Emma het genoeg gehad. Sonder 'n woord gooi sy die wyn in haar keel af en staan op. "Ek dink weer dit was een van my meer intelligente besluite. Sal julle my asseblief verskoon . . . ek moet nog . . . winkel toe gaan."

Sy is egter nog besig om op te staan en haar baadjie en mus te soek, toe 'n vrouestem agter haar opklink.

"Thom! Wanneer het jy gekom?"

Emma swaai om en is betyds om te sien hoe 'n pragtige rooikopvrou op Thom afpyl en haar arms uitgelate om sy nek gooi. Sy sien ook hoe die donker oë wat oomblikke gelede nog effe geamuseerd gelyk het, verdonker.

Emma staan 'n oomblik botstil en kyk na die blye ontmoeting, maar toe die rooi mond op Thom s'n rus, draai sy om. Sy het genoeg vir een dag gehad. Haar lyf pyn van al die oefening asook die ingehoue spanning, en sy wil by die huis kom. Sy is dankbaar vir die vrou wat so skielik haar opwagting gemaak het en nou die middelpunt van almal se belangstelling kan wees.

Toe sy die deur oopstoot, laat die koue haar asem in haar keel vassteek voordat sy die mus laag oor haar oë trek en haar ski's optel. Sy het egter nie ver gevorder toe sy 'n stem agter haar hoor opklink nie.

"Waarheen hardloop jy?"

Emma draai om, maar moet wag totdat sy die figure in die donkerte herken. Dis Renate en Christo wat met hulle ski's oor die skouers aangestap kom en sy sug verlig. Sy was nie gereed om een van die ander te sien nie.

"Julle hoef nie saam met my huis toe te gaan nie – ek ken die pad en hier is genoeg straatligte," laat sy half ergerlik hoor toe hulle by haar kom.

"Ek was bang jy spring van die naaste krans af," skerts Christo terwyl hy vir haar knipoog.

"Op hierdie oomblik sal ek veel eerder vir Jacob van die naaste bergspits wil afgooi." Sy kyk beskuldigend na Renate. "En sommer vir jou ook! Waarom sit jy daar met jou mond vol tande en laat Jacob toe om al die ou droë, wit bene op te grawe?"

"As daar dan net droë, wit bene oor is, waarom ontstel dit jou dan nog?" Die woorde maak wit wolkies voor Renate se mond.

"Dit ontstel my nie, ek hou net nie daarvan om soveel aandag te trek nie en die praatjies maak my verleë." Emma sê die laaste woorde oor haar skouer terwyl sy die trappe na die huis opklim.

Nadat hulle die ski's en baadjies in die portaal gelaat

het, stap hulle die warm huis binne. Renate skakel die ligte aan en draai met 'n veelbetekenende glimlag na Emma.

"Hoe het dit gebeur dat Thom toe skielik die ski-instrukteur geword het?"

"Ek weet nie," jok Emma. "Hy het daar aangekom en aangebied om my 'n beter helling te gaan wys."

"En vanaand is jou wange weer 'n slag rooi en jou oë blink," spot Renate.

"Dream on, Renate," kap Emma met 'n meerderwaardige kyk terug.

"Jy weet natuurlik hoe meer julle twee probeer keer, hoe meer lyk dit of julle iets het om weg te steek."

"Waarvan praat jy?" Emma neem op een van die stoele by die kombuistoonbank plaas.

"In plaas daarvan dat julle saam spot oor julle passievolle maar kortstondige verhouding, sit julle albei daar met julle monde vol tande."

"Miskien was dit nie vir ons lagwekkend nie," laat Emma stil hoor.

Renate sit haar arms om haar vriendin se skouers. "Sorry, dis nie soos ek dit bedoel het nie. Ek bedoel eintlik net dis beter om toe te laat dat julle 'n bietjie gespot word, dan sal almal dit gouer vergeet, en dit haal ook so effens die angel uit die hele situasie."

Emma knik niksseggend. Sy weet Renate is reg, maar dis nie asof sy en Thom destyds op vriendelike voet uitmekaar is nie. Dit voel of iemand besig is om die luike voor haar siel oop te maak en die son toelaat om verblindend tot in die donkerste hoekies te skyn. Tot

227

daar waar nie net haar huwelik en Rudolf weggesluit is nie, maar nog erger – tot daar waar Thom Murray en 'n groot stuk hartseer opgesluit is. Sy weet self nie eers meer wat daar alles skuil nie . . . en wil ook nie uitvind nie.

Voordat sy egter op Renate se woorde kan reageer, hoor hulle stemme in die portaal en dan stap Elsa en Jacob die huis binne. Albei is uitasem van die op-draand.

"Waarheen het julle so vinnig verdwyn?" Elsa kyk van Emma na Renate, maar toe niemand haar ant-woord nie, gaan sy kopskuddend voort. "Hier kom weer moeilikheid vir Thom. Nelia is geskei en die feit dat hy alleen is, laat haar glo daar is weer hoop vir die twee van hulle. As ek hy is, trou ek met die eerste die beste meisie net om van haar ontslae te raak."

Emma weet nie wie Nelia is nie, maar as dit die mei-sie in die restaurant is, dink sy nie hy wíl van haar ontslae raak nie. Sy wil egter nie verder na stories oor hom luister nie en mompel 'n verskoning.

Dis eers toe sy 'n halfuur later in 'n warm bad lê, dat die ergste spanning stadig skietgee. Haar gedagtes gaan terug na die oggend op die ski-helling en 'n klein glim-laggie pluk aan haar mondhoeke. Sy kan nie glo sy het so gou reggekom en dat sy dit soveel geniet het nie. Die vorige kere was dit suiwer hel. En die wete dat daar iets is wat sy kan doen, ongeag wat Rudolf gesê het, laat haar dankbaar maar tog ook 'n bietjie trots voel. Mis-kien was hy oor ander dinge ook verkeerd . . . miskien is sy nie so 'n mislukking soos hy gesê het nie. Maar

228

dan maan sy haarself dat een oggend se oorwinning nie beteken sy het al die monsters in haar siel verslaan nie.

Sy het haarself belowe sy sal net dag vir dag leef en nie te veel verwagtinge van die volgende dag hê nie, maar kan meteens voel hoe daar 'n versigtige afwagting in haar kom lê as sy aan môre dink. Thom het haar nog 'n paar maklike hellings gewys en sy gaan hulle dan aandurf. Sonder die ander. Net sy en die wit berghange.

Elsa en Jacob is besig om aandete op die tafel te sit toe die voordeur oopgaan en Thom en die rooikopmeisie binnekom.

"Ek kom nie eet nie," laat Nelia met hande omhoog hoor. "Ek kom net goeie wyn soek." Sy neem op een van die stoeltjies by die kombuistoonbank plaas terwyl Thom nog glase gaan uithaal.

Hy skink vir hom en Nelia wyn in en toe hy die glas na haar uithou, sien Emma hoe die rooi mond gul glimlag en haar linkeroog lui knip. Sy moet met Elsa saamstem: die vrou het beslis planne om Thom te verlei, en enige normale man sal moeilik so 'n mooi vrou kan weerstaan.

Met die glas wyn in haar hand gaan sit Nelia op een van die rusbanke terwyl die ander vir ete aansit, maar toe Elsa haar 'n tweede keer verseker daar is genoeg kos vir haar ook, kom neem sy tog by hulle aan tafel plaas.

Emma is dankbaar toe sy aan die teenoorgestelde kant van die tafel as Thom en Nelia beland, maar frons tog toe Jacob langs haar inskuif. Sy het hom nog nie vergewe nie en is doodbenoud dat hy weer met sy praatjies sal begin.

Gelukkig is daar genoeg ander wat gesels, sodat haar stilswye niemand opval nie. Vir die eerste keer in 'n baie lang tyd is sy honger en toe die bakke kos by haar verbykom, skep sy vir haar van alles in.

"Waarom is jy so stil?" Jacob se stem is sag en toe Emma opkyk, kan sy sien dat niemand anders die vraag gehoor het nie.

"Ek is besig om te eet."

Hy buk meteens vooroor om haar gesig beter te sien en 'n spotlaggie kom lê om sy mond. "Waaroor is jy vir my kwaad? Ék het haar nie saamgenooi nie."

Emma kan hom net vraend aankyk. Sy het nie 'n idee van wie hy praat nie.

Toe hy nie uitbrei nie, kan sy nie help om te vra nie. "Van wie praat jy?"

Sy kop beduie na die ander kant van die tafel waar Nelia en Thom druk in gesprek met mekaar is.

Emma skud ergerlik haar kop. "Moenie simpel wees nie! Ek ken nie eers die vrou nie."

"Dis Nelia Frank. Sy en Thom was verloof."

Sy oë rus belangstellend op haar gesig toe hy die brokkie nuus oordra, maar Emma knik net en gaan voort met haar ete, hoewel sy so pas weer haar nuutgevonde eetlus verloor het.

"Ek is baie opgewonde om te weet ons is byna bure in die Kaap. Dit laat my glo: There is still justice in this world," verander hy die onderwerp.

Emma kyk na hom, maar toe sy die breë lag sien, kyk sy vinnig weg. Sy moet werklik weer leer om nie mense se woorde so ernstig op te neem nie. Sy is vir haarself 'n verleentheid.

"Waaroor sit en fluister julle twee so?" Dis Renate wat na Jacob en Emma kyk.

Dit raak stil en alle oë draai in hulle rigting.

Jacob sit sy arm om Emma se skouer en glimlag veelbetekend. "Ek het net vir Emma gesê ek dink ons paaie het met 'n doel weer gekruis." Sy hand gly teen haar nek op en hy streel ligweg oor haar wang.

Emma voel hoe al haar goeie voornemens verdwyn en sy tot haar groot verleentheid bloedrooi bloos.

"Jy dink nie miskien Thom en Emma se paaie het met 'n doel weer gekruis nie?" Elsa kyk met 'n spotlaggie van Thom na Jacob.

Emma kan nie help om die vrou ontsteld aan te gaap nie. Sy moet van haar sinne beroof wees om sulke onsinnighede kwyt te raak.

Jacob skud stadig sy kop terwyl hy na Emma kyk. "Hopelik het die seewater nie haar brein onherroeplik aangetas nie en sal sy hierdie keer besef wie van ons die beste vangs is."

Emma weet Jacob is doelbewus besig om 'n reaksie te probeer uitlok met sy lawwe praatjies, maar dit verhoed nog nie dat sy ongemaklik in haar stoel rondskuif nie. Maar toe sy opkyk en Renate se oë op haar voel, sak sy ongemerk terug.

Jacob het intussen hulle twee se wynglase vol geskink en lig hy dit met 'n groot, oordrewe gebaar. "Ons drink op tweede kanse!" Dan skuif sy blik na Nelia wat met 'n verwarde uitdrukking na Thom sit en kyk. "Of wat sê ek, Nelia?"

Almal sien hoe die rooikopmeisie iets vir Thom vra.

Op daardie oomblik buk Jacob en met sy mond teen Emma se oor fluister hy: "Drink jou wyn en ontspan – ek soek sommer net moeilikheid."

En vir Nelia sê hy: "Nelia, het iemand jou al aan Emma voorgestel?"

Die rooikop skud onbelangstellend haar kop.

Jacob sit weer sy arm om Emma se skouer. "Dis Emma Hofmeyer, nog 'n skim uit Thom se verre verlede, maar jy gee mos gelukkig nie om nie."

Die pragtige blou oë lig na Emma en net vir 'n sekonde flikker daar belangstelling. Dan draai sy weer na Thom en haar rooi mond glimlag sensueel. "As ek bang was om sy spoke raak te loop, sou ek net in my huis kon bly, want hulle is die wêreld vol. In elk geval skrik ek nie vir spoke nie."

Emma weet die vrou het waarskynlik nie bedoel sy lyk soos 'n spook nie, maar dis net te na aan die waarheid en sy voel hoe sy ineenkrimp terwyl sy onwillekeurig na die man langs Nelia kyk. Daar is nie 'n sweempie emosie op sy gesig nie. Inteendeel, dit lyk, soos vroeër in die restaurant, of al die praatjies hom mateloos verveel. Dan voel sy weer daardie vreemde draaigevoel in haar maag toe sy agterkom hy hou haar onderlangs dop. Dis sy wat eerste wegkyk en verlig sien hoe Renate opstaan en begin afdek. Sy staan ook haastig op en begin om glase en borde bymekaar te

232

maak, en moet haarself maan om nie kombuis toe te hardloop nie.

Na ete word daar koffie gemaak en 'n uur later word besluit om na die een of ander kuierplek te gaan.

"Jy het belowe as jy warm klere het, sal jy saamgaan," herinner Jacob haar en Emma is genoodsaak om saam met die groep te gaan.

Hulle gaan weer na die klein hotelletjie aan die rand van die dorpie. Aan die uitroepe toe hulle die vertrek binnestap, kan sy hoor dat die meeste van die gaste mekaar ken en waarskynlik elke aand daar saamkuier.

Sy bevind haar later selfs op die klein dansvloertjie saam met Jacob en die jong ski-instrukteur.

Toe hulle uiteindelik net na eenuur huis toe gaan, voel sy soos 'n kind wat haar eerste partytjie bygewoon het.

In haar bed lê en herkou sy aan insidente, gesprekke en mense wat sy ontmoet het, en sy probeer 'n naam aan die fladdering op die krop van haar maag gee, maar is te moeg om lank daaroor te tob.

Sy is selfs te moeg om oor Thom en die rooikop te wonder. Al wat sy weet, is dat hy nie saam met hulle huis toe gekom het nie en sy het hom ook nie intussen hoor inkom nie. Maar dit maak nie saak nie. Thom is deel van 'n verre verlede en soos met alles uit 'n mens se verlede, is daar soms herinneringe, maar gelukkig vervaag dit ook.

# 9

Emma se planne om alleen te ski, word die volgende oggend gou deur die ander in die wiele gery toe hulle haar verseker hulle sal sorg dat sy nie bo haar vermoëns getoets word nie.

Aan die ontbyttafel verwonder sy haar aan die klomp wat so vrolik kan lyk na 'n laataandkuier. Sy is nie meer gewoond daaraan nie. Haar aande het die afgelope tyd grootliks daaruit bestaan om te lees, musiek te luister, miskien 'n fliek te gaan kyk en dan vroegaand in die bed te klim. Nie dat sy altyd kon slaap nie, maar dit was ten minste 'n verskoning om nie iets te probeer doen nie.

Hulle is reeds besig om ontbyt te eet toe Thom by hulle aansluit. Sy hare is nog klam en Emma kan nie help om te wonder of hy enigsins deur die nag ingekom het nie. Sy gesig lyk heelwat meer ontspanne as die vorige aand, maar terselfdertyd geslote, en sy wend 'n bewustelike poging aan om uit sy pad te bly.

Jacob is egter sy vrolike self en Emma hoop dat hy vandag 'n wag voor sy mond sal hê en nie weer allerhande stories sal oprakel nie. Dus slaak sy 'n sug van verligting toe hulle kan opstaan en die kombuis begin opruim.

Daarna word daar haastig klaargemaak en toe vertrek almal met hulle ski's en sneeuplanke. Tot haar verbasing is Thom deel van die groep en is daar nie 'n teken van Nelia nie.

By die ski-hyser word sy onverwags nader getrek en moet sy haastig op die volgende ski-stoel neersak. Tot haar misnoeë is dit Thom wat langs haar plaasneem en hulle word soos die vorige dag die hoogtes ingetrek.

Emma weet dis nie net die hoogte wat die kriewelings op die krop van haar maag veroorsaak nie. Elke keer wanneer hy té naby kom, reageer haar lyf so.

"En hoe gaan dit vanoggend met jou? Hopelik nie 'n hoofpyn na gisteraand nie."

Emma draai haar kop om seker te maak hy het met haar gepraat en nie met homself nie, maar sy oë is agter die donker lense van die ski-bril verskans.

"Praat jy met my?"

"Sien jy iemand anders hier?" Hy praat sonder om na haar te kyk en Emma voel hoe sy warm onder haar kraag word.

"Dit gaan baie goed en nee, ek het nie 'n hoofpyn nie." Die koue maak dat haar mond met moeite die woorde uitspreek, maar dit is so stil daar bo, dat 'n mens elke fluistering van die ander een kan hoor.

"Het Aspoestertjie toe besluit om haar deur die wêreld se genietinge te laat verlei?"

"Ek was onder die indruk dis wat ek beveel is om te doen."

Daar hang vir 'n oomblik 'n stilte tussen hulle en toe hy eindelik praat, is dit half binnensmonds en moet sy haar ore spits om hom te hoor. "H'm . . . nie geweet jy luister na bevele nie."

Emma draai met 'n uitasem laggie na hom toe. "Daar doen jy dit weer!"

Sonder om na haar te kyk, wil hy onskuldig weet. "Wat? Wat het ek nou weer gedoen?"

235

"Jy probeer 'n argument uitlok, net soos die aand in jou motor. En voordat jy sê jy probeer my aandag aflei, kan ek net vir jou sê ek is nie op die oomblik bang nie." Sy wens hy wil die bril afhaal.

Hy draai sy gesig na haar toe en glimlag tergerig. "Dis al manier hoe ek enigsins 'n reaksie van jou kry. Die res van die tyd ignoreer jy my asof ek nie bestaan nie."

"Ek was nie daarvan bewus dat jy 'n reaksie by my soek nie."

"Jou mond het skielik los geword vir iemand wat 'n paar dae gelede nie boe of ba wou sê nie. Is dit Jacob se invloed, of die blote gedagte daaraan dat jy Gustav kan verlei?"

Emma besluit om hom nie te antwoord nie.

"Waarom het jy nooit die merkie langs jou oog laat wegsny nie?"

Sy woorde betrap haar heeltemal onkant en sy probeer wegbeur toe sy vingers daaraan raak.

Sy oordink haar antwoord en trek dan haar skouers op. "Dit was seker net nooit belangrik genoeg nie." Sy sê nie hoeveel keer Rudolf dit wou laat doen en dat dit elke keer op 'n argument uitgeloop het nie.

Emma is dankbaar toe sy die boonste stasie sien nader kom en sy haar kan begin gereed maak om af te klim. Hy verwar haar. Tussen die ander lyk dit die meeste van die tyd of hy nie werklik van haar teenwoordigheid bewus is nie, maar elke keer wanneer hulle alleen is, maak hy allerhande persoonlike op- en aanmerkings.

Oomblikke later kom sy langs Renate en Christo tot

stilstand en toe sy stadig haar asem uitblaas, kyk albei vraend na haar.

"Ek weet julle wou goed doen en ek sal julle altyd dankbaar wees, maar moet asseblief nooit weer vir my 'n vakansie saam met 'n vorige kêrel reël nie. Dis uitputtend."

Hulle knik plegtig hulle koppe. "Ons belowe ons sal nie, maar intussen doen die vakansie jou darem goed en sorg hy ten minste dat jou wange mooi blosend bly."

Renate moet haastig padgee toe Emma dreigend haar ski-paaltjie oplig.

Die hellings is aansienlik moeiliker as die vorige dag s'n, maar Emma kom gou agter dat as sy alles doen wat Thom haar geleer het, sy goed regkom en dat sy die groter uitdaging geniet. Die ander kyk met verbasing hoe sy die een helling na die ander baasraak en toe hulle vir middagete by 'n restaurant 'n toebroodjie eet, wil almal weet hoe sy dit so vinnig reggekry het.

"A, maar sy het 'n dag lank haar eie instrukteur gehad. Daar is niks soos persoonlike aandag nie." Jacob sit langs haar en Emma kry dit reg om te glimlag. Sy het genoeg lesse oor haar gebrekkige humorsin gehad.

Hulle is net klaar met hulle toebroodjies en warm sjokoladedrankies toe Nelia en 'n vreemde vrou daar aankom. Albei lyk soos modelle in hulle ontwerpersuitrustings.

Jacob gee 'n lang fluit, waarna Elsa hom vernietigend aangluur.

Daar word oor en weer gegroet en Emma kan nie

help om skelm na Thom te loer nie, maar as sy 'n uit-
drukking verwag het, word sy weer eens teleurgestel.

Toe Nelia oor hom buk om hom te soen, lyk hy net soos
die oggend aan die ontbyttafel. En skielik ervaar Emma
'n oorweldigende gevoel van vryheid en is sy dankbaar
dat sy nie meer afhanklik is van iemand anders se buie
nie. Sy glimlag meteens tevrede en selfs toe sy agterkom
Thom kyk na haar, kan sy nie ophou glimlag nie. Voor-
dat sy kan wegkyk, lig sy wenkbroue vraend omhoog
asof hy haar uitdaag om iets te sê, maar sy ignoreer die
kyk en staan verlig saam met die ander op.

Die res van die middag word daar met spoed en wis-
selende grade van vaardigheid geski. Emma kan voel
hoe die adrenalien soos 'n dwelm deur haar are pomp.
Sy was haar lewe lank lief vir sport en uitdagings en die
gevoel is verslawend.

Dit is asof al haar ander mislukkings deur die een
oorwinning uitgevee word. Asof sy haarself vele dinge
kan vergewe, solank sy hierdie aksie kan bemeester.

Sy kom laatmiddag uitasem saam met die ander by
die huis.

Toe sy haar mus afhaal, trek Jacob sy vingers deur
haar hare.

"En ek was altyd onder die indruk daar is net een
ding wat 'n vrou so blosend kan maak." Hy kyk veel-
betekend na haar.

Voor sy haar kan bedink, laat sy met 'n glimlag hoor:
"En ek neem aan dit het volgens jou iets met 'n man te
doen, maar ek het slegte nuus vir jou."

Terwyl die mans haar almal onthuts aankyk, kom dit soos uit een mond van Renate en Elsa: "Amen! Hulle glo dit nie as ons dit vir hulle sê nie, maar miskien sal dit help as nog 'n mooi, ongetroude vrou dit vir hulle sê."

Christo skud sy kop terwyl hy na Emma kyk. "Ek was op die punt om vir jou te sê hoe mooi jy lyk, maar nou maak jy hierdie slapende honde wakker. En as hulle eers wakker is, gaan lê hulle nie weer maklik nie."

"Ek neem aan ek en Elsa is die honde wat wakker gemaak is." Renate kyk verontwaardig na Christo, maar hy tree nader en voordat sy iets kan doen, soen hy haar op haar mond.

Dan laat hy onskuldig hoor: "Ek sal julle nooit honde noem nie, want dit sal uit die aard van julle geslag vroulike honde moet wees en dan slaap ek weer vanaand koud."

Renate snork verontwaardig en Emma onthou meteens 'n gesprek wat sy en Renate 'n jaar of wat tevore gehad het. Sy het haar ouers se rustige huwelik as 'n voorbeeld van 'n gelukkige huwelik voorgehou, maar Renate het gesê alle huwelike hoef nie rustig te wees nie. Solank daar respek vir mekaar se menswaardigheid is, kan meningsverskille soms opwinding veroorsaak. Emma kon dit nie toe glo nie, want haar en Rudolf se meningsverskille was vernietigend. En sy was altyd die verloorder, die een wie se mening minderwaardig was.

Maar hoe langer sy weer tussen mense is en hoe meer sy Christo en Renate sien, hoe meer verstaan sy wat Renate bedoel het. Nieteenstaande al die gestry en geterg, is daar 'n besonderse band tussen hulle twee. 'n Mens sien dit veral in die klein intieme gebare wat nie juis vir iemand anders se oë bedoel is nie. Soos 'n kyk of 'n hand wat byna onwetend aan die ander een raak.

En as sy na Jacob kyk, kan sy haar nie indink dat hy 'n vrou sal wil hê wat ja en amen op alles sal sê nie. Dit sal haar nie verbaas as hy meer vir Elsa voel as wat hy wil wys nie. Sy is uitgesproke en sal hom beslis nooit verveel nie.

Sy kyk onwillekeurig na Thom wat in die kombuis staan. Hulle twee kon vir ure argumenteer en mekaar terg, maar sy het nooit soos 'n verloorder gevoel nie.

Sy wonder waarom hy nooit getrou het nie. Sy het destyds gedink hy sal 'n wonderlike man vir 'n vrou wees. Nou is sy nie meer so seker nie. Hy is harder, meer berekend en duidelik nie meer die jong man wat sy geken het nie.

Voordat sy verder oor hom kan wonder, maak sy verskoning en klim haastig die trappies na haar kamer. Sy sal die kamer mis wanneer sy terug in die Kaap is. Sy weet nie waarom die prinses so graag uit haar to-ringkamer verlos wou word nie. Sy is seker sy sal haar lewe lank daar hoog bo die aarde kan woon. Miskien het die prinses nie geweet dat prinse ook maar voete van klei het nie.

Na aandete word daar besluit om weer in die dorpie te gaan kuier en Emma is verbaas toe sy besef hoeveel gesigte sy al herken en hoeveel mense haar na die vorige aand groet. En al luister sy die grootste deel van die aand net na die ander se gesprekke, voel sy nie meer so vreemd soos aan die begin nie. Sy kry dit makliker reg om te ontspan, maar na die dag se oefening is sy gedaan en is sy tog verlig toe die ander net na twaalf aanstaltes maak om huis toe te gaan. Almal is vanaand duidelik moeg.

Tot haar verbasing stap Thom saam, maar sy laat haarself nie meer toe om oor sy doen en late en wonder nie.

Die volgende dag verloop net soos die vorige, behalwe dat Emma met nog groter vrymoedigheid die moeiliker hellings aandurf en stilweg opgewonde by haarself glimlag as sy dit bemeester. Verder is sy verbaas oor haar ongekende eetlus.

Toe sy daardie aand besig is om room aan haar gesig te smeer, laat sak sy haar hande vir 'n oomblik terwyl sy na die blos op haar wange staar. Sy het gewoond geraak aan die bleek gelaat wat sy die afgelope twee jaar gesien het as sy haarself sover kon kry om in 'n spieël te kyk. Nou het daar ongemerk weer kleur in haar gesig gekom en is dit of daar êrens diep in haar oë weer 'n lig brand. Nog nie 'n groot lamp nie, eerder iets kleins soos 'n kers, maar ten minste is dit daar.

In die kombuis moet sy uitvind dit is weer haar en Thom se beurt om kos te maak, maar gelukkig het hy reeds die aankope gaan doen en sy is dankbaar toe hy iets eenvoudigs voorstel.

241

Na ete daag Nelia en haar vriendin op en nog 'n rukkie later maak Gustav en die ski-instrukteur ook onverwags hulle opwagting.

"Het jy na my verlang?" wil hy weet toe hy Emma nader trek en op die wang soen. "Ek moes vir 'n dag Genève toe gaan, maar nou is ek terug." Hy kyk na Thom toe hy dit sê, maar óf Thom het hom nie gehoor nie óf hy maak of hy hom nie hoor nie.

Emma wonder benouderig of sy werklik kans sien vir die man se attensies. Sy maak haar uit sy omhelsing los met die verskoning dat sy iets moet gaan doen.

In die kombuis skink sy tydsaam 'n glas water en is dankbaar die hoofligte is reeds afgeskakel. Die skemerte laat haar op die oomblik veilig voel. Sy wonder of iemand haar sal mis as sy stil kamer toe verdwyn, maar voordat sy die gedagte ernstig kan oorweeg, klink Gustav se stem agter haar op.

"A, dis waar jy wegkruip! Ek soek die hele huis vol na jou." Hy kom staan digby haar met sy hande weerskante van haar teen die yskas. "Kom ek en jy glip stil uit en gaan kuier verder by my huis," nooit hy met swaar ooglede en 'n verleidelike glimlag.

Emma skud haar kop en neem nog 'n sluk water. "Gustav . . ."

"H'm . . ." Sy een hand begin stadig oor haar wang vryf en met sy wysvinger trek hy die vorm van haar mond na. "Ek hou daarvan as jy my naam sê," terg hy met sy mond hopeloos te naby hare.

Emma druk met haar hande teen sy bors. "Moenie dit doen nie," kry sy tog 'n paar woorde uit terwyl sy

242

haar kop skuins draai. Hy het beslis vanaand al te lekker gekuier.

"Ontspan, chérie, ek doen nog niks nie, maar as ek na jou mond kyk, kan ek aan 'n paar dinge dink wat ek graag sal wil doen." Hy gee 'n hees laggie.

Dit voel vir Emma of sy te na aan 'n groot vuur staan. Hy is baie slim, gaan dit deur haar kop. Hy sorg dat hy net min genoeg doen om nog onskuldig te kan lyk, maar terselfdertyd genoeg om haar 'n idee te gee waartoe hy in staat is as sy enigsins belangstelling sou toon.

"Steur ek julle?" klink Thom se stem skielik agter Gustav se rug op.

Emma voel hoe verligting deur haar bruis. "Nee!" roep sy dit byna uit.

"Ja," laat Gustav met 'n frons hoor terwyl hy oor sy skouer na Thom kyk.

"Kan julle opsy staan sodat ek nog 'n bottel wyn uit die yskas kan haal, asseblief," laat Thom afgetrokke hoor.

"Ek sal dit vir jou uithaal," bied Emma oorgretig aan en probeer tussen Gustav se arms uit draai.

"Moenie moeite doen nie, ek kan sien jy is baie besig," antwoord Thom in Afrikaans.

Emma gluur hom aan. "Jy is nie snaaks nie."

"Ek probeer ook nie wees nie."

"Sê vir jou vriend ek is nie lus om saam met hom na sy huis toe te gaan nie," laat sy met 'n effense paniekerige klank in haar stem hoor toe dit lyk of Gustav glad nie van plan is om haar te laat gaan nie.

Thom buk by die yskas en haal nog twee bottels

wyn uit. "Wat's fout? Is jy skielik nie meer vrou ge-noeg nie?"

"Asseblief," laat sy benoud hoor. Dis nie nou die tyd om te argumenteer nie.

"Gustav," vra hy in Frans, "het ek dan nie vir jou gesê hierdie een is nie beskikbaar nie?"

"En het ek nie vir jou gesê jy kan nie altyd kry wat jy wil hê nie?" antwoord Gustav met 'n glimlag, maar laat Emma tog gaan. "Jy breek my hart, chérie." Sy mond pruil. "En dit oor 'n man wat jou nie werd is nie en net jóú hart gaan breek."

Emma is lus om vir hom te sê dit sal nie die eerste keer wees nie, maar sy keer haarself betyds. Dan stap sy met 'n regop rug die kombuis uit terwyl die twee mans hulle gesprek in Frans voortsit. Sy sal graag wil weet wat gesê word, maar sy is te trots om te vra.

Die res van die aand sorg sy dat sy langs Christo sit en is verlig toe die gaste laataand begin huiswaarts keer.

"Is jy reg vir ons inkopietog môre?" wil Renate weet toe sy langs Emma op 'n rusbank neersak.

"Watse inkopietog?" Emma sien meteens die rit saam met Thom in haar geestesoog en voel hoe haar hande inmekaar klem.

"Ons almal gaan môreoggend met die trein dorp toe om 'n paar laaste benodigdhede vir Kersfees te koop en om vir mekaar iets kleins te kry. Sommer net 'n lekker prettige Kersgeskenkie, en dit mag nie meer kos as die voorafbepaalde bedrag nie." Toe Emma net stil haar kop knik, volg Renate: "Ons is te veel vir Thom se motor, daarom ry ons met die bussie en daarna neem ons die trein na die naaste groterige dorp. Dis gewoonlik 'n baie gesellige uitstappie."

Emma knik weer, maar in haar het daar 'n swaar gevoel kom lê. Dis asof sy die afgelope drie dae nie deel van die gewone wêreld was nie. Asof haar wêreld net uit die wit landskap bestaan het en daar niks daarbuite was nie. En sy weet sy het nie lus om daardie weg-kruipplek te verlaat en die buitewêreld te sien nie. Sy sal veel eerder die ski-hellings wil aandurf, maar sy sê niks vir Renate nie.

Die volgende oggend kyk Emma verbaas op toe Thom by hulle aan die ontbyttafel aansluit. Uit die pratery kan sy aflei dat hy saamgaan om inkopies te gaan doen en sy word al hoe minder lus vir die dag. En toe sy daaraan dink dat Nelia dalk ook mag saamgaan, oor-weeg sy dit om die een of ander verskoning uit te dink. Maar sy keer haarself toe sy besef dit gaan net allerlei vrae by die ander ontlok.

Toe hulle voor die hotel in die bus klim, is daar egter geen teken van die rooikopvrou nie en Emma begin vir die eerste keer effens moed kry.

Elsa skuif langs Jacob in en toe Emma voor hulle gaan sit, kon maak Thom hom langs haar tuis. Renate en Christo neem oorkant die paadjie plaas en ignoreer haar woordelose hulproep. Emma wonder of die heelal iets teen haar het. Miskien het sy êrens in 'n vorige lewe iets vreeslik verkeerd gedoen en nou word sy daarvoor gestraf.

Jacob is so uitgelate dat sy nie kan help om te lag vir sy kwinkslae nie. Maar toe die eerste draai voor in die pad sigbaar word, verstil die lag op haar mond en sy wens sy het iets gehad om aan vas te hou. En hoewel die bestuurder aansienlik stadiger ry as wat Thom die bergpas aangedurf het, kan sy nie help om beangs na die afgronde te staar nie.

Dan voel sy hoe Thom se arm agter om haar skouers vou en hy haar tot styf teen hom trek.

"Hier is mense agter julle," kom dit gemaak geskok van Jacob.

"Sy is doodbang vir die bergpasse," antwoord Thom.

"Ek dink nie om haar vas te hou, sal veel help nie," laat Jacob met 'n meerderwaardige glimlag hoor. "Daar is sekerlik interessanter dinge om te doen as jy haar aandag wil aflei. Ek kan jou 'n paar wenke gee as jy nie weet nie."

"Dit sal nie nodig wees nie. Ek kan self aan genoeg dink. Dit hang net af hoe bang sy is." Thom kyk gemaak besorg na haar. "Hóé bang is jy?"

Sy voel soos 'n skoolkind toe haar wange warm word. "Nie só bang nie."

"Is jy seker?" Sy gesig is die ene onskuld. "Ek wil nie hê jy moet hier langs my doodgaan van vrees nie."

"Glo my, die dood sal genadiger wees." Emma weet nie waar die woorde vandaan kom nie en toe almal hardop lag, kan sy nie help om ook senuweeagtig te glimlag nie.

Jacob lag hardop. "Thom, my vriend, jy sal aan jou vaardighede moet werk. Ten minste het geen vrou al ooit vir my gesê die dood sal genadiger as my attensies wees nie."

Thom trek haar stywer teen hom. "Miskien moet ek net weer haar geheue verfris." Hy kyk af op haar kroontjie en Emma kan voel dat hy ook lag.

"My geheue makeer niks." Sy begin stilweg bid dat hulle die stasie moet bereik en minute later kyk sy verras op toe hulle 'n dorpie binnery. Haar gebede is lanklaas so vinnig verhoor.

In die trein beland hulle egter weer langs mekaar, maar gelukkig is daar ander bekendes en daar word oor en weer gesels.

# 10

Emma volg Renate en Elsa toe hulle die mans alleen laat en afspreek om mekaar weer vir middagete te kry.

Teen daardie tyd is die drie van hulle al giggelrig oor die geskenke wat hulle uitgesoek het en al die grappe wat hulle gedeel het, en die mans het moeite om hulle stil te kry.

Na middagete gaan almal saam na die kruideniers-winkel, waar Jacob hulle kort-kort laat lag met al sy op- en aanmerkings oor die vreemde kos. Hy steur hom nie veel aan die stemmiger Franse nie en lewer luidkeels kommentaar.

Dit is alreeds sterk skemer toe die groep weer by die stasie aankom en vrolik op die trein klim. Die mans gee die groter pakkies deur die vensters aan voordat hulle ook opklim. Dit was 'n plesierige dag en hulle het soveel pret gehad dat selfs Emma haarself kort-kort hoor lag het.

By die huis gaan bêre Emma haar aankope in haar kamer voordat sy haar handdoek neem en haastig die trappies afklim om te gaan stort.

Die badkamerdeur staan op 'n skrefie en die lig is aangeskakel, maar toe Emma klop en daar geen antwoord kom nie, stoot sy die deur oop en stap die vertrek binne. Sy steek egter in haar spore vas, want Thom is besig om sy gesig in die wasbak te was. Toe hy regop kom, beduie hy onverstoord dat sy kan binnekom.

"Ek sal jou nie byt nie." Hy begin sy gesig afdroog en Emma mompel haastig 'n verskoning.

"Jy is welkom om eerste te stort. Ek verkies dit in elk geval om na jou die badkamer te gebruik, want dan ruik dit baie lekker." Hy huiwer 'n oomblik. "Tensy jy verkies om saam te stort, waarmee ek natuurlik ook nie 'n probleem sal hê nie."

Sy gesig is ernstig en Emma is op die punt om angstig om te draai, toe sy die lag in sy oë opmerk en sy verwens haarself weer. Eens op 'n tyd het sy tog 'n goed ontwikkelde humorsin gehad.

"Ek is jammer as ek jou ego gaan krenk, maar nee dankie, ek verkies om alleen te bad en te stort." Sy probeer haar bes om so koel moontlik te klink, maar toe hy net laggend uitstap en die deur agter hom toetrek, kyk sy 'n oomblik wrewelrig na die toe deur. Hy weet

248

hy kry dit telkens reg om haar van balans af te gooi en hy sal aanhou solank as wat sy soos 'n imbesiel in sy teenwoordigheid reageer.

Emma kyk verras op toe sy die woonkamer binnestap en die Kersboom gewaar. Dis 'n mooi dennetak en die mans is besig om dit in 'n emmer sand staan te maak. Op die tafel staan 'n groot kartondoos en Renate en Elsa is besig om 'n verskeidenheid Kersversierings op die tafel uit te pak.

Toe die boom op sy plek is, kan die vrouens begin om die versierings een vir een op te hang. Nadat alles gehang is, is dit die mans se beurt om 'n ingewikkelde stelsel liggies gehang en gekoppel te kry. Toe word die groot ligte afgeskakel, sodat net die klein feëliggies en die groot staanlamp die vertrek verlig. Daar is 'n wyle stilte terwyl almal met hulle eie gedagtes na die mooi versierde boom staar.

Na die groot middagete is niemand juis honger nie en Elsa bied aan om 'n paar toebroodjies te maak terwyl die ander lui sit en gesels.

Na 'n uur staan Thom op en vra om verskoon te word. Toe hy met sy dik baadjie uit die kamer kom, word daar spottend na hom geroep, maar hy lig net sy hand in 'n groet voordat hy die deur oopmaak en in die koue aand uitstap.

"Mans kan darem sulke sotte wees," verbreek Elsa eerste die stilte.

"Hy sal hom nie sommer weer laat vang nie," laat Jacob lui van die rusbank af hoor.

Renate skud haar kop. "Ek is nie so seker daarvan nie. Nelia is nie iemand wat sommer tou opgooi nie en hy lyk nie of hy op die oomblik baie weerstand het nie. Ek dink hy het die afgelope jaar te hard gewerk."

"Ek sal dankbaar wees as hy die dag 'n vrou kry, maar tog net nie Nelia nie. Sy is soos 'n luislang – sy sal die lewe uit hom pers as hy nie oppas nie." Christo klink soos 'n bekommerde pa.

"Dit sal haar finale oorwinning en die grootste wraak wees as sy hom weer kan verlei. Sy het hom nog nie vergewe dat hy destyds die verlowing verbreek het nie," stem Jacob saam. Dan vervolg hy half ingedagte: "Ek het destyds geweet dit gaan nie hou nie en het hom ge-waarsku, maar om die een of ander rede het hy geglo hy voel genoeg vir haar om te trou. Dit het hom gelukkig nie lank geneem om uit te vind hy is besig om 'n groot fout te maak nie. 'n Mens kan nie trou terwyl jy nog aan 'n gebroke hart ly nie." Sy blik rus net vir 'n oom-blik op Emma voordat hy wegkyk.

"Ek hoor sy het haar eie modelagentskap in Lon-den begin. En volgens haar is dit 'n reuse-sukses," voeg Christo as 'n nagedagte by.

Elsa kyk na Christo. "Ook hoog tyd gewees. Sy het 'n bietjie lank in die tand geraak om nog 'n model te wees."

Jacob lag dawerend. "Dis net 'n Afrikaanse vrou wat 'n ander vrou as 'lank in die tand' sal beskryf. En ook net een wat op 'n plaas grootgeword het."

"Ten minste verstaan julle almal wat ek bedoel," kap Elsa terug en die ander lag ook.

Jacob lig hom op sy elmboog. "Ek kan nie wag om haar môre te sien nie. Ek hoop sy lag, sodat ek haar tande kan sien!"

"Sy en haar vriendin gaan môre Genève toe vir die Kersnaweek – blykbaar 'n uitnodiging wat sy aanvaar het voordat sy geweet het Thom gaan hier wees." Christo deel die stukkie nuus met duidelike genoegdoening en toe Jacob hardop "Halleluja!" uitroep, lag almal weer.

"Ons klink nou net soos 'n klomp skindertannies op 'n teepartytjie," betig Christo skielik. "Ek het volle vertroue dat hy nie maklik sal swig voor die uiters gewillige en sexy mizz Frank of watter van sy ook al nou gebruik nie."

"O, nou is sy sexy." Renate kyk verontwaardig na haar man.

"Sy is nie my tipe nie, maar ek dink die gemiddelde, normale man sal haar sekerlik baie mooi en sexy vind." Christo kyk hulpsoekend na Jacob.

Maar dis Elsa wat beskuldigend laat hoor: "Dit help nie jy vra hom nie, want hy gaan dit net weer ontken, maar as hy dink niemand sien hom nie, kyk hy ook maar lekker."

"Pla dit jou dat ek kyk?" wil Jacob met 'n spotlaggie weet, maar toe Emma in sy oë kyk, sien sy nie dieselfde humor daar nie. Die blik waarmee hy Elsa dophou, is allesbehalwe geamuseerd.

'n Onverwagse blos kom lê op Elsa se wange. "Moenie jouself vlei nie, Jacob. Ek wonder net soms of jy nooit moeg raak om so te flirt nie."

"Wie het van flirt gepraat?" troef hy haar. "Ons praat van kyk en aangesien ek loslopend is, het ek nie gedink dit pla iemand as ek kyk nie."

"Jy hou nie eers van haar nie." Die blos op Elsa se wange verdiep en haar oë flits ergerlik.

"Ek hoef nie van haar te hou om te sien sy is 'n baie mooi vrou nie."

Die vreemde trant van die gesprek tussen Jacob en Elsa laat die ander stilbly. Dis asof daar voor hulle oë 'n storm besig is om op te steek en almal wag met op-gehoue asems om te kyk of die storm gaan losbars.

"Nou kyk as jy wil. Ek gee in elk geval nie om nie." Elsa staan oorhaastig op en stap kombuis toe.

Jacob kyk haar met 'n vreemde blik agterna. "H'm, dis nie vir my 'n geheim nie."

Oukersdag is almal terug op die ski-hange en Emma verlustig haar opnuut in die vars lug en oefening. Sy weet nie wanneer laas sy iets so opwindends beleef of gedoen het nie.

Aangesien hulle egter nog hulle Kersete moet gaan kook, word daar vroeër as gewoonlik huiswaarts ge-keer.

Nadat almal gebad en gestort het, word daar vir die eerste keer netjieser as die vorige paar aande aange-trek.

Emma het haar hare ook gewas en die krulle staan los en welig om haar gesig toe sy klaar aangetrek het en vinnig in die spieël loer. Sy het 'n swart langbroek en 'n persblou syhemp aan en dis asof sy vir die eerste

252

keer in 'n lang tyd weer die kleur van haar oë raaksien. Sy wend 'n bietjie maskara aan en vee dan 'n smeersel lipstiffie oor haar lippe.

Jacob fluit sag toe sy in die kombuis kom. Dan kyk hy oor sy skouer na Elsa. "Mag ek maar vir Emma sê sy lyk mooi, of gaan dit ook as flirtasie beskou word?"

Elsa gluur hom kil aan, maar toe Jacob vir haar knipoog, sien Emma weer die ligte blos op Elsa se wange. Sy wonder of hulle gesels het, want dit lyk of die storm voorlopig bedaar het.

Almal is in die kombuis en die kosmakery verloop rumoerig, maar teen nege-uur is alles gereed en die groep sit aan.

Na 'n heerlike maaltyd word daar gou opgeruim en dan maak almal hulle in die woonkamer tuis en begin Christo die geskenke uitdeel. Al die geskenke is onder die Kersboom uitgepak, ook dié wat van almal se onderskeie families en vriende van die huis af saamgekom het. Kort voor lank is daar by elkeen se voete 'n hopie veelkleurige pakkies. Toe die oopmakery begin, word daar om die beurt verras uitgeroep en gelag.

Emma kan nou begryp waarom die geskenksoekery so 'n plesierige uitstappie was, want daar word al van toe af uitgesien na die gesigsuitdrukkings. Daar is gewaagde stukkies onderklere, interessante wyn, alles behalwe praktiese geskenke.

Emma se grootste probleem was wat om vir Thom te koop, want sy het nie die vaagste idee waarvan hy hou nie en het beslis nie die vrymoedigheid om iets persoonliks te koop nie. Gelukkig het sy 'n bundel van

253

'n plaaslike koerant se spotprente raakgeloop en aangesien sy al gesien het hoe hy elke dag vir die prente in die koerant lag, het sy dit dadelik gekoop.

Sy kyk nie na hom toe hy dit oopmaak nie, want sy weet daar was niks anders wat sy kon koop nie. Sy ken hom nie eers goed genoeg om te weet watse boeke hy lees nie.

'n Rukkie later is sy besig om haar laaste pakkie oop te maak. Toe sy die weelderige papier en lint terugvou, kyk sy onbegrypend na die groot Franse kinderboek in haar hande. Dan sien sy die tekening op die voorblad en sy maak agterdogtig die boek oop. Skielik vou die bladsye uit en verskyn daar voor haar 'n armoedige toneel van 'n meisie wat voor 'n vuurherd sit, besig om klere reg te maak, met net 'n kat by haar en 'n muis wat eenkant aan 'n blokkie kaas sit en knibbel. Sy hoef nie verder te blaai nie, maar die nuuskierigheid laat haar tog omblaai. Drie vrouefigure spring uit die bladsy – die een so lelik soos die ander. Emma voel hoe die lag in haar opborrel en toe sy terugblaai en na die inskripsie voorin die boek kyk, wedywer die verontwaardiging en humor vir 'n plek in haar. Die inskrywing is in Frans, maar onderaan staan daar duidelik: *Thom.*

Teen hierdie tyd het van die ander al opgekyk en die uitdrukking op haar gesig gesien en sy is verplig om die boek op te lig sodat almal kan sien. Die vrouens wil dit dadelik deurkyk.

Toe Elsa uiteindelik opkyk, gaan haar blik vir 'n oomblik vraend van Thom na Emma. "Ek weet ek is seker nie veronderstel om te vra nie, maar ek is dood-nuuskierig om te weet wat die betekenis hiervan is." Haar blik kom op Thom tot rus. "En wat beteken die inskripsie?"

Hy trek egter net sy skouers op en laat onverstoord hoor: "My susters het so 'n boek gehad toe hulle klein was en ek het altyd gewonder waarom die meisie so droewig voor die vuurherd sit terwyl haar stiefma en -susters partytjie hou. En dan was ek ook baie skepties oor 'n prins wat die hele land vol soek na een spesifieke meisie terwyl hy 'n keuse van prinsesse gehad het."

"En nou verstaan ek nog nie waarom jy die boek vir Emma gegee het nie," laat Elsa met 'n frons op haar voorkop hoor.

"Sy het eendag gesê dis haar gunstelingsprokie." Hy het sy hande agter sy kop gevou en sy een been rus ge-maklik op die ander een.

"En die woorde?" Elsa kyk nou na Emma. "Verstaan jy dit?"

Emma skud haar kop. Teen hierdie tyd kan sy net verleë met die pragtige boek in haar hande sit. Dit is duidelik dat die geskenk aansienlik duurder as die res moes wees, maar as die ander dit ook oplet, maak nie-mand gelukkig 'n opmerking nie.

"Dis maklik genoeg om uit te vind," antwoord Thom Elsa se vraag. "En dit kan haar dalk vir 'n paar dae uit die kwaad hou. Dis nou te sê as sy wíl weet wat daar staan."

Teen hierdie tyd lag Emma nie meer nie. Sy is besig om met groot konsentrasie haar geskenke bymekaar te maak en dis eers toe Jacob haar nader trek en bedank vir sy geskenk, dat sy weer haar kop oplig. Hy soen haar op die mond en daarna is daar 'n oor-en-weer gedankiesê.

Emma wil net omdraai toe Thom voor haar staan. Hy huiwer net 'n oomblik voordat hy buk en dan raak-raak sy mond aan hare. Gelukkig duur die soen net en-kele sekondes, maar lank genoeg vir Emma om na die tyd haastig die trappies op te vlug met die verskoning dat sy haar geskenke wil gaan bêre.

Toe sy in haar kamer kom, gaan haar hand huiwerig na haar lippe. Hy kon al op twee en twintig met die meisies toor, maar nou op twee en dertig, vermoed sy, is hy éérs gevaarlik. Van die kassiere in die winkels tot 'n wêreldwyse vrou soos Nelia is nie een teen hom be-stand nie. Gelukkig weet sý van beter. Sy het haar lesse geleer en hulle was duur.

Vandat sy daar aangekom het, probeer sy woorde vind om haar gevoel teenoor hom te beskryf. En nou weet sy wat dit is. Sy is bang vir hom. So gesellig en on-gekompliseerd soos hy as jongman was, so enigmaties is hy nou. En sy was nog altyd bang vir sulke mans. Hy het 'n koue wêreldwysheid aan hom wat haar soms verbaas laat wonder waarom hy enigsins nog met haar praat. Hulle twee is beslis deesdae in verskillende ligas. Sy is nie gemaak om met sulke mans uit te gaan nie. Daarvoor is sy te naïef.

Sy was selfs vir Rudolf te naïef en hy is nie naastenby in Thom se liga nie. Vir hom was sy eintlik nooit meer as 'n vertoonstuk nie. Saam met die res van sy besittings moes sy altyd perfek, altyd gereed gewees het om die meester te dien. Selfs toe hy ontrou geword het, het hy verwag sy moet lojaal bly. Wat 'n grap! En dan het die koerante gewonder hoe op aarde 'n vrou van soveel weelde af kan wegstap. Met net een tas klere. Veral as die man Rudolf Bester is. As hulle maar geweet het hoe maklik dit was.

Sy dink nie Thom sal 'n vrou soos 'n besitting behandel nie, maar sy het 'n vermoede dit wat hy kan doen, is dalk tien maal wreder. Sy onaantasbaarheid moet sekerlik maak dat 'n vrou nooit werklik seker sal wees nie. Sy sal altyd wonder en voel sy moet hard werk om sy belangstelling te hou. Sy skud haar kop. Genadiglik is dit haar gespaar. As sy ooit weer in 'n man belangstel, sal hy 'n ongekompliseerde persoonlikheid moet hê. En beslis iemand wees vir wie sy nie bang is nie.

# 11

Kersdag word daar meestal in die huis gekuier en aangesien hulle die vorige aand hulle Kersete geëet het, word daar nie gekook nie en kan almal sommer net ontspan.

Die paar wat boeke persent gekry het, begin daarin lees en Emma gaan haal ook die boek wat haar broer en skoonsuster vir haar gegee het.

Kort voor lank ontstaan daar 'n hewige debat oor boeke, en dit kring uit na musiek en later ook na flieks.

Emma luister aanvanklik net, nog nie so seker van haarself om haar mening te lug nie. Maar dit duur nie lank nie voordat sy bygesleep word by die argumente en sy verplig is om haar voorkeure te motiveer.

Van flieks af beweeg die gesprek na wêreldpolitiek en Emma verwonder haar aan die groep mense wat die afgelope paar dae so ontspanne gelyk het, se weldeurdagte menings. Sy besef sy het vir 'n paar dae net een kant van hulle beleef. Sorgvrye mense op vakansie, maar agter elkeen is daar 'n denkende mens met 'n beroep. En die een wat haar die meeste verbaas, is seker Thom. Om na hom te luister, is om 'n vreemde persoon in 'n bekende lyf te ervaar. Hy is baie kundig oor wêreldgebeure en sy kan sien hoe die ander stil word en na hom luister.

Sonder dat sy dit besef, verkyk sy haar aan die donker oë en bekende hande wat saam lewe kry. En weer eens besef sy net hoe ver hulle wêrelde van mekaar af beweeg het.

Die geselsery het die grootste deel van die dag in beslag geneem, met die ligte middagete en 'n groot aantal koppies koffie en tee tussenin.

Vroegaand staan Jacob op en strek homself lui uit. "Kom ons gaan kyk wat die res van die dorp doen," beveel hy voordat hy omdraai om warmer te gaan aantrek.

Die hotelletjie is volgepak en oral word daar vir mekaar 'n geseënde Kersfees toegewens. Gustav kom soen Emma op albei wange. Die res van die aand kuier hy saam met hulle, maar sorg dat hy nie aan haar raak nie.

Dit is lank na eenuur voordat hulle begin aanstaltes maak om huis toe te gaan.

Jacob haak by Emma in en sy moet kort-kort vir die een of ander kwinkslag lag.

"Wat dink jy beteken die inskrywing voorin jou boek?" fluister hy nadat hulle al 'n entjie gestap het.

"Ek weet nie." Sy laat ook haar stem sak, bang dat iemand anders sal hoor.

"Wil jy graag weet?" Sy mond is weer by haar oor.

Sy huiwer net 'n oomblik. "Nee."

Dan begin hy saggies lag. "Ek glo jou nie. Enige vrou sou teen hierdie tyd al doodnuuskierig gewees het."

"Ek dink julle aanvaar daar staan iets moois, maar ek het 'n vermoede daar staan iets soos: 'Jy moes lie-wer in die pampoen verander het', of nog erger, 'Jy lyk soos die pampoen.'"

Jacob se lag dawer in die stilte en die ander roep van agter af dat hulle ook wil weet waaroor hy lag. Hy skud egter net sy kop en trek Emma nader.

"Waarom dink jy sal hy so iets vir jou sê?" Hy kyk vlugtig om om seker te maak dat Thom nie hulle ge-sprek kan hoor nie, maar hy is besig om met die ander te gesels en gee geen aanduiding dat hulle gesprek hom interesseer nie.

"Want ek het destyds baie lelike dinge vir hom ge-sê."

"Dink jy hy onthou dit nog?" Die vraag spreek van ongeloof.

Emma draai haar gesig na hom om seker te maak niemand hoor haar volgende woorde nie.

"Sou jy dit vergeet het as 'n meisie jou goed toege-snou het waaroor 'n matroos sou bloos?"

Haar stem is net 'n fluistering, maar hy het haar gehoor en lag weer uit sy maag.

Gelukkig het hulle die huis bereik en Emma trek hom haastig die trappies op voordat hy die hele dorp wakker lag.

"Die arme man," kry hy in die portaal sy stem terug. "En om te dink ek het jou ook al die jare jammer gekry."

Emma kyk verras op in sy oë, maar hy hou sy hande in die lug.

"Nie omdat ek dink hy hét jou verneuk nie, maar omdat jy so jonk was en ek geweet het hoe erg jy oor hom was."

"Laat ons nie weer daardie koeie opgrawe nie!"

"Maar eendag gaan jy moet uitvind wat hy voorin daardie boek vir jou geskryf het," terg Jacob.

"H'm . . . miskien eendag as ek honderd en twee is."


Emma is vroeg die volgende oggend wakker en nadat sy 'n rukkie besluiteloos bly lê het, gaan sy so stil moontlik af om te gaan koffie maak. Sy sien daarna uit om weer te ski. Gister was 'n lekker rustige dag, maar sy het die oefening gemis.

Na die paar aande wat sy doodmoeg in haar bed neergeval het, weet sy dit help om haar gedagtes hok te slaan. Hoe moeër haar lyf, hoe minder kan haar kop werk.

Met haar een voet op die onderste trappie en die ander reeds onder, kan sy net verbaas na die figuur by die kombuistoonbank staar. Thom sit op een van die hoë stoele, besig om die boek te lees wat sy hom gegee het. Emma wil eers omswaai, maar hy het haar reeds gesien.

"Ek het reeds die ketel aangeskakel. Ek neem aan jy kom soek ook koffie."

Sy knik en dan slaan sy haar satynslaaphemp se kraag teen haar keel op en vou haar arms beskermend voor haar. Onder die omstandighede sou sy nie so verleë gevoel het nie, want die spierwit pak nagklere is heeltemal kuis genoeg, maar die manier wat sy blik stadig oor haar gaan, laat haar voel of sy kaal voor hom staan. Sy beweeg haastig agter die toonbank in en begin om koffiebekers en teelepels uit die kas en laai te haal.

Toe sy haar weerkaatsing in een van die glasdeure sien, vee sy vervaard oor haar hare wat wanordelik om haar kop lê. Sy hoor egter die ketel agter haar afskakel en skink verlig die kookwater op die koffie. Sy haal die melk uit die yskas en sit dit saam met die suikerpot voor hom neer. Sy is terdeë daarvan bewus dat hy haar sit en dophou en sy kan voel hoe haar vingers al dommer word.

Uiteindelik kan sy die koffie in die bekers skink. Sy tel hare op en beweeg haastig in die rigting van die trap, maar sy stem keer haar.

"Kom hou my geselskap," nooi hy terwyl hy na

die woonkamer wys en die staanlamp in die hoek aan-
skakel. Hy gaan sit op een van die groot leunstoele en
beduie vir haar om dit ook te doen. Sy gaan sit op een
van die rusbanke, met haar rug teen die verste leuning.
Voordat sy haar kan keer, trek sy haar bene onder haar
in. Miskien as sy net 'n klein bondeltjie is, sal hy nie so
vir haar kyk nie.

Na die eerste sluk is dit hy wat die stilte verbreek.
"Wat beplan jy om te doen wanneer jy teruggaan?"

"Werk soek." Haar senuweeagtigheid maak haar
tong stram.

"Waarom het jy besluit om terug Kaap toe te gaan?"
Hy blaas wit stoomwolkies oor sy beker.

Emma trek haar skouers op. "Ek wou al net na die
egskeiding terug Kaap toe getrek het, maar ek het 'n
restourasieprojek gekry om te doen en op daardie sta-
dium het dit brood op my tafel gesit."

"Het jy dit nog nooit oorweeg om oorsee te gaan
nie . . . vir 'n paar jaar jou vlerke te sprei nie? As ek reg
onthou, het die Europese argitektuur jou destyds baie
geïnteresseer."

Sy trek haar skouers op. "Ek sal maar sien." Hoe
kan sy vir hom sê sy het soms nie die selfvertroue om
uit haar woonstel te gaan nie, wat nog te sê aansoek
doen vir 'n werk, plaaslik óf oorsee? "Renate sê jy is by
'n bank in Genève," verander sy die onderwerp. "Dit
klink interessant."

Nou is dit hy wat sy skouers optrek. "Soms is dit,
maar daar is ook tye dat 'n mens net besig is met roe-
tinesake."

"Wat is vir jou roetinesake?"

"Om voortdurend die geldmarkte dop te hou, voorspellings te maak en so aan. Kliënte verwag gewoonlik dat 'n mens in 'n kristalbal sal kyk en vir hulle 'n prentjie van die toekoms moet gee."

"Kán jy die toekoms voorspel?" Om haar mond huiwer 'n versigtige glimlag. Dis skielik so lekker om sommer net met hom te gesels.

"Hoekom wil jy weet? Wil jy hê ek moet joune voorspel?"

Emma skud haar kop. "Dis nie moeilik nie, selfs ék kan dit doen."

Hy neem 'n sluk van sy koffie en kyk oor die beker se rand na haar. "Vertel my wat sien jy in jou toekoms."

"Niks opwindends nie." Sy neem ook 'n sluk koffie, maar toe dit lyk of hy haar wil antwoord, hou sy haar hand omhoog. "Ek gee nie om nie. Dit pas my so."

"Arme Aspoestertjie."

Sy wil haar eers vererg, maar die lag in sy oë is sonder spot en sy voel hoe sy ontspan en glimlag.

"Dit was wreed."

"Wat was?"

"Die feit dat jy vir ewig daardie storie vir my geruïneer het."

Opregte verbasing flits oor sy gesig. "Dis omdat jy verkies om net die eerste bladsy te lees. As jy verder lees, sal jy sien sy kry die prins. Ek is eintlik besig om vir jou 'n kompliment te gee."

Die glimlag om haar mond verdiep onverwags. "Ek val nie meer vir daai tipe komplimente nie."

"Is daar nog iéts waarvoor jy val?"

Haar gesig versomber. "Ek het geleer drome kan blitsvinnig in pampoene verander."

"Ai, nog nie eers dertig nie en klaar so sinies." Hy skud sy kop meewarig.

"Dink jy jy sal ooit teruggaan Suid-Afrika toe?" verander sy weer die onderwerp.

Die breë skouers lig weer. "Ek dink nie vreeslik aan die toekoms nie. Tot dusver was daar niks wat my teruggelok het nie, maar 'n mens weet nooit wat vorentoe kan gebeur nie. Ek mis nogal soms die son en sal graag eendag in die Kaap wil aftree . . . of dalk op Plett."

Die laaste woorde is met 'n veelbetekenende glimlag gesê en Emma verwens die blos wat weer op haar wange kom lê.

"Waarom doen jy dit?" Daar slaan 'n ergerlikheid in haar stem deur, maar dit lyk nie of hy bewus is daarvan nie, want hy sit haar onverstoord en aankyk.

"Wat doen ek?"

"Jy geniet dit om my soos 'n kind te laat voel."

"Ek was nie bewus daarvan dat ek dit doen nie."

Sy gesig is die ene onskuld, maar Emma kan die lig agterin sy oë sien en teen haar wil word haar gesig weer warm.

"Miskien hou ek net daarvan as jy bloos. Dis iets wat ek lanklaas gesien het. Inteendeel, ek het nie geweet vrouens kan nog bloos nie."

"Wel, ja . . . seker nie in die kringe waarin jy beweeg nie."

264

"Dis goed om jou weer te sien," neem hy die wind uit haar seile terwyl hy sy leë koppie neersit.

Emma kyk oor die rand van die koffiebeker na hom, nie seker of sy daarop moet reageer nie.

"Ek aanvaar die gevoel is nie wedersyds nie." Daar huiwer weer 'n glimlag om sy mond.

"Jy het die voordeel gehad dat jy geweet het ek kom hierheen. As jy niks vermoed het nie, sou jy dalk ook anders gevoel het."

"H'm . . . miskien."

"Jy het baie verander, maar Europa pas jou . . . of jy pas Europa . . . ek weet nie watter een dit is nie." Sy weet nie waar die woorde vandaan kom nie, maar sy hoor haarself dit sê.

Sy wenkbroue trek vraend omhoog.

"Dit was sommer net 'n opmerking. Moenie te veel betekenis daarin soek nie," probeer sy haar onverwagse woorde wegpraat.

"Miskien het ek ook intussen geleer van drome wat in pampoene kan verander," spot hy ligweg.

"Jy was nooit naïef nie. Jonk, voortvarend en sorgeloos miskien, maar nie naïef nie."

"En hoe is ek nou?" Hy sit steeds gemaklik agteroor.

"Ek weet nie . . . ouer, harder, meer vol selfvertroue, meer verwaand . . ."

Sy diep lag laat haar ietwat verleë glimlag en sy staan op en dra die bekers kombuis toe.

"Moenie nou weghardloop nie," roep hy haar agterna.

Emma skink eers vir haar 'n glas water in die kombuis voor sy huiwerig terug woonkamer toe loop en weer in die hoekie van die rusbank gaan sit.

"Wat het jou tot daardie gevolgtrekking laat kom?" Die lag lê nog oor sy hele gesig.

"Ek weet nie. Dis nie iets waaroor ek gedink het nie. Dis miskien 'n onbewuste gewaarwording." Sy probeer so koel moontlik klink.

"Jy het ook verander," laat hy hoor terwyl hy haar peinsend betrag.

Emma het nie nodig om hom te vra hoe sy verander het nie. Dis moeilik om te dink dat sy ooit jonk en vol lewenslus was, maar sy kan tog soms in helder detail onthou hoe sy gelyk het.

Gelukkig brei hy nie daarop uit nie en sy staan oorhaastig van die stoel af op. "Kan ek gaan stort, of wil jy eerste gaan?"

Die blik wat op haar rus, is lui en sy wens sy kan weet wat agter die donker oë skuil.

"Ek is bly ons het gesels. Al het jy 'n paar dwarsklappe uitgedeel, is dit beter as die ongemaklike stiltes."

Sy knik en wil net weer haar vraag oor die stortreëlings herhaal, toe 'n stem agter haar opklink.

"Genugtig, en al die tyd lê ek lekker en slaap, getroos in die wete dat julle nie juis met mekaar praat nie. En intussen kuier julle heel gesellig onder ons neuse." Jacob se blik gaan oor Emma se slaapklere. "En dit in maagdelike wit!"

Emma mompel iets onverstaanbaars en dan draf sy die trappe twee-twee op.

Sy is self verbaas dat sy en Thom vir 'n wyle sommer

266

net kon gesels het. Dis asof hulle van 'n paar spinne-rakke ontslae geraak het.

'n Uur later stap Emma met veel meer selfvertroue on-dertoe as wat sy tot dusver soggens gevoel het. Die ge-voel hou egter net totdat sy die laaste trappe aftree en sien hoe Nelia met 'n beker koffie oor Thom se skouer na iets op 'n kaart kyk. Haar ander hand rus gemaklik op sy geboë rug.

Die ander sit ook met bekers koffie rond en die meeste het reeds hulle ski-broeke aan. Emma skink vir haarself ook koffie en dan groet sy so in die algemeen. Almal groet terug, behalwe die twee wat steeds gebuk-kend oor die eetkamertafel staan.

"Jy lyk aansienlik kuiser as vroeg vanoggend," laat Jacob hoor.

Emma gluur waarskuwend na hom. Al wat sy nou nodig het, is dat hy met sy onsinnige praatjies begin. Maar sy woorde het klaarblyklik reeds tot Nelia deur-gedring, want haar kop lig skrams op en haar blik kom vir 'n vlietende sekonde op Emma tot rus.

Die ander kyk ook vraend na haar, maar sy ignoreer al die vraende blikke. Sy wonder waarom Thom nie met Jacob kan praat nie. Sy is seker die praatjies moet hom irriteer, veral as Nelia in die geselskap is. Maar as hy Jacob gehoor het, reageer hy beslis nie daarop nie. Gelukkig het Renate opgestaan om die ontbytkos op die tafel uit te pak en Emma kan haar daarmee gaan help. Vir 'n halfuur word daar om die eetkamertafel geskarrel.

267

Toe almal hulle innerlike genoegsaam versterk het, word daar haastig klaargemaak en vertrek hulle met ski's oor die skouers. Die mans het almal sneeuplanke.

"Is dit moeilik om daarmee oor die weg te kom?" vra Emma vir Christo toe hulle die straatjie voor die huis oorsteek.

Hy skud sy kop. "Blykbaar nie, maar ek is nog nie vaardig genoeg om 'n objektiewe mening te lug nie. Jy moet vir Thom vra om jou te wys. Hy is die meester."

Emma skud haar kop om aan te dui dat sy nie regtig belangstel nie, maar Christo roep reeds na Thom wat 'n entjie voor hulle stap.

"Thom, Emma vra of jy haar sal wys hoe om met die sneeuplank te ski."

Thom se gesig draai effens terwyl hy knik.

Emma wonder of die ander werklik dink dis maklik om na tien jaar skielik weer gemaklik met mekaar te wees. Miskien is dit veronderstel om na so 'n lang tyd nie meer saak te maak nie, maar vir haar bly dit moeilik.

Dis ook maar goed sy het nie stringe kêrels in haar lewe gehad nie. Sy sou nie graag kort-kort een wou raakloop nie. Maar dan weet sy ook nie of almal haar so sonder woorde sou gelaat het soos Thom nie. Sy was so vreeslik jonk en so vreeslik verlief. Haar wange word sommer weer rooi net by die gedagte aan daardie maand by die see.

# 12

Emma stop uitasem voor die restaurant waar sy die ander vir middagete moet ontmoet. Renate en Elsa is besig om hulle ski's voor die deur uit te trek, maar daar is nie 'n teken van die mans nie.

"Jy het darem verbasend gou reggekom," praat Elsa toe sy opkyk en Emma sien. "Ek het vir twee jaar gesukkel."

"Ek dink ek verdien dit na al die nonsens wat ek die afgelope paar jaar moes verduur." Emma sê dit met 'n spotlaggie wat Renate ook laat opkyk. Dis nie die tipe opmerking wat sy gewoonlik teenoor ander mense maak nie.

"Die publisiteit in die koerante moes 'n nagmerrie gewees het. Ek het jou nie eers geken nie en ek was jammer vir jou," laat Elsa op haar geselserige trant hoor.

Waar sy 'n paar weke tevore nog sou weggeskram het van sulke praatjies, glimlag sy nou breër.

"Ja, daar skei elke dag mense, maar as dit iemand is wat baie geld het en sy troue die gebeurtenis van die jaar was, stel die koerante skielik belang in die kleur van jou onderklere."

"Waarom het jy nooit 'n verklaring uitgereik nie? Almal het iets te sê gehad, behalwe jy. In die *Huisgenoot* was selfs 'n artikel waarin hy vertel het hoe hy probeer het om julle huwelik te red, maar dat jy meer in ou geboue belanggestel het as in julle twee se geluk."

Emma kyk geamuseerd na Elsa. "Nou weet jy waarom ek niks wou sê nie. As ander mense hulle lewensverhaal aan die pers wil verkoop, beteken dit nie ek moet dit ook doen nie."

"Maar waarom wou jy nie geld van hom hê nie? Ek kon destyds nie besluit of jy stapelgek of kliponnosel is nie."

"Ek het darem 'n mooi woonstel in die Kaap gekry én ek kon my motor hou. Ek wou in elk geval niks uit sy huis hê nie."

"Jy kon dit verkoop het." Elsa skud haar kop. "Hy kan sy sterre dank hy was nie met my getroud nie. Ek sou die grootste garage-verkoping van die eeu gehou het."

Emma gooi haar kop agteroor en haar lag styg helder die koue in.

"A . . . ek het jou weer gevind! Die vrou van my hart . . ." bring 'n stem haar vinnig tot bedaring.

Toe sy haar kop laat sak, kyk sy vas in Gustav se blou oë.

Hy het sy ski-bril afgehaal en buk oor om 'n soen op haar mond te plant. "Ek het die hele nag van jou gedroom," gaan hy onverstoord voort en sy kan sien hoe die ander se oë na haar draai.

Emma tree haastig agteruit en verloor byna haar balans op die gladde sneeu, maar twee arms sluit om haar lyf en toe sy terugkyk, sien sy dis Thom wat haar vashou.

"Ja, ek weet!" Gustav gooi sy hande in die lug. "Ek verstaan net steeds nie wat sy in jou sien nie. As sy myne was, sou ek haar nie vir 'n oomblik onder my oë laat uitgaan het nie."

"Ek het niks om te vrees nie," laat Thom hoor terwyl sy ken op haar kroontjie rus.

Emma voel hoe sy onder die skipak warm raak, ten spyte van die ysige koue hier buite teen die berg.

"Kan ons asseblief binne-in die restaurant hierdie ingewikkelde liefdesdriehoek gaan uitsorteer," klappertand Elsa en hulle almal beweeg na binne.

Om die hele insident nog meer bisar te maak, daag Nelia 'n rukkie later saam met haar vriendin daar op en dis vir Emma duidelik dat Nelia nie in 'n goeie bui is nie. Dit help ook nie dat daar nie sitplek langs Thom is nie, of dat Gustav haar vra wat hy haar moet betaal om Thom te verlei nie.

Waar sy voor die tyd lekker honger was van al die oefening, kyk sy nou sonder eetlus na die spyskaart teen die muur. Miskien kan sy verskoning vra en maak of sy kleedkamer toe gaan en dan stil by die deur uitglip. Maar toe sy begin om op te staan, vou 'n hand oor haar been. Sy kyk half verskrik na Thom.

"Waarheen gaan jy?" Hy vra dit sodat net sy kan hoor.

"Kleedkamer toe." Haar stem is ook net 'n onderlangse fluistering.

"As jy nie terugkom nie, stuur ek vir Gustav agter jou aan," lees hy sonder moeite haar gedagtes.

Haar wange verkleur skuldig. Omdat sy nie regtig kleedkamer toe wou gaan nie, bly sit sy maar gedweë en luister na almal se praatjies. Die geselsery wil egter nie vlot nie en sy kan voel hoe daar kort-kort 'n paar oë op haar en Thom rus.

Renate lyk seker die nuuskierigste van almal, maar sy bedwing haar en probeer haar bes om 'n bydrae tot die sukkelende geselskap te lewer. Selfs Jacob is ongekend stil.

'n Uur later is Emma dankbaar toe almal klaar geëet het en hulle weer na buite beweeg. Sy weet nie wat die res gaan doen nie, maar sy wil verkieslik so gou moontlik van die nuuskierige oë af wegkom. Daarom trek sy haastig haar ski's aan.

Toe sy op die bankie van die ski-hyser terugsak, is Thom by haar en voordat sy iets kan sê, word hulle die hoogtes ingetrek.

"Oordoen jy dit nie nou effens nie?" laat sy bytend hoor toe hulle buite hoorafstand is. "Hoe gevaarlik kan enige man helder oordag tussen mense wees?"

Die bankie swaai effens toe hy sy gewig versit om na haar te kyk. Dan skuif hy haar ski-bril tot teen haar voorkop en sonder enige waarskuwing vou sy hand agterom haar kop en soen hy haar.

Emma sit soos 'n haas wat in 'n motor se ligte beland het. Sy is so stomgeslaan dat sy nie 'n geluid kan maak nie. Maar toe sy mond oor hare begin beweeg en sy voel hoe die punt van sy tong tergend oor haar lippe streel, hoor sy haarself na haar asem snak en asof die geluid haar uit haar beswyming laat skrik, begin sy terugrem. Die beweging veroorsaak dat hulle bankie gevaarlik aan die swaai gaan.

"Sit stil," prewel hy teen haar mond voordat hy haar weer soen.

Asof in 'n droom voel sy hoe sy hand teen haar nek

272

op beweeg en sy ander hand haar ski-pak se ritssluiter ooptrek.

"Thom!" kry sy haar asem terug en stamp hom byna van die bankie af. "Is jy van jou sinne beroof!"

Hy trek die ritssluiter toe en sit haar ski-bril terug op haar oë. "Dis net 'n voorbeeld van wat tússen mense gedoen kan word. En glo my, Gustav is feitlik op hierdie ski-lifts gebore. Die dinge wat hy hier bo in die lug kan doen, het jy waarskynlik nog nie van gehoor nie."

"Was dit nodig om 'n demonstrasie te lewer? Jy kon dit maar net so gesê het." Emma sukkel om haar asemhaling onder beheer te kry.

"Ek vind 'n demonstrasie altyd meer oortuigend."

"Waar kom Gustav vandaan?" vra sy die eerste vraag wat in haar gedagtes opkom. Sy weet skaars dat sy die vraag vra. Haar gedagtes is soos wegholperde wat op pad na 'n afgrond is.

"Hulle woon in Genève. Hy is die enigste seun van 'n skatryk Switserse nyweraar. Sy pa is een van my kliënte – dis hoe ek hom ontmoet het." Hy gee 'n laggie. "Hy ken nie die woord 'nee' nie."

"Jy blykbaar ook nie," kap sy ergerlik terug en is dankbaar toe hulle kan afklim.

Hy antwoord haar nie, maar begin net langs haar teen die steil, wit helling afski.

By die eerste stopplek draai sy na hom. "Ek is dankbaar dat jy my soms teen Gustav se attensies beskerm, maar jy moet dit miskien net aan jou vriendin verduidelik. Ek kry die idee sy dink ek is 'n bedreiging."

"Sy weet presies wat aangaan," antwoord hy met 'n veraf uitdrukking in sy oë.

"Waarom kyk sy my dan met moord in haar oë aan?"

"Waarom vra jy haar nie?"

"Dis jóú meisie, jý kan haar vra."

Hy buk onverwags en druk 'n soen teen haar lippe. "Ék weet waarom sy dit doen. Ek hoef haar nie te vra nie."

Voordat sy hom kan antwoord, stop die ander langs hulle. Emma gebruik die oomblik om vinnig om te swaai en dan pak sy die volgende helling teen nekbreekspoed aan.

Tot haar misnoeë is Renate op haar hakke toe sy onder in die dorpie stop.

Emma ignoreer haar vriendin se vraende blik en kyk op haar horlosie. "Is daar tyd om nog een keer op te gaan?"

"Ek en jy gaan koffie drink," kom dit effens kras van Renate.

"Maar ek is nie nou lus –"

"Dan drink jy water."

En daarmee sleep sy byna vir Emma na die naaste koffiedrinkplek.

"As jy dink ek gaan 'n oomblik langer wag om te hoor wat hier aan die gang is, maak jy 'n yslike fout." Hulle het by 'n tafeltjie gaan sit en Renate het sommer namens albei koffie bestel.

"Waarvan praat jy?" Emma het al geleer die beste verdediging is om jou soms net kliponnosel te hou.

"Jy en Gustav én Thom . . . en Nelia wat soos 'n vuurspuwende berg lyk. Jy en Thom wat skielik nie julle hande van mekaar kan afhou nie – dis waarvan ek praat!"

"Daar is niks aan die gang nie. Gustav verkeer onder die indruk ek is Thom se meisie en dit pas my."

"En Thom speel die rol ewe gewillig terwyl Nelia al hoe meer soos 'n vuurspuwende draak lyk!" Renate skud haar kop. "Sorry, ou girl, maar dis 'n bra flou verskoning."

Emma probeer haar bes om haar stem niksseggend te hou, maar dis nie so maklik terwyl sy Thom nog op haar lippe kan proe en haar ingewande soos jellie voel nie.

"Dalk dink Thom werklik ek gaan my deur Gustav laat verlei en dan sit julle met 'n senuweewrak op hande as hy my los, of so iets. Moet asseblief nie meer hierin sien as wat daar is nie. Mense doen eienaardige dinge wanneer hulle vakansie hou." Die laaste woorde is meer 'n waarskuwing aan haarself as wat dit daarop gemik is om Renate gerus te stel.

"En dis al?"

"Wat bedoel jy? Wat het jy gedink is aan die gang?"

"Ek weet nie. Alles het net uiters verdag begin lyk, asof daar oornag iets gebeur het waarvan nie een van ons geweet het nie."

Emma knik vir die kelner toe hy die koffie voor hulle neersit. "Jy het tog nie vir 'n oomblik geglo daar is iets tussen my en Thom aan die gang nie!" Haar lag rinkel net 'n aks te hard deur die half skemer vertrek.

Renate roer haar koffie onnodig lank voordat sy opkyk. "Die een oomblik is ek bekommerd dat jy besig is om in 'n kluisenaar te verander, en die volgende is ek bekommerd dat jy nié een gaan word nie."

Emma kan nie help om weer te lag nie. "Wanneer ek terug is in Suid-Afrika, gaan ek oefening en vars lug as die beste terapie vir enige probleem bemark."

"Solank die berglug al is wat na jou kop toe gaan," kom die bekommerde waarskuwing.

"Amen."

Albei vroue kyk op. Jacob is besig om vir hom 'n stoel langs hulle uit te trek.

"Ek is baie bly ek tref julle twee alleen hier aan, sodat ek ook eers op die hoogte gebring kan word van die nuwe verwikkelinge. Ek voel soos destyds op Plett waar ek gelê en slaap het en toe ek wakker word, was my beste vriend tot oor sy ore verlief."

"Miskien moet jy minder slaap," laat Emma snipperig hoor en dan moet sy lag vir die uitdrukking op sy gesig.

"Ek was die hele tyd onder die indruk dat Gustav sommer net met sy speletjies besig is, maar skielik lyk dit my die man is werklik daarop uit om jou te verlei."

"Moenie alles glo wat jy hoor of wat jou oë sien nie. Die skyn kan soms erg bedrieglik wees."

"In my boeke het twee en twee nog altyd vier gemaak," kap hy terug.

Emma sug en beduie na Renate. "Ek gaan nie weer die storie herhaal nie. Verseker jy hom maar dat daar niks aangaan nie."

"Volgens haar is daar niks aan die gang nie en verbeel ons ons dat Gustav haar openlik met wellustige oë aankyk en dat sy en Thom nie hulle hande van mekaar kan afhou nie." Renate plaas klem op byna elke woord.

Emma skud haar kop. "As julle nie die waarheid wil glo nie, glo dan net wat julle wil."

"Weet jy dat hulle twee mekaar elke jaar tot 'n skiresies uitdaag?" Jacob kyk vraend na Emma.

Sy skud weer haar kop. Hoe is sy veronderstel om dit te weet?

"Dit het so half en half 'n instelling geword. Daar is elke jaar iets op die spel, maar dit gaan eintlik meer oor die uitdaging as enige iets anders," gaan Jacob met 'n vreemd eentonige stem voor. "Elke jaar kies hulle vooraf 'n dag en 'n roete, en dis gewoonlik heel opwindend om te sien hoe vaardig hulle op die hellings is."

"The only difference between a man and a boy is the price of their toys," haal Emma half spottend aan. "Of in hierdie geval dalk die tipe speletjie wat hulle speel."

"Dit ís so en ek was nog nooit werklik bekommerd oor hierdie speletjies van hulle nie, maar vanjaar lyk dit vir my of albei die kluts effe kwyt geraak het."

Albei vrouens se blikke gaan vraend na Jacob.

"Gustav het Thom so pas uitgedaag om tot heel bo by die laaste stasie te gaan en dan via die swart roete terug te kom."

"Dis belaglik!" laat Renate ergerlik hoor. "Dit gaan binnekort donker wees."

"Dis die roete wat slegs die dapperstes onder die

dapperes aanpak en dan slegs in helder daglig," verduidelik Jacob toe Emma steeds vraend van die een na die ander kyk.

Emma kan skielik nie die vae vrees in haar verklaar nie. "Waarom het Thom nie nee gesê nie? Hy behoort mos van beter te weet."

"Die prys was seker te aanloklik," laat Jacob veelbetekend hoor.

"Waarvoor het hulle mekaar hierdie jaar uitgedaag?" Renate beduie vir die kelner om vir hulle 'n bottel wyn te bring.

"Vir Emma."

Emma was besig om te kyk hoe die voordeur weer opswaai en nog mense inlaat en snap aanvanklik nie wat Jacob sê nie, maar Renate se asemoptrek laat haar opkyk.

"Wat bedoel jy?" Jacob se woorde dring stadig na haar bewussyn deur.

Jacob se wenkbroue lig. "Jy is die wennersprys, my skat."

Emma weet nie of sy moet kwaad word of lag nie, want sy het lanklaas so 'n sotlike ding gehoor.

"Is jy ernstig?" Die ongeloof en kommer wedywer op Renate se gesig en toe Christo saam met Elsa by die deur inkom en by hulle kom sit, kyk sy afwagtend van die een na die ander. "Het julle gehoor van Gustav en Thom?"

Christo en Elsa knik gelyk en dan laat Christo met 'n kommerfrons tussen sy oë hoor: "Ek dink dit sou dalk veiliger gewees het as hulle mekaar liewer met swaarde

278

of pistole uitgedaag het. 'n Mens waag nie in die skemer kanse teen hierdie berge nie."

Emma luister na die stemme en die woorde, maar dis of sy veilig in 'n kapsule afgesluit is en niks daarvan haar kan raak nie. Sy verkies dit so, want as sy haarself enige emosie moet toelaat, sal sy soos 'n drukpot ontplof.

"Dis vreemd dat hulle nog toegelaat is om so hoog te gaan. Die hysers sluit sekerlik enige oomblik." Renate kyk na die venster waardeur 'n mens die berg kan sien. Oral kom mense met ski's en sneeuplanke aangestap, moeg en terselfdertyd verfris na die dag se oefening.

"Almal ken hulle twee en jy weet hoe charming hulle kan wees," antwoord Elsa laggend. Dan kyk sy na Emma asof sy so pas van haar onthou het. "En as jy so stil sit? Op wie is jou geld? Of wag . . . sê liewer vir ons wie jy wil hê moet wen."

Emma skud haar kop. "Dis belaglik. Ek weet nie waarom julle julle aan sulke onsin steur nie. Ek is niemand s'n om weg te gee nie, allermins een van hulle s'n. Vir my part kan albei van hulle hulle bene breek."

"Sjoe, jy kan hulle nie so verwens nie," vermaan Jacob, maar hy glimlag nie. Dis asof daar êrens in sy oë 'n stuk kommer lê. En dit meer as enige iets anders laat die emosies in Emma loskom.

"Ek dink dis die kinderagtigste ding waarvan ek al gehoor het." Sy weet sy moet probeer ontspan en haar nie daaraan steur nie, maar van waar sy sit, kan sy ook die berg sien en dis asof haar handpalms klam word by die aanskoue van die grys hellings. 'n Mens moet nie in die aand teen hierdie berge wees nie. Hulle is bedrieglik vriendelik in die daglig, 'n speelplek vir die bevoorregtes, maar saans neem die ongereptheid oor. Snags is daar kranse en afgronde wat 'n mens ongesiens kan insluk.

"Kom ons gaan hotel toe, hulle sal ons daar kry." Jacob staan op en die ander volg.

Emma is lus om huis toe te gaan, maar sy weet ook sy sal nie rus voor sy weet hulle is veilig onder nie. Dis goed die vakansie is byna om. Sy is so uitgerus soos sy sekerlik kan kom en sy het met baie dinge vrede gemaak, selfs met Thom Murray. Sy voel positiewer oor die toekoms as wat sy in jare gevoel het en het nie nou nodig om betrokke te raak by mans se speletjies nie.

Op pad hotel toe loop hulle vir Nelia en haar vriendin raak en haar eerste vraag is of hulle vir Thom gesien het. Emma probeer angstig die ander se aandag trek, maar dis te laat.

"Hy en Gustav is met 'n resies besig," neem Christo dit op hom om te verduidelik.

"Waarvoor het hulle mekaar vanjaar uitgedaag?" Die verveling lê duidelik in die goedgemoduleerde stem.

"Vir Emma," antwoord Jacob terwyl sy arm om Emma se skouers gaan.

Nelia kyk vlugtig na Emma en vir 'n oomblik voel Emma benoud, maar dan draai Nelia om en stap met 'n stywe rug van hulle af weg.

Die hotel is warm binne en almal trek baadjies uit en haal musse en ski-brille van hulle koppe af. Daar is reeds genoeg mense om die plek redelik vol te maak en die bekendes groet luidrugtig.

280

"Het julle gehoor van Gustav en Thom!" roep een van die mans wat ook elke aand saam met hulle kuier. "Ek wonder waarvoor het hulle gewed."

Emma maak haar klein langs Jacob en toe hy na haar kyk, waarsku sy onderlangs: "Moet asseblief nie allerhande onsinnige stories versprei nie."

Hy trek haar nader en druk 'n soen teen haar voorkop. "Ek sal nie."

"Dankie."

"Dis ook net omdat ek in so 'n goeie bui is. Sien jy daai mooi donkerkop by die toonbank? Ek is seker sy is besig om op my verlief te raak – sy kan haar oë nie van my afhou nie."

Emma lag spottend. "Wat van Elsa?"

Jacob se blik draai na waar Elsa by die ander gesels en toe hy praat, klink sy stem vreemd: "Wat wil jy hê moet ek vir jou sê?"

"Waarom speel julle twee speletjies met mekaar?"

Jacob se oë raak peinsend. "Ek dink dit het al gewoonte geword."

"Is dit dan nie hoog tyd dat julle die gewoonte verbreek nie?"

"H'm . . . ek dink albei van ons wag vir die ander een om die eerste teken te gee. Iets waarvan jy en Thom seker heelwat weet."

"Behoort hulle nie al hier te gewees het nie?" verander Emma die onderwerp.

Jacob lag spottend. "Nee, hulle is baie hoog en as hulle enigsins nog intelligensie oor het, sal hulle nie so vinnig soos ander jare ski nie, maar ontspan. Hulle

281

albei ken die berg goed." Die woorde weerspreek egter die kommer wat sy agterin sy oë sien.

"Kom ek gaan koop vir jou iets om te drink," nooi Jacob toe Emma op haar horlosie kyk en dan deur toe. "Dit lyk of jy kan doen met iets sterks."

Sy stap saam met hom en gelukkig begin hy oor ander dinge praat. Hulle vind sitplek by die lang kroegtoonbank. Sy probeer die knaende kommer hokslaan deur so vrolik moontlik aan die geselsery om hulle mee te doen, maar sy betrap haarself tog dat sy steeds kortkort in die deur se rigting kyk.

Sy het egter nie nodig gehad om te kyk nie, want toe daar na 'n uur en 'n half 'n luide gejuig opklink, weet sy intuïtief wie by die deur ingekom het.

Sy kyk net vlugtig op en net vir 'n oomblik kyk sy en Thom oor die vertrek na mekaar. Om sy mond lê 'n byna seunsagtige glimlag – of is dit 'n oorwinningsglimlag? Dis moeilik om te sê. Maar albei van hulle het 'n roekeloosheid om hulle. Asof hulle nie net mekaar uitgedaag het nie, maar ook al die elemente daar buite geklop het. Miskien selfs die dood uitgedaag en oorwin het. Sy draai haar kop bewustelik weg, want sy kom nou eers agter hoe groot die knop binne haar was.

Om haar begin almal gelyk praat, maar sy luister met opset nie.

Sy sluit haar liewer by Christo en Renate op die dansvloer aan en spring rond saam met hulle op maat van 'n besonder lewendige deuntjie. Gelukkig is daar genoeg ander mense waarmee sy kan dans toe Christo en Renate later moeg is.

Gustav en Thom staan steeds by die toonbank en Gustav is besig om met groot armhale vir almal iets te vertel. Sy sorg dat sy nie te lank na hulle kyk nie, maar twee keer betrap sy tog Thom se oë op haar. Gelukkig kom neem Nelia langs hom stelling in en aan die uitdrukking op haar gesig kan Emma sien sy is vies.

"Ek het gehoop jy sal my kom troos, en intussen geniet jy die aand saam met ander mans," praat Gustav onverwags langs haar.

Emma kyk vlugtig oor haar skouer na hom, maar sy arm vou om haar lyf en die jong man met wie sy besig was om te dans, staan laggend terug.

"Jy het nie troos nodig nie, jy moet 'n sielkundige gaan sien."

Sy wenkbroue trek twee vraagtekens.

"Waarom doen julle so 'n sotlike ding?"

"Waarom nie?"

"Julle kon julle doodgeval het."

"Sou jy oor my gehuil het?" Sy vingers speel in haar nek en sy skud haar kop.

Gustav se oë verdonker onverwags en toe hy praat, is daar 'n vreemde erns in sy woorde. "Ek weet jy dink ek was sommer net besig met 'n ligte flirtasie, maar ek sou jou werklik graag wou leer ken het."

Emma kyk verbaas op in sy oë.

Hy gee 'n hees laggie. "En ek het so gehoop jy van alle mense sien deur my grootpratery."

Emma weet nie wat om te sê nie. "Ek is nie jou tipe meisie nie, Gustav," kry sy eindelik iets uit.

"A, Emma, dis waar jy die fout maak."

Emma lag senuweeagtig. Dis 'n ander Gustav hierdie – 'n gevaarliker Gustav as die een wat teatraal sy liefde verklaar.

"Ek moet nou gaan," begin sy haastig groet, maar hy trek haar eers nader en sy mond rus vir 'n lang oomblik op hare voordat hy terugtree en sy vingers deur haar hare trek.

"Thom is 'n gelukkige man."

Emma begin haar kop skud, maar besluit dis beter om min te sê, daarom draai sy haastig om en soek tussen die figure na 'n bekende gesig.

## 13

Dis 'n luidrugtige groep wat net voor middernag huis toe stap. Die volgende dag is hulle laaste dag daar en dis of almal onwillig is om te gaan slaap.

"Hallo," klink Thom se stem langs Emma op toe hulle die straat voor die hotel oorsteek.

"Hallo." Sy het die hele aand gesorg dat sy uit sy pad bly. Eintlik het sy hom sommer blatant geïgnoreer. Sy hou nie van die kommer wat in haar kom lê het nie. Dit is nie veronderstel om saak te maak as hy oor die een of ander onsinnige weddenskap sy nek wil breek nie.

"Jy het my nog nie bedank nie."

Sy kan hom hoor glimlag en haar stem is koel toe sy praat. "Ek is jammer, ek was nie daarvan bewus dat jy iets vir my gedoen het nie."

"Ek het die draak vir jou doodgemaak."

Emma trek haar skouers traak-my-nieagtig op. "Het ek jou gevra om dit te doen?"

"Nee, maar dit was my plig om die weerlose prinses te beskerm."

"En miskien verkies sy drake bo verwaande ridders."

"Eina, dit was 'n lae hou. En dit terwyl die ridder sy lewe vir haar gewaag het."

"Die 'ridder' het niks behalwe sy eie ego gered nie."

Hy haak onverwags by haar in en gee weer daardie seunsagtige laggie. "Dis moeilik om jou te beïndruk, juffrou Hofmeyer. Baie moeilik . . ."

"Spaar jouself dan die moeite en moenie probeer nie."

Sy voel hoe hy langs haar lag en die geluid laat haar vir 'n oomblik te ver terugdink.

"Wie het gesê die wenner kry altyd die meisie?" Hy klik sy tong spytig. "Ek was al die jare onder 'n verkeerde indruk."

"Ek is jammer vir jou." Haar stemtoon weerspreek met opset die woorde.

Gelukkig is hulle by die huis en kan sy haar arm uit syne losmaak en die trappe voor die huis so vinnig moontlik opstap.

Niemand wil egter nou hoor van slaap nie en daar word eers nog port uitgehaal en koffie gemaak. Emma weet nie waarom sy haar laat verlei om saam te kuier nie. Êrens in haar is daar 'n stemmetjie wat praat, maar sy weet nie meer wat die boodskap is nie. Miskien is dit 'n waarskuwing, miskien is dit 'n aanmoediging. Sy weet nie. Al wat sy weet, is dat sy hierdie nag en die

volgende dag vinnig verby wil hê sodat sy op die vlieg-
tuig kan klim en huis toe kan gaan, maar terselfdertyd
wens sy met haar hele hart sy kan hierdie ure vashou.
Die stemme wat om haar weerklink, hou nie meer 'n
bedreiging in soos aan die begin nie.

"Stilbly is nie 'n antwoord nie, Emma! Jy is veronder-
stel om die waarheid te praat." Jacob se stem styg tus-
sen die ander stemme uit en Emma kan nie help om te
lag nie.

Êrens deur die nag het hulle 'n lawwe speletjie begin
speel waar hulle mekaar uitdaag om óf 'n vraag te be-
antwoord óf 'n uitdaging te aanvaar.

Emma oorweeg weer die vraag en 'n vreemde roeke-
loosheid kom lê in haar. "Gustav."

"Jy wou gehad het Gustav moet wen?" Nou is dit
Elsa se stem wat bo die ander opklink.

Alle oë draai na Thom wat half agteroor op een van
die stoele lê. Sy oë is versluier in die skemer vertrek en
om sy mond speel 'n niksseggende glimlag.

"Hy is 'n baie aantreklike ou en baie charming,"
verdedig Emma haar keuse met rooi wange.

Thom se blik rus lui op haar asof hy iets weet wat sy
nie weet nie. "Dis net omdat haar geheue nie meer so
goed is nie," laat hy skouerophalend hoor. "As ek net
weer haar geheue verfris het, sal sy 'n ander deuntjie
sing."

Emma draai haar kop weg. Haar dapperheid was
van korte duur.

Dit is gelukkig 'n volgende slagoffer se beurt om 'n

286

vraag te beantwoord of 'n uitdaging te aanvaar, maar Emma bly bewus van Thom wat steeds na haar kyk. Skynbaar onbewus dat almal dit kan sien. Of dalk gee hy sommer net nie om nie.

Toe dit egter Thom se beurt raak, stik sy byna toe Jacob hom vra waarom hy die uitdaging aanvaar het. Waarom kan die mense nie klaarkry met haar en Thom nie?

"Ski is ongetwyfeld vir my die tweede lekkerste aktiwiteit op aarde," laat hy droog hoor en rondom hom klink 'n gelag op.

"Nou sal jy moet sê wat die lekkerste is," roep Christo uit.

Die donker oë beweeg stadig in die rondte, maar dis vir Emma wat hy kyk toe hy antwoord: "Rugkrap."

Terwyl die ander skaterlag, voel Emma magteloos hoe haar wange vuurwarm word.

"Wat het jy gedink gaan ek sê?" troef Thom haar onverwags.

Emma skud net haar kop en bepaal haar aandag by die ander.

Hopeloos te gou raak dit egter weer haar beurt, maar hierdie keer is sy slimmer en sy kies 'n uitdaging.

"'n Uitdaging?" laat Jacob verbaas hoor. "Jy raak nou roekeloos." Dan plooi sy voorkop soos hy dink.

"Ek het een vir haar," kom dit onverwags uit die leunstoel en almal draai na Thom. "Sy moet môre saam met my gaan ski."

Jacob gooi sy hande in die lug. "Ag nee, Thomas! Dink net aan al die moontlikhede waaruit jy kon kies."

287

Emma wil nie saam met hom gaan nie, maar skielik doem daar voor haar ook 'n paar moontlikhede op en sy knik haastig. "Ek sal dit doen."

Thom knik voordat hy opstaan en hom lui uitstrek. "Ek beter gaan slaap as ek môre uitgerus wil wees. 'n Mens weet nooit wat die dag kan oplewer nie." Daarmee draai hy om en die ander begin ook gaap-gaap opstaan.

Net voordat sy aan die slaap raak, wonder Emma benoud of sy dalk oorhaastig ingestem het. Dit klink heel onskuldig, maar met hom weet sy nie altyd nie.

Die yl son is net besig om die bergtoppe in skakerings van pienk te verkleur toe Emma onder in die kombuis kom. Sy het goed geslaap, maar om die een of ander rede te vroeg wakker geskrik en selfs nadat sy letterlik skape probeer tel het, wou die slaap nie weer kom nie.

Sy skakel die ketel aan en gaan staan by die vensters om na die sonsopkoms te kyk. Die vallei onder hulle is diep en die wonings onderin die dorpies lyk soos Monopoly-huisies daar van bo af. Sy sal nooit die plek vergeet nie, veral nie haar dakkamer nie.

Daardie eerste aand was alles vir haar grys, maar nou is daar kleur. Selfs wit het vir haar 'n kleur geword. Sy kan selfs skakerings van wit raaksien. En onder die wit is daar spatsels groen en teen die huise is daar rooi deure en vensters en die bergpieke is pienk met sonsopkoms. Sy kan nie glo sy het so lank sonder kleur geleef nie.

"Ek hoop die girls wat ék êrens heen nooi, is net so

288

gretig," praat 'n stem agter haar en sy draai verskrik om. Jacob staan met 'n kortbroek en uitgerekte T-hemp agter haar, besig om slaap uit sy oë te vee.

"Ek was bang ek mis môreoggend se sonsopkoms en ek wou dit nog een keer sien," antwoord Emma met 'n sug.

"So, jy het vir die sonsopkoms opgestaan en nie omdat jy opgewonde is nie." Sy wenkbroue trek spottend opwaarts en Emma stap met 'n klik van haar tong kombuis toe om te gaan koffie maak.

"Ek is bly om te sien jy het toe die vakansie geniet. Ons was aanvanklik nie seker of jy gaan bly nie, maar ek is bly jy het. Die geselskap het jou duidelik goed gedoen."

"Ek is nog nie seker of dit die geselskap of die plek is wat my goed gedoen het nie," spot sy nou ook.

"Sal ons maar sê albei faktore het daartoe bygedra dat jou wange weer rooi is en jy soms weer smile." Hy neem die beker koffie by haar. "Gaan jy in die Kaap ook vir my koffie maak?" Hy lig sy oë vraend.

"Het jy nie genoeg hooi op jou vurk nie?" klink 'n ander stem agter hulle op en albei draai om. Thom is aangetrek en ruik na sjampoe en seep.

"En jou punt is?" Jacob kyk sy vriend met 'n glimlag aan.

"Hoe lank wil jy nog weghardloop?"

"Vra die meester van weghardloop," kap Jacob terug.

"Ons is nie nou besig om oor my te praat nie," antwoord Thom met versluierde oë.

289

"Terwyl die onderwerp nou onder bespreking is, kán ons net sowel oor jou liefdeslewe ook praat." Jacob kyk na Emma. "Praat van bang . . .! Ek het nooit gedink ek sal die dag beleef om dit te sien nie. Ek dink hy is so bang dat hy selfs vir homself lieg."

"Jacob, nog 'n uur of twee se slaap behoort jou ylende brein goed te doen." Daarmee staan Thom op en kyk na Emma. "As jy nog langer hier sit en ginnegaap, is die dag verby."

Emma kyk na die man wat oomblikke vantevore nog rustig met 'n beker koffie gesit het en nou skielik haastig raak.

'n Halfuur later staan sy weer in die kombuis, hierdie keer gestort en aangetrek.

Jacob en Thom sit in die woonkamer en gesels, maar bly stil toe sy die vertrek binnekom. Dan staan Thom op en beduie vir haar om voor te stap.

"Kyk asseblief mooi na hom, Emma, hy kry nogal gou seer," roep Jacob hulle agterna en Thom kyk sy vriend waarskuwend aan.

# 14

"Dis nog vroeg," laat Emma hoor toe hulle buite kom en die dorpie nog redelik stil voor hulle lê. Sy weet nie waarom sy senuweeagtig is nie.

"Ek hou daarvan om te ski as dit nog nie so besig is nie . . . 'n Mens kan net soveel meer dinge doen."

Emma draai haar kop om te sien of dit 'n onskuldige opmerking is, maar toe sy die plooitjies langs sy oë sien, klik sy haar tong. "Ek kan maklik omdraai en huis toe gaan. Ek weet in elk geval nie waarom ek ja gesê het nie."

"Dis nou te laat. As jy gisteraand roekeloos genoeg was om 'n uitdaging te aanvaar, moet jy vandag dapper genoeg wees om dit deur te voer."

"Praat van roekeloos! Ek dink tienjarige seuntjies het meer verstand as jy en Gustav."

"As ek nie gisteraand byna my nek vir jou gebreek het nie, was jy vir Nuwejaar saam met Gustav in Londen."

Emma steek vas en haar blik lig vraend na hom. "Waarvan praat jy?"

"Hy was van plan om jou saam te nooi Londen toe vir Nuwejaar."

"En?" Rooi kolletjies begin voor haar oë flikker.

Hy wag tot hulle albei sitplek op die ski-hyser se bankie gekry het voordat hy antwoord. "Ek het nee gesê."

"Waarom het jy dit gedoen?"

Hy trek sy skouers op. "Noem dit maar my verwronge beskermingsdrang."

Van magteloosheid vou sy haar hande oop en toe. "Ek is nege en twintig jaar oud en kan seker self besluit waarvoor ek kans sien. Die feit dat hy my wou vra, beteken nie ek sou ja gesê het nie!" Maar sy wonder stilweg of sy vir die Gustav van die vorige aand nee sou gesê het. Hy sou haar dalk net kon oortuig het dat hy geen eise sal stel nie.

"Jy sou gegaan het," laat hy seker van homself hoor.

"En toe daag jy hom liewer soos 'n kind uit!"

"Hy het mý uitgedaag."

"Dit maak nie 'n dooie duit saak wie vir wie uitgedaag het nie!" Sy stik byna in haar woorde en moet eers diep asemhaal, maar hy het intussen begin praat.

"Ek het nie destyds vir Karien genooi om Plett toe te kom nie én ek het nié by haar geslaap nie."

Emma weet nie hoe 'n vuishou in die maag voel nie, maar sy is seker dit moet ook 'n mens se asem so wegslaan. Sy skuif haar ski-bril op, ten spyte van die sonstrale wat besig is om oor die oorkantste berge op te kom en skitterwit op die sneeupieke voor hulle weerkaats. Dan draai sy afgemete haar kop.

"Waarom haal jy dit nou weer op?"

"Ek het die afgelope paar dae besluit jy gaan minstens een keer na my luister. Ek weet nie waarom nie . . . miskien omdat jy my destyds nie kans gegee het om my kant van die storie te vertel nie. Miskien is dit die twee en twintigjarige man in my wat praat."

Emma kyk weg en skuif die bril oor haar oë. "Ek gee regtig nie meer om wat gebeur het nie. Jy kon saam met tien meisies ook geslaap het, dit maak nie saak nie." Haar keel voel stram en die woorde klink nie so ongeërg soos sy hulle wou laat klink het nie. "Die feite van die verhaal is dat julle wél 'n verhouding gehad het en sy wél die oggend in jou bed was. Het daar intussen iets aan daardie feite verander?"

"Ons het nié 'n vaste verhouding gehad óf op trou gestaan nie. Ons het soms saam uitgegaan en ek het haar nié daarheen genooi soos jy my beskuldig het

292

nie," ignoreer hy haar woorde. "En al was sy in my bed, ék was nie saam met haar daar nie. En ek kon jou nie waarsku dat sy daar is nie, want die aand toe ek by die huis kom, was sy reeds daar."

Emma luister in stilte. Die tien jaar val weg en sy kan met ontstellende helderheid daardie dag onthou. Hulle klomp het die vorige aand tot laat op die strand party-tjie gehou en na die tyd het Thom vir haar en Renate huis toe geneem. Renate het dadelik kamer toe gegaan terwyl sy en Thom op die stoeptrappies bly sit het, traag om die dag af te sluit. Die vakansie was vinnig besig om einde se kant toe te staan en daar was praktiese reëlings wat hulle moes bespreek. Tot op daardie stadium was elke dag net 'n voortsetting van die vorige dag se on-besorgdheid. Maar hy moes na Nuwejaar by 'n maat-skappy in die Kaap begin werk en sy moes teruggaan na die Universiteit in Port Elizabeth toe. Die kilometers tussen die twee stede het soos ligjare gevoel. Sy kan ont-hou dat sy later saam met hom tot by die motor gestap het. Haar hand was in syne toegevou en toe hy haar langs die motor soen, het haar arms om sy nek gegaan en as die wêreld op daardie oomblik om haar vergaan het, sou sy dit waarskynlik nie agtergekom het nie.

Emma kyk na sy hande in die ski-handskoene. Sy kon vir maande nog sy hande op haar voel. Sy het snags oor hom gedroom en haar soms verbeel sy sien hom op die kampus of in die stad, en na so 'n insident was die drome altyd ontstellend helder.

Hulle sê 'n mens se eerste groot liefde is altyd inten-ser as die ander . . . Sy sal nie weet nie. Sy weet net dit was van die moeilikste tye in haar lewe. Miskien is sy een van daardie mense wat veronderstel is om met hulle eerste liefde te trou, omdat hulle net een keer so oor iemand kan voel.

Sy blaas stadig haar asem uit. Daardie gevoelens is geskiedenis. Dit wat sy vir hom gevoel het, het daardie volgende oggend saam met 'n koppie koffie op die teël-vloer van 'n vakansiehuis versplinter.

Sy het vroeg die oggend opgestaan en die kilometer na die studente se huis gedraf. Die kombuisdeur was reeds oopgesluit en sy het 'n fles koffie gemaak. Daar-na het sy vir Thom 'n koppie ingeskink, melk en suiker bygevoeg en toe sag die gang afgestap. Sy het die deur saggies oopgemaak en weer agter haar op knip getrek. Dit was eers toe sy behoorlik omdraai, dat sy die mei-sie in sy bed gesien het.

Sy was besig om haar lui uit te strek. Haar hande het vir 'n oomblik in die lug bly hang toe sy Emma gewaar en toe het sy die laken oor haar kaal skouers getrek.

Teen daardie tyd het Emma reeds gevoel hoe die koppie in haar hand begin kantel, maar sy het nie meer beheer oor haar ledemate gehad nie en die koppie het met 'n slag die vloer getref. 'n Week later was daar nog 'n rooi merk teen haar been waar van die kokende vloeistof gespat het. Maar op daardie oomblik was die pyn in haar te groot om enige ander pyn te kon voel.

"Soek jy vir Thom?" Die meisie het onbelangstellend na die skerwe op die vloer gestaar. "Hy het gaan draf."

Emma het nie verder geluister nie en toe hy 'n half-uur later met skreeuende bande voor Renate se ouers

294

se strandhuis stop, wóú sy ook nie luister nie. Nie na sy pleidooie of sy verduidelikings nie. Haar tas was reeds gepak en daardie selfde middag het sy die bus huis toe gehaal.

"Hoor jy wat ek sê?" bring sy stem haar terug na die hede.

"Dit maak nie meer saak nie."

"Jy is reg, dit maak nie meer saak nie, maar ek wil hê jy moet vir my sê jy weet ek het nie gelieg nie."

"Is dit waarom jy my douvoordag hierheen gesleep het, sodat ek vir jou moet sê jy is vergewe?" Haar keel-spiere trek pynlik saam. Sy was so jonk!

"Jy kan my nie vergewe vir iets waaraan ek nie skuldig was nie." Sy stem, wat die hele tyd redelik rustig geklink het, het tog 'n skerpheid bygekry.

"Wat wil jy dan hê?"

"Sê vir my jy weet ek het die waarheid gepraat."

"Verduiwels, Thom, ek was neëntien! Ek was al vir 'n maand soos 'n skoothondjie agter jou aan . . . so verlief dat ek by tye nie my eie naam kon onthou nie. En daar vind ek 'n kaal meisie in jou bed. En al die spoke wat 'n maand lank probeer het om 'n spreekbeurt te kry, gil toe gelyk in my oor."

"En die spoke gil toe wat?" vra hy toe sy nie uitbrei nie.

"Dat ek in my onderbewuste geweet het ek was net 'n tydverdryf, dat ek te jonk en onervare vir jou was." Sy lig haar hande in 'n ergerlike gebaar. "Dit sou in elk geval nooit gewerk het nie."

"Nou sê jy dit vir my, en dit terwyl ek destyds al

295

trouplanne wou praat." Hy sê dit met 'n spotlaggie en sy weet nie of sy hom moet glo nie, maar gelukkig het hulle uiteindelik by die boonste stasie aangekom en sy spring byna van dankbaarheid uit die swaaibankie.

"Antwoord nog net vir my een vraag." Hy kom langs haar tot stilstand en hou haar aan die arm teë toe dit lyk of sy wil begin ski.

"Wat?"

"Wat dink jy sou gebeur het as jy nie daardie oggend vir Karien in my bed gekry het nie?"

Daardie vraag pla haar al tien jaar lank. Soms het die spookstemme dit namens haar beantwoord, soms het sy haarself toegelaat om lugkastele te bou, maar nou kyk sy net na hom, nie seker of sy ooit 'n antwoord daarop sal kry nie.

"Ek weet nie."

'n Klein glimlaggie pluk aan sy mondhoeke en dan vou hy haar gesig in sy hande toe. Die handskoene voel grof teen haar vel.

"Jy was nie die enigste een met 'n gebroke hart nie, juffrou Hofmeyer."

Voor sy kan keer, soen hy haar en sy herinner haarself aan die spreekwoordelike soutpilaar. Maar sy weet nie of 'n soutpilaar so 'n vreemde warm gevoel van die tone af kan ervaar nie.

"Waarom bly jy nie môre agter wanneer die ander teruggaan nie . . . miskien kry ons die antwoord op daardie vraag." Hy het sy lippe net genoeg gelig sodat hy kan praat, maar dit was genoeg om haar verstand weer tot aksie te skok.

Sy tree so vinnig agteruit dat haar voete onder haar uitgly en voordat sy kan keer, lê sy op die naat van haar rug.

Hy buk verskonend oor haar, maar sy kan die lag in sy oë sien. Sy probeer ergerlik orent kom, maar dis nie so maklik met ski's aan nie.

"Wat gee jy my as ek jou ophelp?"

"Niks."

Hy kom orent en staan uitdagend na haar en kyk. "Kom, juffrou Hofmeyer, probeer weer."

Emma sukkel om ten minste een ski uit te kry sodat sy kan opstaan, maar hy tel haar sonder veel moeite op en begin om die sneeu van haar rug af te skud.

Sy tree agteruit. "Ek kan dit self doen."

"Waarom is jy skielik vir my kwaad?" Hy steur hom nie aan haar besware nie en vee hopeloos te drifig oor haar sitvlak.

"Ek is nie lus vir jou speletjies nie."

"Watse speletjies is dit?"

"Waarom teister jy nie jou eks nie? Ek is seker sy sal jou aandag meer geniet as ek."

"Ek loop nie dieselfde pad twee keer nie. Daar is gewoonlik 'n goeie rede waarom 'n mens 'n ander pad gevat het. Dikwels is dit omdat jy besef het die een waarop jy is, is 'n doodloopstraat."

"Ek was ook 'n doodloopstraat."

Hy skud sy kop. "Jy het my nooit die kans gegee om dit uit te vind nie."

Emma kan voel sy is besig om ontsteld te raak, maar sy weet nie waarom nie. Miskien omdat sy woorde êrens in haar 'n eggo veroorsaak en sy dit nie wil hoor nie. Miskien omdat sy hom weer geproe het en dit ou herinneringe oopsluit.

"Ek wil myself van niks vergewis nie. Jy was vir my 'n doodloopstraat en klaar."

"Bly dan net 'n paar dae totdat ek vir Nelia oortuig het ek stel werklik nie meer belang nie."

Êrens in haar begin daar iets soos 'n legkaart vorm aanneem. Een vir een skuif daar 'n stukkie in sy plek. Toe sy praat, is elke woord afgemete.

"Jy was al die tyd besig om haar met my te vermaak. Dit het nie oor Gustav gegaan nie, jy was besig om jou eie bas te probeer red. Hoe gemeen kan jy nie wees nie!"

"Moenie afleidings maak as jy nie al die feite ken nie." Sy stem is ook nou aansienlik kouer.

"Sê vir my jy het my nie gebruik om haar van jou lyf af te kry nie," daag sy hom.

"Ek het jou nie gebruik nie. Dit was net handig dat jy hier was."

"En Gustav?"

"Gustav is gevaarlik. Jy wil nie met hom deurmekaar raak nie en al was Nelia nie hier nie, sou ek nie toegelaat het dat jy saam met hom gaan nie."

"Jy is ongelooflik verwaand." In haar is dit seer, maar sy weier om daaraan te dink. En voordat hy haar kan keer, trek sy die ski-bril af oor haar oë en glip sy oor die rand van die ski-helling. Sy kan hom hoor roep, maar sy ignoreer die klank, net soos sy die warboel van emosies in haar gaan ignoreer. Sy moet in elk geval so

298

hard op die steil helling konsentreer dat daar nie tyd vir iets anders is nie.

Thom verskyn asof uit die niet langs haar. Toe sy vlugtig haar kop draai, sien sy hy sê iets, maar sy ignoreer dit. Dan ski hy 'n ent vooruit en kom met 'n vinnige draai tot stilstand, maar Emma het genoeg tyd om links van hom verby te gaan. Voor haar kan sy bome sien, maar sy het al tussen bome deurgeski en solank sy op die paadjie bly, sal sy reg wees. Dis beslis die mees gevorderde helling wat sy al aangepak het en sy sou verkies het om dit stadiger te doen, maar aan die ander kant gee dit haar die adrenalieninspuiting wat sy nou bitter nodig het.

Sy kyk vinnig oor haar skouer en is teleurgesteld dat hy haar so sonder moeite kon inhaal. Vir haar voel dit of sy op die oomblik vlieg.

Sy sien eers die tak toe dit hopeloos te laat is en toe is daar nie kans om te stop nie. Sy los die ski-paaltjies en gooi haar hande beskermend voor haar uit, maar die volgende oomblik voel sy hoe 'n verblindende pyn deur haar skouer trek en dan val sy. Om en om soos 'n tolbos rol sy teen die helling af, totdat 'n effense opdraand haar val stuit en sy haar momentum verloor. Sy het skaars tot stilstand gekom, toe stop Thom langs haar en sy ski's is uit voordat sy iets kan sê. Maar toe hy oor haar buk, raak sy gesig agter 'n swart newel weg.

# 15

"Het jy uiteindelik besluit om wakker te word?" Dis Renate se stem.

Emma draai haar kop. Sy is in 'n bed in 'n vreemde kamer. Dit lyk soos 'n hospitaalbed. Sy voel styf en seer en haar linkerarm is teen haar lyf vasgedraai.

"Waar is ek?" Haar mond is droog en sy lek oor haar lippe.

"In 'n verskriklike deftige kliniek in Genève. Dit lyk eintlik meer soos 'n hotel. Ek sal nie omgee om 'n paar weke hier deur te bring nie."

"Waarom is my arm vasgebind?" Sy moet weer oor haar lippe lek en toe Renate dit sien, bring sy die glasie wat op die bedkassie staan nader en draai die strooitjie sodat Emma makliker 'n paar slukkies water kan neem.

"Jy het jou sleutelbeen gebreek en blykbaar 'n rib of twee gekraak. En daar is 'n merkie teen jou wang waar 'n tak jou blykbaar gekrap het, maar verder is jy ongeskonde." Die woorde is lig, maar Emma kan sien Renate lyk moeg. "Jy het ons groot laat skrik, Em. Vir 'n paar uur het ons nie geweet wat gaan aan nie."

"Hoe het ek hier gekom?"

"Thom het 'n helikopter laat kom. Daar is 'n goeie kliniek op die dorp waar ons ons Kersinkopies gedoen het, maar hy wou jou in die stad by die spesialiste kry."

"Om wat te doen?"

"Al wat ek vir jou kan sê, is dat elke millimeter van jou binnekant die afgelope vier en twintig uur gefoto-

300

grafeer is. As jy nog altyd jou binnekant wou sien, nou is jou kans."

"Ek kan niks onthou nie." Sy bly dors.

"Jy was êrens deur die nag ook wakker, maar het gou weer aan die slaap geraak. Seker van die pynstillers wat hulle jou gegee het. Jy het vreeslik van pyn gekla."

"Het ek nie ander beserings nie?" Vir Emma voel dit of elke spier in haar lyf geskeur is en al haar bene gebreek behoort te wees.

"Ons grootste bekommernis was die hou teen jou kop, maar blykbaar is al die grysstof nog daar. Ek kon vir hulle gesê het jy het 'n harde kop," skerts Renate.

Voordat Emma haar kan antwoord, gaan die deur oop en die res van die groep kom een-een die vertrek binne. Hulle praat in fluisterstemme, totdat hulle sien sy is wakker.

"Wat is dit met jou en Thom en hospitale?" Jacob raak aan die merk teen haar wang. "Kan julle nie soos gewone mense date nie!"

Emma kyk na die groepie wat aansienlik meer besadig lyk as die vorige keer toe sy hulle gesien het. Haar oë soek onwillekeurig na die sesde lid van die groep, maar hy staan in die deur en dit lyk ook nie of hy van plan is om nader te kom nie.

"Ons het jou net gou kom groet, Em." Dis Christo wat langs die bed inskuif en haar regterhand in syne neem.

"Waarheen gaan julle?"

"Ons moet vanaand terugvlieg huis toe. Jy het 'n dag gemis."

"Wat van my? My sitplek is saam met julle s'n bespreek." Haar verstand voel nog wollerig, maar sy is seker sy is veronderstel om saam met hulle huis toe te vlieg.

"Die dokter wil jou nog 'n dag hier hou om seker te maak alles is reg, en dan wil hy jou eers oor 'n week ook sien voordat hy sy toestemming sal gee dat jy kan vlieg. Thom het gesê jy kan intussen by hom bly tot die dokter tevrede is. Ons het reeds die lugredery in kennis gestel. Die dokter sal 'n brief skryf sodat hulle jou nie beboet nie."

"Jy het gesê daar is niks verkeerd nie." Emma se blik draai na Renate wat langs Christo staan. "Waarom kan ek dan nie vanaand huis toe gaan nie?" Sy klink vir haarself soos 'n kind wat bang is haar ouers gaan haar iewers agterlaat.

"Jy het 'n hengse val gehad, jong. Gee jouself kans om behoorlik op die been te kom."

"My bene makeer niks."

'n Gelag breek langs haar uit. "Jou mond het duidelik nie seergekry nie." Jacob buk oor haar en soen haar op die wang. "Pas jouself mooi op en laat weet wanneer jy terug in die Kaap is. Ons beplan 'n lekker party." Hy trek onverwags vir Elsa nader. "As sy haar sin kry, is dit sommer 'n bruilof."

"Gmf," brom Elsa onderlangs, maar op haar wange lê 'n vreemde blos. "Ek wonder wie gisteraand op sy knieë was."

"Dit was die skok van Emma se val wat my vreemde dinge laat doen het," maak Jacob beswaar, maar die ander lag beterweterig.

Elsa buk oor Emma en soen ook haar wang. "As ek geweet het Jacob sal so groot skrik, het ék jou dalk al vroeër teen die berg af gegooi." Sy glimlag. "Hoe dit ook al sy, jy is genooi vir die party. Ons moet nog net 'n naam daarvoor kry."

Emma glimlag deur die trane.

Christo soen haar op die voorkop en dan kyk hy met groot deernis na haar. "Moenie so bekommerd wees nie. Hy sal mooi na jou kyk."

Renate is laaste aan die beurt en sy vee 'n haarsliert van Emma se voorkop af. "Ek sal jou bel voordat ons op die vliegtuig klim en sodra ons daar geland het," verseker sy Emma wat angstig na haar kyk.

"Ek wil huis toe gaan . . . asseblief," prewel Emma.

"Ons kan nie so 'n kans waag nie." Renate se lippe rus 'n oomblik teen haar wang. "Jy is in goeie hande. Dink daaraan as 'n onverwagse verlenging van jou vakansie. Nou kan jy behoorlik sien hoe mooi die stad is."

Emma vang haar vriendin se hand in hare vas. Hoe moet sy aan Renate verduidelik dat sy onder geen omstandighede daar wil agterbly nie? Dat daar waarskuwingsliggies êrens in haar kop flits en dat sy dit nie kan ignoreer nie? Sy wil nie eers 'n dag langer hier bly nie.

Renate trek egter haar hand uit Emma s'n en dan blink daar trane op haar wange toe sy haar hand in 'n groet lig en haastig by die deur uitstap.

Stilte daal oor die kamer en vir die eerste keer vandat sy wakker geword het, kan sy bewustelik die pyn in haar skouer en onder haar linkerbors voel. Maar die trane wat ongevraagd oor haar wange begin loop, het niks met die pyn te doen nie. Sy is bang en daar is niemand vir wie sy dit kan sê nie. Sy het self nie 'n verklaring daarvoor nie. Sy sluit moeg haar oë. Waarom gebeur sulke dinge met haar?

"Het jy pyn?" Die stem laat haar oë weer oopvlieg. Thom staan langs die bed, sy gesig op 'n grimmige plooi getrek. Hy het 'n modieuse swart denim en mooi wit hemp aan en hy gooi 'n donker jas oor die bed se voetenent.

"Ja." Emma knik.

"Die suster het gesê hulle sal jou oor 'n uur weer kom inspuit."

Hierdie keer knik sy nie eers nie. Dit maak op die oomblik nie meer saak wat wie aan haar doen nie.

Hy sak op die stoel langs die bed neer en tel die koerant van die bedkassie af op. En dan verdwyn sy gesig agter die bladsye. Emma wonder waarom hy nie huis toe gaan nie.

Na 'n halfuur sit hy steeds daar en koerant lees, en sy laat sag hoor: "Jy kan maar huis toe gaan."

Die groot bladsye sak net genoeg sodat sy sy oë kan sien. Grimmige oë. Maar as sy 'n antwoord verwag het, word sy teleurgestel. Die koerant word net weer gelig.

Namate die minute aantik, raak sy al meer van die pyn bewus. Sy is later dankbaar sy hoef nie nou op 'n vliegtuig te klim nie. 'n Verpleegster maak twee keer 'n draai, maar dis met Thom wat sy praat.

En dan, genadiglik, na 'n uur daag 'n suster met 'n

spuitnaald op. Sy help Emma om op haar sy te draai en dan is daar 'n naaldprik in haar boud. Op die oomblik gee sy nie meer om dat Thom nog langs die bed sit en koerant lees nie. As hulle haar gevra het om al haar klere uit te trek sodat hulle haar kon inspuit, sou sy dit sonder huiwering gedoen het. Sy voel soos 'n verslaafde wat alle inhibisies oorboord sal gooi vir daardie inspuiting.

Minute later kan sy voel hoe die pynstiller sy werk begin doen, maar dit maak haar ook lomerig en sy sluit haar oë. Dan onthou sy weer van Thom wat nog soos 'n standbeeld langs die bed sit, maar dis te veel moeite om met hom te praat. Sy weet nie waarom hy nie liewer huis toe gaan nie.


Emma luister afgetrokke na die gesprek tussen die dokter en Thom, maar aangesien hulle Frans praat, verstaan sy nie 'n woord nie. Sy moet vertrou dat Thom akkuraat sal tolk.

In die motor verduidelik hy dat die dokter met haar toestand tevrede is, maar dat sy haar voorlopig eers stil moet gedra. Daarna praat hulle nie weer nie en sy kyk stil na die vreemde stad waarin sy haar onbepland bevind.

Thom se woonstel is in 'n pragtige ou gebou. Hy wys haar vlugtig waar alles is en dan vra hy om verskoon te word, want hy wil gou 'n draai by die kantoor gaan maak.

Emma se blik draai belangstellend rond. Die woonstel self is nie groot nie, maar die vertrekke is verba-

send ruim. Deur die jare was Plettenbergbaai die enig-
ste raam wat sy vir hom gehad het. En toe was dit
die huis in die berge. Maar hierdie is die plek waar hy
woon. Waarnatoe hy elke aand terugkom; waar hy eet
en leef; dalk mense onthaal . . .

Die meubels is 'n interessante mengsel van swaar
antieke en moderner stukke. In die sitkamer staan
gerieflike banke en gemakstoele, oorgetrek in verskil-
lende kleure en teksture. Die vertrek is 'n prentjie van
ingeleefde weelde. Alles baie Europees en smaakvol.

In haar slaapkamer staan twee enkelbeddens met
roomwit duvets en gordyne van dieselfde kleur. Die
bedkassies is van 'n ligte hout, nes die ingeboude kas.
'n Mooi kamer, maar duidelik nie een waarin daar dik-
wels geslaap word nie. Alles lyk nuut en ongebruik. Tot
haar verbasing is haar klere in die kas uitgepak. Renate
het dit blykbaar gedoen voordat hulle lughawe toe is.

In die gang is 'n klein badkamertjie en sy neem aan
hy het sy eie badkamer, want daar is geen teken van
hom in die klein vertrekkie nie.

Links van die voordeur is sy studeerkamer en Emma
kan dadelik sien dis waar hy die meeste van sy tyd
deurbring. Die een muur word deur 'n pragtige hout-
kas beslaan. Honderde boeke is op die rakke uitgepak
en in die middel is 'n groterige televisiestel. Sy lessenaar
is groot, maar verbasend netjies. 'n Moderne rekenaar-
skerm pryk langsaan op 'n bypassende rekenaarkabi-
net. Eenkant staan 'n skootrekenaar oopgeslaan.

Daar is 'n gemaklike lessenaarstoel en twee gestreep-
te gemakstoele vir gaste. 'n Reuse rusbank met groot,

306

sagte kussings staan voor die venster en dit lyk of dit sy televisiekykplek is. 'n Manlike vertrek, besluit sy, en die een wat seker die meeste van sy eienaar se persoonlikheid weergee.

Die kombuis is nogal 'n verrassing vir iemand wat sê hy maak nie juis kos nie. Dis beslis gemoderniseer en het al die jongste hulpmiddels in waaraan sy kan dink.

Emma staan voor die groot vensters wat op die meer uitkyk – 'n wintergrou watermassa met kaal boomstamme langs die oewer. Die bome is vir die Kerstyd met liggies versier. Dis 'n prentjie wat haar altyd sal bybly. Sy trek haar longe vol lug en sug diep. Dit voel of sy haar in 'n vinnig vloeiende stroom bevind en daar skaars tyd vir asemhaal is. Haar natuurlike instink sê vir haar sy moet swem, maar hoe swem 'n mens terwyl jou kop lighoofdig is van pyn en pynpille, en jy nie eers krag het om te wonder waarheen die stroom met jou op pad is nie?

# 16

Emma hoor 'n sleutel in die voordeur en onwillekeurig trek haar seer spiere saam, soos iemand wat enige oomblik op vlug moet slaan. Sy hoor hom in die studeerkamer ingaan en dan stap hy met die kort gang kombuis toe. Die yskasdeur word oopgemaak en daarna praat hy eers agter haar.

"Is jy nie veronderstel om in die bed te wees nie?" Hy trek sy jas uit en hang dit in die portaal op.

"Ek is nie siek nie." Die versigtige gemoedelikheid wat die laaste dag by die ski-oord tussen hulle geheers het, is weg en hulle kyk na mekaar soos twee vreemdelinge wat nie mooi weet wat om te sê of te doen nie.

"Ek dink nie jy behoort vanaand uit te gaan nie," laat hy kortaf hoor, asof sy hom gevra het of sy kan uitgaan.

Haar wenkbroue trek vraend na mekaar toe. "Ek was nie van plan om uit te gaan nie." En dan besef sy eers dis Oujaarsaand. "Maar jy hoef my nie op te pas nie." Sy weet nie of hy dit enigsins beplan het nie en haar voortvarendheid laat haar verleë wegkyk. "Ek bedoel net, jy het seker planne vir die aand gehad."

Daar is 'n oomblik stilte en toe Emma skigtig opkyk, staan hy net vir haar en kyk.

Dan begin hy stadig sy kop skud. "Die enigste planne wat ek eintlik die afgelope twee dae het, is om jou nek om te draai."

Haar oë rek merkbaar en haar mond gaan effens oop. Twee dae lank praat hy net die minimum met haar en nou sê hy uit die bloute hy wil haar nek omdraai. Sy weet nie wat Renate-hulle besiel het om te reël dat sy in sy woonstel moet kom bly nie.

Toe hy nie verder verduidelik nie, laat sy met opregte verbasing hoor: "Waarom nogal?"

"Jy kon jou nek gebreek het."

"Dit sou mý nek gewees het en jóú verdiende loon." Sy sien vir die eerste keer die skadu's onder sy oë en sy wonder stilweg of hy dalk werklik oor haar bekommerd was.

"Wat het jou besiel om soos 'n maniak teen daardie helling te probeer afski en dít teen daardie spoed?"

"Waarom het jy my daarheen geneem as jy nie gedink het ek kan dit doen nie?" Dit voel goed om na twee dae van stilte te praat. Dis bevrydend om nie meer net gesprekke in haar kop te voer nie.

"Jy kán dit doen, as jy saam met iemand is wat die helling ken en jou spoed beheer. Ek het geweet dit sou vir jou baie lekker wees om daardie een baas te raak, maar toe vlieg jy mos die berge af asof sewe duiwels agter jou is."

"Miskien nie sewe nie, maar beslis een." Sy kan sien hy is nie in 'n bui vir grappies nie, maar sy is besig om 'n mate van histerie op te bou en dit kom in 'n halwe giggel uit. Miskien is die pynpille besig om haar aan te tas.

"Ek weet nie waarom jy dink dis snaaks nie." Sy oë is grimmig saamgetrek en sy andersins mooi mond is net 'n streng lyn.

Emma sak op een van die rusbanke neer. "Ek weet ook nie. Ek weet nie waarom dit met my moet gebeur nie. Ek voel ek word gestraf vir oortredings wat ek dalk nog nie eers gepleeg het nie." Sy weet sy moet stilbly, want sy is besig om kole op die vlamme van haar histerie te werp, maar haar mond het nie meer remme nie. "Ek is dankbaar vir die heerlike vakansie wat ek in jou huis kon deurbring. Al was die aanvanklike skok baie groot, het ek dit vreeslik geniet. Maar daar moes hierdie storie geëindig het. Ek het nie gevra om hier te wees nie, net so min soos jy seker gevra het dat ek hier moet bly. Ek voel soos 'n hond wat op Oujaarsaand op die sypaadjie opgetel word en dan maar ter wille van die feestyd geduld word." Sy moet eers asemskep voordat sy kan aangaan.

"Miskien is daar nog iets wat ek veronderstel is om te leer, maar ek sou verkies het as die lesse nie jou of jou mooi huis ingesluit het nie. Dit voel asof ek op 'n verkeerde verhoog beland het. Ek ken nie die woorde of die ander akteurs nie. Dis dieselfde gevoel wat 'n mens kry wanneer jy droom dat jy in die eksamenlokaal sit en skielik onthou jy het nie geleer nie. Hierdie is nag-merriemateriaal!"

Hy het intussen oorkant haar op 'n stoel neergesak en bekyk haar met 'n vreemde lig in sy oë, maar Emma ignoreer dit, soos sy nou alles om haar wil ignoreer. Die histerie het finaal besit van haar brein oorgeneem.

"Ek skuld jou geld . . . vir klere, vir die hospitaal . . . ek weet nie eers vir wat dalk nog alles nie. Op hierdie stadium weet ek nog nie eers hoe ek dit gaan terug-betaal nie! En jy vra waarom ek oor my situasie lag? Waarskynlik omdat dit te treurig is om oor te huil."

"Ons kan altyd oor die vorm van betaling onder-handel."

Na die stortvloed woorde is haar brein effens stadig om te registreer en dit duur 'n hele minuut voordat sy die vonkel in sy oë gewaar en die betekenis van sy woorde tot haar deurdring. Sy verwens die warm gloed wat teen haar nek opstyg, maar om die een of ander rede kan sy die skewe glimlag ook nie keer nie.

"Ek het nie eers op die oomblik die luukse om jou na jou peetjie te stuur, of om te onderhandel nie. Ek vermoed dis wat hulle rock bottom noem." Sy vee haar hare agtertoe. "Doen my 'n guns en gaan kuier vanaand saam met wie jy ook al beplan het om mee te kuier. Ek sal vroeg gaan slaap, as jy dalk iemand wil huis toe bring. Moet in hemelsnaam net nie die aand hier sit omdat ek hier is nie."

"Arme Aspoestertjie . . ." Sy mondhoeke trek spottend saam en sy wonder hoe op aarde sy bui so vinnig kon verander het.

"Ek gee nie om soos wie ek lyk nie. Dit kan soos die lelike susters ook wees, maar ek dink selfs hulle verdien 'n stukkie genade."

"Jy is darem skielik vreeslik spraaksaam." Hy staan op en kom oomblikke later met 'n bottel rooiwyn, twee glase en 'n mooi houtbord met 'n verskeidenheid kase en beskuitjies terug. Hy kom sit langs haar op die bank en skink vir hulle albei 'n glas wyn.

Emma neem 'n dorstige eerste sluk. Dan moet sy haar mond oophou toe hy 'n beskuitjie met kaas op na haar uithou.

"Ek besef nou eers hoe afhanklik jy op die oomblik is. Hoe gaan jy jouself aangetrek kry?"

Sy kou eers klaar voordat sy met oortuiging laat hoor: "Ek is seker ek sal regkom. En as ek nie regkom nie, kan jy my maar met hierdie klere op die vliegtuig laai."

"Die dokter wil jou eers weer sien voordat jy huis toe gaan." Hy hou nog 'n beskuitjie na haar uit en sy wonder of hy met opset dit so hou dat sy nader aan hom moet leun.

"En wanneer sal dit wees?"

"Hy het gesê ek moet hom na Nuwejaar bel. Hy gaan ook eers vir 'n paar dae weg."

Emma kou ingedagte en dan neem sy weer 'n sluk wyn. Sy het werklik nie 'n behoefte om 'n dag by Thom te kuier nie, wat nog te sê van 'n paar dae. Sy was ook ernstig toe sy vir hom gesê het dit is vir haar die ergste laagtepunt.

Sy het met een tas uit Rudolf se huis gestap en probeer om nuut te begin. As sy nou hier uitstap, sal sy nie eers haar tas kan dra nie! Dis asof die baklei van baie maande soos water in warm sand verdwyn en in die plek daarvan kom lê 'n vreemde gelatenheid.

"Kan ons net vir 'n oomblik weer die moontlikheid van alternatiewe akkommodasie bespreek?" besluit sy om darem net nog een keer te probeer.

"Nee. Jy het nou net gesê jy kan nie jou ander skuld delg nie. Waarom wil jy nog ekstra onkoste aangaan?"

"Jy hoef nie my armoede so in te vryf nie." Sy mag gelate haar lot aanvaar, maar sy gaan darem ook nie voor hom lê dat hy op haar trap nie.

"Jy sal vinnig weer 'n werk kry, Emma. Volgens Renate en Christo is jy een van die beste restoureerders in die land."

Sy lag spottend. "Ai, die waarde van lojale vriende."

"Wat het Rudolf met jou gedoen dat jy so sonder selfvertroue is?"

Die wyn wat Emma besig is om te sluk, glip in haar

lugpyp af en die volgende oomblik voel dit of haar skouer en borskas oopbars toe sy begin hoes. Die trane stroom oor haar wange en toe sy uiteindelik die hoes onder beheer het, sak sy moeg teen die kussings agter haar neer. Sy lê vir 'n paar oomblikke met toe oë terwyl sy probeer om beheer oor haar asemhaling te kry.

"Ek is jammer . . ." Sy stem klink ongehoord verskonend en toe sy haar oë oopmaak, kan sy sien hoe hy magteloos na haar kyk asof hy iets wil doen, maar nie seker is wat nie.

"Dis orraait . . . Waarsku my net in die vervolg as jy sulke vrae wil vra." Haar stem is nog hees en hy gaan haal vir haar 'n glas water.

"Jy praat nie graag oor hom nie."

Dit klink nie soos 'n vraag nie, maar sy skud tog haar kop.

"Dit was nie 'n besonder gelukkige tyd in my lewe nie."

"Wat hét jou besiel om met hom te trou? Ek is seker dit was nie vir die geld nie."

Emma tel weer haar wynglas op en neem 'n versigtige slukkie. "Aan die begin was hy baie sjarmant en het hy my op die hande gedra. En later het ek probeer verskoning soek as hy onredelik was. Jy moet onthou ons het net ses maande uitgegaan voordat ons getroud is en ek het hom eintlik maar eers na die troue leer ken." Wat sy nie sê nie, is dat sy dringend op soek was na iemand om 'n ander gesig en stem in haar geheue te vervang.

Hy raak onverwags aan die hare in haar nek en sy word vir die eerste keer daarvan bewus dat hulle eintlik te na aan mekaar sit. Sy oorweeg dit om effens weg te skuif, maar elke beweging is pynlik.

"Skuif opsy of gaan sit op een van die stoele. Jy intimideer my as jy so naby my sit," besluit sy om eerlik te wees.

Hy bars uit van die lag en skud sy kop asof hy nie sy ore kan glo nie. "Ek wonder tog of die dokters behoorlik na jou kop gekyk het. Ek het 'n vermoede daar het 'n paar goed losgekom."

Sy gee 'n beterweterige glimlag. "Dis dalk wat die afgelope paar jaar verkeerd was. Alles was te styf vasgedraai."

"En nou is ek die een wat met jou opgeskeep sit terwyl jy besig is om by die nate los te kom." Sy blik daal stadig oor haar asof hy wil kyk of die proses al begin het. "Waarom intimideer ek jou nogal?"

"Ek voel verleë in jou teenwoordigheid." Die wag voor haar mond is beslis vir die dag weg, of dalk met vakansie, want anders sou sy nooit sulke goed kwytgeraak het nie.

Hy lag weer; hierdie keer selfs meer uitbundig.

"Moenie lag nie. Ek was deur die jare vir myself baie vies dat ek so 'n gek van myself oor jou gemaak het."

Nou raak sy hand nie net meer aan haar hare nie, maar sy kan die hitte van sy vingers in haar nek voel. "As jy 'n gek was, was ek ook een. Ons was jonk en verlief en ek glo nie 'n mens hoef skaam daaroor te voel nie."

"Ek is nie so seker jy was so verlief soos ek nie."

Hy gee 'n pluk aan die hare in haar nek, nes 'n skoolseun. "Het jy niks gehoor wat ek nou die dag vir jou op die ski-hyser gesê het nie?"

"Hoekom dink jy het ek teen die berg afgerol?" Die wyn veroorsaak 'n heerlike warmte en vir die eerste keer vandat sy hom weer gesien het, voel sy ontspanne. "O ja!" Haar oë verdonker meteens. "Ek het nie dáároor afgerol nie, maar omdat jy my gebruik het om Nelia te vermaak." Sy lig haar effens orent, nou skielik sommer weer ergerlik as sy net daaraan dink.

"En jy het my gebruik om uit Gustav se kloue te bly," troef hy haar met 'n stout glimlaggie.

"Ek is nege en twintig . . . Dink jy nie ek is opgewasse teen 'n man soos Gustav nie? En in elk geval het jy hom nooit kans gegee om sy kloue behoorlik oop te maak nie."

"Jy het darem ook nie baie hard geprotesteer toe hy aanvaar het jy is my meisie nie," spot hy nou weer met dieselfde beterweterige laggie.

"Ek was net effens oorweldig."

"En dis presies waarom ek jou teen jouself moes beskerm het. Netnou was jy nie net oorweldig nie, maar sommer ook oorrompel."

Emma wonder hoe laat dit is. Die hoesbui het die pyn onnodig vroeg laat terugkeer.

"Wat nou?" Hy sien hoe haar oë draai asof sy na iets soek.

"Hoe laat is dit? Ek vermoed hulle het my horlosie afgehaal toe hulle my skouer verbind het."

"Dis sewe-uur en jou horlosie is in my kluis toegesluit saam met jou paspoort en vliegtuigkaartjie."

315

"En as ek dit nodig kry?"

"Wat wil jy met 'n horlosie doen? Jy is met vakansie."

"Ek kan my paspoort en vliegkaartjie nodig kry."

"Ek sal besluit wanneer jy dit gaan nodig kry."

Skielik onthou sy sy woorde die oggend teen die berg, toe hy haar gevra het wat sy dink sou gebeur het as sy nie destyds weggehardloop het nie.

"Thom," laat sy half ingedagte hoor. Die pyn is besig om in al sy felheid terug te keer, maar sy kan nog nie weer pille neem nie.

"H'm . . ." Hy skink hulle glase weer vol.

"Ek wil nie weet wat dalk destyds sou gebeur het nie. Ek stel ook nie belang om te kyk of daar êrens tussen ons nog 'n vlammetjie brand nie."

Sy oë lig en sy blik rus vraend op haar.

"Ek weet jy was nie nou die dag ernstig nie, maar ek het nie nou die emosionele krag om speletjies te probeer speel nie."

Sy sien hoe begrip stadig deurdring en dan glimlag hy spytig. "Jy werk rof met 'n man se ego. Wie sê nie vir jou ek het dalk lang planne met jou die volgende paar dae nie?"

"Kan ek jou net daaraan herinner dat my sleutelbeen én twee ribbes gebreek is? Ek weet jy is waarskynlik uiters vaardig, maar ek is seker selfs jy sal nie maklik om sulke struikelblokke kan kom nie."

Sy gesig verkreukel en sy diep lag vul vir die soveelste keer daardie aand die vertrek. "Dit klink vir my alte veel soos 'n uitdaging."

"Don't even dream about it!" Die warm blos op haar

wange weerspreek egter die selfversekerdheid waarmee sy die woorde sê. Sy begin opstaan en toe sy na hom afkyk, is haar gesig en stem ernstig. "Ek waardeer werklik jou gasvryheid, maar ek wil regtig hê jy moet vanaand uitgaan. Ek gaan nie verder goeie geselskap wees nie."

"H'm . . . ek sal sien. Ek gaan nou eers vir ons iets kry om te eet. Waarvoor is jy lus? Kom stap saam kombuis toe. Ek het 'n verskeidenheid kos gekoop."

Hulle stap agter mekaar kombuis toe en Emma kan nie help om te glimlag toe sy die klomp kos sien nie. "Was jy bang ek wil saam met jou uitgaan en toe besluit jy om my met kos om te koop sodat ek soet by die huis sal bly?"

"So iets, ja."

Sy kyk hom wantrouig aan. "Ek is nie altyd seker wanneer jy ernstig is en wanneer jy 'n grap maak nie."

"En ek is nie seker waar jy aan alles kom wat jy kwytraak nie."

Vir 'n oomblik daal daar 'n stilte toe albei met erns die geregte oorweeg.

"Jy lyk baie beter vandat jy 'n bietjie gewig opgetel het," laat hy so tussen die uitsoekery hoor.

Emma kyk vol ongeloof na hom. "Probeer jy vir my sê ek het vet geword?"

"Luister wat ek sê! Ek sê jy was hopeloos te maer toe jy hier aangekom het. Jy hoor ook net wat jy wil."

"Maar geen vrou wil hoor sy het vet geword nie."

"As sy lyk soos jy gelyk het, behoort sy baie bly te wees as daar weer 'n bietjie vleis aan haar bene is."

317

"Nou laat jy my soos 'n bees klink. Jy gaan binnekort na my kondisie begin verwys."

"Gee, dat ek jou kos in die mikrogolf warm maak." Hy hou sy hand uit en neem die bord by haar. "Alles het nou al koud geword."

"Wanneer ry jy nou?" Emma lê uitgestrek op die reusebank in die studeerkamer, met 'n sagte kombers oor haar. Die woonstel is nie koud binne nie, maar die kombers laat haar knus voel.

Die bank is groot genoeg dat Thom by haar voete kan sit, sonder dat hulle aan mekaar raak. Hulle is besig om na 'n opsomming van die jaar se belangrikste nuusgebeure op die televisie te kyk.

"Waarom is jy so gretig dat ek moet uitgaan?"

"Ek kan mos sien jy voel skuldig om my alleen hier te los – Aspoestertjie voor die vuur terwyl jy lekker gaan party hou."

"Het jy al uitgevind wat ek voorin die boek vir jou geskryf het?" ignoreer hy haar woorde.

"Nee."

"Waarom nie?"

Haar blik is nou vasgenael op die televisieskerm. "Waar moes ek dit uitgevind het?"

"Enigeen van die mense saam met wie ons saans gekuier het, kon dit vir jou vertaal het."

"H'm . . . ek is nie so seker ek wil weet nie. Ek vermoed daar staan iets ergs."

Hy sit sy hand op haar been neer. "Daar staan nie iets leliks nie. Wil jy hê ek moet dit vir jou vertaal?"

318

Emma skud haastig haar kop, tot sy duidelike vermaak.

"Waarvoor is jy bang? Ek sê mos nou daar staan nie iets leliks nie."

"Miskien vertrou ek jou nie heeltemal nie." Êrens in haar is 'n stemmetjie wat vermanende geluide probeer maak en haar teen iets wil waarsku, maar die pynstillers is kragtig en maak haar net lomerig genoeg om heeltemal ontspanne te voel. Sy weet dis 'n gevaarlike toestand, maar daaroor kan sy haar ook nie nou bekommer nie. Die rusbank voel of dit vir haar seer lyf gemaak is en sy diep stem sus haar reeds dowwe gedagtes.


# 17

Die pyn maak Emma wakker, maar vir 'n lang oomblik is sy gedisoriënteerd. Dan begin herkenning stadig intree. Sy lê nog op die rusbank in Thom se studeerkamer. Die staanlamp brand in die oorkantste hoek en die televisiestel is steeds aangeskakel, maar die klank is aansienlik sagter gestel.

Sy wonder wanneer Thom toe besluit het om uit te gaan, maar dan raak sy meteens bewus van 'n lyf agter haar en sy voel hoe haar hart pynlik saamtrek. Iemand lê agter haar op die bank en sy is seker dis 'n arm wat om haar heupe gevou is.

Sy probeer haar genoegsaam omdraai om te kan sien of sy besig is om te yl, maar sy is styf gelê en elke beweging vererger die pyn. Maar op 'n manier moet sy uitvind.

"Thom?" Sy weet nie waarom sy fluister nie.

"H'm . . ." Dit duur 'n rukkie voor hy antwoord.

"Is dit jy wat agter my rug lê?"

Weer eers 'n lang stilte. "Wie wil jy hê moet dit wees?"

"Wat maak jy hier?" Sy beur nou orent, maar dis moeilik om onder die arm uit te kom.

"Ek het geslaap, totdat jy my wakker gemaak het."

"Waarom slaap jy op die bank?"

"Emma, kan jy nie 'n bietjie later die inkwisisie hou nie?"

"Hoe laat is dit?"

"Ek kan nie my horlosie sien nie, maar dis die ontbytprogram daardie op die TV."

"Het ons die hele nag so gelê en slaap? Waarom het jy nie uitgegaan nie? Of in jou eie kamer gaan slaap nie, of my wakker gemaak dat ek in my kamer kon gaan slaap het nie?"

"Ek hoop nie jy is altyd so veeleisend so vroeg in die oggend nie." Hy mompel die woorde soos iemand wat met groot moeite praat. "Ek het tot na eenuur TV gekyk en toe lyk die bank so lekker dat ek besluit het hy is groot genoeg vir ons albei. En in elk geval kon ek dit nie oor my hart kry om te gaan slaap en jou so alleen hier te laat lê nie. Ek was bang jy raak in die nag wakker en dan weet jy nie waar jy is nie."

"Jy is so bedagsaam," laat sy bytend hoor. "Jy kon my in die nag van die bank afgestamp het en dan was my ander arm dalk ook gebreek!"

"Waarom dink jy het ek jou vasgehou?"

"Lig jou arm, ek wil opstaan."

Hy trek haar egter net stywer teen hom. "Sê vir my dis die lekkerste wat jy in jare geslaap het."

"Die dokter hét gesê die pille behoort my baie vas te laat slaap." Daar is nie 'n manier waarop sy vir hom gaan sê wat nou alles in haar kop aan die gang is, of van die drome wat haar die hele nag geteister het nie.

Hy druk sy gesig in haar nek en op haar vel slaan die hoendervleis knopperig uit. "Glo jy maar wat jy wil en ek sal weet wat ek weet."

"Thom, ek móét nou opstaan . . . asseblief."

"Sal jy terugkom?"

"Nee, my lyf is nou seer gelê. Ek gaan bad en dan gaan ek koffie maak."

Sy arm lig en Emma staan so vinnig op dat sy byna omval. In haar kamer skraap sy skoon klere en haar toiletbenodigdhede bymekaar en dan stap sy vinnig badkamer toe.

Dié keer vertoef sy egter nie in die bad nie. Sy het dringend 'n paar liters koffie nodig en pynpille en mis-kien sommer 'n ander verstand ook, en miskien sal dit 'n goeie plan wees om haar hart ook vir 'n meer be-troubare een in te ruil.

Thom staan gestort en aangetrek in die kombuis toe sy daar kom. Sy denim is byna wit gewas en vou uiters vleiend om sy heupe en bene. Hy is kaalvoet en sy wit hemp se moue is opgerol. Genade, sy kan nie onthou of hy al ooit so sexy gelyk het nie.

Hy kom staan voor haar en Emma trek hoorbaar

haar asem in toe hy sy hande laat sak en sy vingers iets met haar denim se knoop doen.

"Jy het nie die knoop vasgemaak nie," verduidelik hy rustig, maar toe sy opkyk, dans die pret in sy oë. Voordat sy kan antwoord, verskuif sy blik na haar bolyf. "Is daar dalk nog enige knope waarmee ek kan help?"

Emma probeer terugtree, maar haar rug is reeds teen die kombuiskas en sy kan net hulpeloos staan toe sy hande om haar gesig vou. "Voorspoedige Nuwejaar." Hy wag totdat sy opkyk voordat hy haar soen.

Sy het nog nie pynstillers gedrink nie, met die gevolg dat die stemmetjie vanoggend duideliker is en sy die waarskuwing kan hoor. Sy weet sy is besig om met vuur te speel, maar vandat sy haar oë oopgemaak het en besef het sy lê in sy arms, is sy soos 'n mot wat al om die vlam draai.

Die soen wat lig en speels begin het, is besig om te verdiep en sy het 'n vermoede die mot se vlerke gaan enige oomblik vlam vat.

"Vir die ma van my kinders," praat hy skielik teen haar mond en dis of sy effens tot verhaal kom.

"Ekskuus?" Haar keelspiere is so snaarstyf gespan dat sy met moeite die woord uitkry.

"Die boek oor Aspoestertjie . . . Dis wat ek voorin geskryf het."

Sy beur terug en haar gemoed is meteens onstuimig. "Moenie simpel grappe maak nie."

"Ek maak nie grappe nie."

"Waarom het jy dit geskryf?" Alles aan haar pyn nou.

"Waarom dink jy?" Toe dit lyk of sy hom nie gaan

322

antwoord nie, sug hy moedeloos. "Ek weet nie wat ek van ons herontmoeting verwag het nie, maar beslis nie sulke skerp emosies nie. Ek was die afgelope tien dae by tye vir jou baie kwaad . . . weer eens, selfs na tien jaar. Ek wou jou by tye sommer net vasdruk en hoor dat jy ook na al die jare alles te helder onthou. En dan was daar die tye wat ek jou in die kar wou laai en net wegry, tot daar waar ons alleen kan wees en ek helderheid kon kry oor alles."

Emma weet haar mond hang oop, maar dis net te veel moeite om dit te probeer toemaak.

"Weet jy hoe dit voel as legkaartstukke inmekaar begin pas en jy die prentjie kan begin sien? Dis soos ek die afgelope tyd gevoel het. Die stukke het weer 'n prentjie begin maak. Ek kon hulle hoor inmekaar skuif. En toe ek êrens deur die nag wakker word en ek kom agter jy lê in my arms, was dit die finale stuk. Ek het net geweet dit hoort so . . . Ek gee eintlik ook nie eers om wat jy dink nie. Ek weet ek is nie verkeerd nie."

"Wat maak jou so seker?" Die stem wat uit haar mond kom, klink soos 'n vreemdeling s'n.

"Ek kon my herinneringe in jou oë sien weerkaats. Ons was nie veronderstel om na tien jaar te onthou nie . . ."

Hy hoef niks verder te sê nie. Sy is net verbaas omdat sy gedink het sy is die enigste een wat onthou.

"Waarom het jy niks gesê nie?" wil sy bewerig weet.

"Uit selfbeskerming. Jy het een keer tevore my hart gebreek," beskuldig hy terwyl sy vingers agter om haar nek vou.

"Ek het nie jou hart gebreek nie." Haar oë flits oor sy gesig, soek in sy oë na bevestiging.

"Waarom dink vrouens hulle het die alleenreg op seerkry?" 'n Skewe spotlaggie trek om sy mondhoeke.

Emma moet haarself keer om nie oor sy mond te streel nie. "Ek is jammer." Sy verloor die stryd en haar hand gaan lê teen sy wang.

"Jammer alleen sal nie help nie. Wat van jou skuld?" Sy kop draai en sy lippe lê warm in die palm van haar hand.

"Ek het mos gesê ek sal jou terugbetaal." Haar stem styg skielik ergerlik. Sy is op die punt om binne-in die vuur te spring en hy praat oor geld!

" 'n Hart vir 'n hart." Sy lippe vee liggies oor haar mond.

"Wat bedoel jy?" Sy bewe soos iemand wat koud kry.

"Jy skuld my 'n hart . . . en aangesien jy myne ge- breek het, sal jy joune vir my moet gee."

Senuagtigheid maak iewers 'n giggel los en dit borrel oor haar lippe. "En as myne ook gebreek is?"

"Ek kan dit heelmaak . . . Sê net ja." Hy soen haar sag, maar sy rem haar kop weg.

"Waarvoor moet ek ja sê?"

"Vir my . . . vir ons . . . vir alles." Sy duime lê op haar mond.

Emma wonder of hy weet wat hy besig is om aan haar hart te doen. Tien jaar al waak sy getrou oor die muur om haar hart. Maak sy seker daar is nie krake nie. Maar in plaas daarvan dat hy soos enige normale

vyand die aanslag van voor af loods, het hy doodeen-
voudig om die muur gestap en by haar hart se agter-
deur ingekom. En nou staan hy binne-in haar hart.
Met kaal voete en hande wat besig is om haar soos 'n
vuur te verteer.

"Kan jy daai 'alles' definieer?" probeer sy floutjies
keer toe sy mond weer nader kom.

"As jy sal stilbly, kan ek begin, maar ek moet jou
waarsku, dis 'n lang definisie . . . Dit sal my waarskyn-
lik 'n leeftyd neem."

Hierdie keer is dit haar mond wat syne vind en dan
kreun sy toe hy haar teen hom vastrek.

"Pasop vir my ribbes . . ." Sy weet nie vir wie die
waarskuwing is nie.

"Ek is nie van plan om iets met jou ribbes te doen
nie," terg sy mond by haar oorskulp en Emma voel hoe
hy haar versigtig optel.

"Ek dink dit sou veiliger gewees het as ek saam met
Gustav Londen toe gegaan het."

Emma lê met haar kop op sy bors en luister na die
versnelde hartklop onder haar oor.

'n Hees laggie rammel deur sy lyf. "En dít, my skat,
was maar net die voorwoord van die definisie."

Emma maak met 'n sug haar oë toe. Dit voel asof sy
na 'n baie lang reis weer haar huis gevind het. Sy het nie
meer 'n muur om haar hart nodig nie. Sy arms is nou
die mure wat hulle albei omsluit. En vir die eerste keer
in jare pyn die holte waar haar hart is nie meer nie.

# Brug van woorde

# 1

"Griet, ek is so jammer! Ek het eers vanoggend die nuus gehoor . . . Is daar iets wat ek vir jou kan doen? Enige iets . . . Wil jy nie by ons kom intrek nie?"

Magriet vee oor haar hare en trek haar oë op skrefies teen die vroegoggend-sonstrale wat op haar voorstoep skyn.

"Alexa, waarvan praat jy?" Sy trek haar vriendin die huis in en maak weer die deur toe.

"Jy en Julius! Henry het my eers vanoggend vertel julle is uitmekaar. Ek kon dit nie glo nie . . . Ek sou al vroeër hier gewees het, maar ek moes eers die kinders by die skool aflaai." Die woorde tuimel oormekaar en deurmekaar uit haar oranjerooi mond en Magriet moet haar hand omhoog hou om die ander vrou tot bedaring te bring.

"Ons is nie uitmekaar nie, ons is net tydelik van bed en tafel geskei."

"Wat beteken dit, Griet?" Alexa se blou oë trek vra-end na mekaar toe.

Magriet beduie met haar kop kombuis toe en sy ant-woord eers nadat sy die ketel aangeskakel en Alexa by die kombuistafel stelling ingeneem het.

"Ek is nie seker nie, maar ek vermoed dit beteken dat ons vir 'n ruk nie dieselfde bed of tafel gaan gebruik nie." Sy gee 'n spotlaggie en haal twee koffiebekers uit die kas. "As dit die verklaring vir die uitdrukking is, is ons seker al vir jare van bed en tafel geskei."

"Wil jy nie by ons kom bly nie?" herhaal Alexa haar uitnodiging, maar Magriet skud haar kop.

"Met twee kinders, 'n huishulp, die tuinier, twee honde en 'n kat?" Sy glimlag skeefweg. "Al wil ek ook, ek kan nêrens heen gaan nie."

"Henry sê jy het vir Julius gevra om uit te trek." Alexa sê dit met 'n klankie van verwyt en Magriet gooi die teelepels op die tafel neer.

"Ek is moeg van alleen wees, Alexa. Ek is moeg van kos wat in die oond uitdroog en die kinders wat elke Saterdag teleurgesteld is as hy nie by 'n sportwedstryd opdaag nie. Ek is sat daarvan om alleen funksies by te woon en indien hy nog saamgaan, kom ek die meeste van die tyd alleen huis toe omdat hy terug kantoor toe moet gaan. Nou kan hy heelnag werk en ek hoef ten minste nie te lê en wag nie. Ek dink dit was eintlik vir hom 'n groot verligting. Ek sit met die huis en al die verantwoordelikhede en hy sit in 'n luukse maatskappy-woonstel en doen wat hy die graagste doen – werk."

"Maar julle was ten minste bymekaar." Alexa neem versigtig 'n sluk koffie.

"Ons is al lankal nie meer bymekaar nie, Alex. Dit was maar net 'n illusie." Magriet vee oor haar hare. "As daar 'n ander vrou was, kon ek dalk nog iets daaraan probeer doen het, maar hoe de duiwel moet ek met iets wedywer wat nie eers 'n lyf of gesig het nie? Van die dag dat hy daardie maatskappy gestig het, was dit die groot liefde in sy lewe."

"Dis 'n groot organisasie om aan die gang te hou en hy moes baie hard werk om so 'n sukses daarvan te maak," probeer Alexa Julius verdedig.

"En ek gun hom sy sukses. Sy ouers het dit nooit breed gehad nie, maar hoe suksesvol wil 'n mens wees voordat jy vir jouself sê dis genoeg? Hoeveel goud en edelstene moet jou sekretaresse vir jou vrou uitsoek voordat sy soos 'n Kersboom lyk?" Magriet skink haar beker weer vol en roer die donker vloeistof totdat daar 'n klein maalkolk vorm. "Ek is nie ondankbaar nie, maar oor twee maande is ek ses en dertig en ek begin ál meer vermoed ek is besig om iets te mis."

"Jy moet mooi dink, Griet. Dis maklik om te sê geld en sukses is nie belangrik nie, terwyl jy self nooit gebrek hoef te ly nie." Alexa hou haar beker uit om gevul te word. "Miskien is jy net verveeld en moet jy vir jouself iets kry om te doen." Sy hou haar hand op toe sy sien Magriet se mond gaan oop. "Ek praat nie van nog 'n liefdadigheidsfunksie of insamelingsprojek of meer hulp by die kinders se skool nie. Ek praat van iets vir jouself."

"Ek kan nie ook nog gaan werk nie – wie gaan dan na die kinders omsien?"

Alexa sug. "Dink kreatief, Griet. Duisende mense maak deesdae 'n lewe vanuit hul huis of motorhuis. Jy het nie eers nodig om 'n lewe te maak nie, jy kan sommer net iets vir die lekkerte doen. En as jy betaling daarvoor kry, is dit 'n bonus."

"Waarom doen jý dit dan nie?" kap Magriet terug. Dit klink darem net te maklik om vir haar te sit en raad gee.

"Want ek is doodtevrede met my lewe. Ek gee nie om as ek alleen na 'n partytjie moet gaan nie. Ek gee nie om as Henry soms laat opereer nie, want dan het ek die hele aand vir myself en kan ek gaan fliek of teater toe gaan of sommer net voor die TV lê."

"Ek kla nie oor sóms laat werk nie, Alex. Weet jy wanneer laas het ons twee sommer net iets saam gedoen? Ontbyt op 'n Saterdag- of Sondagoggend, of 'n naweek êrens heen. Of sommer net sit en musiek luister of TV kyk. Enige iets wat nie 'n magdom ander mense insluit nie?"

"Julle was verlede maand vir 'n week Londen toe. Dit klink nie te sleg nie." Alex vou haar arms, haar wenkbroue opgetrek.

"En weet jy wat het ons daar gaan doen? Gaan werk. Elke vervloekte dag was ons tussen ander mense. Elke aand is ons na die een of ander onthaal. En wanneer ons saans in die hotelkamer gekom het, het hy nog tot in die voordagmôre sit en werk aan die volgende dag se agenda. Ek het vir ons kaartjies vir 'n vertoning gekry, en moes dit kanselleer." Sy trek haar skouers op. "Ons praat nie hier van soms laat werk nie, Alex."

Alexa strek oor die tafel en neem haar vriendin se hande in hare. "Ek is baie jammer vir julle en ek hoop met my hele hart julle kan hierdie ding uitsorteer, want ek weet hoe erg julle eintlik oor mekaar is."

Magriet trek weer haar skouers op. "Ons sal maar sien."

Alexa staan op en Magriet volg haar voordeur toe.

"Bel as jy my nodig het, dag of nag." Sy soen Magriet op die wang en dan stap sy die stoeptrappie af, terwyl Magriet die voordeur met 'n sug toemaak.

Sy stap badkamer toe om te gaan stort, maar terwyl sy besig is om uit te trek, val haar blik op die beeld in die spieël en vir 'n oomblik kyk sy na die bekende maar ook vreemde vrou voor haar. Al die normale gelaatstrekke is nog daar. Haar rooibruin hare is effe deurmekaar, maar blink nog steeds. Haar gesig is te sterk om regtig mooi te wees, maar deur die jare het mense haar al as baie aantreklik beskryf en Julius was nog altyd tevrede. Stadig sak haar blik na haar lyf en vir die eerste keer merk sy die gewigsverlies op.

Waar vantevore nogal mooi kurwes was, is nou holtes en bene. Maar sy is steeds 'n aantreklike, goedversorgde vrou. Wat is dan anders? En dan kom daar 'n beeld by haar op. Sy laat haarself aan 'n leë huis dink. Van buite is die struktuur nog daar, maar die vensters is donker, want die inwoners is weg. Daardie lewensblyheid wat so lank deel van haar was, is weg. Die vensters van haar siel het donker geword.

"Ma! Waar's my rugbybroek?" Gerrit se veertienjarige stem weergalm deur die kombuis.

"In jou kas." Magriet se blik verskuif na die kombuishorlosie. "Hoe laat het julle pa gesê kom hy julle oplaai?"

"Ma, moet nou nie weer begin nie," antwoord Christiaan terwyl hy haastig 'n paar snye brood by die kombuistafel sit en eet.

"Los vir my ook brood." Gerrit kom met 'n vaart

om die kombuisdeur. "Ek is vrek honger!" En met dié val hy byna die bord met toebroodjies aan.

"Kry julle nie by julle pa kos nie?" Magriet weet sy moenie sulke dinge vra of sê of selfs insinueer nie, maar sy kan nie help nie. Die swembadpomp het die oggend begin lol en die tuinier is met vakansie en die hond het op 'n manier by die hek uitgekom en die posman gebyt. En daar is niemand anders op wie sy haar wrewel kan uithaal nie. Wat sy egter nie eers aan haarself erken nie, is dat sy hierdie naweke haat. Dis die derde naweek dat die tweeling volgens hulle ooreenkoms na hulle pa moet gaan, en steeds is dit vir haar baie sleg. Die huis is verskriklik groot en leeg en sy wonder die hele naweek wat hulle doen. Dit was jou keuse, kla 'n stemmetjie haar aan en sy begin om die kinders se reste op te ruim.

"Kom Ma môre na ons wedstryd kyk?" Christiaan kyk bo-oor die glas melk na haar.

Magriet knik. "Natuurlik sal ek daar wees."

Die deurklokkie onderbreek die gesprek en die twee skarrel haastig om hulle naweektasse en sportsakke in hul kamers te gaan haal. Hulle vertrou weer vanaand nie haar tong nie en wil die ontmoeting met hulle pa so kort moontlik hou, besef Magriet terwyl sy voordeur toe loop.

"Naand, Griet . . ." Sy das is losgewoel en daar is donker skadu's onder sy mooi oë. Hy lyk moeg en haar eerste reaksie is om hom vir 'n drankie in te nooi, maar sy verhard haar hart.

Die seuns kom haastig die portaal binne en hy trek

hulle teen hom vas. Hy mag miskien nie baie tyd saam met hulle spandeer nie, maar hy was nog altyd lief vir sy kinders, dink Magriet met 'n hartseer gevoel.

"Bye, Ma," groet die twee effens uitasem en begin solank met die tuinpaadjie afstap na waar hulle pa se luukse viertrekvoertuig geparkeer staan.

"Ek is jammer ek is laat," huiwer Julius egter 'n oomblik.

Magriet trek net haar skouers op. "As ek 'n rand gehad het vir elke keer dat ek daardie verskoning gehoor het . . ." laat sy bytend hoor.

Sy mond gaan oop, maar sluit weer. Hulle kyk vir 'n oomblik na mekaar. "Sluit die deure," groet hy oplaas en volg dan die seuns na die motor.

Magriet maak die deur toe en bly staan vir 'n lang ruk teen die kosyn voordat sy traag kombuis toe loop en begin om die diere kos te gee. Die seuns was so haastig dat hulle nie daarby uitgekom het nie. Sy pak die borde in die skottelgoedwasser en dan stap sy na die tweeling se kamers, waar sy kasdeure toemaak en hier en daar 'n sokkie en 'n skoen optel.

Sy wonder of hulle die naweke saam met hul pa geniet. Hy bly in 'n pragtige dakwoonstel in die middestad en sy is seker hulle vind die naglewe in die strate opwindend. Sy het nog nie die moed gehad om hulle te vra nie en hulle swyg soos die graf oor die reëling. Sy en Julius het saam vir hulle vertel dat hulle vir 'n rukkie uitmekaar gaan en afgesien van daardie middag se hoekoms en waaroms, het hulle nog nie weer die saak aangeroer nie.

Sy weet nie of hulle bang is vir 'n egskeiding of nié. Met seuns is dit soms so deksels moeilik. En op hulle ouderdom is dit ekstra ingewikkeld. Dogters van hulle ouderdom sou seker saans by haar kom inkruip het en vrae gevra het, maar die seuns gaan maar met hulle lewens aan. Dis net op Christiaan se gesig dat sy soms onsekerheid bespeur. Veral in situasies waar sy en Julius mekaar moet sien. Sy trek hulle gordyne toe en skakel die ligte af.

In die TV-kamer sak sy agteroor op die rusbank en mik met die afstandbeheerder na die skerm. Sy is ook nooit seker met watter instrument sy waarheen moet mik nie. Daar is meer dekodeerders en toestelle as wat sy weet waarvoor dit bedoel is. Die aandnuus verskyn in al sy grieselrige besonderhede en sy luister net vir 'n minuut. Dan begin sy deur die kanale blaai. By die koskanaal kyk sy vir 'n paar minute hoe 'n sexy jong sjef 'n ingewikkelde meringue-nagereg maak.

Wanneer sal sy weer mense oornooi? wonder sy stil terwyl sy verder na iets soek om haar gedagtes besig te hou. Die modekanaal wys al die nuutste skeppings wat op die afgelope groot vertoning in Europa op die loopplank was. Banale klere wat geen regdenkende mens in die openbaar kan dra nie. Sy laat val die afstandbeheerder toe die telefoon skielik langs haar lui.

"Griet?" Dis Sue se Engelse stem wat sukkel met die harde Afrikaanse klanke.

"Ek is hier," antwoord Magriet terwyl sy haar bes probeer om die televisie se klank te demp.

"Wat maak jy?" Sue dring daarop aan om Afrikaans

te praat en gesprekke wat gewoonlik vyf minute sal duur, duur aansienlik langer met haar.

"Ek kyk TV." Magriet is jammer sy het nie gesê sy is op pad uit nie.

"Is jy orraait?" Sy hoor die vrae in die ander vrou se stem.

"Ja. Hoekom vra jy?" Die klank is uiteindelik uitgedoof en Magriet kan weer tussen die kussings terugsak.

"Dirk het my nou net van jou en Julius vertel. Hulle het mekaar vandag gesien, want Dirk moes weer vir hom 'n kontrak opstel," verduidelik Sue. "Waarom het jy my nie vertel julle het probleme nie?"

"Ons het nie probleme nie, Sue. Daar is net 'n paar besluite wat elkeen van ons moet neem en soos julle in Engels sal sê: We took a step backwards to think."

"Dis 'n tragedie. Wat gaan nou van ons word?" gaan Sue duidelik ontsteld voort.

"Wat bedoel jy?"

"Ons het altyd so lekker saam gekuier. En Dirk verjaar een van die dae. Ons sal julle nie meer saam kan nooi nie. Dis regtig vreeslik!"

"Sue . . ." Magriet probeer haar stem so kalm moontlik hou. "Ek en Julius is nie kwaad vir mekaar nie, of altans nie kwater as wat ons maar die afgelope jaar of twee was nie. Ons woon net nie op die oomblik in een huis nie, maar nie een van ons sal 'n scene op Dirk se partytjie maak nie."

"Is jy seker?" Sue klink aansienlik meer opgeruimd. "Ek het nie geweet vir wie ek moet nooi en vir wie nié. Maar jy weet ons wil julle graag albei daar hê."

"Dankie, ek sal daar wees," antwoord Magriet werktuiglik, maar toe sy die telefoon neersit, verwens sy haarself daarvoor. Waarom moet sy maak of alles reg is sodat haar vriende kan aangaan met hulle netjiese lewens? Hulle kon maar die partytjie hierdie jaar afgestel het uit simpatie.

Dan moet sy lag vir haar onredelikheid en vir die soveelste keer in die afgelope ses weke moet sy haarself daaraan herinner dat die wêreld aangaan. Die son kom steeds elke oggend van agter die Bolandse berge op en sak steeds elke aand oor die Atlantiese Oseaan. Niks het verander nie. Dis net sy wat nie meer saans vir 'n man hoef te wag nie en dis net sy wat elke tweede naweek alleen in die groot huis sit. Die wêreld draai steeds.

## 2

Magriet laat 'n kragwoord hoor toe sy die volgende oggend by die skool kom. Na 'n rustelose nag het sy boonop verslaap en nou is daar nêrens meer parkeerplek nie. Sy probeer tussen twee motors indruk, maar besef sy sal dan nie haar deur kan oopmaak nie. Sy skakel die motor terug na trurat en ry byna teen 'n motor vas wat intussen agter haar tot stilstand gekom het, omdat die motor twee plekke van haar af skielik gaan ry. Sy trommel op die stuurwiel terwyl sy wag. Sy wens hy kry 'n pap band, dink sy wrewelrig toe sy van voor af na 'n plek moet begin soek – en dan raak sy skaam oor haar kinderagtige gedagtes. Maar dit duur ook net 'n paar oomblikke voordat sy weer ergerlik brom. Uiteindelik word haar gebede verhoor en sy swaai haastig in die stilhouplek in, gryp haar skouersak en nadat sy die motordeur toegeklap en die nodige knoppie gedruk het om die voertuig te sluit, drafstap sy na die veld waar die kinders speel. Dis koud, maar die draffie sorg dat sy vinnig warm word.

"Magriet!" Dis Alexa wat van die opslaanpawiljoen af roep. Sy beduie dat daar plek is en Magriet klouter uitasem na bo. Hier en daar moet sy verskoning vra as sy rakelings iemand raak trap, maar uiteindelik sak sy langs haar vriendin neer.

"Jy's laat. Ek het gedink jy kom nie meer nie." Alexa skuif effens op om vir Magriet plek te maak. Hulle sit soos styfgepakte sardyne langs mekaar.

"Ek het verslaap en toe moes ek al die gediertes kos gee en die huis sluit en nog parkering soek," hyg Magriet.

"Jy lyk moeg. Was jy gisteraand uit?" Alexa kyk met belangstelling na haar.

Magriet gluur haar skuins aan en snork liggies. "Dream on, Alex."

"Ek praat nie van saam met 'n man uit nie," keer Alexa. "Jy kan mos nou lekker teater toe gaan of gaan fliek of so iets."

"Alleen?" Magriet skud haar kop. "Daarvan het ek genoeg gehad."

"Nou wat beplan jy met jou nuwe lewe? Jy kan jouself sekerlik nie elke dag in die huis toesluit nie."

339

Magriet se blik rus vir 'n oomblik op die modder-besmeerde figure op die nat veld, voordat sy met 'n sug laat hoor: "Ek het geen groot planne nie. Op die oomblik probeer ek net toesien dat die kinders nie te swaar kry nie, en verder moet die tyd maar leer."

"Julius lyk ook moeg," verander Alexa die gesprek en Magriet se blik beweeg na waar Alexa met haar kop beduie.

Langs die veld, toegewikkel in sy mooi kameelkleur jas, staan Julius en Alexa se man, Henry, oënskynlik diep in gesprek terwyl hulle oë die spel op die veld volg. Sy het die jas vir hom in Italië gekoop, tydens een van die "gaan en geniet dit"-vakansies. Sy kan goed onthou dat sy nie alleen wou gaan nie en dit het tot hewige argumente gelei. Op die ou end is sy saam met 'n vriendin weg en hoewel sy baie lief vir Italië is, was sy die hele twee weke bewus van 'n vae hartseer. En sy was skaam vir haarself omdat sy in ander se oë ondankbaar gelyk het. Daarom die mooi jas om vir hom dankie te sê vir die vakansie. Terwyl sy na hom kyk, ervaar sy weer daardie hopelose verlatenheid wat sy altyd beleef as sy hom vir 'n rukkie nie gesien het nie. Hy was haar eerste groot liefde en sal waarskynlik altyd haar groot liefde bly. Hulle het mekaar as studente ontmoet en as daar iets soos liefde met die eerste oogopslag is, dan was dit seker in hulle geval waar.

"Hy is 'n baie aantreklike man," onderbreek Alexa haar gedagtes. "Jy moet pasop dat iemand anders hom nie opraap terwyl jy besig is om jou lewe te oordink nie. Dit gaan hel wees as jy besef jy wil hom eintlik hê en dan agterkom dis te laat."

Magriet voel 'n vreemde, warm gevoel teen haar nek opstyg. Sy weet nie waarom Alexa dit vir haar moes sê nie. Sy wil nie daaraan herinner word nie. Dis nie asof sy nie weet of sy hom wil hê nie; sy sien net nie kans vir hulle huwelik soos dit is nie. Maar sy weier om aan 'n dag te dink wanneer daar dalk iemand anders in sy lewe sal wees.

Gelukkig blaas die fluitjie en Magriet besef dat sy nog bloedweinig van die wedstryd gesien het. Die seuns sal môreaand elke beweging met haar bespreek en bewaar haar siel as sy nie alles gesien het nie. Haar oë soek verward op die veld na twee rooiblonde koppe en sy probeer konsentreer, maar Alexa se woorde krap aan haar en toe die fluitjie halftyd aankondig, mompel sy 'n verskoning na haar vriendin en klim die trappies af.

"Môre," groet die bekende stem toe sy onder langs die veld staan.

Magriet draai om en haar eerste gewaarwording is jammerte toe sy sien die donker kringe onder sy oë is nie net skadu's nie. Hy lyk werklik moeg.

"Hulle speel mooi, nè?" probeer sy die oomblik verlig en is dankbaar toe hy skeefweg glimlag.

"Die opgewondenheid was baie groot. Hulle het soos vinke in die motor gekwetter op pad hierheen."

Magriet knik. Sy ken daardie dolle histerie voor 'n wedstryd.

"Kan ek vir jou koffie koop?"

Sonder om vir 'n antwoord te wag, begin hy na die

snoepwinkel stap en Magriet val langs hom in. Dit herinner haar aan die dae toe hy net vir 'n paar minute sy verskyning langs die sportvelde gemaak het en sy soos 'n besetene koffie, tee en soms pannekoek aangedra het. Alles om hom net 'n paar minute langer daar te hou, sodat die kinders hom darem kan sien.

Sy neem die polistereenkoppie by hom en hulle stap langs mekaar terug veld toe. Haar hande is dankbaar toegevou om die hitte. Hulle praat oor ditjies en datjies. Sy vra hom hoe dit by die kantoor gaan en hy vra oor die huis.

Toe die fluitjie die begin van die tweede helfte aankondig, bly sy onder langs die veld staan. Die gedagte aan ander mense langs haar, laat haar benoud voel. Liewer hier onder waar sy kan beweeg. Waar sy hom soms langs haar kan gewaar. Sy probeer weer konsentreer en toe Gerrit net voor die einde van die wedstryd 'n mooi drie druk, gaan haar blik onwillekeurig na Julius waar hy opgewonde met Henry praat. Hulle oë ontmoet en vir 'n oomblik voel dit vir haar of hulle verenig is in hul trots, voor die skuheid oorneem en albei wegdraai.

Magriet wag langs die veld om die seuns geluk te wens met hulle oorwinning en glimlag toe hulle al geselsend nader draf.

"Het Ma gesien? Het Ma alles gesien?" Hulle soen haar gelyktydig op albei wange en sy knik glimlaggend.

"Ek het alles gesien. Baie geluk. Julle het pragtig gespeel."

Julius verskyn langs die seuns en Magriet sien hoe hulle hul pa se aandag probeer trek. Sy begin egter groet, maar Julius se stem keer haar.

"Ek het hamburgers belowe as dit 'n oorwinning is . . . Wil jy nie saam met ons gaan vier nie?"

Magriet se mond gaan oop, maar die twee paar oë wat haar afwagtend dophou, laat haar van plan verander en sy knik.

"Dankie, dit sal lekker wees."

Die kinders begin opgewonde na Julius se motor toe stap, maar hy roep Gerrit terug en sê hom aan om saam met Magriet te ry. Hulle ry agter mekaar na die kinders se geliefkoosde braairestaurant toe.

In die restaurant sit hulle oorkant mekaar, met 'n kind langs elkeen. Soos hulle altyd gesit het wanneer hulle uitgegaan het. Magriet is dankbaar vir die kinders se opgewonde gebabbel. Sy weet nie of hulle andersins iets sou gehad het om vir mekaar te sê nie. Die maklikste is om deur die kinders en met die kinders te gesels, en vir buitestanders lyk hulle seker soos 'n normale, gelukkige huisgesin. Maar toe die ete verby is en hulle in hul motors klim en na twee verskillende bestemmings vertrek, moet sy sluk om nie agter haar stuurwiel aan die huil te gaan nie. Sy is nie lus vir 'n alleen-Saterdagmiddag nie. Miskien moet sy by iemand gaan kuier, maar sy is ook nie lus om vrae te beantwoord nie. Sy wil nie verduidelik nie. Sy wil opkrul en soos 'n gekweste dier haar wonde lek.

Die gedagte aan die leë huis is egter net te veel en 'n halfuur later sit sy in die fliek.

Dis 'n Franse film en die onderskrifte verskyn en verdwyn vinnig, maar gelukkig hou dit haar gedagtes besig. Namate die film vorder, word sy egter tog deur die treffende verhaal geboei en sy is jammer toe die ligte aangaan. Sy het die donkerte verkies. Toe sy in die foyer uitstap, wonder sy waarom dit skielik vir haar so vreemd voel om alleen in die openbaar te wees. Dis nie vir haar vreemd om op haar eie iets by te woon nie, maar skielik voel dit asof almal kan sien sy is alleen. Sy sal aan haar gedagtes moet werk, berispe sy haarself.

"Magriet?" Die stem klink agter haar op en sy moet omdraai.

"Hallo, Carl," groet sy die man wat tot by haar geloop het.

"Ek het gedink dis jy wat 'n paar rye voor my sit." Hy kyk om hulle rond. "Julius nie saamgekom nie?"

Magriet skud haar kop. Hy kan mos sien sy is alleen.

"Is jy haastig? Ek het lus vir koffie, maar nie lus om dit alleen te gaan drink nie."

Magriet kyk op haar horlosie en skud haar kop. Sy ken hom nie so goed dat sy alleen saam met hom wil gaan koffie drink nie. Hy is 'n besigheidskennis van Julius en hoewel hulle mekaar dikwels by funksies raakloop, weet Magriet nie veel van hom nie. Behalwe dat hy die vorige jaar van sy tweede vrou geskei is en dat hy nogal as 'n soort rokjagter gesien word.

"Net een koppie," nooi hy weer.

Sy weet nie waarom sy inwillig nie, want toe sy oorkant hom plaasneem, voel dit vir haar almal in die restaurant kyk vir haar. In die verlede sou so iets haar nie gepla het nie. Sy het tog al dikwels saam met 'n oudkollega of van haar mansvriende gaan eet, maar dit voel skielik net nie reg om saam met 'n vreemde man te sit en koffie drink nie. Sy is skielik oorbewus van haar getroude status, of eerder haar nuwe status as 'n vrou wat nie meer saam met haar man woon nie. In haar gedagtes verwens sy haarself vir die lawwe gevoelens, maar sy is tog dankbaar toe die kelnerin redelik vinnig hul bestelling kom neem.

Magriet begin hom oor die film uitvra en toe die onderwerp uitgeput is, soek sy verward in haar gedagtes na nog iets waaroor sy kan praat. Hy sit net té gemaklik agteroor in sy stoel en miskien is dit haar verbeelding, maar sy blik gaan ook met net te veel familiariteit oor haar gesit en bolyf. Terwyl hierdie gedagtes deur haar kop flits, is sy bewus daarvan dat sy waarskynlik stapelgek is.

"Ek het 'n voëltjie hoor fluit," onderbreek hy oplaas haar soveelste verwysing na die film.

Magriet se blik draai vraend na hom en hy gee 'n skewe glimlag. "Die Kaap is mos maar soos 'n dorp en nuus versprei hopeloos te vinnig."

Die kelnerin daag net toe op met hulle koffie en Magriet hou haar met die teelepel en melkbeker besig. Sy gooi sommer een lepel suiker ook in, net om die pousetjie langer te rek, maar eindelik moet sy tog opkyk.

"Jy moenie alleen voel nie, sulke dinge gebeur maar – selfs in die beste van huwelike."

Ondanks die lepel suiker in die koffie, smaak dit vir

haar bitter en sy wens sy kan opstaan en huis toe gaan. Sy weier om haar huwelik met dié man te bespreek.

"Het jy darem 'n goeie prokureur?"

"Ons gaan nie skei nie," antwoord Magriet sonder om te dink.

Sy een wenkbrou skiet teen sy voorkop op en Magriet neem 'n groot sluk koffie.

"Magriet, luister nou na my. As daar eers 'n kraak is, word dit moeilik toegemessel. Ek is al twee keer daardeur en hierdie stadium waarin daar kastig probeer word om dinge uit te werk, is net 'n mors van tyd. Jy kan duisende rande aan berading spaar as jy na my luister. Huwelike het soos alles anders ook maar 'n rakleeftyd en hoe gouer 'n mens dit besef, hoe makliker is dit vir almal."

Magriet sit haar koppie in die piering neer en tel haar handsak op. Sonder om te dink, haal sy geld uit haar beursie en terwyl sy opstaan, sit sy dit voor hom neer. "Ek moet gaan. Betaal asseblief my koffie en gee die res vir die kelnerin."

Hy staan ook op en maak 'n afwerende gebaar met sy hand. "Ek is jammer . . . ek het jou nou kwaad gemaak. Dit was nie my bedoeling nie." Hy beduie na die stoel oorkant hom. "Bly asseblief nog. Ek sal die onderwerp verander."

Magriet skud haar kop. "Ek moet regtig gaan. Totsiens."

"Laat ek dan ten minste vir jou koffie betaal," praat hy agter haar aan, maar sy skud net haar kop terwyl sy met 'n regop rug van hom af wegstap.

Sy huil die hele pad huis toe. Sy woorde sit soos klits-gras aan haar siel en sy het moeite om die pad raak te sien.

By die huis val sy op die groot bed in hulle kamer neer. Haar lyf pyn later van die snikke en as dit nie vir die honde se getjank by die agterdeur was nie, sou sy seker nooit opgestaan het nie.

Sy voel duiselig toe sy in die gang afstap en vir die diere die agterdeur oopmaak, en is verbaas om op die kombuishorlosie te sien dat dit al vroegaand is. Sy skep vir hulle kos in hul bakke, maak vir haarself net 'n koppie tee en nadat sy seker gemaak het al die deure is gesluit, stap sy na die gesinskamer. Die gedagte aan daardie groot, leë bed in hulle kamer wil haar van voor af laat huil. Sy skakel die televisiestel aan en kyk onbe-langstellend na die dag se nuusgebeure. Maar niks wat op die skerm flits, hoe tragies ook al, kom naby die hartseer wat soos 'n klip in haar lê nie. Sy het lus om vir die nuusleser te skreeu dat hy nie weet wat hartseer is nie. Dat as hy iets tragies wil hoor, hy na haar ver-haal moet luister.

Toe die weervoorspelling uitgesaai word, sit en kyk Magriet na die simbole vir wind en reën en sonskyn en weer beleef sy 'n gevoel dat niks daarvan saak maak nie. As 'n tornado 'n mens getref het, maak dit seker nie saak of daar reën of sonskyn op pad is nie. Jou enigste behoefte is seker net om in jou skuiling te bly en nie te sien hoeveel skade daar aan jou huis is nie.

Laataand gaan haal sy vir haar 'n kombers uit die linnekas en nadat sy haar skoene uitgeskop het, maak sy haarself op die groot rusbank tuis. Die stemme op die televisie sorg mettertyd dat haar oë begin toeval en dan sak sy in 'n genadige slaap weg.

## 3

Magriet tas verward langs haar, maar sy kry nie die geluid vasgevat nie. Stadig gaan haar oë oop en word sy daarvan bewus dat sy nie in haar bed is nie en dat dit nie haar wekker is wat die geraas veroorsaak nie. Dis die telefoon wat op die tafel by haar kop staan. Sy lig met moeite die gehoorstuk.

"Ma, slaap Ma nog?"

Dis Gerrit se stem en Magriet ervaar meteens so 'n verlammende vrees dat sy net woordeloos kan knik. Waarom bel die kind so vroeg? Daar moet iets groots verkeerd wees.

"Ma?"

"Ek is hier," antwoord sy haastig met 'n hees stem. "Wat is verkeerd?"

"Niks, maar Pa moet dringend weg en hy vra of hy ons kan kom aflaai op pad lughawe toe."

"Waar is hy nou? Waarom bel hy nie self nie?" Die vrees verander stadig in 'n redelose woede. Dit raak soos 'n taai vloeistof wat deur haar are probeer loop.

"Hier is nou mense van die werk by hom en hy moet nog pak ook."

Dis nie my probleem nie, wil sy sê, maar in plaas daarvan knik sy. "Ek is by die huis."

"Griet . . ." klink 'n ander stem skielik ook op die lyn. "Ek is vreeslik jammer. Ek het probeer reël, maar dis hopeloos, ek sal moet gaan."

Magriet sit die telefoon neer sonder om iets te sê. Haar oë voel branderig en seer van die vorige aand se stortvloed trane en haar lyf pyn asof sy strawwe oefening gedoen het. Die laaste ding wat sy wil hoor, is sy verskonings. Sy het die vorige aand oor hulle twee en hul huwelik gehuil, soos wat sy seker nog nooit oor iets gehuil het nie. En nou word sy op haar nugter maag met die hopeloosheid daarvan gekonfronteer. Sy kon net sowel haar trane gespaar het. 'n Stemmetjie herinner haar daaraan dat sy eintlik baie dankbaar is dat die Sondag nie so alleen gaan wees nie, maar sy wil die stemmetjie ignoreer. Sy wil eers in haar ontevredenheid broei. Haar verlustig in haar selftevredenheid. Sy was nie verkeerd nie. Die maatskappy is en sal altyd sy eerste prioriteit wees.

Magriet maak die deur oop toe die klokkie lui, maar verwerdig haar nie om na die motor in die oprit te kyk nie. Sy kan sien hy lig sy hand in 'n groet, maar sy draai om en maak die deur agter haar en die seuns toe.

"Is Ma kwaad omdat ons vroeër moes terugkom huis toe?" Christiaan kyk oor sy skouer na haar.

"Moenie laf wees nie, Christiaan. Ek het net geskrik toe julle so vroeg bel."

"Daar is 'n staking op een van Pa se projekte en hulle het hom in die nag gebel om te sê die stakers dreig om van die geboue aan die brand te steek as hy nie self kom nie," verduidelik Gerrit in die verbyloop kamer toe. "Ma kan bly wees Pa het Ma nie tóé al wakker gemaak nie."

Magriet weet nie waar die vrees vandaan kom nie, maar dis net skielik daar. Swart en verlammend. Sy weet dat een van sy maatskappye die een of ander projek in Zimbabwe aan die gang het en sy hoop van harte dis nie waarheen hy op pad is nie. Die nuusberigte oor dié buurstaat maak dat sy maar altyd bekommerd is as hy daarheen moet gaan. Sy stap kombuis toe en skakel die ketel aan.

Wat help dit hulle woon nie meer saam nie, maar sy lewe spoel hare nog binne soos 'n vloedgety? Dit vul die poele wat sy rondom haar hart gemaak het en soms voel dit of net haar kop bo die water uitsteek. Maar wat is die alternatief? Dat hy terugkom? En sy ook maar alleen is en al meer in haar dop kruip? Moet hulle skei en só probeer om elkeen met sy en haar eie lewe aan te gaan? Maar sal sy ooit met haar eie lewe kan aangaan?

Sy skink kookwater op die teesakkies en kyk hoe die water verkleur. Hulle deel twee kinders en sestien jaar se getroude lewe. Dis soos die kookwater wat verkleur het toe dit met die teeblare in aanraking gekom het. Jy kan nooit weer die twee skei nie. Dis nou 'n fusie.

"Wat eet ons vanmiddag?" praat Christiaan agter haar en sy skrik om. Hy maak die yskas oop en staar na die binnekant.

"Waarvoor is julle lus?"

350

"Iets met vleis," antwoord Gerrit toe hy ook die kombuis binnekom.

"Wat het julle dan gisteraand geëet?" Sy roer haar tee onnodig lank.

"Pizzas. Daai tannie wat by Pa werk – ek dink haar naam is Heila – het 'n klomp papiere gebring wat hy moes teken en ons het sommer pizza bestel. Daar is 'n lekker plek net onder die woonstelblok. Hulle ken ons al."

"Waarom bring sy vir hom papiere op 'n Saterdagaand?" Magriet is skaam oor haar eie woorde, maar haar mond het 'n lewe van sy eie gekry.

Twee paar skouers word opgetrek.

"Ek wonder hoe oud sy is." Gerrit maak nou weer die yskas oop en staar ook na die inhoud, asof daar iets wonderliks na hom sal uitspring as hy lank genoeg kyk.

"Sy is nogal mooi," laat Christiaan van die ander kant van die vertrek hoor waar hy vir homself 'n paar snye brood staan en smeer.

"En baie vriendelik," stem Gerrit saam terwyl hy vir hom 'n blokkie kaas afsny. "Sy sê ons is nou te groot om vir haar 'tannie' te sê," praat hy met die kaas op pad na sy mond.

Magriet gee so 'n groot sluk tee dat sy ongenadig aan die stik gaan, maar dis eers toe die trane oor haar wange stroom dat Christiaan hom verwerdig om tot haar redding te kom. Die hou wat sy tussen haar blaaie kry, is so hard dat sy momenteel sonder asem is. Toe hy weer wil slaan, skud sy vervaard haar kop. Sy is nie seker of haar longe nog so 'n hou sal kan uitstaan nie.

"Is Ma orraait?" wil Gerrit al kouend weet en Magriet knik ligweg.

Wat sy eintlik vir hom wil sê, is dat sy beslis nie orraait is nie. Dat 'n onredelike jaloesie soos warm kole in haar kom lê het. Gevoelens wat sy nog nooit ervaar het nie, of by tye slegs op 'n aansienlik ligter skaal, woed nou soos die suidoos, huilend om die hoeke van haar siel. Sy is nie 'n jaloerse tipe mens nie en het beslis nog nooit rede gehad om Julius te wantrou nie. Dit is een van die eienskappe van hul verhouding wat sy deur die jare gekoester het – hulle volkome vertroue in mekaar. Maar dit was tóé, terg die stemmetjie. Nou is hy op sy eie.

Jy het hom gevra om te gaan. Jy het hom vir die wolwe gegooi en hulle gaan hom opraap, koggel sy haarself. Sy gooi die res van die tee in die wasbak uit en maak die vrieskas oop om vleis uit te haal. As sy so voortgaan, eindig sy nog op 'n sielkundige se bank, dink sy byna hardop. Haar hele persoonlikheid is besig om te verander. Sy is besig om vreemde dinge te doen en een van die dae laat Julius haar dalk deur die hof as 'n gevaar vir haarself en die kinders verklaar.

"Gaan julle skei?"

Magriet sak langs Christiaan neer. "Wat laat jou dit vra?" Sy kyk na die seunsgesig voor haar.

Hy trek sy skouers op. "Ek vra maar net. Pieter sê sy ma-hulle het ook kastig eers net apart gaan woon, maar dis net om die kinders daaraan gewoond te maak."

Magriet sluk swaar aan die knop wat in haar keel kom lê. "Sal dit vir julle sleg wees as ons skei?" Sy weet nie waarom sy so 'n sotlike vraag vra nie, maar hoe moet sy die kind antwoord as sy self nie eers antwoorde het nie?

Hy knik. "Dis 'n alewige oppakkery en reëlings en verwyte van die pa of die ma . . . Ek sien mos hoe dit met my vriende gaan wie se ouers geskei is."

Die knop in haar keel vergroot tot so 'n mate dat sy nie meer kan praat nie. Sy vryf oor sy kort hare en voel hoe die trane agter haar oë brand.

"Ek is jammer . . ." kry sy oplaas gepraat. "Ek is jammer dat ons julle laat swaarkry. Dis die laaste ding wat een van ons wil doen."

"Ma het my nog nie geantwoord nie," keer sy stem haar toe sy opstaan om vir Gerrit te gaan nagsê.

Magriet draai terug, maar sy huiwer 'n lang oomblik voordat sy praat. "Ek weet nie of ons gaan skei nie. Ons het nog nooit oor 'n egskeiding gepraat nie. Dis nie iets wat een van ons graag wil doen nie."

Hy antwoord haar nie, lig net sy hand in 'n groet toe sy weer nagsê.

Gerrit is besig om sy klere uit te pak toe sy by hom in die kamer kom.

"Ek haat hierdie in- en uitpak elke tweede naweek. Dis tyd dat Pa terugkom huis toe," lug hy sy mening op 'n baie minder subtiele manier as sy broer. "Dis nie asof Ma óf Pa nou meer smile vandat julle nie meer in een huis woon nie."

Magriet staan weer eens woordeloos, maar gelukkig

lyk dit nie of hy antwoorde verwag nie. Sy druk 'n soen teen sy wang en vermaan hom om klaar te maak en in die bed te klim, anders gaan hy die volgende dag moeilik opstaan. Dan stap sy met stadige treë in die gang af. Sy is self nie seker waarheen sy wil gaan nie. Haar kamer en die groot bed voel nog soos 'n bedreiging. Sy het beslis ook nie lus om televisie te kyk nie.

In die kombuis skakel sy die ketel aan en toe die outomatiese skakelaar klik, maak sy vir haar 'n koppie tee en stap daarmee na Julius se studeerkamer. Vandat hy uitgetrek het, was sy nog nie weer daar nie. Dis 'n mooi vertrek. Teen twee van die mure is donkerhoutboekrakke. Twee gestreepte gemakstoele staan voor die venster en sy wonder hoeveel aande het sy al in een van hulle deurgebring. Sy het dikwels saans by hom kom sit en lees wanneer die seuns reeds in die bed was. Dan het die groot huis soms net te veel geword en was dit beter as sy naby hom in die ligkol van die staanlamp kom sit het.

Die derde muur is soos 'n fotogalery. Daar is foto's van hulle twee en van die kinders en van hulle as gesin. Daar is ook ander waar hy saam met regerings- en sakeleiers staan. Geraamde toekennings vir Sakeman van die Jaar, Entrepreneur van die Jaar, toekennings van oorsese maatskappye . . . en nog vele bewyse van sukses. Hy het nooit daarvan gehou dat sy alles ophang nie, maar sy het ook nie die nut daarin gesien om dit in 'n kas te laat lê nie. Dis tog sy lewe.

Sy gaan sit op sy stoel agter die lessenaar en laat haar hand oor die houtoppervlak gly. Die lessenaar is ongewoon netjies. Sy sien die rekenaar en skakel dit aan. Sy weet nie wanneer laas sy gekyk het of daar e-posboodskappe is nie. Dis asof sy nie krag vir haar alledaagse handelinge het nie.

Daar is 'n lekker lang brief van haar suster in Kanada. Hulle het 'n jaar tevore daarheen verhuis en die brief is vol heimwee na sonskyn. Na hoeveel mense moet sy nog vanaand verlang, wonder sy terwyl sy soms hardop wil lag vir van haar suster se vertellings. Alice se heimwee word afgewissel met skreeusnaakse vertellings oor haar nuwe omgewing en landgenote. Toe sy klaar gelees het, begin sy met 'n terugboodskap. Dis egter moeilik, want sy het nog nie vir Alice gesê dat sy en Julius op die oomblik apart woon nie en dit voel nogal vreemd om dit so swart op wit te sien. Sy wis 'n paar keer die woorde uit voordat die verduideliking vir haar aanvaarbaar is. Toe sy klaar is, stuur sy die boodskap. Sy sit nog 'n rukkie na die skerm en staar voordat sy dit afskakel en kamer toe stap.

Magriet wil net insluimer toe die telefoon langs haar op die bedkassie begin lui. Haar mond raak droog van skrik en sy huiwer voordat sy die gehoorstuk optel.

"Slaap jy al?" Dis Julius se stem en in daardie oomblik tussen slaap en wakker is haar eerste gewaarwording een van vreugde, soos wat sy altyd ervaar wanneer sy daardie stem hoor. Maar kort op die hakke van die blydskap volg 'n gevoel van ergernis. Daardie vretende kanker wat sy die afgelope tyd met haar saamdra.

"Ek het al ingesluimer," laat sy met 'n droë mond hoor.

"Ek is jammer . . . Ek wou net weer verskoning vra vir vanoggend. Ek weet dis nie reg om jou reëlings op kort kennisgewing omver te gooi nie."

Magriet luister na die woorde en in plaas daarvan dat dit haar beter laat voel, groei die ergernis net groter.

"Waarom doen jy dit dan?" Dis nie wat sy wou sê nie, maar die woorde is uit voor sy hulle kon keer.

"Daar is probleme met die projek hier in Zimbabwe."

Sy stem bly deurgaans kalm, asof hy met 'n kind praat, en dit irriteer haar meer as wat sy woede sou doen.

"Daar is altyd probleme, Julius. En jy dink jy is al een wat alles kan uitsorteer. Ek weet nie waarom jy honderde personeellede aanhou nie. Én hulle nog hande vol geld ook betaal nie. Jy kan net sowel 'n eenmanbedryf hê, want dis net jy wat werk." Toe sy eers begin, kan sy nie weer ophou nie, al gaan daar rooi ligte agter haar oë aan en al voel sy skaam vir haarself.

"Jy is nou baie onredelik." Vir die eerste keer is daar 'n ander klank in sy stem. "My personeel werk almal baie hard en ek sou beslis nie sonder hulle kon klaarkom nie. As jy my wil aanval, doen dit, maar laat hulle hier uit."

"Om op 'n Saterdagaand by jou werkgewer te gaan pizzas eet en toevallig 'n paar dokumente te laat teken, is nie werk nie, Julius, al dink julle dalk so."

Daar is 'n stilte en toe hy praat, is sy stem onseker. "Waarvan praat jy?"

"Jy weet waarvan ek praat."

"Nee, ek is jammer, ek weet werklik nie."

Magriet voel hoe haar nek warm word en sy verwens haar mond. Sy is besig om al haar waardigheid te verloor. "Die feit dat Heila op 'n Saterdagaand dokumente agter jou aanry, beteken nie sy is hardwerkend nie. Dit beteken net haar tydsberekening is uitstekend."

'n Sagte laggie klink in haar oor op en die hoendervleis slaan op haar vel uit.

"Ek weet nie waarom jy lag nie." Sy is dankbaar hy kan nie haar gloeiende wange sien nie.

"Na al die jare is jy nou skielik jaloers op ander vrouens! Ek vind dit nogal lagwekkend."

"Ek is nie jaloers nie, ek wil jou net laat onderskei tussen werklik hardwerkende mense, en ander wat net slim is en weet hoe om hardwerkend en onmisbaar te lyk."

"Dankie, ek sal dit onthou." Sy kan hoor hy glimlag nog en sy groet haastig.

"Nag, Griet, lekker slaap."

Magriet sit en kyk 'n lang oomblik na die instrument op die bedkassie. Sy sal iets moet kry wat haar gedagtes kan hokslaan. As sy so aangaan, sal sy een van die dae haarself kan laat sertifiseer.

## 4

Magriet mik weer met die afstandbeheerder na die hek en druk die rooi knoppie, maar weer gebeur daar niks. Sy klap die klein instrumentjie teen haar been en herhaal die handeling nog 'n paar keer, maar tevergeefs. In die tyd wat dit haar geneem het om die kinders by die skool af te laai en terug te kom, het iets met die hek of die instrumentjie verkeerd gegaan, maar sy vermoed eerder die duiwel het in alles gevaar. Sy het verslaap en gevolglik die seuns te laat wakker gemaak, toe het almal half verward in die huis rondgehardloop. 'n Maandagoggend is nooit 'n goeie dag om te verslaap nie. En nou sit sy met 'n ou verslete denim, 'n los oortrui en sonder onderklere buite haar erf. Sy het haar selfoon by haar, maar nie haar dagboek met die nommer van die maatskappy wat die hek geïnstalleer het nie. Sy kyk op haar horlosie. Sy kan vir Marie wag, maar in dié reën is daar dikwels probleme met die vervoer.

Sy oorweeg dit om oor die hek te klim, maar boaan die regop staalsporte is skerp punte. Sy beskou die groot plataanbome op die sypaadjie. Hulle takke is byna kaal en daar is 'n paar stewiges waarop sy dalk kan klim. Aan die binnekant van die muur staan twee yslike akkerbome waarvan die takke tot digby die muur kom.

Sy klim uit die motor en binne oomblikke hang haar hare in nat slierte teen haar kop en kleef die trui aan haar bolyf. Sy soek met haar voet vastrapplek op die onderste tak en dan lig sy haar sonder veel moeite tot in die boom. Die takke is egter nat en sy moet styf vashou. Sy skuif versigtig tot waar die tak en die muur bymekaarkom, van waar sy haar tot op die muur lig. Dan sit sy eers vir 'n rukkie op die muur terwyl sy haar volgende stap oorweeg, nie seker of sy eers haar arms of eers haar bene moet versit nie. Haar arms voel na

358

'n beter opsie en toe sy seker is sy het goeie vashou-plek, lig sy haar bene en slaak 'n sug van verligting toe sy veilig in die akkerboom sit. Sy begin stadig afklim, maar net voor haar voete die grond kan raak, glip haar skoene op die nat tak en die volgende oomblik lê sy onder die boom in 'n nat hopie. Sy gee 'n harde uit-roep en dan 'n paar kragwoorde. 'n Skerp pyn skiet in haar been op en toe sy aan haar voorkop raak, is daar bloed aan haar vingers en 'n verblindende pyn agter haar regteroog.

Magriet strompel orent, maar toe sy haar gewig op haar linkervoet sit, sak sy onwillekeurig teen die nat boomstam neer. Sy trek haar skoen uit en kyk met mis-noeë na haar opgeswelde enkel. Sy moes haar enkel verstuit het. Sy druk agter haar teen die skurwe boom-stam en probeer orent kom, maar die pyn verplig haar om weer te sit.

Met die derde probeerslag begin warm trane teen haar wange afloop. Sy is druipnat en kort-kort roer 'n ligte wind aan die takke bo haar en dan stort daar nog meer water op haar neer. Sy sal 'n plan moet maak. Sy kan nie vir ewig daar sit nie. Behalwe dat haar enkel al erger pyn, moet sy telkens die bloed van haar voorkop afvee.

Sy druk haar hand in haar denim se sak en is verlig toe sy haar klein selfoontjie voel. Sy was nie seker of sy dit uit die motor gehaal het nie. Met nat, bewerige hande begin sy 'n nommer skakel.

"Alexa," roep sy uitasem toe haar vriendin ant-woord. "Kan jy my asseblief kom help, maar bring jou oopmaker vir ons hek saam en parkeer net binne die hek. Ek is net langs die muur onder die akkerbome."

"Wat op aarde makeer?"

"Ek sal later verduidelik, maar kom asseblief net eers na my toe." Magriet druk die rooi knoppie en die verbinding word verbreek. Dan probeer sy nog 'n slag om orent te kom, maar dis hopeloos. Dit help ook nie sy vorder tot op die grasperk nie. Dis waarskynlik nog natter daar as onder die boom. Sy sal net daar moet wag tot hulp opdaag.

Tien minute later hoor sy hoe 'n motor buite die hek tot stilstand kom en die groot swart hekke stadig oopswaai. Trane begin opnuut oor haar wange loop toe Alexa se motor net binne die hek stop.

Alexa klim uit die motor en slaan haar sambreel oop. Haar oë soek-soek oor die groot tuin.

"Hier is ek," roep Magriet.

Alexa kom vinnig nader. "Wat op aarde het jy oorgekom? Kyk hoe lyk jy! Is jy aangerand?" Sy staan stomgeslaan voor Magriet.

"Ek het uit die boom geval en kan nie op my voet trap nie," probeer Magriet so kortliks moontlik die gebeure oordra, maar die frons tussen Alexa se oë verdiep net al hoe meer.

"Alex," klappertand Magriet, "as jy my nie nou help om in die huis te kom nie, gaan ek verkluim."

"Ek moet sorg dat jy so gou moontlik by 'n hospitaal uitkom," antwoord Alexa kopskuddend, asof die prentjie voor haar steeds nie sin maak nie.

"Ek moet net eers droë klere aantrek," sê sy terwyl

360

Alexa haar ophelp. Maar toe sy regop staan, kyk hulle na mekaar en Magriet weet sy gaan dit nie huis toe maak nie. Selfs die geringste beweging voel soos warm dolke wat in haar been opgesteek word.

"Leun op my en spring op jou ander been," stel Alexa voor.

Hulle begin die tog motor toe, maar moet elke paar treë stop omdat die pyn te erg word en die straaltjie bloed teen haar voorkop dreig om in haar oog te loop.

Maar uiteindelik is hulle by die motor en Magriet sak dankbaar op die agterste sitplek neer. Alexa trek vinnig weg. Sy ry met die lang oprit op, maar in plaas daarvan om by die huis stil te hou, maak sy 'n U-draai voor die motorhuise.

"Waarheen ry jy nou?" wil Magriet bewend van die agterste sitplek af weet toe die swart hekke voor hulle oopswaai.

"Jy kan nie eers huis toe gaan nie. Ek neem jou nou hospitaal toe en dan sal ek terugkom vir jou klere."

Magriet wil beswaar maak, maar sy het soveel pyn en haar tande klap hoorbaar op mekaar van die koue en waarskynlik die skok.

Die ongevalle-eenheid by die hospitaal is 'n miernes van bedrywighede, maar Alexa laat haar nie deur die lang toue mense afskrik nie. Sy kommandeer 'n portier met 'n rolstoel op om saam met haar motor toe te gaan en dan sorg sy dat Magriet dadelik na 'n ondersoek-kamer geneem word, waar hulle vir haar 'n droë hospitaaljurk aantrek en haar warm toemaak. Dit neem egter steeds 'n halfuur voordat 'n jong dokter sy opwagting maak. Magriet verduidelik dat sy gestruikel en geval het. Dis beslis nie nodig dat hy weet sy het uit 'n boom geval nie, al kan sy sien Alexa brand om die hele verhaal te vertel.

Hy kyk vlugtig na die sny teen haar kop voordat hy die lakens en komberse oplig en haar enkel beskou.

"Ek sal 'n paar steke moet insit om die sny aan jou voorkop te heg, maar gelukkig is dit redelik naby die haarlyn en behoort die letsel nie té duidelik sigbaar te wees nie." Sy blik gaan na haar enkel. "Maar ek is bevrees jy het dalk jou enkel gebreek. Ek gaan jou gou vir x-straalplate stuur sodat ons kan sien wat daar aangaan. Intussen sal ek sê hulle moet jou iets vir die pyn gee." Hy vee simpatiek oor haar nat hare. "Koue en pyn gaan nie goed saam nie."

Magriet voel hoe trane agter haar oë brand, en sy knip haar oë 'n paar keer. Sy sug onderlangs en verwens haarself vir haar eie lompheid.


"Mevrou Vosloo," laat die jong dokter met 'n simpatieke klank in sy stem hoor toe hy weer die gordyne wegtrek en langs die bed kom staan. "Ek het goeie en slegte nuus." Hy lig 'n swart x-straalplaat op en beduie na iets wat soos 'n voet lyk. "Jy het jou enkel gebreek, maar dit kon baie erger gewees het. Dit was 'n skoon breuk en behoort goed te herstel." Hy kyk na die suster langs hom. "Ons sal 'n ortopeed moet laat kom." Hy kyk na Magriet. "Is daar 'n spesifieke een wat jy sal verkies?"

Magriet skud haar kop. Sy wil vir hom sê sy wil net graag weer eendag kan loop, maar alles voel na te veel moeite.

Hy knik en gee dan 'n naam vir die suster. "Ek gaan gou die paar stekies insit en dan sal die personeel jou saal toe neem. Die ortopeed sal jou daar kom sien. Is daar iemand vir wie ons moet laat weet dat jy hier is?"

Magriet skud haar kop. Alexa is huis toe om vir haar nagklere en toiletware te gaan haal en sy sal later ook die kinders by die skool oplaai. Verder kan sy nie nou dink nie.

"Ek het my doodgesoek na jou," kom Alexa praat-praat die enkelkamer binne. "Niemand was heeltemal seker of jy al opgeneem is nie. Dis geen wonder pasiënte raak in hospitale weg nie." Sy sit die oornagsak op die tafeltjie voor die venster neer en begin klere en ander benodighede uitpak.

"Ek beplan nie om 'n jaar hier te bly nie, Alex." Magriet kyk na die klein kassie wat volgepak word.

"Maar jy weet ook nie hoe lank jy hier gaan wees nie en daar is min dinge wat meer neerdrukkend is as om dag na dag met dieselfde slaapklere in 'n hospitaalbed te lê. En aangesien jy genoeg het, het ek sommer 'n paar pakke saamgebring. Ek moet sê, van hulle is nog splinternuut. Jy slaap seker nie met slaapklere by die huis nie." Alexa se oë vonkel ondeund.

Magriet gee 'n snork. "Met twee tienerseuns in die huis, slaap ek beslis nie kaal nie."

"Waarom het jy nie net vir Marie se sleutel gewag nie?" Alexa skud weer haar kop.

Magriet trek haar skouers op. "Ek het koud gekry." Wat sy nié sê nie, is dat sy die afgelope tyd eienaardige goed aanvang. Dis nie nodig dat haar vriendin ook oor haar geestesgesondheid bekommerd moet wees nie. Dis genoeg dat sy self daaroor wakker lê. Sy weet ook nie waarom sy nie net vir haar huishulp gewag het nie.

"Het jy vir Julius laat weet?" Alexa se blik rus versigtig-vraend op haar vriendin se bleek gesig. "Hy soek dalk vanaand na die seuns," gaan sy voort toe sy sien Magriet huiwer met 'n antwoord.

"Hy het gisteroggend Zimbabwe toe gevlieg en ek twyfel of hy al terug is."

Alexa knik afgetrokke. "Ek sal sy kantoor bel en hoor wanneer hy terugkom."

"Moet om liefdeswil net nie meer daarvan maak as wat dit is nie."

"Julle is getroud, Magriet, en al is dinge tussen julle op die oomblik effens krapperig, glo ek tog julle gevoel vir mekaar is nie dood nie. Julle het net tyd nodig en soos ek hom ken, sal hy wil weet as daar iets met jou of die kinders gebeur."

Magriet wil nie oor Julius praat nie. Veral nie hier waar sy in 'n hospitaalbed lê en haarself tegelykertyd verwens en jammer kry nie. Dis vreemd dat al die dinge wat sy deur die jare gewoond was om te doen, skielik vir haar erger lyk. Die huishoudelike krisisse was nog altyd haar verantwoordelikheid en sy het dit sonder veel moeite hanteer, maar vandat Julius uit die huis getrek het, voel dit soms asof sy net van die een probleem na die ander beweeg. Sy, wat haarself nog nooit oorgegee het aan selfbejammering nie, het dikwels 'n begeerte om op 'n hopie te gaan sit en vir die wêreld te sê sy kan nie meer aangaan nie. Sy wil nie 'n swembadpomp laat regmaak nie en ook nie 'n afstandbeheerder se battery vervang nie. Dis soveel moeite.

"Griet?" Alexa kyk bekommerd na Magriet.

"H'm . . ."

"Jy hoor nie 'n woord wat ek praat nie."

"Jammer, ek was seker vir 'n oomblik ingedagte. Wat het jy gesê?"

"Wanneer gaan hulle opereer?"

"Die ortopeed het 'n teaterlys tot net na vieruur. Ek is blykbaar net daarna aan die beurt."

"Moenie oor die seuns bekommerd wees nie. Hulle kan sommer by ons bly. Ons kinders sal bly wees oor die onverwagse kuier. Kan ek die seuns bring om vanaand te kom kuier?"

Magriet skud haar kop. "Ek dink hulle skryf môre 'n toets en dit sal net 'n goeie verskoning vir hulle wees om nie te leer nie. Ek sal waarskynlik ook nog slaap. Hulle kan maar môre kom kuier. Stel hulle tog asseblief gerus dat dit nie so erg is nie."

"Is daar niks anders wat ek vir jou kan bring nie?"

"Nee, dankie."

Alexa druk 'n soen teen haar vriendin se voorkop. "Sterkte vir alles en bel my as jy my nodig het."

Sonder waarskuwing kom lê daar 'n branderigheid in Magriet se keel en sy kan voel hoe trane onverwags in haar oë opdam. Toe Alexa met 'n kreun langs haar op die bed neersak en albei haar hande vashou, skud sy egter haar kop.

"Ignoreer asseblief hierdie toneel. Ek dink my hormone is dalk deurmekaar."

"Miskien moet jy jouself toelaat om 'n slag goed te huil," laat Alexa kopskuddend hoor. "Jy is al vir weke besig om ons almal te verseker jy is orraait, en ek dink dis besig om jou in te haal."

"Nee wat, ek het dalk net groter geskrik as wat ek gedink het. Môre sal ek beter voel."

"Waarom probeer jy 'n supervrou wees?"

"Ek doen dit nie," keer Magriet moeg. "Maar ek gaan myself ook nie toelaat om oor alles te wroeg nie."

Alexa staan van die bed af op. "Ek dink jy en Julius moet gaan sit en praat. Dit help nie julle albei maak of daar niks verkeerd is nie, en die probleem gaan homself ook nie oplos solank julle dit ignoreer nie."

Magriet kyk na haar vriendin. Die pynstiller wat hulle haar vroeër ingespuit het, is besig om uit te werk en die laaste ding waaroor sy nou wil praat, is haar huwelik of wat daarvan oor is.

"Nie nou nie, Alex."

Alexa knik en dan lig sy haar hand. "Ek sien jou weer later."

Daarmee draai sy om en met 'n wuif van haar hand verlaat sy die hospitaalkamer.

Magriet kyk haar peinsend agterna. Sy weet hulle sal die een of ander tyd moet praat, maar nie nou nie. Nie solank sy in die donkerte van die nag haarself kan verbeel dat alles gaan regkom nie. Nie solank sy in die stilte van haar siel na hom hunker nie. Want wat gaan sy doen as hy nie weer wil probeer nie? Hoe sal sy kan voortgaan as daar nie meer hoop is nie? Liewer dan hierdie onsekerheid waarin sy haarself allerhande troosdinge kan wysmaak.

## 5

"Besoektyd is reeds verby, meneer, maar ek sal u vir vyf minute toelaat."

Magriet hoor die stem buite haar kamerdeur, maar steur haar nie veel daaraan nie, daarom skrik sy toe haar deur oopgaan en Julius die dofverligte kamer binnekom. Hy dra weer sy mooi winterjas en sy kort donker hare is effens klam. Sy grys oë is afgetrokke en om sy mond is 'n grimmige trek.

Hy kom langs die bed tot stilstand en kyk vir 'n oomblik op haar af. Magriet weet nie of sy moet groet nie. Hier van naby sien sy 'n spiertjie langs sy mondhoeke spring – 'n seker teken dat hy omgekrap is. En al was daar die afgelope paar maande 'n stramheid tussen hulle, het sy hom lanklaas werklik kwaad gesien. Hy het in die verlede in elk geval selde vir haar kwaad geword.

"Waarom het jy my nie gebel nie?" verbreek hy oplaas die stilte.

"Ek het gedink jy is in Zimbabwe." Haar stem klink vir haarself yl in die skemer kamer.

367

"Dan kon jy die kantoor gebel het en iemand laat kom het om jou te help. Dis wragtig nie nodig dat jy oor mure en hekke moet klim nie." Hy vee met sy linkerhand oor sy hare en Magriet sien dat hy nog sy trouring dra. Sy is verstom dat sy in die omstandighede so iets oplet.

"Julius, dit was 'n ongeluk en dis nie nodig om 'n berg hiervan te maak nie."

"Jy kon jou nek gebreek het."

Magriet gee 'n meewarige laggie. "So lomp is ek nou ook nie."

"Dis nie 'n grap nie." Hy trek die jas uit en gooi dit op die stoel voor die venster, voordat hy homself skuins op die bed tuismaak. Dis 'n handeling wat 'n paar weke gelede normaal sou gewees het, maar wat nou vir haar besonder intiem voel.

"Waarom baklei jy met my?" Sy skuif effens regop teen die kussings.

Sy blik gaan oor haar gesig, maar hy huiwer voor hy haar antwoord.

"Ek wil nie by ander mense hoor dat jy in die hospitaal lê nie. Toe ek vanaand by die woonstel kom, was daar 'n boodskap op die antwoordmasjien van Alexa, om te sê jy het geval en jy is gisteraand al geopereer."

"Jy sou in elk geval niks kon doen nie, al was jy hier," keer Magriet.

"Ek sou dit nogtans wou weet . . . en verkieslik nie twee dae later daarvan uitvind nie. Jy kon die kantoor gebel het. Hulle het geweet waar om my op te spoor."

"Julius, dis nie nodig om 'n gewete oor my te hê nie." Sy gee 'n sug. "Jy het genoeg verantwoordelikhede, sonder dat ek ook nog een hoef te wees."

"Jy is my vrou!" Sy stem styg ergerlik. "En jy ís my verantwoordelikheid, of jy dit wil weet of nie."

"Met die klem op verantwoordelikheid," laat sy half ingedagte hoor.

Sy wenkbroue skiet teen sy voorkop op. "Wat beteken dit?"

"My primêre rol het verander van jou vrou tot nog 'n verantwoordelikheid." Dis asof Magriet nie beheer oor haar tong het nie.

"Ja, dis wat jy jouself probeer wysmaak."

Dis haar beurt om met geligte wenkbroue na hom te kyk.

"Jy moet 'n rede hê waarom jy nie meer lus is vir die huwelik nie en dis maklik om jouself so iets wys te maak. Daardeur verontskuldig jy jouself geriefshalwe van jou besluit."

Sy woorde laat Magriet stomgeslaan na hom staar.

"Hierdie ding was nie my besluit nie, Griet. Jy het dit dalk vergeet."

"Die rede waarom dit nie jou besluit was nie, is bloot omdat jy te besig is om agter te kom dat jy nie meer 'n huwelik het nie!" vind sy haar stem terwyl sy voel hoe haar wange warm word.

"Ek het 'n paar keer aan jou probeer verduidelik dat hierdie 'n moeilike tyd is, omdat ek besig is om veranderings en verskuiwings binne die maatskappy aan te bring, maar dat dit weer beter sal gaan. Die aankoop van die nuwe maatskappy het ongelukkig ook veroorsaak dat ek besiger as normaalweg is." Die laaste sin word effens kalmer gesê.

"Wanneer sal dit beter gaan? Wanneer ons albei oud en sieklik is? Daar sal altyd nog 'n maatskappy wees wat jy kan verower . . . nog 'n probleem wat opgelos moet word. Dis soos 'n dwelm vir jou!"

Op daardie oomblik gaan die deur oop en 'n suster kom met 'n frons die kamer binne.

"Ek het gesê vyf minute, meneer Vosloo." Sy kyk na Magriet. "Ek kan ook nie toelaat dat jy die pasiënt ontstel nie." Sy beduie deur toe. "Jy sal ongelukkig nou moet gaan."

Julius staan sonder 'n woord op, tel sy jas van die stoel af op en knik in Magriet se rigting.

"Goeienag."

Magriet kyk hom stil agterna en 'n magteloosheid kom lê in haar. Hoe moet sy aan hom verduidelik dat hulle probleme het, as hy verkies om dit te ignoreer? Hoe moet hulle dit oplos, as hy dink sy het belangstelling in hulle huwelik verloor? Sy sluit moeg haar oë terwyl die suster haar bloeddruk neem en die koorspen onder haar tong inskuif. Sy sou vanaand wat wou gee om saam met hom huis toe te gaan en in sy arms aan die slaap te raak. Maar nou lê sy alleen in 'n hospitaalkamer en as sy aan Julius dink, is dit soos 'n donker gat wat voor haar oopmaak. 'n Gat wat alles verteer wat bekend aan haar lewe was, totdat daar nie meer 'n verlede of toekoms oor is nie.

"Ek sou baie graag wou sien hoe Ma oor die muur geklim het." Gerrit gee 'n laggie, terwyl hy die swaar voeten-beenstut bekyk wat sy in die plek van gips dra. "Dit moes eintlik skreeusnaaks gelyk het." En dan skud hy sy kop. "Ek hoop net nie die bure het Ma gesien nie."

"Moenie maak asof ek oud en lomp is nie," berispe Magriet hom kastig verontwaardig. "Ek was binne sekondes oor die muur en in die boom."

"En toe val Ma oor 'n boomwortel," lag Christiaan ook nou tussen twee happe middagete. Die twee van hulle het tien minute tevore van die skool af gekom en hoewel hulle openlik bly was om hulle ma na vier dae terug by die huis te sien, kan hulle nie anders as om haar tog te terg nie.

"Ek het nie oor 'n boomwortel geval nie. Die takke was nat en my voete het gegly en ek het óp die boomwortel geval."

Gerrit sit sy hand om sy ma se nek en soen haar speels op die wang. "Toemaar, Ma, ons sal vir niemand vertel nie."

"Het die dokter darem gekyk of alles in Ma se kop nog reg is?" wil Christiaan weet.

"Ja, Christiaan, die dokter het gekyk en nee, daar is niks in my kop verkeerd nie." Magriet skud haar kop. "En ek het gedink ek gaan simpatie van julle twee kry!"

"Ons is jammer vir Ma," laat Christiaan hoor terwyl hy Magriet se krukke optel en daarmee deur die kombuis strompel. "Ek wou nog altyd gevoel het hoe dit is om met krukke te loop."

"Dis nie lekker nie," laat Magriet sugtend hoor en raak aan haar hande waar daar na net twee dae blase gevorm het. "Ek weet nie hoe ek ses weke lank daarmee oor die weg moet kom nie."

"Ma moes miskien eerder 'n rolstoel gevra het." Dis Gerrit wat nou weer sy vaardigheid op die krukke toets.

"Sal julle my rondstoot?"

Twee paar oë draai na mekaar en dan skud twee koppe in gelid. "Miskien is die krukke beter."

Magriet gee 'n spotlaggie. "Pas seker nie so lekker by julle image nie, nè?"

"Ons is net so besig," laat Christiaan gemaak ernstig hoor.

Magriet skud haar kop. "Wanneer gaan julle jul klere by die woonstel haal?" verander sy die onderwerp.

Hulle kyk weer na mekaar en Magriet kyk van die een na die ander, skielik bewus van iets wat veronderstel was om 'n geheim te wees.

Sy kan sien hoe hulle worstel, maar oplaas is dit Christiaan wat met die inligting vorendag kom. "Ons het nie by die woonstel gebly nie."

Magriet voel hoe haar wenkbroue lig. "Waar het julle dan gebly?"

"Hier," besluit Gerrit om sy broer te help.

"Alleen?" Sy voel hoe 'n redelose woede in haar kom lê. Hoe kon Julius dit toegelaat het? En dit nadat hy haar verseker het hy sal die seuns versorg terwyl sy in die hospitaal is?

Christiaan se kop skud en hy kyk eers weer na sy

372

broer voor hy antwoord: "Pa het sommer hier by ons kom bly. Hy het gesê dis makliker as wat ons al ons klere moet oppak."

"En Marie het vir ons gekook en ons klere gewas. Dit was eintlik 'n goeie reëling," voeg Gerrit met 'n kopknik by.

"En hoe het julle by die skool en terug gekom?" Magriet weet nie waarom sy dit vra nie. Daar is nou niks meer wat sy daaraan kan doen nie, maar dis asof sy nie wil weet dat Julius moeite gedoen het nie.

"Pa het ons soggens afgelaai en in die middae na sport weer opgelaai of iemand gestuur."

"En waar het julle gebly wanneer hy saans uitgegaan het of laat gewerk het?" Steeds wil Magriet se mond nie stil word nie.

"Hy het net een aand laat gekom en toe het Marie by ons gebly."

Magriet laat sak haar oë. Die kinders is nie dom nie en sy is jammer sy het hulle uitgevra. Hulle weet sy vertrou Julius nie om na hulle om te sien nie, en dis nie reg nie. Sy het geen reg om sy lojaliteit te bevraagteken nie, veral nie voor hulle nie. Dis noodsaaklik dat hulle altyd onthou hoe belangrik hulle vir hom is. Sy weet nie waarom sy deesdae so vreemd reageer nie. Dis asof daar iemand anders in haar lyf geklim het en sy haarself net in 'n spieël herken, maar nie meer aan haar woorde en dade nie.

"Pa het gesê hy sal iemand stuur om ons rugbyoefening toe te neem en te gaan haal," onderbreek Christiaan haar warboel gedagtes.

Magriet se kop lig orent voor sy haarself kan keer. "Ek kan julle neem," maak sy beswaar, maar albei skud hulle koppe terwyl hulle van die tafel af opstaan om hulle skoolklere te gaan uittrek.

"Pa het gesê Ma mag nie bestuur nie," laat Gerrit in die verbygaan oor sy skouer hoor.

Magriet bly verstom by die tafel sit. Sy was nie seker hoe sy die kinders gedurende die volgende paar weke gaan vervoer nie, maar sy het dit beslis nie oorweeg om Julius se hulp te vra nie. 'n Deel van haar wil sê sy sal 'n ander plan maak, maar dan raak haar gedagtes onverklaarbaar stil en sy knik. Sy is tóg dankbaar vir sy bedagsaamheid. Sy staan van die tafel af op, neem haar krukke en stap stadig daarmee kamer toe. Miskien moet sy 'n bietjie gaan lê. Miskien ís daar iets in haar kop verkeerd, soos wat die kinders spot.

Maar toe sy op die groot bed neersak, raak sy van 'n vae reuk bewus – 'n reuk wat sy lanklaas geruik het – en haar bors trek pynlik saam. Dit lê soos 'n vae herinnering op die kussings langs haar. Hy het in hulle bed geslaap. Sy maak haar oë toe en voel hoe die verlatenheid oor haar toesak.

Magriet stap effens dronkerig deur die stil huis. Sy moes aan die slaap geraak het, want die seuns is nie meer daar nie en sy weet nie wanneer hulle weg is nie. Sy tref Marie in die kombuis voor die stoof aan, besig om 'n geurige bredie vir aandete te kook.

"Waar is die seuns?" Magriet sak by die kombuistafel neer.

"Rugby toe. Hulle het gesê jy hoef nie bekommerd te wees nie, hulle het 'n geleentheid terug ook."

"Wie het hulle kom haal?"

Die kort, ronde vroutjie draai van die stoof af om. "Een van die motorbestuurders – die ouerige man."

Magriet knik. Sy weet nie wat sy verwag het nie, maar sy is tog dankbaar dis nie iemand anders nie. In haar agterkop spook 'n prentjie van Heila wat die kinders heen en weer ry.

"Kan ek vir jou iets maak om te drink?" wil Marie met 'n bekommerde klank in haar stem weet.

"Koffie sal lekker wees. Ek weet nie waarom ek vandag so moeg voel nie."

"Dis van die skok. So iets tref 'n mens altyd eers na die tyd," laat die ouer vrou vol wysheid hoor.

"Ek gaan in die gesinskamer sit," laat Magriet afgetrokke hoor en Marie knik.

"Ek sal die koffie daarheen bring. Wat van 'n lekker toebroodjie saam met die koffie?"

Magriet skud haar kop. Haar eetlus is al vir 'n week of wat nie wat dit moet wees nie.

In die gesinskamer sak sy op een van die groot rusbanke neer. Die yl winterson het reeds agter die bergketting verdwyn, maar Marie het die kaggel aangesteek en die vertrek is gesellig warm. Sy tel lusteloos 'n tydskrif van die koffietafel af op en begin daardeur blaai en toe Marie haar beker koffie bring, neem sy klein slukkies van die warm vloeistof. Sy weet nie hoe lank sy so gesit het voordat sy skielik die seuns se stemme in die gang hoor nie.

"Ek is in die gesinskamer," antwoord sy op Christiaan se roep.

Hulle gesigte kom gelyk om die deur en dan verskyn daar 'n groter figuur agter hulle en Magriet kan net stil kyk hoe Julius die vertrek binnekom.

"Pa het kom kyk hoe dit met Ma gaan," vind Christiaan dit nodig om sy pa se teenwoordigheid te verduidelik.

Magriet knik en wonder vir 'n oomblik of sy veronderstel is om hom te nooi om te sit. Hoe nooi 'n mens iemand om in sy eie huis, op sy eie meubels te sit? Gelukkig sak hy oorkant haar neer en word sy die onsekerheid gespaar.

"Hoe voel jy?" Sy blik gaan afgetrokke oor haar.

"Goed." Sy knik. "Dankie dat jy die seuns laat haal het en teruggebring het."

"Ek sal reël dat 'n motorbestuurder tot jou beskikking is totdat jy weer kan bestuur." Hy sak terug teen die kussings en kruis sy een been oor die ander. Asof hy homself regmaak om lank te sit.

Voordat Magriet iets hoef te sê, kom Marie met nog 'n beker koffie die vertrek in.

Julius glimlag dankbaar. "Dankie, Marie, dit gaan nou lekker smaak."

Marie het ook 'n bakkie beskuit saamgebring en Magriet kyk hoe hy hongerig daarvan eet.

"Ons gaan gou stort," kondig die tweeling aan. By die deur draai Gerrit om en kyk na sy ma. "Pa kan mos sommer vanaand by ons eet. Marie sê daar is genoeg kos."

Magriet is vir 'n oomblik sonder woorde, maar sy weet ook daar is nie veel wat sy daarop kan sê nie.

Dis egter Julius wat sy kop skud. " 'n Ander keer."

Sy kyk hom en wonder onwillekeurig of hy dalk 'n ander afspraak het.

"Pa het in die motor gesê Pa het nie vanaand iets aan nie," beskuldig Gerrit vanaf die deur.

"Jy is welkom om saam te eet," beaam Magriet die uitnodiging toe sy die klank in Gerrit se stem hoor.

Sy blik verskuif vir 'n oomblik van Gerrit na haar, voordat hy knik. "Dankie. Dit sal lekker wees."

"Ek sal my motor kan bestuur – dis mos outomaties en my regtervoet makeer niks," bring Magriet die gesprek terug na die kinders se vervoerreëlings.

"Dis nog steeds nie raadsaam om so gou na 'n operasie te bestuur nie." Hy strek homself uit en sy kan nie help om die moeë lyne langs sy oë te sien nie. En vir die soveelste keer wonder sy waarom hy homself so genadeloos druk. Teen hierdie tyd moet hy tog weet hy is suksesvol, moet hy sekerlik ook weet dat sy dit nie van hom verwag nie. Hy kan ook nie meer bang wees vir armoede nie, want daar is genoeg voorsiening gemaak, al word albei van hulle en die kinders honderd en vyftig jaar oud. Is dit 'n ego-ding? Is daar mans wat altyd wil groter en beter? Maar sy ken hom nie so nie. Sy openbare beeld was nog nooit vir hom belangrik nie.

Sy skud stilweg haar kop. Miskien is dit een van daardie dinge waarvoor daar nie 'n verduideliking is nie.

377

Magriet luister na die stemme om haar en al maan sy haarself dat dit net 'n aandete is en dat niks verander het nie, kan sy tog nie die tevredenheid keer wat in haar kom lê nie. Hulle sit om die kombuistafel. Julius is aan die kop, waar hy altyd gesit het toe hulle nog dikwels saam geëet het. Hy en die seuns praat rugby en bespreek die moontlikheid om vir 'n paar dae gedurende die komende skoolvakansie op hulle Karooplaas te gaan jag. Gelukkig word daar nie veel bydraes van haar verwag nie en kan sy in redelike vrede na hulle luister. Sy is egter nie honger nie en al ruik en lyk Marie se bredie watertandlekker, kry sy haarself net sover om 'n mondvol te eet. Daarna sit sy ingedagte met haar vurk en speel.

"Wat sê Ma?" onderbreek Christiaan se stem haar gedagtes. "Dit sal lekker wees om vir 'n paar dae plaas toe te gaan."

Magriet knik afgetrokke. Sy gaan nie nou aan die kinders verduidelik dat sy nie vanjaar saam plaas toe wil gaan nie. Hulle is blykbaar tevrede met die kopknik, want hulle begin die borde afdra, en sy beduie met haar kop na Julius.

"Dit raak nou koud hier. Sal ons koffie voor die kaggel gaan drink?"

Hy staan op en volg haar terwyl sy oor haar skouer die seuns aansê om vir hulle koffie te maak. In die gesellige, warm vertrek sak sy op een van die rusbanke neer en hy gaan sit weer oorkant haar op sy gunstelingstoel. Magriet is teësinnig om die skynbaar gemoedelike atmosfeer te verbreek, maar sy moet met hom praat voor die kinders terugkom.

378

"Jy moet asseblief nie aan die seuns beloftes maak oor die vakansie as jy nie seker is oor jou program nie."

Sy grys oë, wat gedurende die ete vriendelik gelyk het, verdonker meteens en dis asof Magriet hoor hoe daar deure tussen hulle toeslaan.

"Dis nie vir hulle 'n maklike kwartaal nie en ek sal jammer wees as hulle opgewonde raak oor iets wat nie kan realiseer nie," probeer sy verduidelik, maar die stroewe lyne om sy oë versag nie weer nie.

"Ek sal niks belowe wat ek nie kan doen nie," antwoord hy oplaas en sy knik. Maar daarna vind albei dit moeilik om 'n gesprek te hervat en toe die seuns met die koffie inkom, vind hulle hul ouers starend na die geelrooi vlamme wat met lang tonge aan die hout lek.

"Gaan Pa Saterdag na ons wedstryd kom kyk?" verbreek Gerrit die stilte.

Julius neem 'n sluk koffie voor hy antwoord: "Ek moet Vrydagaand in Gauteng wees, maar ek sal kyk wat ek kan doen."

Magriet wil vir hom vra waarom hy nie net nee sê nie. Waarom hy haar en die seuns altyd met vae beloftes probeer troos, en dit terwyl hy weet hy kan wragtig nie tegelyk op twee plekke wees nie.

"Dis orraait as Pa nie daar kan wees nie. Dis in elk geval nie so 'n goeie skool teen wie ons speel nie," probeer Christiaan op sy gewone diplomatiese manier die situasie ontlont.

Julius sit sy koffiebeker op die skinkbord neer en staan stadig van die diep leunstoel af op. Hy kyk na Magriet en sy begin ook opstaan, maar hy skud sy kop.

"Moenie opstaan nie. Die seuns kan sommer saam met my stap." Dan knik hy vlugtig. "Dankie vir die ete. Lekker slaap."

Magriet sak terug teen die kussings en knik ook. "Goeienag."

Toe hy by die deur is, kyk hy om. "Ek sal die kinders môreoggend vir skool kom oplaai."

Magriet knik. "Dankie."

Dan kyk sy hoe hy om die deurkosyn verdwyn en die vertrek voel skielik aansienlik kouer. Sy trek die sysagte tjalie stywer om haar skouers en ril onwillekeurig.


# 6


Magriet huiwer 'n rukkie met die telefoon in haar hand voordat sy die nommer van die vrouetydskrif skakel. 'n Vriendelike stem antwoord en skakel haar deur. Oomblikke later klink Sandra se stem in haar oor op.

"Ek is bly om te hoor jy is terug in die land," groet Magriet en aan die ander kant is 'n uitroep.

"Griet! Wat 'n lekker verrassing in 'n andersins chaotiese dag. Ek het gister teruggekom en dis my eerste dag terug op kantoor."

"En ek wil jou pla," laat Magriet bedees hoor. Sy is steeds nie seker of sy die regte ding doen nie.

"Pla my asseblief. My bioritmes is heeltemal uit en ek is soos 'n hoender met 'n af kop. Maar dis my eie skuld – ek het geweet ons moes vroeër teruggekom het, maar Griekeland was soos altyd 'n fees en ek moes my daar wegskeur."

"Kan ek vir jou middagete koop?" onderbreek Magriet die stortvloed woorde. "Ek sal stad toe kom."

"Dit sal heerlik wees. Sê net hoe laat en ek is daar. Dis presies wat ek nou nodig het."

Hulle spreek 'n tyd en plek af voor hulle groet.

Magriet skuif uitasem agter die motor se stuur in en verseker Marie vir die soveelste keer dat sy versigtig sal ry. Sy neem die krukke aan en laat dit regop langs haar staan. Dit het weer sag begin reën, maar gelukkig het Julius vir haar 'n skyfie aan haar motor laat aanbring, waarmee sy op die parkeerplekke vir gestremdes mag stilhou. Hy wou aanvanklik niks daarvan hoor dat sy weer begin bestuur nie, maar vir Magriet was die stukkie onafhanklikheid baie belangrik en uiteindelik het sy hom oortuig.

Sandra sit reeds in die gesellige restaurantjie toe Magriet instap en sy sien hoe haar vriendin se oë rek. Sy staan oorhaastig op en kom nader, asof haar nabyheid Magriet makliker sal laat loop.

"Wat op aarde het jy aangevang?" vra sy toe hulle oorkant mekaar stelling inneem.

"Belowe eers jy sal nie lag nie en ook nie allerhande vrae vra nie."

Sandra knik instemmend, maar sy frons.

Magriet begin die storie vertel en terwyl sy praat, verdiep Sandra se frons algaande.

381

"Jy kon jou nek gebreek het," laat Sandra kopskuddend hoor.

Magriet gee haar 'n skewe kyk. "Waarom is dit almal se eerste reaksie? 'n Mens sou sweer ek is stokoud en sonder 'n greintjie balans en common sense."

"Wat sê Julius?"

Magriet trek haar skouers op en skets vlugtig die gesprek in die hospitaalkamer.

"Ek het gehoop wanneer ek uit Griekeland terugkom, is alles uitgesorteer en julle weer in een huis, soos dit hoort," laat Sandra stil hoor.

"Wonderwerke gebeur nie oornag nie." Magriet tel die spyskaart voor haar op. "Kom ons gesels oor aangenamer dinge."

Vir 'n oomblik hang daar 'n stilte terwyl albei die spyskaart bekyk. Magriet is nie werklik honger nie en gee ook nie om wat sy eet nie. Gelukkig maak die kelner 'n voorstel en sy knik ingedagte.

"Vertel my van julle vakansie," nooi sy toe die jong man omdraai.

"Dit was heerlik." Sandra strek haarself effens uit. "Twee weke van son en see en niksdoen."

" 'n Regte tweede wittebrood," spot Magriet.

Sandra knik met 'n vonkel in haar oog. "Julle kan dit gerus probeer."

"Ek dink nie een van ons sal op die oomblik weet wat om op 'n tweede wittebrood te doen nie," laat Magriet kopskuddend hoor.

"Julle sal gou genoeg uitvind."

Magriet gee 'n siniese laggie, maar voor sy kan antwoord, staan die kelner langs die tafel met hulle kos. Die warm groenteslaai lyk soos 'n kleurryke skildery, maar slaag steeds nie daarin om Magriet se eetlus aan te wakker nie. Gelukkig begin Sandra oor die seuns uitvra en kom sy nie agter dat haar vriendin nie juis eet nie.

"Ek wil jou 'n guns vra," laat Magriet hoor toe die kelner hul borde kom haal.

Magriet kan die kommer in haar vriendin se blik sien en sy wonder of sy die regte ding doen.

"Waarmee kan ek help?"

"Jy het 'n ruk gelede gesê julle maak soms van vry-skutjoernaliste gebruik om artikels te skryf. Ek wil graag my dienste aanbied as jy weer iemand soek."

Sandra se oë vernou merkbaar en tussen haar oë plooi 'n diep frons. "Is jy ernstig?"

Magriet knik. "Ek moet dringend iets kry om my gedagtes mee besig te hou, maar ongelukkig maak die vervloekte beenstut en krukke my nie baie beweeglik nie. Daarom het ek gedink dit sal dalk lekker wees om weer iets te probeer skryf."

"Ek soebat al jare en jy wou nog nooit nie."

"Ek het altyd gevoel my eerste prioriteit lê by Julius en die kinders. Ek wou nooit iets aanpak en dan nie voltooi nie, en jy weet self op watse kort kennisgewing ek dikwels saam met hom moes weggaan."

Sandra knik, steeds half ingedagte.

"Ek verwag nie jy moet dit aanvaar as dit nie op standaard is nie," begin Magriet selfbewus verduide-lik. "Ek wil nie 'n liefdadigheidsgeval wees nie."

383

Sandra se mond plooi in 'n spotlaggie. "Siestog, soveel nederigheid!"

Magriet skud haar kop half ergerlik. "Moenie spot nie. Ek is op die oomblik van bitter min dinge in my lewe seker . . . allermins of ek nog twee woorde logies agter mekaar kan skryf."

Sandra lag nou openlik vir haar vriendin. "Dis goed ons dierbare professor hoor jou nie nou nie. Hy sal so teleurgesteld in sy topstudent wees."

Magriet kan nie help om te glimlag nie. "Ja, hy sal nie baie tevrede wees as hy moet weet al sy harde werk was verniet nie." Sy sug. "Sal jy my bel as daar iets opduik en jy dink ek sal dit kan baasraak?"

Sandra knik. "Ek sit op die oomblik met 'n artikel waarvoor niemand lus het nie, maar ek sal jou later bel om dit te bevestig. Die probleem is egter dat jy net ongeveer 'n maand gaan hê om dit te skryf en jy sal navorsing moet doen."

In Magriet beur twee emosies gelyk na die oppervlak. Die een is 'n onverwagse opgewondenheid en die ander 'n ongevraagde vrees dat sy dit nie sal kan baasraak nie.

"Waaroor gaan dit?" Haar joernalistieke nuuskierigheid is geprikkel.

"Internet dating, spesifiek gemik op 'n ouer mark."

Dis nie asof sy nog nooit daarvan gehoor het nie, maar sy het beslis nie eerstehandse kennis daaroor nie, daarom bly sy vraend na Sandra kyk.

"Daar is al heelwat oor die onderwerp geskryf, maar baie lesers het steeds nie eerstehandse ondervinding nie," beaam sy Magriet se gedagtes. "Ek soek ook nie 'n tegniese verduideliking nie, maar eerder die menslike kant daaragter."

"Waarom is niemand daarvoor lus nie?"

"Die ouer artikelskrywers sê hulle het nie die tyd nie en die jonges kan nie verstaan waarom dit steeds vir sommige ouer mense vreemd is nie. Hulle het basies daarmee grootgeword, terwyl ons eers as volwassenes daarmee te doen gekry het. En glo my, dis nie dieselfde as 'n penmaat nie."

Magriet knik haar kop. "Die woord penmaat wek herinneringe op van onskuld."

Sandra kyk op haar horlosie. "Ek sal moet gaan." Sy tel die krukke op en help Magriet om orent te kom. "Dit was nou 'n heerlike bederf en jy kan my gerus weer so verlei," laat Sandra hoor toe hulle op die sypaadjie uitstap. Sy help Magriet om in haar motor te klim en dan groet hulle.

"Weet julle iets van internet-afsprake af?" Magriet en die seuns sit en eet aandete by die lang kombuistafel.

Twee paar oë draai na haar asof sy 'n vreemde taal praat, maar dan verhelder Gerrit se oë en hy lag hardop.

"Praat Ma nou van internet dating?"

Magriet knik.

Albei seuns lag en skud hulle koppe meewarig. "Nee, asseblief, Ma!" laat Christiaan hoor. "Ek skaam my morsdood as Ma nou op die internet wil begin date!"

Magriet kyk na die twee geskokte gesigte.

"As ander dit kan doen, waarom nie ek ook nie?"

"Daar is sekere goed wat 'n kind nie van sy ma wil weet nie, en een daarvan is dat sy mans op die internet wil optel." Christiaan tel weer sy vurk op en gaan voort om te eet.

"Wat weet julle in elk geval daarvan?"

"Nie veel nie."

Die oë wat na mekaar draai, vertel 'n ander storie en Magriet wonder skielik bekommerd wat die kinders alles aanvang terwyl sy sin uit haar lewe en huwelik probeer maak. Sy was die afgelope tyd baie ingedagte en het hulle waarskynlik afgeskeep.

Dan lag Gerrit. "Ma, moenie so worry nie. Wanneer dink Ma kry ons tyd om op die internet te surf vir dates? As ek tyd het, skop ek in elk geval liewer 'n bal as om meisies te soek. Op hierdie ouderdom is meisies net moeilikheid. Pa het ons in elk geval met die dood gedreig as hy agterkom ons gaan op snaakse sites in."

Magriet is skielik dankbaar dat sport op die oomblik nog blykbaar belangriker as meisies is, dan wonder sy stilweg of sy die kinders reg verstaan. Waar kry Julius die tyd om nog met die kinders oor hulle rekenaargebruik te praat? Maar as dit die waarheid is, dink sy half skaam, skuld sy hom eintlik 'n verskoning vir al die dinge wat sy in die donkerte van die nag voor sy deur lê. Soos byvoorbeeld dat hy die kinders verwaarloos . . .

"Waarom stel Ma skielik so belang daarin? Moenie vir ons sê Ma gaan nou een van daardie weird mense word wat laatnag allerhande obsene praatjies met vreemdelinge maak nie."

Magriet hyg byna na haar asem. "Wat weet jy van obsene praatjies?"

"Pa sê daar is baie mense wat niks beter het om te doen nie, dan maak hulle allerhande snaakse praatjies met vreemdes op die internet."

Julius is besonder ingelig oor die onderwerp, dink Magriet. As hy nie so besig was nie, sou sy kon dink hy is 'n gereelde besoeker.

"Ek gaan 'n artikel daaroor vir Sandra se tydskrif skryf, maar ek weet nie eers hoe om daar uit te kom nie."

Gerrit sug hoorbaar. "Hoekom sê Ma nie so nie? Ek het nou rêrig bekommerd begin raak."

"Ag, dis maklik," las Christiaan by. "Ek sal Ma wys."

"Gaan Ma onder Ma se eie naam met die mense chat?"

"Moenie laf wees nie, Gerrit, en dis ook nie asof ek planne het om dit lank te doen nie. Om die artikel te skryf, moet ek darem net 'n idee hê hoe dit gedoen word. Ek sal maar vir my 'n skuilnaam kry."

Christiaan knik. "Wat van 'Bejaard on crutches'?"

Gerrit lag.

"Julle is nie snaaks nie," laat Magriet gemaak vies hoor, terwyl sy eintlik wil lag vir die beskrywing.

"Of sommer net 'Grumpy'." Christiaan kyk na sy broer oorkant hom by die tafel. "Dis 'n baie geskikte naam vir haar deesdae."

"Ek is nie knorrig nie," kap Magriet teë.

"Nee, Ma ís nie knorrig nie, Ma is sommer grumpy."

"Gerrit, ek weet nie van wanneer af julle so lelik Afrikaans praat nie, maar ek hou nie daarvan nie. As jy Engels wil praat, doen dit dan, maar moenie die twee tale so meng nie."

Die twee broers kyk na mekaar en vier oë draai dak toe.

Magriet besluit om dit te ignoreer. Sy ís waarskynlik die afgelope tyd knorrig en sy kan hulle seker nie kwalik neem dat hulle dit oplet nie. Hulle is beslis oud genoeg om te sien as iemand nooit meer lag nie en die meeste van die tyd afgetrokke is.

"Sal julle vir my wys waar ek op so 'n webwerf kan gaan?" vra sy en wonder dan oor die wysheid daarvan toe albei gretig knik.

# 7

Magriet versorg die diere, neem 'n lekker lang bad en maak vir haar 'n groot beker koffie voordat sy laat-aand voor die rekenaar inskuif. Die seuns is vir die naweek by Julius en sy het die hele aand tyd om te gaan rondsnuffel in daardie elektroniese kamers waar vreemdelinge onder die dekmantel van anonimiteit allerhande inligting met mekaar deel. Die seuns het haar die vorige aand gewys hoe om op een van die webwerwe in te skakel en Magriet kon nie glo dat iets haar op hierdie ouderdom nog so kan verbaas nie. Sy is ses en dertig jaar oud, welbelese en berese, en haar ingebore nuuskierigheid maak dat sy op die hoogte bly van wat in die wêreld aangaan, maar sy kom agter daar is 'n lewe waarvan sy tot dusver net gehoor het.

Wat haar die meeste verbaas, is die omvang van die bedryf. Dis soos 'n oseaan wat voor haar oopgegaan het en sy is soos 'n onervare branderplankryer wat nie 'n benul het hoe om hierdie elektroniese branders te ry nie. Die skynbaar onskuldige rekenaar word saans 'n voertuig waarmee miljoene mense deel word van 'n vreemde subkultuur.

*Hi! My naam is Martha en ek soek geselskap. Ek is 'n sexy blonde,* lees Magriet die soveelste reël toe sy op 'n geselskamer afkom. En elkeen het sy of haar eie verhaal. Sommiges soek iemand om 'n spesifieke belangstelling te deel – van sterrekunde tot onderwerpe wat Magriet asemloos laat giggel en selfs in die privaatheid van haar eie huis laat bloos. Van die soekers is bloot verveeld en soek geselskap. En dit alles is so bevrydend anoniem. As 'n mens wil, kan jy beslis vier en twintig uur van die dag geselskap in die kuberruim vind. Van Facebook tot vreemder geselsopsies.

'n Paar uur lank kan jy alles wees wat jy nog wou wees. Jou muisvaal hare kan skielik blond word, jou ses en dertigjarige lyf kan weer agtien en bruingebrand wees. Jy kan selfs van geslag verander – Magriet kan Mario word! Die moontlikhede is onbeperk en solank daar ander is wat bereid is om saam te speel, kan jy jou wildste drome uitleef.

Nadat sy lank gewik en geweeg het, het sy op die ou end besluit haar naam gaan Daisy wees. Die seuns het gedink dis die onoorspronklikste naam ooit, maar sy het gevoel dis goed genoeg. Nadat sy al die interessante name gesien het, twyfel sy self oor haar keuse, maar sy byt dapper op haar lip en skep vir haarself 'n profiel. Sy beskryf haarself min of meer soos sy lyk. By "Marital status" huiwer sy en dan tik sy in dat sy getroud is, maar voeg by dat sy geselskap soek van mans. Waarom sal sy omgee wat vreemdes van haar dink? Onder belangstellings lys sy musiek, boeke, die buitelewe – en dan, sommer vir die pret, skryf sy: "Fun." Tot haar verbasing is daar 'n hele paar reaksies en binne minute kan sy uit 'n hele groepie kies wie om mee te gesels.

Magriet leer meer oor musiek in die verloop van vyftien minute as wat sy in haar hele lewe tot dusver geleer het. Hulle praat oor groepe en sangers waarvan sy nog nooit gehoor het nie – en sy het gedink as ma van twee jong tieners is sy goed ingelig. Hulle beskryf musiekstyle wat vir haar nie sin maak nie en sy probeer nie eers alles onthou nie. En saam met die vreemde musiekstyle word nuus oor optredes en raves uitgeruil.

Na 'n paar minute vra sy 'n algemene vraag oor flieks. Gelukkig is haar kennis oor flieks aansienlik beter as haar kennis oor die moderne techno-musiekstyle.

Twee van die naamlose karakters begin met haar oor flieks praat en tot haar verbasing deel die drie van hulle dadelik dieselfde voorkeure. Sy is verbaas toe sy besef hoe lank sy met die twee vreemdelinge gesels het. Sy moet haarself net kort-kort daaraan herinner dat hulle vir mekaar naamlose wesens is en dat sy beslis niks persoonliks mag kwytraak nie. Sy wil nie een oggend opstaan en 'n vreemdeling op haar drumpel of dalk in haar huis vind nie. Die wêreld is vol onstabiele mense.

Magriet gesels tot lank na middernag en toe sy eindelik in die bed klim, draai haar kop van die nuwe ondervinding. Sy wonder oor sommige van die mense. Wonder waar hulle woon, wat hulle doen, hoe hulle werklik lyk . . . wat hulle noop om op so 'n manier geselskap te soek.

Uiteindelik val haar oë toe, maar sy word die hele nag in haar drome deur gesiglose mense geteister en toe sy Saterdagoggend wakker word, is sy moeg en geïrriteerd.

Nadat sy gebad en die diere versorg het, gaan sit sy in 'n sonkol in die gesinskamer en skryf 'n paar gedagtes oor die vorige aand se geselsery neer. As sy dit nie dadelik doen nie, gaan sy later daardie eerste gewaarwording vergeet. Maar haar gedagtes bly dwaal en sy is oorbewus van die stil huis om haar. 'n Oorverdowende stilte.

Die dag draal stadig verby en Magriet oorweeg 'n paar keer om êrens heen te ry, maar daarvoor het sy ook nie lus nie. Dis in elk geval so 'n beslommernis om met die krukke uit te gaan. Boonop moet sy die aand na Dirk se verjaardagpartytjie gaan, en sy is nie lus om meer as een keer te bestuur nie. Sonder verdere keuses gee sy haar maar geleidelik oor aan die verlore gevoel wat sy die afgelope tyd so dikwels ondervind.

Magriet kan vir die eerste keer in jare nie besluit wat om aan te trek nie. Nie dat sy weet vir wie sy haar wil mooimaak nie, maar sy vind skielik met elke uitrusting fout. Uit moedeloosheid besluit sy om 'n nuwerige, donkergroen broekpak met kunspels om die hals en moue aan te trek. Gelukkig is die pype wyd genoeg om bo-oor die voetstut te gaan. Daarby dra sy 'n paar goue oorringetjies. Sy kyk 'n oomblik na haar verloof- en trouring en wonder of sy dit behoort te dra. Maar met 'n haastige kopskud haal sy die twee mooi witgoud-ringe uit die juweelkissie en steek dit aan haar vinger. Vir alle praktiese doeleindes is hulle nog getroud en sy wil ook nie hê haar oplettende vriendinne moet aller-hande vrae vra nie.

Magriet sug toe sy die klomp motors voor Dirk en Sue se huis gewaar. Die aantrekkery het so lank geneem dat sy nou hopeloos laat is en nie weet waar sy parkeerplek gaan kry nie. Vir 'n oomblik wonder sy of sy nie liewer huis toe kan ry en met die een of ander verskoning bel nie, maar sy skuif die gedagte dadelik weg en met 'n verdere sug ry sy tot waar daar 'n parkeerplek oop is. Om alles verder te bemoeilik, reën dit ook nog en sy is verplig om haar sambreel op te slaan. Sy kom egter gou agter dis haas onmoontlik om krukke en 'n sam-breel gelyk te hanteer. Gelukkig waai die wind nie en sy kry dit op 'n manier reg om die sambreel oor haar kop en skouers te hang. Sy moet egter elke paar treë stop om asem te skep en die sambreel effens te versit. Teen die tyd dat sy in die huis is, gaan sy soos 'n natgereënde hoender lyk, weet sy, maar tog beur sy voort. Om alles te kroon, word sy van voetstappe agter haar bewus en sy wonder of 'n kruk 'n effektiewe wapen sal wees, maar aan die ander kant is sy so moeg gesukkel dat sy waarskynlik nie eers sal omgee as 'n rower haar nou aanval nie.

Die voetstappe kom haastig nader en haar lyf verstyf onwillekeurig. Sy probeer onder die sambreel uit sien, maar tot haar verligting klink dit nie of die persoon tot stilstand gaan kom nie en sy blaas sag haar opgehoue asem uit. Dis 'n mansfiguur wat by haar verbystap en dan draai sy kop vlugtig in haar rigting. Dit duur 'n paar sekondes voor die herkenning vir albei intree.

"Magriet?" Die man kom tot stilstand en tuur met vernoude oë onder die sambreel in.

"Hallo, Carl." Magriet voel hoe sy in die koue aandlug bloos toe sy hulle vorige ontmoeting by die fliek onthou.

"Wat op aarde het met jou gebeur?" Hy neem sonder meer die sambreel by haar.

Magriet kom weer in beweging en dit gaan aansienlik vinniger sonder die sambreel. Toe hy weer vraend na haar kyk, besef Magriet sy het hom nog nie geantwoord nie.

"Ek het geval en my enkel gebreek."

"Jy moes my gebel het – ek kon jou kon oplaai het."

"Dit lyk erger as wat dit is," probeer Magriet haar waardigheid behou.

"Ek het gewonder wie is die arme drommel wat in die reën op krukke voortsukkel," laat hy met 'n glimlag hoor en dan kyk hy haar ondersoekend aan. "Sal dit nie makliker wees as ek jou dra nie?"

Magriet skud haastig haar kop en kan nie help om half senuagtig te lag nie. "Dis nie nodig nie, dankie. Dis alreeds baie makliker sonder die sambreel."

"Ai, vir 'n oomblik het ek gedink dis my kans om die ridder op die wit perd te wees."

Hulle het die voordeur bereik en Magriet bly hom 'n antwoord skuldig.

"Waarom het jy ons nie gebel om jou te kom haal nie?" Dirk steek sy hande na haar uit toe hy die voordeur oopmaak, asof hy haar wil inhelp, maar dan verstil hy en sy sien hoe sy blik by haar verby beweeg.

"Never fear when I am near," groet Carl hulle gasheer en die twee mans skud hand.

Magriet wonder wat Dirk uit die stelling gaan aflei. Sy kan haar egter nie nou daaroor bekommer nie, daarom strek sy haar effe en soen Dirk op die wang. "Baie geluk met jou verjaardag." Uit haar handsak haal sy 'n toegedraaide pakkie en sit dit by die ander geskenke op die tafel in die portaal neer. Dit was 'n kopseer om 'n geskenk te kies, want sy het nie geweet of sy veronderstel is om dit namens haar en Julius te gee nie. Op die ou end het sy dit sommer van al die Vosloos gemaak. Hy kan dit maar interpreteer soos hy wil.

Magriet is nog besig om die pakkie neer te sit, toe sy twee hande op haar skouers voel.

"Laat ek jou uit hierdie nat jas help," klink Carl se stem agter haar op en al is haar eerste gewaarwording om die aanbod van die hand te wys, laat sy hom maar begaan. Dis moeilik met die krukke om dit self te doen.

Toe albei hul jasse uitgetrek het, beduie Dirk na binne en Magriet stap voor hom uit na die ruim leefvertrek links van die portaal.

Sy huiwer in die deur toe sy al die mense gewaar. Dit verbaas haar toenemend hoe onseker sy deesdae oor haarself voel. Situasies wat in die verlede geensins 'n bedreiging ingehou het nie, voel nou soos die berg Everest.

Sy soek deur die mense na 'n bekende gesig, maar dis asof sy na 'n skare vreemdes kyk. En dan kom haar blik op 'n bekende gesig tot rus waar hy by 'n vreemde vrou staan en gesels. Met 'n glas wyn in sy een hand en sy ander hand ligweg in sy broeksak, lyk hy so ontspanne en so aantreklik. Magriet wil wegkyk, maar haar blik huiwer nog 'n oomblik op hom en dan kyk Julius ook op en vir 'n oomblik ontmoet hulle oë oor die vertrek. Sy sien hoe hy na iets agter haar kyk en 'n ligte frons kom lê vir 'n oomblik tussen sy wenkbroue. Sonder dat sy hoef om te draai, weet Magriet dat Carl agter haar staan en op daardie oomblik moet dit seker vir almal in die vertrek lyk of hulle saam daar aangekom het, veral toe hy nog sy hand ligweg onder haar arm sit en wil weet wat sy sal drink.

Gelukkig het Sue haar ook gewaar en kom sy vinnig en al groetend nader. "Ek het vergeet om te vra of ons jou nie kan kom haal nie," maak sy half uitasem verskoning, terwyl sy Magriet teen haar vasdruk. "Maar ek sien jy het jou eie escort gereël . . ." fluister sy veelbetekend in Magriet se oor.

Met Carl wat steeds langs haar staan, kan Magriet maar net stil na Sue kyk. Om nou te begin verduidelik, sal te veel na 'n skuldige gewete lyk. Gelukkig gewaar sy vir Alexa en Henry en sy maak verskoning om hulle te gaan groet.

"Jy lyk selfs op krukke nog baie elegant – en sexy," groet Henry haar met 'n soen teen die wang.

Magriet gee 'n laggie. "Ek voel op die oomblik soos 'n sirkusnar wat op 'n eenwielfiets by 'n begrafnis opgedaag het – allesbehalwe elegant en sexy." Sy kyk onderlangs om haar rond. "Verbeel ek my of is ek skielik die onderwerp van 'n paar gesprekke?"

"Wat verwag jy as jy saam met Carl Williams by 'n partytjie opdaag?" Alexa soen haar ook teen die wang, maar in haar stem lê duidelike ontevredenheid.

"Ek het hom op die sypaadjie raakgeloop," sug Magriet oordadig. "Gee my darem krediet vir beter oordeel as dit."

"Carl is 'n baie aantreklike man en daar is baie vroue wat nie sal omgee om saam met hom gesien te word nie," laat Alexa met 'n beterweterige stem hoor.

"Ek is nie een van hulle nie." Magriet kyk weer om haar rond. "Is hier nie dalk 'n stoel waarop ek vir 'n oomblik kan sit nie?"

Alexa en Henry beduie na die kombuistoonbank waar 'n paar hoë kroegstoeltjies staan, en albei stap saam met haar. Magriet sak met 'n sug op die hoë stoeltjie neer. Gelukkig is dit effens uit die gedrang en menslywe. Sy vee ingedagte oor haar voorkop.

"Waarom op aarde probeer jy so onafhanklik wees?

Ons kon jou mos kom oplaai het." Alexa kyk ontevrede na haar vriendin.

"Jy kan my 'n ander dag kom oplaai," laat Magriet effens kortaf hoor.

"Kan ek vir jou iets kry om te drink?" onderbreek Henry die twee vriendinne se gesprek.

Magriet kyk dankbaar op na hom. "Carl het my reeds gevra, maar ek is seker hy het al daarvan vergeet." Sy beduie na Alexa se glas. "'n Glas droë witwyn sal lekker wees."

Albei vroue kyk Henry 'n oomblik agterna voordat hulle oë na mekaar draai.

"Hoe gaan dit met jou?"

Magriet knik. "As ek een van die kinders se woorde kan leen, orraait."

"Julius is hier." Dis asof Alexa gewag het om daardie sin te sê.

Magriet knik. "Ek het hom vlugtig gesien toe ek ingekom het." Alexa se wenkbroue lig en Magriet skud haar kop. "Daar is niks nuus of nuuts nie. Ons gaan maar nog so aan."

"Hallo, Griet." Hy het so stil langs hulle verskyn dat albei vroue se koppe orent ruk.

"Naand, Julius," kry Magriet haar stem terug en tot haar verbasing voel sy hoe haar wange verkleur toe hy 'n soen teen haar voorkop druk. Dis asof sy weer agtien is en saam met hom op die eerste afspraak gegaan het.

"Hoe gaan dit?" Die grys oë rus afgetrokke op haar gesig.

"Goed, dankie, en met jou?"

Al antwoord wat sy daarop kry, is 'n kopknik.

"Die seuns stuur groete."

"Dankie. Is hulle by die woonstel?" Sy hou niks daarvan as hy hulle alleen by die woonstel los nie, maar sy weet ook nie hoe om dit vir hom te sê sonder dat dit op 'n argument uitloop nie. Sy kan sekerlik nie aan hom voorskryf hoe hy dinge in sy woonstel moet reël nie.

"Hulle kuier by ons kinders," antwoord Alexa namens hom. "Ons moes geld vir pizzas los en soos ek hulle ken, is daar teen dié tyd 'n lekker party aan die gang."

Op daardie oomblik keer Henry met haar wyn terug en toe die twee mans oor die nuutverkose Springbokrugbyspan gesels, voel Magriet hoe 'n bekende warmte om haar hart vou. Die toneel is skielik so pynlik bekend. Die vier van hulle bymekaar. Julius langs haar.

"Is dit waar jy wegkruip? Ek soek oral na jou." Carl beur tussen 'n paar lywe deur en kom met 'n glas wyn voor haar tot stilstand. Toe hy sien sy het reeds 'n drankie, sit hy die glas op die toonbank neer en steek sy hand na Julius uit. Magriet luister hoe die twee mans groet en 'n paar woorde wissel, maar tot haar groot teleurstelling is dit Julius wat homself eerste uit die geselskap verskoon en sy kan net die breë skouers agterna kyk terwyl hy van haar af wegstap.

398

# 8

Magriet is dankbaar toe dit lyk of sy ongesiens die voorportaal bereik het. Sy het net vir Dirk gegroet en al wou hy niks daarvan hoor dat sy alleen huis toe gaan nie, het sy al sy besware afgelag.

"Hierdie is nie die eerste partytjie in julle huis waarvandaan ek alleen sal huis toe gaan nie," spot sy toe hy weer aanbied om haar huis toe te neem.

"Maar die ander kere was jy nie op krukke nie."

"Dit het ophou reën en ek wil verkieslik so ongesiens moontlik uitsluip, voordat ek dalk weer geselskap kry." Sy kyk oor haar skouer na waar Carl met 'n blondekopvrou gesels. "Hy het tog te gretig aangebied om my ook huis toe te neem."

"Ek het byna vanaand my tong ingesluk toe ek julle saam op die voorstoep sien." Dirk help haar om haar jas aan te trek en dan knoop hy dit vir haar toe.

"Ek kon die verbasing op jou gesig sien, maar kon ook nie sommer aan die verduidelik gaan nie. Dit sou te veel na 'n skuldige gewete geklink het."

Hy lag en dan maak hy vir haar die voordeur oop. "Kom ek stap saam met jou motor toe."

Magriet wil nog beswaar maak, maar 'n ander stem val haar in die rede.

"Ek sal haar huis toe neem." Julius het ongesiens die portaal binnegekom en is ook besig om sy jas aan te trek.

"Dis nie nodig nie," begin Magriet keer, maar dis asof hy haar nie hoor nie. Hy steek sy hand na sy vriend uit.

"Dankie vir die aand . . . Ek sal Maandag met jou oor die saak in Kimberley praat." Op die stoep draai hy net vlugtig om. "Henry sal my motor huis toe neem."

Magriet voel hoe sy hand om haar boarm sluit en hy haar stadig teen die trappe afhelp. Op die sypaadjie kyk hy heen en weer in die straat.

"Waar is jou motor?"

"Omtrent vier huise hiervandaan." Sy beduie met haar kop en hulle begin stadig daarheen stap. Net na die eerste huis draai hy egter na haar en voordat sy weet wat aangaan, tel hy haar op en sy moet vervaard die krukke in haar een hand vasgryp.

"Teen hierdie tempo sal ons twee dae lank stap," praat hy teen haar voorkop.

"Sit my neer, Julius, ek kan self loop," begin Magriet beswaar maak, maar dit lyk nie of hy haar hoor nie.

"Jy het gewig verloor," laat hy na 'n oomblik hoor.

Magriet wonder of sy daarop moet antwoord. Die arms om haar is so bekend, die reuk van sy naskeer-middel laat 'n magdom herinneringe loskom en sy asem teen haar voorkop is warm. Sy maak haar oë toe en maak hulle eers weer oop toe hy haar versigtig langs die motor neersit. Nadat hy die deur vir haar oopge-maak het, sak sy verlig op die passasiersitplek neer. Hy neem die krukke en sit hulle agterin die motor voordat hy ook inklim.

"Ek was nie bewus daarvan dat jy en Carl Williams mekaar so goed ken nie."

Hulle het al 'n paar kilometer in stilte gery en Ma-griet skrik byna toe hy skielik langs haar praat.

"Ek het nie vanaand saam met hom daar aangekom nie," begin sy verduidelik, al weet sy nie waarom sy enige iets aan hom moet verduidelik nie.

"Ek weet, maar dit lyk of julle mekaar aansienlik beter leer ken het as wat ek gedink het."

"Ek het hom 'n ruk gelede by die flieks raakgeloop en hy het my vir koffie genooi."

"Jy moet mooi dink voor jy te vriendelik met hom raak . . ." Dit klink of hy iets wil sê, maar hy skakel net die flikkerlig aan en draai by hulle oprit in.

Hulle moet 'n oomblik vir die hekke wag om oop te swaai en Magriet voel hoe die ergernis warm teen haar nek opkruip.

"Ek sal so maak." Die spot lê vlak in haar stem en hy kyk skrams na haar.

"Ek gee jou net 'n stukkie goeie raad."

Hulle het intussen voor die motorhuise tot stilstand gekom en Magriet maak haastig die motordeur oop. Terwyl sy aan die deur vashou, spring sy op een been totdat sy die agterdeur kan oopmaak en haar krukke kan uithaal.

"Dankie dat jy my huis toe gebring het."

Sy probeer so vinnig moontlik deur die verligte motorhuis stap nadat sy dit met die afstandbeheerder oopgemaak het, maar hy haal haar tog in toe sy die deur na die huis oopmaak.

"Moenie kinderagtig wees nie, laat ek jou help. Jy breek nou jou nek."

Magriet skakel die alarmstelsel af en begin deur die kombuis stap, maar net voor sy om die hoek in die gang verdwyn, kom sy tot stilstand. "Ek weet nie presies wat jy met daardie opmerking bedoel het nie, maar vir jou inligting: ek is nie op soek na 'n man nie. Ek is ook nie op soek na iets anders nie . . ." Sy versit haar gewig op die krukke en vir 'n oomblik lyk dit of sy haar balans gaan verloor. Julius tree haastig vorentoe en onwillekeurig sluit sy hande om haar arms. Magriet staan soos 'n standbeeld voordat sy omdraai en in die gang afstap.

"Jy is dalk nie op soek na mansgeselskap nie, maar Carl is altyd op soek en dis geen geheim dat hy nog altyd 'n oog op jou gehad het nie."

Magriet draai terug na hom toe. "Jy kan hom seker nie kwalik neem nie. Dis ook geen geheim dat my man nie juis 'n oog op my gehad het nie."

Toe die woorde uit is, is Magriet jammer sy het dit gesê, maar haar emosies is in so 'n warboel dat sy nie helder kan dink nie. Sy ervaar 'n byna brandende verlange om in sy arms te wees. En 'n behoefte om te weet alles sal regkom.

Terwyl sy sukkel om haar emosies te beheer, sien sy hoe 'n grimmige trek om sy mond kom lê en sy moet haarself inhou om nie haar hand uit te steek en dit weg te streel nie. Vir 'n lang oomblik staan hulle net na mekaar en kyk en vir Magriet voel dit asof sy ophou asemhaal het.

Hy maak sy mond oop asof hy iets wil sê, huiwer, dan draai hy op sy hakke om. "Nag, Griet. Ek sal môre jou motor terugstuur."

Magriet hoor hom die kombuisdeur op knip trek en

402

oomblikke later hoor sy die motor wegtrek. Sy sak met 'n kreun op die vloer neer. Dis soos 'n enorme afgrond tussen hulle en sy weet nie of hulle dit ooit sal kan oorbrug nie. Sy is nie eers seker daar bestaan meer iets soos 'n brug tussen hulle nie. Met 'n snik tel sy een van die krukke op en gooi dit met alle mag en geweld in die gang af.

"Het Ma lekker ge-chat?" Gerrit kom die kombuis binne waar Magriet vir hulle toebroodjies maak. Sy is seker Julius gee vir hulle kos, maar hulle kom altyd Sondagaande rasend honger daar aan. Een van sy motorbestuurders het vroegoggend haar motor teruggebring en Julius het self 'n rukkie tevore die seuns kom aflaai, maar nie afgeklim nie en in Magriet het die woede en verlatenheid met mekaar gewedywer vir die eerste plek.

"Ek sal nou nie sê dit sal my geliefkoosde tydverdryf word nie, maar dis nogal interessant om te sien hoeveel mense op dié manier gesels."

"Het Ma enige obsene voorstelle gekry?" Christiaan kom ook die kombuis binne en gaan sit oorkant sy broer by die kombuistafel.

"Asof ek julle daarvan sal vertel!" lag Magriet vir hulle nuuskierigheid. "Maar net om julle gerus te stel, nee, ek het doodonskuldige praatjies gemaak."

"Hoe was die partytjie gisteraand?" Gerrit neem 'n hap van sy brood en kyk afwagtend na sy ma.

"Dit was baie lekker."

"Pa was in 'n vreeslike bui toe hy ons kom oplaai het," deel Gerrit haar tussen die kouery mee.

"Ek het hom lanklaas so gesien," beaam Christiaan sy broer se woorde. "En vandag het hy byna nie met ons gepraat nie . . . net die hele dag agter sy rekenaar gesit en werk."

"Die enigste keer dat hy effens geglimlag het, was toe Heila vir ons middagete gebring het," gesels Gerrit voort.

Magriet voel hoe 'n naarheid in haar opstoot en al sê sy vir haarself sy sal niks vra nie, verloor sy na 'n paar minute die stryd.

"Bring sy dikwels vir julle kos?"

Christiaan vee sy mond aan die servet af terwyl hy dink. "Sy sê sy weet Pa kook nie vir homself nie en dis ongesond om so baie kitskos te eet."

Magriet ondervind 'n allesoorheersende begeerte om ten hemele te gil. Asof sy haar gesin toelaat om van kitskos te leef! Julius was gewoond en die seuns is steeds gewoond aan voedsame en smaaklike etes. Sy staan op en skakel die ketel aan. Haar liggaam vra vir 'n beker koffie. Nie vir gesonde rooibostee nie, maar vir lepelsvol kafeïen. Sy drink die afgelope tyd te veel koffie, maar dis asof dit al is wat haar nog soms laat opstaan.

"Is Ma jaloers omdat sy vir Pa kos bring?" Christiaan het opgestaan en is besig om hulle borde in die skottelgoedmasjien te pak.

Magriet voel hoe haar wange verkleur, want sy gaan vir haar kind lieg. "Nee, ek vererg my sommer net omdat sy dit laat klink asof julle nooit ordentlike kos kry nie."

"Dis nie wat sy sê nie," keer Gerrit waar hy onderin die kas na lekkers soek.

"Dit maak nie saak nie." Magriet vee haar vingers deur haar hare. "Ek gee nie werklik om wat sy gesê het nie."

Gelukkig onthou albei hulle moet hul sportsakke gaan pak en Magriet verdwyn met haar beker koffie studeerkamer toe, waar sy 'n lang ruk na die swart skerm van die rekenaar staar voordat sy dit aanskakel. Sy maak eers die elektroniese posbus oop en kyk onbelangstellend na al die boodskappe. Waar kom al die mense aan haar adres? wonder sy ergerlik. En die goed wat hulle aan haar probeer afsmeer! Met al dié hulpmiddels op die mark beskikbaar, is dit 'n wonder dat daar nog mense is wat probleme met hulle liefdeslewe ondervind. Gemorspos het sekerlik een van die grootste epidemies van die een en twintigste eeu geword en sy haat dit dat hulle met die druk van 'n knoppie haar privaatheid kan betree. Nadat sy van al die ongewenste pos ontslae geraak het, beantwoord sy haar suster, Alice, se redelik histeriese e-pos van die vorige week. Alice het 'n swetterjoel vrae oor haar en Julius, maar Magriet is nie van plan om almal te beantwoord nie. Daarom probeer sy so lig as wat moontlik is hulle situasie skets. Alice se man, Hannes, en Julius is jeugvriende en die kanse is goed dat alles wat sy sê met 'n lang ompad weer by Julius gaan uitkom. Daarom het sy maar net so min of meer die feite gegee, sonder enige emosionele verklarings.

Die seuns kom sê later nag en Magriet kyk die twee

seningrige lywe agterna. Sy wens sy het nie nodig ge-
had om hulle lewe so omver te werp nie. Sy wens daar
was 'n ander uitweg, maar sy het by 'n punt gekom
waar dit vir haar gevoel het haar rug is teen 'n muur.
Sy vee oor haar oë en skuif haar reg vir 'n uur of wat se
gesels op die internet. Sy weet nie of sy haar dit verbeel
nie, maar dis asof daar dié keer nog meer soekende
siele is. Sondae is waarskynlik die moeilikste dag vir
mense wat na geselskap hunker.

Magriet gesels hier en daar met iemand en bly ver-
baas oor die inhoud van sekere van die gesprekke. En
so saam met die flikkerende rekenaarskerm en die mi-
nute wat verby tik, begin die artikel in haar kop vorm
aanneem. Langs haar op die lessenaar lê haar notaboek
oop en sy maak kort-kort 'n aantekening. Haar aan-
vanklike onsekerheid oor haar joernalistieke vermoëns
is stadig besig om te verdwyn en geleidelik begin sy
weer haar stem hoor. En in haar kom lê 'n diep dank-
baarheid vir dié stukkie genade.

# 9

Woensdagoggend moet Magriet weer dokter toe gaan
en die enigste ligpunt in haar andersins blekerige week
is dat hy baie tevrede met die enkel se herstelproses is.
Hy verwys haar na 'n fisioterapeut.

Toe sy twee uur later by die huis kom, voel dit vir
haar of haar enkel van voor af gebreek is. Die jong

meisie het haar oor en oor probeer verseker dis nodig om die ligamente en spiere te strek, maar vir Magriet het dit gevoel sy is gevonnis tot die ergste marteling denkbaar.

Sy sak vermoeid op haar bed neer en Marie bied aan om 'n koppie tee te maak. Toe die telefoon minute later lui, besluit Magriet om dit te ignoreer. Sy het nie nou die krag om met iemand te praat nie. Sy hoor egter hoe die gelui stil word en dan loer Marie om die deur.

"Dis vir jou."

"Neem asseblief 'n boodskap, Marie."

Die ander vrou skud haar kop. "Dis die kantoor en die vrou sê dis dringend."

Magriet voel hoe sweetdruppels op haar voorkop uitslaan. Dit kan dalk van die pyn ook wees, maar sy antwoord tog effens huiwerig. In die verlede sou sy nie vir so 'n oproep geskrik het nie, maar deesdae is dit asof sy vir haar eie skaduwee skrik en so 'n boodskap laat haar altyd die ergste vrees. Sy het die afgelope tyd 'n vrees ontwikkel dat Julius dalk iets sal oorkom.

"Hallo, Magriet, dis Heila," klink die bekende stem in haar oor. Magriet moet haarself inhou om nie te sug nie. Die ander vrou is egter heel vrolik en wil eers weet hoe dit met haar gaan.

"Dit gaan goed. Waarmee kan ek jou help?" kom Magriet se antwoord saaklik en waar sy haar in die verlede oor haar houding sou geskaam het, wil sy vandag die gesprek so vinnig moontlik afhandel.

"Julius het gevra dat ek jou moet laat weet hy sal nie die seuns die naweek kan neem nie. Ons moet Vrydag

Johannesburg toe vlieg en daar is 'n moontlikheid van 'n vergadering in Londen ook."

Magriet weet nie hoe dit voel om vuur te spoeg nie, maar sy is seker as sy nou haar mond oopmaak, sal daar vlamme uitkom. Daarom knik sy net en mompel haastig iets voordat sy die gehoorstuk neersit.

Hulle moet Johannesburg toe! En dalk Londen toe! Dis soos 'n suur wat deur haar ingewande brand. Pleks daarvan dat hy probeer om hulle huwelik te red, is hy besig om met sy assistent die wêreld vol rond te flenter. 'n Knaende stemmetjie probeer haar daaraan herinner dat Heila dikwels in die verlede saam met hom op besigheidsreise was, en dat sy nog nooit enige rede gehad het om oor Julius se getrouheid te wonder nie. Maar sy verkies om nie na die stemmetjie van rede te luister nie. Sy het pyn en hy het nie die reg om vandag vir haar so 'n boodskap te stuur nie.

Magriet is so vasgevang in haar gedagtes dat sy nie hoor toe Marie met haar koppie tee die kamer binnekom nie.

"Is iets verkeerd?"

Magriet skud haar kop. "My enkel pyn net vreeslik." Sy beduie badkamer toe. "Langs my wasbak staan 'n houertjie met pynstillers. Bring asseblief vir my twee van die kapsules."

Marie huiwer 'n paar oomblikke nadat sy vir Magriet die kapsules gegee het. 'n Bekommerde frons keep tussen haar oë toe Magriet die pille met 'n mondvol tee afsluk. Dan gooi sy 'n kombers oor Magriet en maak stil die deur agter haar toe.

Dit duur nie lank voordat die pille 'n uitwerking het nie en Magriet gee haar oor aan die gevoel van gewigloosheid wat van haar besit neem. Sy drink baie selde in haar lewe pille en een van daardie soort is gewoonlik genoeg om die pyn te laat bedaar, maar vandag sou een nie genoeg gewees het nie. Dis nie meer net haar enkel wat pyn nie en al weet sy geen pil kan die ander pyn wegneem nie, verkies sy dit om so min as wat sy kan te weet van wat rondom haar aangaan.

Magriet skrik wakker en haar eerste gewaarwording is dat iemand haar brein gesteel en met 'n bondel watte vervang het. Sy voel suf en gedisoriënteerd en is vreeslik dors. Die gordyne is toegetrek en net die staanlamp in die hoek van die kamer brand. Sy beur orent en dan knip sy haar oë 'n paar keer, want onder die staanlamp, op een van die gemakstoele, sit Julius. Sy een been is ligweg oor die ander een gekruis en op sy skoot lê 'n stapel papiere. Hy het die mooi swartraambril op wat sy hom nog help uitkies het. Voordat sy egter verder kan kyk, kyk hy op en toe hy sien sy is wakker, staan hy op en stap tot langs die bed.

"Hoe voel jy?"

Magriet is seker sy verbeel haar die besorgde klank in sy stem, want sy gesig is strak en weerspreek beslis dit wat sy in haar verwarde toestand hoor.

"Hoe laat is dit? Wat maak jy hier?" beantwoord sy hom met die eerste vrae wat by haar opkom, terwyl sy oor haar droë lippe lek.

"Dis net voor sewe. Marie het laatmiddag gebel en

gesê jy het vanoggend pille gedrink en hulle kry jou nie wakker nie. Sy kon nie langer bly nie en die seuns het nie geweet wat om te doen nie. Sy het blykbaar vir jou twee kapsules gegee, maar wou hê ek moes by die dokter seker maak of dit jou nie kan doodmaak nie. Hy het bevestig dat twee pille nie 'n oordosering is nie, maar ek kon hoor die seuns is bekommerd."

Magriet skuif effens orent teen die kussings en asof hy haar gedagtes kan lees, stap hy badkamer toe en kom met 'n glas water terug. Sy neem dit by hom en gee haastig 'n paar groot slukke.

"Ek was vanoggend vir die eerste keer fisioterapeut toe en het na die tyd baie pyn gehad. Ek het die twee pille gedrink toe ek by die huis gekom het. Ek weet nie waarom dit my so laat slaap het nie." Sy probeer haar stem op dieselfde afgetrokke toonhoogte kry as die een waarmee hy haar vrae beantwoord het. "Ek is jammer as ek die kinders laat skrik het . . . en ek is jammer hulle het jou gepla." Sy swaai haar bene van die bed af en voel op die grond vir haar krukke.

"Waarom bly jy nie lê nie? Marie het kos gemaak en die kinders het klaar geëet en is met hulle huiswerk besig."

Magriet sak dronkerig teen die kussings terug. "Ek is jammer dat jy hiermee opgesaal is," probeer sy weer verskoning maak.

Julius skud sy kop, maar sy stem bly afgetrokke toe hy praat. "Vergeet dit. Ek sou in elk geval net by die kantoor gesit en werk het." Hy trek sy hand deur sy hare en haal dan die bril van sy oë af.

Vir die soveelste keer die afgelope tyd wens sy sy kon die moeë lyne langs sy mooi grys oë wegstreel. Hoe het hulle op twee verskillende berge beland? wonder sy tam. Het hulle nie gesien dat daar 'n afgrond tussen hulle oopgaan nie?

"Marie het vir jou 'n bord kos uitgeskep," laat hy van die deur af hoor en voor Magriet kan sê sy is nie honger nie, verdwyn hy om die deurkosyn.

Na 'n oomblik staan sy dronkerig op en stap badkamer toe. Sy spoel haar gesig met koue water af en kam haar hare, maar toe sy in die spieël kyk, wil sy kreun. Sy lyk soos iemand wat vir 'n paar dae op straat geleef het. Haar klere is gekreukel en haar hare staan selfs na die kam wanordelik om haar kop. Onder haar oë lê blougrys skaduwees. Daar is nie veel wat sy nou aan haar voorkoms kan doen nie en sy stap stadig terug kamer toe. Julius is nog nie terug nie en sy stap in die gang uit om vir die seuns te gaan sê sy is jammer oor die groot skrik. Sy loer by hulle kamers in, maar dan hoor sy hulle laggende stemme uit die kombuis.

Magriet huiwer in die kombuisdeur. Die twee seuns en Julius het die groot glaspot met lekkers uit die kas gehaal en is luidkeels besig om te baklei oor wie watter lekker kan kry. Dis 'n prentjie uit hulle kleintyd en dit vul Magriet met 'n hopelose heimwee.

Die drie gesigte kyk gelyk op en dan kom die seuns nader en soen haar op die wang.

"Wat het Ma besiel om 'n oordosis pille te sluk?" wil Gerrit op sy reguit manier weet.

"Ek het twee pille gedrink, Gerrit. Moenie dat jou

vrugbare televisieverbeelding met jou weghardloop nie."

"Is Ma orraait?" In Christiaan se oë lê daar 'n veel groter kommer en Magriet wens hy kan ook maar soms soos sy broer wees en nie so vreeslik verantwoordelik vir almal om hom voel nie.

"My brein voel soos 'n bol watte, maar verder is ek reg, dankie. Die pille was nie veronderstel om my so te laat slaap nie. Ek is jammer julle het geskrik."

"Ek het voorgestel ons gooi 'n beker water op Ma uit, maar hy en Marie wou nie." Gerrit kyk na sy broer asof hy steeds seker is sy plan sou gewerk het.

"Ek is dankbaar julle het nie en in die toekoms sal ek sorg dat ek nie weer so iets oorkom nie. Miskien is hulle twee volgende keer nie hier nie en dan verdrink jy my dalk."

Voordat Gerrit homself kan verdedig, draai Julius van die mikrogolf af om met 'n bord kos in sy hand. "Waar wil jy eet?"

"By die televisie. Dis amper tyd vir ons storie," antwoord Christiaan namens sy ma.

Magriet knik en stap vooruit gesinskamer toe. Julius wag totdat sy gemaklik sit voordat hy die skinkbord op haar skoot neersit. Dan verdwyn hy weer en kom terug met 'n bietjie whiskey en ys vir homself.

"Jy wil seker nie na die pille iets drink nie?" Hy maak hom oorkant Magriet tuis en neem klein slukkies van die vloeistof.

"Nee, dankie. Ek is nie seker of my brein nog alkohol ook sal kan verwerk nie."

En vir die volgende halfuur sit hulle vier saam en Magriet verlustig haar in die kinders se vrolike stemme. Julius is nie vreeslik spraaksaam nie, maar geleidelik begin hy tog op die kinders se op- en aanmerkings reageer en begin die stroefheid uit sy gesig en lyf verdwyn. Magriet weet sy moet vir hom sê hy kan maar huis toe gaan, maar die toneel om haar is soos salf op haar wonde. Dit laat haar vir die eerste keer in 'n lang tyd glo dat hulle tog eers 'n gelukkige gesin was. Hulle stemme laat haar vrolike tye onthou en dit maak haar traag om iets te sê wat hom weer sal laat verdwyn.

"Pa gaan sommer vanaand hier slaap," kondig Gerrit aan toe die program verby is.

Magriet kyk haastig na die man oorkant haar. Die grys oë wat na haar terugkyk, is egter niksseggend en sy weet nie of sy iets moet vra of sê nie. Sy is seker die besluit is namens hom geneem en sy voel verleë. Sy weet egter ook as sy iets sê, gaan die seuns baie kwaad vir haar wees en hy gaan waarskynlik net opstaan en huis toe gaan. Daarom knik sy net, maar voel tog na 'n paar sekondes sy moet iets sê: "Ek is jammer dat jou aand nou omvergewerp is."

Al antwoord wat sy kry, is sy skouers wat opgetrek word. Gelukkig het die nuusoorsig begin en Magriet kan in stilte na die beelde op die skerm kyk.

Na die nuus sê hy die seuns aan om te gaan stort en ook om Magriet se skinkbord kombuis toe te neem. Hulle argumenteer nie soos gewoonlik nie en Magriet wonder of hulle bang is hy sal huis toe gaan as hulle stry.

"Jy hoef nie . . ." begin sy huiwerig toe die kinders uit die vertrek is.

". . . hier te slaap nie," voltooi hy haar sin. "Ja, ek weet. Ek het ongelukkig belowe voordat jy wakker geword het." Hy staan op. "Waarom gaan klim jy nie in die bed nie? Ek sal sommer in die studeerkamer sit en werk en kyk dat die twee nie te laat in die bed kom nie."

Magriet wonder waar hy gaan slaap, maar sy het nie die moed om te vra nie. Die bed in die gastekamer is opgemaak, maar sy kan dit nie vir hom sê nie. Die beste sal miskien net wees om stil te bly. Sy is redelik seker hy gaan nie by haar in die bed kom klim nie en sy kan die ongevraagde teleurstelling nie keer nie. Wat sal sy doen as hy vanaand by haar in die bed kom klim? wonder sy skielik senuagtig. En dan laat vaar sy haar sinnelose gedagtes en staan stram op en stap kamer toe. Sy gaan sit op die rand van die bed en haal die swaar beenstut af voordat sy badkamer toe loop en vir haar 'n warm bad intap. Sy is egter vanaand te rusteloos om lank in die warm water te bly lê en is net in haar bed toe die seuns kom nagsê.

"Is Ma orraait?" Christiaan huiwer langs die bed.

Magriet probeer haar breedste glimlag opdiep toe sy knik. "Môre gaan ek perdfris wees."

"Gee Ma nie om dat Pa hier slaap nie?" Die fronsplooi wil nog nie verslap nie.

"Hierdie is nog steeds sy huis ook, Chris, en ek gee nie om dat hy hier slaap nie. Ek waardeer dit baie dat hy vanaand na julle toe gekom het."

414

Uiteindelik ontspan die ernstige seunsgesig effens en hy waai toe hy om die deur verdwyn.

Magriet tel die tydskrif langs die bed op, maar na twee bladsye gooi sy dit eenkant toe. Sy kan nie een woord onthou wat sy gelees het nie. Sy trek die laai van haar bedkassie oop en haal die boek uit waaraan sy op die oomblik lees, maar gooi dit ook na 'n paar minute eenkant toe. Sy het al vier keer dieselfde paragraaf gelees en weet steeds nie wat daar staan nie. Dis asof sy wag op iets om te gebeur, maar sy weet nie wat nie. Sy kom agter haar ore is gespits vir enige geluide vanaf die voorkant van die huis, maar sy kan niks hoor nie. Een keer verbeel sy haar sy hoor Julius se stem, maar dit kan dalk nog die televisie wees.

Magriet is so diep ingedagte dat sy skrik toe daar 'n ligte klop aan die deur is en toe sy Julius se stem hoor, slaan haar hart met 'n pynlike slag teen haar ribbes. Hy loer om die deur en sy probeer haar stem in bedwang hou toe sy vra of hy klaar gewerk het.

Hy tree tot binne die kamer, maar kom nie nader nie en vee oor sy oë. "Nee, ek kom net hoor of jy nie iets wil drink nie. Ek gaan vir my tee maak."

Magriet kan die glimlag nie keer nie. "Jy weet nie eers waar die tee gebêre word nie."

'n Klein glimlaggie pluk aan sy mondhoeke. "Ek weet, maar ek is seker as ek lank genoeg soek, sal ek op iets afkom wat gedrink kan word."

Magriet weet nie of sy van die aanbod moet gebruik maak, of eerder net moet nagsê nie. "As jy die rooibostee vind, sal ek graag saamdrink," sê sy.

Hy is verbasend gou terug, maar as Magriet gehoop het hy gaan by haar sy tee drink, kan sy maar net teleurgesteld kyk hoe hy hare op die bedkassie neersit en dan agteruit tree.

"Het jy nog iets nodig?"

Magriet kyk nie op toe sy haar kop skud nie.

"Dan sê ek maar nag," groet hy van die deur af en sy kry dit beswaarlik reg om dankie te sê. En toe hy uit die vertrek is en net sy reuk soos 'n vae miswolk bly huiwer, voel dit vir haar of sy die koppie tee teen die muur kan stukkend gooi.

Maar in die nagtelike ure maak die ergernis plek vir hartseer en sy draai haar gesig in die kussing en laat die trane ongehinderd toe om te loop.

# 10

Magriet kan nie help om te glimlag nie. Die geselsery op die internet is op die oomblik soos 'n lig in haar bleek wêreld. Sy vind dit steeds 'n vreemde manier van kommunikeer, maar van die kwinkslae en van die persoonlikhede prikkel nogal haar belangstelling. Sy weet nie of dit is omdat hulle Afrikaans praat nie, maar die meeste klink vir haar jonk en relatief onskuldig. Die vorige aand het een met die naam Tier 'n meisie met die naam Soetlief na 'n privaat kletskamer genooi. Vanaand is albei terug tussen die ander gereelde kletsers en Magriet brand om hulle te vra waarom dit nie uitgewerk het nie. Op 'n stadium wil Zing weet of Pebbles sexy is en Magriet vra hom hoe hy weet Pebbles is 'n meisie.

Die antwoord kom vinnig: *Daisy, dis maar die kans wat ons almal vat.*

En dan is daar 'n persoonlikheid met die naam Storm, vir wie sy op 'n sosiale webwerf ontmoet het. Eintlik het hy op haar profiel gereageer en hulle het al een keer 'n paar woorde gesels. Hy is nege en dertig, geskei en 'n sakeman. Toe sy haar rekenaar aanskakel, flits die klein geselsblokkie op die skerm oop en sy sien dis hy.

*Jy was nou die aand so haastig dat ek jou nie kon vra van waar jy is nie.*

Die kinders het haar verseker niemand kan op hierdie manier haar identiteit en adres bekom nie, maar Magriet voel tog effe skrikkerig en huiwer voor sy haar antwoord intik.

*Ek's van die Kaap, en jy?*

*Ek en jy kan dalk bure wees.*

Magriet neem 'n slukkie water om die senuagtigheid te laat bedaar. *Ek twyfel of jy my buurman is.* En dan voeg sy by: *Ek het op 'n tyd 'n kat gehad met die naam Storm. Hy het een nag met 'n storm op my drumpel beland.*

Terwyl Magriet vir die antwoord wag, gaan sy na Facebook en lees 'n paar mense se nuutste nuus.

*Daisy, miskien is ek jou kat wat gereïnkarneer is. Was jy goed vir hom?* kom sy antwoord na 'n paar sekondes.

Magriet glimlag. *Ek was alles wat hy wou gehad het, maar hy was 'n onrehabiliteerbare rondloper.*

Magriet hoef nie lank op die antwoord te wag nie. *Wat het van hom geword?*

*Hy het nooit van een van sy kuiertogte teruggekom nie.*

*En nou ly jy aan 'n gebroke hart?*

Magriet oordink haar antwoord. *My hart is gebreek, maar nie oor jou naamgenoot nie.*

*Kan ek my skouer vir jou aanbied?* kom dit ewe galant van Storm.

*Dit hang af hoe breed jou skouers is.*

Dis geen wonder mense raak hieraan verslaaf nie, dink Magriet glimlaggend. Dis asof daar ander reëls as in 'n gewone gesprek geld. Miskien minder reëls. En dan is daar die voortdurende gevoel van afwagting. Asof 'n mens nooit seker is wat die volgende oomblik gesê gaan word nie.

*My tweede naam is Atlas.*

Magriet lag hardop. *Het jy enige ondervinding van 'n gebroke hart?*

*As dit oor gebroke harte gaan . . . I am your man. Ek sit self met een.*

*Wat het joune veroorsaak?*

Hy antwoord nie dadelik nie en toe sy antwoord kom, glimlag sy.

*'n Vrou, wat anders?*

Magriet word warm onder haar klere. Sjoe, sy is dankbaar die kinders slaap al. Wat op aarde sal hulle sê as hulle moet weet hulle ma klets so lekker met 'n

418

vreemde man? Of is Storm dalk nie 'n man nie? Magriet weet ook nie waarom sy skielik teleurgesteld voel nie.

*Daisy, is jy nog daar?*

*Ja, ek dink oor jou opmerking.*

*Ek dink jy voel skuldig omdat jy 'n vrou is en weet hoe julle mans se harte kan breek.*

*Dink jy jy kan nou skielik my gedagtes lees?*

*Daisy, jy vergeet ek was in 'n ander lewe jou kat.*

Magriet lag weer in die stil vertrek. *Hoe oud is jy werklik?* Hy klink soms te jonk om nege en dertig te wees en om die een of ander rede gaan sy 'n gek voel as sy moet uitvind hy is sewentien of agtien.

*Hoe oud wil jy hê moet ek wees?* kom die gladde antwoord.

Magriet skud haar kop. *Ek dink nie jy sal iets van 'n gebroke hart weet as jy nog nat agter die ore is nie.*

Hierdie keer wag Magriet effens langer vir die antwoord. *Moenie bekommerd wees nie, ek weet genoeg van die onderwerp af. En jy, is jy wie jy sê jy is, of skuil daar eintlik iemand anders agter die mooi naam?*

Magriet huiwer weer voor sy antwoord. *Wie is ons werklik?*

*Waarom soek jy geselskap as jy getroud is?*

*Dis ingewikkeld.* Magriet se vingers bly huiwer oor die sleutels toe sy die woorde getik het.

*?* verskyn die vraag kort en kragtig.

*Ek is tegnies nog getroud, maar ek dink die Engelse woord separated is seker hier van toepassing.*

Die antwoord kom weer vinnig. *Snap.*

Magriet wonder of die man altyd so ekonomies met woorde omgaan.

*Jou keuse of hare?*

*Hare. En by jou?*

Weer huiwer Magriet se vingers. *Ek dink myne.*

*Ai, Daisy, julle vrouens raak deesdae koelbloedig.*

*Jammer dat ek dit vir jou moet sê, Storm, but it takes two to tango. Jy het waarskynlik ook skuld aan jou situasie.*

*So beweer sy, ja . . .*

Magriet kyk na die woorde op die skerm en skuif haar reg op die stoel. Dis so 'n tipies manlike reaksie.

*Siestog, altyd die onskuldige party?*

*Nee, maar nie skuldig genoeg vir 'n lewenslange vonnis nie.*

*En wat gaan jy nou doen?* Magriet is jammer sy het nie vir haar 'n fles koffie gemaak nie en sy is te nuuskierig om totsiens te sê.

*Ek is nie seker nie. Het jy enige voorstelle?*

*Jy kan probeer om te sê jy is jammer,* probeer sy die maklike uitweg.

*En jy dink dit sal help. Net sê ek is jammer?*

*Dit hang af wat jy gedoen het. Het jy haar verneuk?*

*Nie eers in my gedagtes nie.*

*Hoe lank was julle bymekaar?* Magriet begin haar inlewe in die rol van terapeut. Sy het dalk haar roeping gemis. Miskien moet sy 'n internetberader word. Aangesien sy niks beter het om saans met haarself te doen nie, kan sy net sowel die volk se verhoudingsprobleme uitsorteer.

420

*'n Duisend jaar.*

*Waarom het jy nie gesê jou naam is Metusalem nie?*

*Ha, ha, ha. Ek is besig om my diepste gevoelens aan jou te ontbloot en jy spot met my.*

Magriet se mondhoeke krul plesierig op. *As dít jou diepste gevoelens is, is dit nie 'n wonder sy het jou gelos nie. Hierdie is wat ons vrouens 'n splash pool noem. Nog nie eers 'n volwaardige babaswembadjie nie.*

*Jy is nie baie behulpsaam nie,* kla hy.

Magriet klik haar tong asof hy haar kan hoor. *Jy kan nie verwag om reg te maak as jy nie eers weet wat jy verkeerd gedoen het nie. Solank jy glo jy is onskuldig, het ek nie baie hoop vir jou nie.*

*En jy? Wat gaan jy doen?* verander hy die onderwerp en veroorsaak dat Magriet vir 'n paar lang oomblikke net na die skerm staar.

*Daisy, is jy nog daar?*

*Ja, maar ek het nie 'n antwoord nie.*

*Jy oorweeg nie 'n rekonsiliasie nie?*

Weer is Magriet nie seker wat sy op die vraag moet antwoord nie.

*Dis nie so maklik nie.*

*Ek het nie geweet dit gaan oor maklik of moeilik nie.*

Hemel, die man raak nou ingewikkeld. Dit was een ding om sy sake te probeer uitsorteer, maar skielik voel dit vir haar of die kollig op haar skyn en sy hou nie daarvan nie.

*Miskien is die onderwerp te moeilik vir 'n kletskamer.*

*Waaroor sal ons dan gesels?*

Magriet besluit om die vraag te vra wat sy eintlik aan almal wil vra wat sy al op die sosiale webwerwe teëgekom het. *Waarom kuier jy op 'n sosiale netwerk rond? En is dit iets wat jy dikwels doen?*

*Uit nuuskierigheid en nee, ek is nie 'n ou gebruiker nie. Ek is ook nog nie oortuig dat hierdie tipe ding vir my is nie. Dis soms net te oorweldigend met almal wat 'n mening het en 'n platform gekry het van waar hulle hul mening kan lug.*

Sy knik by haarself. *Ja, dit laat dink my soms aan my kinders en hulle maats. Elkeen het 'n mening, maar ek weet nie hoeveel hulle werklik na mekaar luister nie.* Magriet kan haarself skop. Waarom het sy gesê sy het kinders! Dis te persoonlik.

*Jy het kinders? Hoeveel?*

*Dit maak nie saak nie. Ek moet nou gaan. Dankie vir die gesels.*

*Wat het jou nou laat skrik? Ek het ook kinders.*

Magriet voel effens beter, maar sy wil steeds die gesprek beëindig. Sy kan eintlik nie glo dat sy so lank met 'n vreemdeling gesels het nie.

*Bye,* tik sy haar groet kort en kragtig, maar voordat sy kan afskakel, flits daar weer 'n paar woorde.

*Sal jy dink oor my probleem en laat weet as jy raad het?*

*Ek het nie vir jou raad nie.* En dan, omdat dit laat is en sy moeg en alleen is, voeg sy half ingedagte by: *Ek het nie eers vir myself raad nie.*

*Miskien kan ons mekaar help. Jy uit jou vroulike perspektief en ek uit my karige manlike perspektief.*

*Ek twyfel. Goeienag.*

Magriet sit agteroor en vee oor haar oë. As sy eerlik met haarself moet wees, is sy trots sy het so iets gewaag. Maar sy het vanaand agtergekom sy mis geselskap. Sy mis haar en Julius se gesprekke en gekorswel met mekaar. Sy kan meteens verstaan dat mense op vreemde plekke gaan soek na die dinge wat hulle verloor het. Hoe ver sal sy gaan soek? wonder sy toe sy die ligte afskakel en kamer toe loop.

## 11

Magriet hou voor die skool stil en kyk verbaas hoe Julius nader stap en die motordeur vir haar oopmaak. Die seuns is onder die leerders wat dié oggend 'n toekenning vir die afgelope kwartaal se sportprestasies ontvang en die ouers is genooi om die saalbyeenkoms by te woon.

"Môre," groet hy toe sy uitklim. Hy maak die agterdeur ook oop en tel haar krukke uit. "Ek kan jou altyd weer dra," spot hy met 'n skewe glimlag.

Magriet skud haar kop. "Ek dink nie die kinders sal die skande oorleef nie."

Hulle begin stil aanstap en Magriet is vir die soveelste keer dankbaar dat sy al vaardiger op die krukke is. Elke tree is darem nie meer 'n marteling nie.

"Hoe het dit in Londen gegaan?" Volgens die seuns het hy die vorige dag teruggekom. Magriet het nie die moed gehad om te vra of Heila saam was nie. Sy gaan ook nie nou vra nie.

"Goed, maar dit was ongekend warm." Hy hou vir haar die skool se voordeur oop.

Gelukkig is daar ander ouers in die portaal wat nader staan om te groet en hoef sy nie na woorde te soek nie.

Vyftien minute later sit sy en Julius styf teen mekaar op die harde stoele. Magriet probeer op die skoolhoof se woorde konsentreer, maar sy is oorbewus van die lyf langs hare. In die verlede sou sy waarskynlik haar hand in sy jassak gesteek of ongemerk haar hand onder syne ingedruk het. Maar nou sit elkeen op sy en haar eie stoel. En al is daar nie 'n opening tussen hulle lywe nie, is daar steeds 'n gapende afgrond.

Magriet skrik uit haar mymering toe hy op 'n stadium sy arm strek en agter haar op die stoel se rugleuning laat rus. Hy hou daarvan om so te sit, maar sy wil allerhande betekenisse daarin lees, totdat die alomteenwoordige stemmetjie haar daaraan herinner dat hy so pas 'n week saam met sy mooi persoonlike assistent in Londen deurgebring het. Gelukkig stap al die ontvangers van toekennings op die verhoog en sy probeer op die twee trotse seunsgesigte konsentreer.

"Het jy al ontbyt geëet?" wil Julius weet toe hulle 'n halfuur later by die skoolhek uitstap.

Magriet knik. "Ja, dankie."

"Gaan drink dan saam met my koffie," nooi hy.

"Moet jy nie terug kantoor toe nie?" Magriet is verbaas dat hy nog die tyd opgeoffer het om die verrigtinge by die skool by te woon.

424

"Ja, maar nog 'n halfuur of uur sal seker nie so erg saak maak nie."

Magriet kan nie help om hom skepties aan te kyk nie. Sy kan tye onthou toe elke minuut saak gemaak het.

"Net koffie, Griet. Ek wil met jou praat."

Magriet voel hoe die bekende vreeshand om haar hart sluit. Sy het 'n heilige vrees vir daardie woorde ontwikkel. Sy wonder of hy so wreed sal wees om in die openbaar vir haar te sê hy wil skei.

Haar huiwering moes vir hom soos 'n onwilligheid gelyk het, want hy frons en langs sy mond begin 'n spiertjie spring. Dis 'n seker teken dat hy hom vererg het.

Hy neem die motorsleutels uit haar hand en druk die knoppie om die deure oop te sluit. Dan maak hy die deur vir haar oop en terwyl hy staan en wag dat sy inklim, sê hy met 'n effense ophaal van sy skouers: "Ek sal jou bel."

Magriet staan langs haar motor, nie in staat om in te klim nie. "Ons kan gaan koffie drink," hoor sy haarself sê, maar as sy verwag het die streng lyne op sy gesig gaan versag, maak sy 'n fout. Hy kyk 'n oomblik stil na haar voordat hy die motordeur langs haar toeklap en na sy motor beduie wat 'n entjie weg geparkeer is.

"Ek sal jou weer hier kom aflaai." Daarmee begin hy aanstap.

Magriet wil nog sê sy sal sommer met haar motor ry, maar hy het reeds vir haar sy motordeur oopgemaak en wag met 'n afgetrokke uitdrukking dat sy inklim.

Niemand praat in die motor nie en sy is verbaas toe hy naby die skool by 'n nuwe koffiewinkel stilhou. Sy het nie gedink hy weet van die plek nie en sy wonder dadelik jaloers of iemand hom daarheen genooi het. Daar was nooit tyd om saam met haar te gaan koffie drink nie, maar hier weet hy van nuwe koffiedrink-plekke. Magriet voel hoe 'n bitter smaak saam met woorde op haar tong kom lê, maar kry dit tog reg om te swyg.

Hy kyk net vlugtig na die spyskaart toe hulle by die tafeltjie gaan sit en bestel dan 'n toebroodjie en 'n kop-pie koffie. Magriet wil net koffie drink en Julius laat haar begaan. Hy is duidelik nog half ergerlik.

"Het die seuns met jou oor die wintervakansie ge-praat?" val hy met die deur in die huis toe die kelner wegstap.

Magriet skud huiwerig haar kop. Die seuns praat baie, maar sy kan nie onthou dat hulle enige aankon-digings oor die vakansie gedoen het nie, behalwe dat hulle graag plaas toe wil gaan.

"Hulle wil plaas toe, maar ek sal nie so lank kan weggaan nie. Ek sal hoogstens 'n week kan gaan."

Magriet wil 'n opmerking maak – iets soos dat hulle teen hierdie tyd vir elke krummel dankbaar sal wees – maar iets weerhou haar daarvan. Sy kan nietemin nie help om te vra of hy seker is hulle kan so lank sonder hom by die werk klaarkom nie.

Hy ignoreer egter die vraag en wil op sy beurt weet of sy wil saamgaan.

Magriet sit en speel met die klein suikerpakkies in

die bakkie tussen hulle. Natuurlik wil sy saamgaan plaas toe. Sy is hartstogtelik lief vir daardie stukkie Karoogrond, maar hoe kan sy onder sulke omstandighede gaan? Selfs net haar herinneringe aan al die wonderlike tye onder die Karoohemel veroorsaak 'n brandpyn in haar hart. Lui dae waarin hulle perdry of jag; ure op die stoep sit en lees en saam met die winterson om die huis trek; saans langs die vuur, warm aangetrek teen die skraal Karoonagte; en snags in sy arms in die ou koperkatel, snoesig onder 'n regte bulsak. Hoe kan sy nou gaan?

"Die seuns wil hê jy moet saamgaan," onderbreek hy die reis in haar geestesoog.

"En jy?" Die woorde is uit voordat Magriet kon dink, voordat sy geweet het sy gaan hulle vra.

Hy wag totdat die kelner hulle bestelling voor hulle neersit. "Maak dit saak wat ek wil hê?"

Sy gooi ingedagte twee sakkies suiker in haar koffie en trek 'n gesig toe sy die eerste sluk neem. "Jy is nie die slagoffer nie, Julius. Jy het nog altyd 'n keuse gehad."

"En dit beteken?" Die plooi is terug tussen sy oë.

"Jy het nog altyd dinge gereël soos dit jou pas." Dis glad nie wat sy wou sê nie, maar dis asof daar 'n wolk oor haar brein trek sodra sy en Julius binne trefafstand van mekaar kom.

"Magriet . . ." Hy skuif die bord met halwe toebroodjies eenkant toe en trek sy koffie nader. "Moenie hiervan 'n oorlog probeer maak nie. Gaan saam as jy lus het, of bly as jy wil. Dit maak nie saak wat ek dink of wil nie, en ek weier om derms daaroor uit te ryg. Ons ry die dag wat die skole sluit en kom waarskynlik die volgende Vrydag terug, want ek moet die week daarna Amerika toe gaan."

"Ek dog jy het gesê die kinders moet die vakansie by jou kom bly." Magriet probeer haar stem beteuel.

"Ek het, maar dit gaan nie moontlik wees nie. Ek kon nie die besigheid daar uitstel nie."

"Kon nie of wou nie?" Magriet het haar halfgedrinkte koppie koffie ook opsy gestoot.

Julius se blik gaan na haar onstuimige gesig en dan beduie hy vir die kelner om die rekening te bring. "As jy klaar is, kan ons maar ry. Ek moet by die kantoor kom." Die laaste sin sê hy byna uitdagend, asof hy 'n reaksie wil uitlok.

Magriet staan sonder 'n woord op en stap voor hom uit. Sy wag nie toe hy by die kassier betaal nie en toe hy buite kom, staan sy reeds langs sy motor. Hulle praat eers weer toe hy agter haar motor by die skool stilhou.

"Besluit maar en laat my weet." Daarmee klim hy uit en stap om die motor om vir haar die deur oop te maak.

"En as ek nie saamgaan nie?" Sy kyk by hom verby. Sy wil eintlik vra of hy dan iemand anders gaan saamneem.

"Dan is dit jou keuse."

Magriet kyk sy motor agterna tot sy seker is hy kan haar nie meer sien nie, dan laat sak sy haar kop op die stuurwiel en sug lank en hoorbaar. Wat het gebeur dat dinge tussen hulle so verkeerd geloop het? Waar het dit begin? Was hulle net te besig om agter te kom dat hulle uitmekaar beweeg?

Maar die tye dat hulle saam was, was nog altyd goed. Hulle kon hulself in mekaar se teenwoordigheid verlustig. Hulle was nie net man en vrou nie, hulle was vriende. Hulle kon nooit genoeg van mekaar kry nie. En nou dit? Hoe gebeur dit? Is dit haar skuld? Moes sy maar net geduldig gewag het totdat hy eendag weer tyd gehad het vir hulle twee? Is dit wat hy van haar verwag het? Sy kon egter nie meer die alleenheid besweer nie. Die Vader weet, sy het probeer. Sy het nagte om haarself probeer troos dat alles tussen hulle nog dieselfde is, terwyl die twyfel soos 'n kanker aan haar begin vreet het. Sy het begin soek na tekens om haar vermoedens te bevestig. En sy het hulle gekry. Soms onbenullige tekens, maar hulle was daar. Die afgelope jaar het die tekens net te veel en té groot geword.

Hy het haar keer op keer probeer verseker dis haar verbeelding en dat sy hom net moet kans gee om die nuwe besigheid ook op die been te bring, maar sy het geweet daar sal nog een wees wat op die been gehelp moes word. En intussen het die vrees en twyfel haar bene laat wankel. Totdat sy nie meer kon nie. En nou voel dit of sy in 'n doolhof is. Sy het nie 'n benul waarheen nie. Sy het die pad waarop hulle twee was, byster geraak.

429

# 12

*Dit klink of jy vanaand in 'n slegte bui is?*

Magriet staar na die skerm. Sy het gewonder of sy hom weer op die wye net gaan raakloop, maar toe sy die volgende aand inskakel, was dit nie lank nie of die geselsblokkie gaan oop.

Is dit wat kommunikasie deesdae geword het? vra sy haarself af. Eenreël-gesprekke met vreemdelinge. En tog betrap sy haarself dat sy bly is hy het weer kontak gemaak. Dis al die derde opeenvolgende aand dat hulle gesels. Tot haar verbasing was daar nog nooit sprake van obsene praatjies nie. En tot dusver het hulle vanaand net oor boeke gesels. Hulle deel nogal 'n belangstelling in outobiografieë en sy was heel beïndruk dat hy al 'n paar van die speurromans gelees het wat gewoonlik haar vakansieleesstof op die plaas is.

*Wat laat jou so dink?* antwoord sy ontwykend. Sy is versigtig vir daardie kollig wat so skielik op haar skyn.

*Jy klink afgetrokke.*

Magriet oorweeg die woorde. Dan tik sy half ingedagte: *Wat doen 'n mens as jy verdwaal het?*

Die skerm bly vir 'n paar oomblikke stil voordat sy antwoord registreer.

*Jy gaan terug en kyk waar jy die verkeerde pad geneem het.*

Magriet gee 'n meewarige laggie. *Sjoe, waarom het ek nie daaraan gedink nie!*

*Sarkasme pas jou nie,* kom dit hierdie keer vinnig en sy glimlag weer.

*Jammer, maar jy laat klink dit darem net te maklik.*

Sy was vanaand slimmer en het vir haar voor die tyd 'n fles koffie gemaak. Nou skink sy haar beker vol terwyl sy op sy antwoord wag.

*En jy wil alles net te maklik hê. As dit die moeite werd is om die regte pad te vind, sal dit nie saak maak as dit moeilik is nie.*

*Waarom sê jy ek wil alles maklik hê?* Magriet blaas oor die warm vloeistof voor sy versigtig 'n slukkie neem.

*Jy het die ander aand ook die woord gebruik. Ek het gevra of jy nie 'n rekonsiliasie oorweeg nie en jy het gesê dis nie so maklik nie.*

Sy neem eers nog 'n sluk koffie voor sy weer antwoord. *Jy het 'n besonder goeie geheue, maar jy is verkeerd. Al wat ek sê, is dat die lewe nie altyd so eenvoudig is as wat jy wil beweer nie.*

*Die lewe is nie so gekompliseerd nie, dis die mense wat dit so maak,* antwoord hy dadelik.

Magriet skud in stilte haar kop. *Hoe gaan dit met jou probleme?* verander sy die onderwerp.

*Hoe meer ek die regte ding probeer doen, hoe meer doen ek blykbaar die verkeerde. Soms wonder ek regtig of julle vrouens altyd weet wat julle wil hê.*

Daar lê so duidelik 'n stukkie moedeloosheid in die paar woorde dat Magriet nie anders kan as om hom jammer te kry nie. Maar nie jammer genoeg om namens alle vroue skuldig te pleit nie.

*As 'n man werklik belangstel, is dit nie moeilik om te weet wat 'n vrou wil hê nie. Die meeste mans stel egter nie belang nie, daarom ploeter hulle maar voort en is tevrede as hulle soms reg raai.*

Sy moet 'n rukkie wag vir die antwoord en sy skink die laaste van die warm koffie in haar beker. Vannag slaap sy nooit met al die kafeïen in haar bloedstroom nie.

*En uit my ondervinding deel vrouens selde uit hulle eie daardie inligting. Aan die een kant wil hulle hê 'n man moet weet wat hulle behoeftes is, maar aan die ander kant wil hulle dit nie vir hom sê nie, omdat dit 'n magtige wapen kan wees. Mans, aan die ander kant, sê vir mekaar in geen onduidelike terme wat hulle behoeftes is nie. As jy 'n pêl nooi om saam rugby toe te gaan, weet hy jy wil saam met hom gaan rugby kyk. Dis nie 'n bedekte uitnodiging om oor sy liefdeslewe te praat nie. Dis so eenvoudig en dit werk al duisende jare vir mans. Julle vrouens moet dit 'n slag probeer.*

Magriet glimlag onwillekeurig. Die man van min woorde het skielik sinne ontdek. *Ek is bly dit werk vir julle, en vir jou inligting: vrouens kan ook heel openlik met mekaar wees, maar dit raak nogal moeite as jy vir 'n duisend jaar saam met iemand leef en hy steeds nie 'n clue het nie. As jy steeds die spreekwoordelike geskenk kry wat deur die sekretaresse uitgesoek is, en jy moet verduidelik dat jy nie daarvan hou om aand na aand alleen te gaan slaap nie. Dat jou dik mond nie uit buierigheid voortspruit nie, maar omdat jy besig is om te vereensaam sonder hom.*

*Het jy hierdie dinge al vir hom gesê?* kom die vraag dadelik terug.

Magriet wonder hoe sy skielik weer in die kollig beland het. *Hy beweer hy ken my! Is verduideliking dan nodig?* Sy is jammer sy het nie meer koffie gemaak nie.

*Ja. Moenie vir 'n man sê hy moenie laat werk nie. Sê vir hom jy verlang na hom. En as jy nie 'n geskenk van die sekretaresse wil hê nie en jy nie sy oordeel vertrou nie, sê vir hom wat jy wil hê. Dis so eenvoudig soos dit.*

*Die geskenk was sommer net ter verduideliking,* antwoord Magriet vinnig. Dit klink skielik so nietig.

*Ek weet, maar jy sou dit nie gebruik het as dit jou nie gepla het nie. Jy sien, Daisy, dis maklik om altyd klippe te gooi, maar maak net seker jy mik na die regte teiken. Ma's, dogters en vriendinne het dalk 'n intuïtiewe gevoel wat om vir mekaar te gee, maar 'n man het gewoonlik nie daardie natuurlike aanvoeling nie. Ons weet nie wat in julle koppe aangaan nie. Wat vir ons na nietighede lyk, is dalk vir julle issues, en andersom.*

Magriet kyk na die woorde en wonder waar die spraaksaamheid vandaan kom. *Ek stem nie saam nie. Dikwels is mans se intuïsie goed ontwikkel, maar deur die jare stomp dit net af. Raak dit net te veel moeite. Mans is inherent lui as dit by verhoudings kom.*

*Daisy, daai opmerking pas nie by jou nie. Dis 'n gruwelike veralgemening en jy weet van beter.*

*Asof jy sal weet wat by my pas!*

*A, maar jy vergeet ek was in 'n vorige lewe jou kat wat weggeloop het, omdat jy hom waarskynlik mishandel het.*

Sy lag hardop. *Ek het hom nie mishandel nie, hy was net 'n tipiese, onbetroubare man.*

*Ai, weer die growwe veralgemening.*

*Ek gaan nou slaap,* groet Magriet.

*Sweet dreams,* groet hy terug en dan raak die skerm donker.

Magriet vee oor haar oë. Sy is feitlik klaar met haar artikel en dan is daar nie meer rede vir haar om met vreemdes op die internet te gesels nie.

Sal sy vir hom sê sy gaan nie weer gesels nie, of is dit beter om stil weg te raak? wonder sy toe sy die studeer-kamer se lig afskakel en in die stil gang afstap kamer toe. Sy loer by die seuns se kamer in, maar hulle slaap met die oorgawe en onskuld van babas.

Dis al halfeen, maar sy stort eers en dan klim sy wawyd wakker in die bed. En onwillekeurig kom die gebeure van die dag terug na haar toe. Sy en Julius styf langs mekaar in die skoolsaal. Julius se arm agter haar rug op die stoel se leuning. Julius se ergernis.

Magriet wonder vir die soveelste maal hoe twee mense wat vir jare so goed met mekaar kon kommu-nikeer, skielik skerpioene kan word wat gedurig net die angel vir die ander een draai. Of is dit sy wat haar angel draai en hy wat dan daarop reageer?

Sy weet soms nie waar die woorde vandaan kom wat sy in sulke oomblikke kwytraak nie. Waarom kon sy nie vanoggend sy onverwagse uitnodiging vir koffie aanvaar het nie? Waarom moes sy dit bevraagteken? Waarom moet sy deesdae alles wat hy doen, bevraag-teken? Sy draai op haar sy en skakel die bedlig af, maar daar kom ongelukkig nie donkerte in haar kop nie. Daar woed die emosies en woorde soos papiere wat die suidooster rondwaai.

Sy dink aan Storm se woorde en wonder wat Julius sal sê as sy vir hom moet sê sy verlang na hom en dat sy by hom wil wees. Jare terug sou hy daarop gereageer het, maar sy het 'n vermoede hy sal nou die een of ander verskoning uitdink waarom hy so hard moet werk. En sy het hulle almal gehoor. Sy is redelik seker daar kan nie nuwes wees nie. In die donkerte gee sy 'n lang sug en besluit om die volgende dag by iemand te gaan kuier. Hierdie getob elke dag sal haar gek maak.

"Ek is so bly jy het gebel. Ek bekommer my morsdood oor jou." Alexa trek Magriet al pratend by haar groot voordeur in. "Kom binne. Hoe gaan dit met jou?"

"Goed." Magriet stap agter Alexa aan kombuis toe. Hulle twee kan 'n hele oggend in mekaar se kombuise omkuier en sulke tye kry die ketel gewoonlik nie kans om behoorlik af te koel nie.

"Ek wil nie die gewoonte-antwoord hoor nie. Ek wil werklik weet hoe dit met jou gaan." Alexa help Magriet om by die tafel te gaan sit voordat sy die ketel aanskakel.

"Dit gaan onder die omstandighede regtig goed met my. Die dokter is tevrede dat my enkel besig is om mooi te herstel, en met die kinders gaan dit ook onder die omstandighede goed." Magriet trek haar skouers op. "Ek het dus nie regtig rede om te kla nie."

"Waarom lyk dit dan of die honde jou kos afgeneem

het?" Alexa maak kasdeure oop en toe om koppies en pierings uit te haal.

"Dit hang seker maar af hoeveel kos 'n mens wil hê. Miskien wou ek nog altyd te veel hê." Magriet glimlag skeefweg. "Miskien is ek 'n vraat."

Alexa gee 'n spotlaggie. "Bespeur ek 'n mate van selfbejammering vanoggend? En dit van die vrou wat haar nooit aan so iets oorgee nie!"

Magriet kan nie help om te lag nie. "Jy sal verbaas wees om te weet wat ek alles deesdae doen. Dis maar goed Julius weet nie daarvan nie – hy sal my dalk verbied om weer die kinders te sien. Ek besef nou ek het deur die jare soms mense te maklik geoordeel."

"Jy maak my nou bekommerd." Alexa skink hulle koppies vol stomende, swart koffie en kom sit oorkant Magriet by die tafel. "Maar as ek na daai krukke kyk, is jy liewer 'n gevaar vir jouself."

"Dit was 'n ongeluk," keer Magriet met 'n klik van die tong. "Ek praat eintlik van my gedagtes en die goed wat ek soms oorweeg om te doen."

"Soos wat?" Alexa blaas oor die warm vloeistof in haar koppie.

Magriet trek haar skouers op. "Ek weet nie hoe om dit te verduidelik nie . . ." Sy bly stil en voel hoe 'n blos teen haar nek opkruip. "Soms kry ek lus en ry na Julius se kantoor toe en verlei hom op sy lessenaar." Sy voel hoe die blos al hoër opkruip en weet haar wange gloei ook nou.

Alexa sluk haastig die mondvol koffie. "Whao! Waarom wag jy nog?"

Magriet skud haar kop. "Jy is nie veronderstel om my delusies aan te moedig nie."

"Dis nie delusies nie." Alexa se oë vonkel nou. "Vertel nog . . ."

Magriet blaas oor haar koffie en neem eers 'n sluk voor sy praat. "Soms wonder ek of ek nie 'n affair moet aanknoop nie. Niks ernstig nie. Sommer net 'n betekenislose affair."

Nou is dit Alexa wat fronsend haar kop skud, maar Magriet hou haar hand omhoog. "En daardie gedagte sal my weer laat oorweeg om een nag na sy woonstel te ry en stilletjies by sy voete te gaan lê. Soos Rut in die Bybel by Boas se voete gaan lê het. Toe hy wakker word en wou weet wat sy daar maak, was haar antwoord blykbaar: 'Ek is van u afhanklik.'" Magriet gee 'n spotlaggie. "Ek het spesiaal nou die aand die hele hoofstuk gelees."

Die humor het uit Alexa se oë gewyk en sy kyk nou met groot deernis na haar Magriet. "Ai, Griet. Solank jy so voel, is 'n affair beslis nie 'n opsie nie. Daar is nog te veel tussen die twee van julle om nou die handdoek in te gooi. Waarom probeer julle nie maar weer nie? Julle kan mos nie onbepaald so aangaan nie. Albei van julle raak al stiller en ongelukkiger."

"Dis nie so maklik nie," herhaal Magriet die woorde wat sy die vorige aand in haar geselsie met Storm gebruik het. "En om in sy bed te spring, hoe verleidelik dit ook al mag voel, gaan net 'n tydelike oplossing wees."

"Niemand het gesê dit gaan maklik wees nie. Maar

437

julle sal iets moet probeer. Ek stem saam dat jy nie moet settle vir 'n kitsoplossing nie, maar soms kan so iets sekere skanse afbreek sodat daar weer kommunikasie kan wees."

Magriet skud haar kop meewarig. "Dit voel of ons so ver van mekaar verwyder is soos die twee pole van mekaar en ek het nie die vaagste benul hoe ons daardie skeiding gaan oorbrug nie. En elke keer dat ons kontak met mekaar het, voel dit of ons soos ysberge net verder van mekaar af dryf."

Alexa skud haar kop terwyl sy hulle koppies met vars, warm koffie hervul. "Dit is wat jou verstand jou dalk vertel. Miskien moet jy 'n slag net na jou hart luister en dalk een van daardie planne van jou ten uitvoer bring." Alexa se oë vonkel weer, maar haar hand sluit bemoedigend om Magriet s'n. "Julle is nog lief vir mekaar, Griet. Is dit nie die belangrikste van alles nie?"

Magriet speel met die teelepel in haar piering. "Ek het ook so gedink, maar ek weet nie meer nie. Ek het jare sonder hom reggekom. Ek het die kinders versorg, die huishouding aan die gang gehou, gasvrou en reisgenoot gespeel, sy bed gedeel – en dit alles terwyl ek hom so min gesien het. Ek stry nie dat ons wonderlike tye saam gehad het nie, maar hoe besiger hy geword het, hoe meer het ek begin verlang, totdat ek net nie meer die verlange en gemis kon hanteer nie. Ek weet ek is waarskynlik nie meer veronderstel om so te voel nie. Baie vrouens sal seker dink ek behoort te jubel oor al die vrye tyd en genoeg geld om myself met allerhande dinge te bederf, maar dit alles maak nie saak nie. Ek

438

mis hom dag en nag. Ek wil nie alleen slaap nie. Ek wil hom nie net snags laat in die bed voel klim nie." Magriet gee weer 'n spotlaggie ten koste van haarself. "Ek sê mos, ek is 'n vraat."

"Ek is seker hy voel dieselfde en daarom moet julle met mekaar praat. Hierdie ding sal nie sommer op 'n dag weggaan nie. Jy sal hom moet sê wat jou behoeftes is. Mans dink nie soos ons nie en 'n mens moet dikwels die dinge vir hulle duidelik uitspel en nie aanvaar hulle weet hoe jy voel nie."

"Jy klink nou soos die ou op Facebook met wie ek al 'n paar keer gepraat het."

Alexa se oë vernou. "Ek het nie geweet jy is deesdae 'n Facebooker nie."

"Ek is besig om vir Sandra 'n artikel te skryf oor die gebruik van die internet as vorm van moderne kommunikasie. Hy was een van dié wat my bevriend het en ons gesels soms as ons albei aanlyn is."

"En julle bespreek jou huwelik?" Die frons trek Alexa se wenkbroue al nader aan mekaar.

"Ek weet self nie hoe ons op die onderwerp beland het nie, maar dis nogal makliker as wat jy sal dink. Jy kan dinge sê wat jy eintlik vir niemand anders kan sê nie. Dit maak nie saak as hy jou veroordeel nie, want jy gaan hom in elk geval nooit ontmoet nie." Sy glimlag by haarself. "Ek sou nogal nie omgee het om hom een keer te ontmoet, of sommer net te sien hoe hy lyk nie. Hy het 'n lekker sin vir humor en laat my nogal baie aan die ou Julius dink, voordat hy 'n werkslaaf geraak het." Magriet sien die bekommerde uitdrukking in haar vriendin se oë en lag hardop. "Moenie bekommerd wees nie, ek gaan beslis nie 'n verhouding met 'n vreemdeling op die internet aanknoop nie. Ek mag uit bome val en in die donkerte van die nag allerhande delusies hê, maar ek is nog nie heeltemal sertifiseerbaar nie."

"Dis wat jy nou sê, maar net die feit dat jy sulke persoonlike gesprekke met 'n wildvreemdeling het, sê vir my jy is eensamer as wat ek gedink het."

Magriet knik ingedagte en haar stem is vreemd stil toe sy antwoord. "Ek ís eensaam, maar dis nie sommer net vir geselskap nie. Ek mis vir Julius. Ek mis wat ons gehad het. Ek mis ons gesprekke en die nabyheid wat daar was. Ek is nie gereed om 'n plaasvervanger te soek nie." Sy gee 'n skewe glimlaggie. "En hoe interessant en entertaining die geselsery met 'n vreemdeling ook mag wees, ek verkies maar nog die ou manier van kommunikeer. Ek wil in iemand se oë kyk en weet wie hy of sy is."

"Griet, jy is oud genoeg om self jou lewe uit te sorteer, maar as ek vir jou kan raad gee, moenie dat die gras oor julle twee groei nie. Julius se soort loop nie in dosyne daar buite rond nie en terwyl jy die ontevrede party is, dink ek jy sal die eerste tree moet gee."

Magriet kyk op haar horlosie. "Ek was nie van plan om vandag oor my en my ingewikkelde huwelik te praat nie. Jammer daaroor, en nou moet ek gaan." Sy tel die krukke langs haar op die vloer op en stap stil voor Alexa voordeur toe.

Sy wonder of daar 'n waarskuwing in die laaste

woorde van haar vriendin was. Is Julius dalk reeds besig om na nuwe weivelde te beweeg? Dis 'n moontlikheid waarmee sy elke dag saamleef, maar waarvan haar hele wese wegdeins. Miskien is dit waarom sy nie vir Alexa gaan vra of daar reeds iemand anders is nie. Sy verkies om soos 'n volstruis haar kop in die sand te druk en nie die antwoord op daardie vraag te hoor nie.

# 13

"Dis 'n uitstekende stukkie werk en jy behoort jou te skaam dat jy al die jare jou talente so begrawe het," verwyt Sandra toe Magriet die telefoon beantwoord.

"Moenie so vroeg in die oggend met my baklei nie, ek is nog skaars wakker," kla Magriet, maar glimlag tog oor die kompliment.

"Ek gaan my in die toekoms doof hou vir jou besware – nie dat ek ooit getwyfel het aan jou vermoëns nie."

"Miskien was dit net beginner's luck," probeer Magriet die knop in haar keel weggrap.

Sandra gee 'n baie onvroulike snork. "Nice try, maar ek val nie vir daardie ekskuus-dat-ek-lewe houding nie. Jy weet jy is goed."

"Dankie vir die geleentheid. Ek het nie besef hoeveel ek dit mis nie en ek moet sê dit was baie interessant."

"Ek kan agterkom jy het dit geniet."

Magriet glimlag stil toe sy aan al die gereelde geselsers terugdink. "Ek kan steeds nie besluit of ek ten gunste van daardie vorm van kommunikasie is of daarteen nie, maar 'n mens ontdek nogal interessante en kleurryke karakters."

"Dit kan jy weer sê. Dankie weer eens. Ek moet hardloop, maar wou net gou dankie sê en vra of jy in die toekoms weer beskikbaar sal wees om vir ons artikels te skryf."

"Miskien moet ek net eers my lewe uitsorteer en dan sal ek dit graag doen," laat Magriet met 'n sug hoor. "Ek is bang dit raak so 'n lekker ontvlugting dat ek later nie meer lus is om aan my probleme te dink nie."

"Ek dink dis 'n goeie plan. Jy kan my maar bel wanneer jy reg is."

Hulle groet en Magriet bly 'n rukkie met die gehoorstuk in haar hand sit. Vandat sy die vorige aand die artikel vir Sandra via e-pos aangestuur het, ervaar sy 'n vreemde gemis. Dit was iets om te doen. Iets anders as om net deur die ure te kom. Iets anders as om oor haar en Julius te tob of vir die kinders taxi te ry. Sy plaas die gehoorstuk terug en staan traag op. Julius en die seuns ry die volgende oggend vroeg plaas toe en sy het aangebied om vir hulle padkos in te pak en te sorg dat daar basiese voorrade saamgaan. In die verlede het sy daardie take met groot afwagting gedoen, maar hierdie keer moet sy haarself dwing om selfs net kombuis toe te stap. Sy het reeds die vorige aand 'n lys opgestel en wag net dat Marie kom sodat hulle supermark toe kan ry. Vandat sy op krukke is, is selfs inkopies doen nie 'n eenvoudige taak nie.

*Waarom klink jy of die wêreld vanaand op jou skouers rus?*

Magriet lees die reël en haar vingers huiwer net vir 'n oomblik oor die sleutelbord. *Ek weet nie hoe jy my moods kan raak lees nie – jy moet besonder oplettend van geaardheid wees.*

*Dis nogal 'n eienskap van baie mans, maar een wat vrouens moeilik glo.*

*Jy weerspreek jouself.*

*?*

*Volgens jou kan mans nie vrouens se gedagtes lees nie, maar nou sê jy mans is oplettend?*

*Die feit dat ek kan hoor jy is nie jouself nie, beteken nie ek weet wat die rede is nie. En al gee jy vir my die rede, beteken dit nog nie ek gaan verstaan waarom dit jou so laat voel nie. Maar as jy nou in duidelik verstaanbare taal vir my sê waarom jy so voel, dan het ek die hele prentjie. Dis so eenvoudig. Maar julle gunsteling is mos om te sê daar is niks fout nie, en dan is julle verbaas as ons nie die nodige aandag gee nie.*

Magriet oordink die verduideliking en wonder, nie vir die eerste keer nie, wat presies tussen hom en die vrou in sy lewe gebeur het. Hy klink nie na 'n man wie se enigste behoeftes saans 'n bier en die TV is nie.

*My kinders gaan môre vir 'n week saam met hulle pa weg. Ek haat dit as hulle weg is en ek wou graag saamgegaan het. Is dit duidelik genoeg vir jou?*

*Ja en nee. Is jy nie genooi nie, of waarom gaan jy nie saam nie?*

*Ek is genooi, maar ek kan nie saamgaan nie.*

443

Daar volg 'n oomblik se stilte voordat sy antwoord weer op die skerm verskyn. *'n Vrou sal dalk daardie antwoord verstaan, maar vir my maak dit nie sin nie. Verduidelik.*

Magriet dink 'n oomblik voordat sy begin tik. *Dit help nie ons probeer soos 'n normale gesin funksioneer terwyl ons nie is nie. Dis soos om die simptome te behandel en die oorsaak van die probleem te ignoreer.*

*Dit klink asof jy dalk te veel oor alles dink. Waarom doen jy nie wat jou hart vir jou sê nie?*

*En wat is dit?* Magriet sit agteroor en wag vir sy antwoord.

*Dat jy wil saamgaan.* Die antwoord kom vinnig asof hy nie tyd nodig het om daaroor te dink nie.

*En wat bereik ek daardeur?*

*Waarom moet jy iets bereik? Waarom doen jy dit nie net en kyk wat gebeur nie?*

Magriet wens sy kan vir hom sê sy sien nie kans om saam plaas toe te gaan en nié 'n bed met Julius te deel nie. Maar daar is perke aan wat 'n mens vir 'n vreemdeling sê.

*Of is jy dalk bang vir wat kan gebeur?* kom hy hopeloos te na aan die waarheid en Magriet is jammer sy het toegelaat dat die gesprek so ontwikkel.

*Ek wil nie meer hieroor praat nie.*

*Ek dink jy vertrou jouself nie, nou kruip jy agter allerhande verskonings weg. Dis ook nie 'n manier om dinge op te los nie.*

*Dink jy om saam in die bed te spring sal enige iets*

444

*oplos?* Magriet is besig om haar te vererg. Hy het geen reg om aan haar siel te krap nie.

*Daisy, miskien moet ek iets aan jou verduidelik. Vrouens se verbale vermoëns is oor die algemeen baie beter as mans s'n ontwikkel. Ek dink ek het êrens gelees dat vrouens selfs 'n groter woordeskat as mans het. Hoe dit ook al sy, vrouens verkies verbale kommunikasie terwyl mans dikwels net hulle lywe het om mee te kommunikeer. Jy wag dalk dat julle op 'n dag gaan sit en hierdie probleem in detail bespreek en uitrafel, maar vir hom is dit dalk 'n skrikwekkende vooruitsig.*

*Wat wil jy vir my sê? Dat 'n fisieke verhouding alle probleme kan regmaak! Dat ons oor niks hoef te praat, solank ons saam slaap nie?* Skielik irriteer dié manier van kommunikeer haar. Sy wil nie sit en wag vir 'n antwoord nie. Sy wil praat en 'n stem aan die ander kant hoor. Dís kommunikasie, nie hierdie onpersoonlike heen-en-weer-skrywery nie.

*Waarom is jy so seker dat as jy saamgaan daar iets tussen julle sal gebeur?*

Magriet weet sy moes lankal met die gesprek opgehou het, maar nou is dit te laat. Die laaste paar skanse het geval en dit maak seker nie meer saak wat sy vir hom sê nie. Dis darem die een pluspunt van hierdie soort ding: sy sal nooit nodig hê om hom in die oë te kyk en te onthou wat hy alles van haar weet nie. *Miskien omdat ek dit graag wil glo en miskien omdat dit nog altyd sy gunstelingmanier was om probleme uit die weg te probeer ruim.*

*Jy kan sekerlik nee sê . . .*

445

Magriet oorweeg 'n paar antwoorde voordat sy huiwerig begin tik. *Ek kan seker nee sê, maar ek weet nie of ek op die oomblik sterk genoeg is daarvoor nie.*

*Wat is die ergste wat kan gebeur as julle vir 'n paar dae weer 'n fisieke verhouding het? Dink jy nie dit sal dalk makliker wees om daarna te praat nie?*

*Nee, dit sal alles net vererger. 'n Mens span nie 'n wa voor die osse in nie. Dis 'n ou gesegde en ek is nie seker of jy weet hoe 'n os of 'n wa lyk nie, maar ek is seker jy kan vir jou 'n prentjie probeer voorstel.*

*Ek weet toevallig hoe albei genoemde voorwerpe lyk en ek weet toevallig ook wat die uitdrukking beteken.*

*Jammer.* Magriet vee oor haar hare. Dis laat en sy weet sy moet in die bed kom, maar dis asof sy 'n klankbord vir haar frustrasie gekry het.

*Jy hoef nie om verskoning te vra nie. Luister liewer na my raad.*

*En wat stel jy voor?* Sy sug hardop asof hy haar kan hoor.

*Gaan saam en kyk en luister wat sy lyf vir jou sê. 'n Man se lyf lieg gewoonlik nie. En miskien is dit sy gunstelingmanier om konflik te hanteer, omdat hy op so 'n manier meer kan sê as met woorde.*

Terwyl haar oë oor die sinne gly, voel sy hoe 'n klammigheid op haar handpalms uitslaan en onwillekeurig doem 'n beeld van Julius se lyf voor haar op. En sy ervaar die ekstase van sy hande wat haar lyf verken.

*As jy al die antwoorde het, waarom het jy nog nie jou probleme uitsorteer nie?* Laat hý bietjie in die kollig staan. Sy het nou eers genoeg gehad.

Hierdie keer kom sy antwoord nie so vinnig nie en Magriet sit selftevrede agteroor. Dis altyd maklik om vir ander mense raad te gee.

*Ek wag vir haar om die eerste tree te gee.*

Magriet is net reg om te antwoord, toe hy voortgaan.

*Ek wil hê sy moet vir haarself besluit wat sy regtig wil hê, want ek sien nie kans om weer hierdeur te gaan nie. Ek kan seker allerhande beloftes maak, waarvan ek beslis nie almal sal kan nakom nie, maar ek gaan dit nie doen nie.*

*Is dit te veel gevra om 'n paar toegewings te maak?*

*Nee, ek sal beslis 'n paar veranderinge maak, maar net omdat ek self dit al lankal wou doen. Ek glo nie daaraan dat twee mense mekaar moet probeer omkoop met allerhande dinge nie.*

*Jy sal haar dus liewer verloor as wat jy vir haar gee wat sy wil hê? Dit klink redelik egoïsties.*

*Ek sal vir haar my lewe gee, maar ek gaan nie die balans in ons verhouding versteur deur allerhande onsinnige beloftes en verandering nie. Sy gaan haarself daarvoor verwyt. Hierdie is 'n moeilike tyd vir haar en daarom is dit my verantwoordelikheid om te sorg dat ons nie oorhaastige besluite neem nie.*

Magriet lees die reëls twee keer oor. Sy het nie vir hom 'n antwoord nie, beslis nie voordat sy eers daaroor gaan dink het nie. Van die dinge wat hy sê, maak seker sin, maar sy weet ook nie. *En as sy nie kans sien om so aan te gaan nie?*

*Ek gaan nie nou daaraan dink nie. Ek glo steeds aan dit wat tussen ons is.*

447

*Hoe kan jy verwag alles moet van haar kant af kom?*

*Ek verwag nie alles moet van haar kant af kom nie, maar ek glo ook nie sy kan net op 'n dag vir my sê sy sien nie meer kans nie. 'n Mens bereik nie sommer net op 'n dag daardie punt nie. Waarom het sy nooit vroeër iets gesê nie?*

Magriet byt op haar onderlip. Dis die eerste keer dat sy hom so ernstig hoor – of liewer, sien – praat. *Jy moes seker agtergekom het sy is nie gelukkig nie.*

*Ja, maar soos ek jou al gesê het, daar was altyd net vae beskuldigings. Daardie tipiese houding van "as jy my vra, verstaan jy my nie".*

*'n Vrou raak ook moeg van verduidelik.* Magriet dink aan die talle kere die afgelope jaar wat sy daardie woorde vir Julius gesê het, of in haar gedagtes gesê het. Hy ken haar so goed, sy het nie gedink dis nodig om vir hom te sê sy wil nie meer so lewe nie.

*As dit belangrik genoeg is, dan behoort 'n mens mos nie moeg te raak nie.*

*Jy het op alles 'n antwoord!* Sy wens hy wil net onseker klink.

*Dis my werk om antwoorde te hê . . .*

*Het jy nog nooit foute gemaak nie?*

*Ja, dis maklik om foute te maak, maar die groot vraag is hoe jy daardie foute hanteer en wat jy daarna doen.*

*Dink jy jy het foute met jou verhouding gemaak?*

Sy antwoord kom vinnig. *Ja.*

*Dink jy jy kan die foute regmaak?* Magriet knip haar branderige oë en strek haar arms bo haar kop.

*Al wat eintlik nodig is, is die wil.*

*Hoe kan jy met so min emosie oor die liefde in jou lewe praat? Dit klink of jy met 'n saketransaksie besig is!*

*Dit is die belangrikste saketransaksie van my lewe en juis daarom gaan dit nie help ek sleep te veel emosie daarby in nie. Maar as jy emosie wil hê, kan ek dit vir jou gee: Ek mis haar tot by die punt dat my lyf daarvan pyn. Wanneer ek haar sien, moet ek myself inhou om nie aan haar te raak nie. Ek droom snags verleidelike drome van ons twee en die teleurstelling om dan soggens alleen in die bed wakker te word, is ondraaglik. Is dit genoeg emosie vir jou?*

Magriet wens sy het nie gevra nie. Al was hulle gesprek vanaand ongekend persoonlik, is daar tog sekere dinge wat 'n mens nie van 'n ander mens behoort te weet nie. Maar haar grootste rede waarom sy jammer is dat sy nie lankal gegroet het nie, is omdat sy ook daardie byna koorsige wakkerword ken en die teleurstelling om te weet hy is nie daar nie.

Die reën klap al die hele aand onverpoos teen die ruite en met tye huil die wind om die hoeke en kan sy die bome se takke hoor kraak, maar hier in die studeerkamer het alles vir haar stil geword en kry sy warm onder haar trui.

*Ek moet nou gaan slaap. Goeienag.*

*Nag, Daisy.*

Magriet staar na die donker skerm en wonder waarom sy altyd na Julius verlang as sy en Storm gesels het. Op 'n vreemde manier laat hy haar toenemend aan Julius dink, maar aan die ander kant laat enige iets haar deesdae aan Julius dink. Dis asof alles in haar lewe 'n konneksie met hom het – selfs kos.

Magriet kyk na die opgewonde aktiwiteite rondom haar. Die seuns onthou nog op die laaste nippertjie van dinge wat nie ingepak is nie en roep heen en weer in die huis. Julius het 'n halfuur tevore opgedaag en is besig om die jaggewere en patrone uit die kluis te haal. Hy het sy bruin ferweellangbroek, stapstewels en ingeleefde leerbaadjie met die skaapwolvoering aan en Magriet sukkel om nie vir hom te kyk nie. Sy wil haar hande onder die baadjie insteek en vir 'n oomblik teen hom staan. Sy wil vir hom sê sy gaan verlang. Sy wil vra of hy ook snags van haar droom. Sy skud haar kop. Dis wat te min slaap aan 'n mens doen. Omdat sy nie juis weet wat anders om te doen nie en bang is sy doen dalk 'n sotlike ding, stap sy kamer toe. Nie dat sy weet wat sy daar wil gaan doen nie, maar dis beter as om soos 'n skoolmeisie oor Julius te staan en kwyl. Sy gaan sit op die rand van die bed en probeer haar stormagtige emosies onder bedwang kry.

"Jammer, het nie geweet jy is hier nie." Julius staan in die middel van die vertrek. "Ek soek na my kakie-onderbaadjie." Hy beduie na die aantrekkamer.

Magriet knik. "Dit hang in jou kas." Sy wil opstaan en 'n ander skuilplek gaan soek, maar dis of die boodskap nie by haar bene uitkom nie.

"Gaan saam met ons." Hy het weer stil die vertrek binnegekom en staan en kyk na haar met 'n vreemde uitdrukking in sy oë.

450

Magriet laat sak haar blik. "Ek kan nie."

"Kan nie of wil nie?"

Sy bly hom 'n antwoord skuldig en stap sonder 'n verdere woord in die gang uit en sy hoor hoe hy na die kinders roep.

"Ma?" hoor sy oomblikke later vir Gerrit roep. "Ons gaan nou ry."

Sy staan stadig van die bed af op en stap met trae treë in die gang af. Die drie van hulle staan in die verligte motorhuis. Die viertrekvoertuig is vol gelaai en die kinders begin opgewonde groet.

"Moet asseblief nie weer in die bome klim nie," vermaan Christiaan.

Gerrit knik. "En pasop vir al die vreemde karakters op die internet."

Magriet druk hulle beurtelings teen haar vas en sluk swaar aan die branderige knop in haar keel. Sy probeer egter haar stem so lig moontlik hou as sy antwoord.

"Ek sal niks onverantwoordeliks doen nie en julle moenie mekaar doodskiet nie. Wees versigtig met die vuurwapens en sê baie groete vir Lizzie en Herklaas."

Hulle belowe oor hulle skouers om versigtig te wees. Magriet se blik gaan na die man wat langs die voertuig bly staan het en vir 'n oomblik kyk hulle stil na mekaar. Dan tree hy nader en sonder 'n woord soen hy haar op die mond en sy voel hoe haar oë wil toegaan. Haar emosies raak 'n maalkolk wat haar wil insuig, maar haar brein is nie in staat om op die hulpkreet te reageer nie. En dan lig hy sy kop, maar sy hand rus nog vir 'n wyle in haar nek.

"Kyk mooi na jouself."

Magriet knik.

## 14

Magriet stop voor Sue en Dirk se huis, maar klim nie dadelik uit die motor nie. Hulle het haar vir ete genooi en al sien sy vir bitter min dinge kans, het sy tog ingewillig. Op pad daarheen het sy twee keer byna omgedraai, want sy het skielik begin wonder of Julius al ooit met Dirk oor 'n egskeiding gepraat het. Miskien het hulle haar genooi sodat hy haar sagkens daarop kan voorberei.

Sy raak aan haar lippe waar Julius se soen van die oggend nog warm lê. Sou hy haar gesoen het as hy van plan was om te skei? Sy weet nie. Daar is so min dinge waarvan sy op die oomblik seker is.

Haar kop ruk toe daar 'n klop langs haar teen die venster opklink. Dirk staan langs die motor, besig om met handgebare te beduie sy moet uitklim. Sy maak die motordeur oop.

"Op watter planeet was jy nou?" Hy help haar uit en haal haar krukke agter uit die motor.

"Is die hel 'n planeet?" Sy kom langs hom orent en hy maak die deur toe en sluit haar motor voor hulle stadig begin aanstap.

"Wat maak jy op so 'n warm plek?"

Magriet gee 'n spotlaggie. "Dis waarskynlik waar ek hoort."

Dirk vee oor haar hare asof sy 'n klein dogtertjie is. "Foei tog, dit gaan sleg as jy jouself al daarheen wil verban. Wat het jy gedoen om dit te verdien?"

Hulle is by die stoeptrappies en Magriet wag totdat sy bo is voor sy hom antwoord.

"Wat het ek gedoen om dit nié te verdien nie?"

Dirk kom voor haar tot stilstand en sy is verplig om in sy oë te kyk. "Wat's fout, Griet?"

Sy probeer haar skouers optrek, maar dis moeilik met die krukke. "Julius en die seuns is vanoggend plaas toe." Sy sê dit asof dit alles moet verduidelik.

"Waarom het jy nie saamgegaan nie?"

"Hoeveel redes wil jy hê?"

"Wat van sommer net die hoofrede?"

Magriet se blik verskuif en sy staar vir 'n lang oomblik na die liggies van die stadskom onder hulle. Vrydagaand-liggies. Slange bewegende ligte. Flikkerende ligte.

"Ek weet self nie wat die hoofrede is nie," praat sy uiteindelik. "Ek . . ."

"Waarom laat jy die arme vrou in die koue staan?" onderbreek Sue die gesprek. "Kom binne." Sy staan opsy sodat Magriet eerste by die voordeur kan instap. "Jy lyk baie mooi," praat sy agter Magriet se rug. "Dit lyk of jy groot en opwindende planne vir die aand het."

"Ek kom by jou eet. Is dit nie opwindend genoeg nie?" Magriet sak dankbaar in die sitkamer op 'n diep gemakstoel voor die kaggel neer.

Sue gaan sit oorkant haar nadat sy Dirk aangesê het

453

om vir hulle wyn te skink. "Hoe gaan dit met jou? Jy lyk so jonk en sexy. Dit lyk my die alleen bly doen jou goed." Sue was nog altyd van mening dat 'n maer lyf die toppunt van voorspoed is. Dit maak nie saak dat die maerte dalk deur siekte of lyding veroorsaak is nie.

Haar swart romp se soom is heel kuis net bo haar knie en swart kouse bedek haar bene, maar Sue se woorde laat Magriet tog verleë aan die romp trek. Sexy is die laaste woord waarmee sy op die oomblik vereenselwig wil word.

Die voordeurklokkie lui en Sue staan op om te gaan oopmaak. Dirk het intussen die wyn ingeskink en bring Magriet s'n vir haar.

"Jy skuld my nog 'n antwoord." Sy oë gaan vlugtig oor haar gesig toe hy die glas langs haar op die tafeltjie neersit.

"Ek het nie vir myself 'n antwoord nie," laat Magriet met 'n skewe laggie hoor.

Voordat Dirk haar kan antwoord, kom Sue die vertrek binne en tot Magriet se verbasing staan Carl Williams langs haar. Sy wonder wat op aarde Sue besiel het om hulle twee saam te nooi.

"Carl het ook nie planne vir die koue Vrydagaand gehad nie," verduidelik Sue glimlaggend terwyl sy hom nooi om te sit. "Ek kan dit natuurlik nie glo dat alleenlopers soos julle twee op 'n Vrydagaand by die huis kan sit nie," gaan sy met haar monoloog voort en is klaarblyklik onbewus van haar man se vermanende blikke.

Sue was nog nooit bekend vir haar takt nie, maar Magriet was ook nog nooit so aan die ontvangkant van haar ontaktvolheid nie en sy kan voel hoe die ergerlikheid warm in haar kom lê.

"En as ek vroeër planne gemaak het, sou ek dit beslis gekanselleer het," laat Carl met 'n glimlag hoor toe hy oor Magriet buk en haar op die wang soen. "Dis nie aldag dat ek die kans kry om 'n hele aand saam met die ontwykende mevrou Vosloo deur te bring nie."

Magriet voel hoe haar wange verkleur en tot haar verdere ergernis laat dit net die glimlag om sy mond verdiep. Sy wens sy kon opstaan en huis toe gaan, maar sy herinner haarself daaraan dat sy nie 'n kind is nie. Sy kan vir Carl Williams hanteer. Al moet dit met die hulp van 'n kruk of twee wees.

Gelukkig kom Dirk tot haar redding en vir die volgende uur gesels hulle oor allerhande brokkies gemeenskaplike nuus. Sue roep hulle later om te gaan aansit vir ete en Carl is te gewillig om Magriet tafel toe te help, waar Sue hulle langs mekaar laat sit. Magriet begin bewus raak van 'n knaende hoofpyn, maar knik tog toe Dirk wil weet of sy nog wyn gaan drink. Dis ten minste iets om te doen. Dis jammer sy rook nie, dink sy half geamuseerd. Sy kon haarself daarmee ook probeer besig hou het.

"Hoe laat is Julius en die seuns weg?" wil Dirk weet toe hulle sit en Sue begin opskep. Sue wil dadelik weet waarheen hulle is.

"Hulle is vroeg vanoggend plaas toe vir die week. Die seuns wil hierdie jaar weer elkeen 'n bok skiet."

"Ek het nooit geweet Julius is die jag-tipe nie." Carl skink sy eie glas ook weer vol wyn en kyk met opregte verbasing na Magriet.

Sy wil vir hom sê sy is seker daar is baie dinge van Julius wat hy nie weet nie, maar in plaas daarvan knik sy haar kop.

"Hy is 'n baie goeie skut."

"Nou toe nou," laat Carl hoor. "Dis goed jy waarsku my."

Magriet besluit om die opmerking te ignoreer.

Dirk moes haar ongemak gesien het, want hy begin Carl oor 'n projek van hom uitvra en vir die volgende halfuur kan Magriet 'n bietjie ontspan. Onwillekeurig begin haar gedagtes plaas toe dwaal. Hulle behoort al alles uitgepak te hê . . . In haar geestesoog sien sy die helder Karoonag-sterre. Sal Julius saans alleen buite by die vuur bly sit wanneer die kinders gaan slaap? wonder sy met pynlike herinneringe. Dis vreemd dat die kinders nog nie gebel het nie. Hulle het nie by die huis selfoonontvangs nie, maar as hulle 'n entjie teen die rantjie agter die huis opstap, kan hulle die foon gebruik. Maar soos sy hulle ken, is hulle so opgewonde dat hulle nie nou al aan haar sal dink nie.

"Waaroor dagdroom jy so?" Carl se vingers streel oor haar arm en Magriet kan nie die hoendervleis keer nie.

"Ek luister na julle gesprek."

"As ek wreed was, sou ek gevra het jy moet sê waaroor ons gesels het, maar ek sal jou die verleentheid spaar," lag Carl, net te naby haar oor.

456

"Jy is besonder bedagsaam," antwoord Magriet spottend.

Niks wat sy sê, kan hom blykbaar kwaad maak nie en sy sluk haar volgende woorde in.

"Griet, ek het vir jou 'n kaartjie gekoop vir die party Saterdagaand in Somerset-Wes. Dis weer die jaarlikse liefdadigheidsbal," onderbreek Sue haar gedagtes. "Ek het gedink dit sal jou goed doen om 'n slag weer uit te kom."

Magriet wonder wat dit met almal is dat hulle dink sy wil uitkom. Sy begin haar kop skud, maar Sue spring haar voor.

"Moenie altyd net jou kop skud nie. Jy is besig om 'n kluisenaar te word en 'n aand uit kan jou net goed doen."

"Ek sal daaroor dink," antwoord Magriet.

"Jy sit by ons aan tafel en ek wil geen verskonings hoor nie. Stof jou mooi klere af en kom en geniet die aand."

"Ek moet eers uitvind wanneer die kinders terugkom," probeer Magriet vir haar 'n agterdeur oophou, maar sy weet nie of Sue luister nie.

Gelukkig het almal klaar geëet en hulle verskuif terug sitkamer toe, waar Dirk vir hulle likeur inskink. Magriet is dankbaar oor die vuur in die kaggel, want dit verdryf tot 'n mate die koue wat al heeldag in haar lê. En sy is verlig toe Carl 'n rukkie later aanbied om vir Sue met die koffie te gaan help en sy en Dirk vir 'n paar oomblikke alleen is. Voor sy egter iets kan sê, hou hy sy hande omhoog.

457

"Ek is jammer. My vrou het my eers vanaand vertel sy het hom ook genooi."

Magriet skud haar kop. "Ek is 'n grootmens, Dirk. Mans soos Carl behoort my nie te ontstig nie en ek is jammer as ek nie goeie geselskap is nie." Sy sluk die laaste bietjie likeur. "Ek sal weer regkom."

"Is daar iets wat ek vir jou kan doen?"

Die vraag word met soveel deernis gevra dat Magriet net woordeloos na hom kan kyk. Dan glimlag sy skeefweg.

"Jy kan vir my sê alles sal regkom."

"Wil jy hê dit moet regkom?"

"Ja en nee." Magriet skud haar kop. "Wag nou voordat jy jou eie afleidings maak. Natuurlik wil ek hê dinge moet regkom, maar dis asof ek nie na ons ou lewe wil teruggaan nie. Ek het op die oomblik baie tyd om te dink." Sy lag weer. "Waarskynlik hopeloos te veel tyd. En hoe meer ek dink, hoe meer herinner ons twee my aan witmuise wat op 'n wiel beland het en nou nie weer kan afklim nie. En die snaaksste van alles is, ek geniet dit nie daar nie, maar ek moes eers tot stilstand kom om dit te besef."

"Wat bedoel jy met jou ou lewe?"

"Dis asof alles net te veel vir my geraak het. Té veel besittings, té veel verantwoordelikhede, té besig, té blink, té veel geluide, en te min kwaliteit en stilte. Ek dink dis waarom ek so lief vir die plaas is. Dis die een plek waar ons deur die jare nog soms werklik kwaliteit-tyd met mekaar spandeer het. Die lewe daar is so sielsverrykend eenvoudig."

458

"Dink jy dis billik om te verwag Julius moet alles waarvoor hy gewerk het net los?"

Magriet glimlag meewarig. "Dit sou die eerste prys wees, maar ek is op die oomblik bereid om selfs met die derde of vierde prys tevrede te wees."

"En wat beskou jy as derde of vierde prys?"

"Weet jy hoeveel sosiale geleenthede het ons die afgelope jaar bygewoon? Ek het nou die aand my dagboek uitgehaal en getel." Sy moet lag vir die uitdrukking op sy gesig. "Ek het jou gesê ek het te veel tyd. In elk geval, ek het agtergekom dat ons gemiddeld vyf aande van die maand by die huis was. Die res was verpligtinge. Funksies, etes, fondsinsamelings, noem dit wat jy wil. En die meeste daarvan was werkgeoriënteerd en gewoonlik ontmoet ons mekaar daar en dikwels gaan hy na die tyd eers terug kantoor toe. Weet jy wanneer laas was ons met vakansie waar dit nie 'n werksessie of paar vergaderings ingesluit het nie? Vier jaar gelede. Die res was aan werk gekoppel. Dis nie 'n regte lewe nie, Dirk. Dis 'n sinnelose bestaan op 'n bewegende wiel."

Voor hy kan antwoord, kom Sue en Carl al geselsend die vertrek binne. Na haar stortvloed woorde voel Magriet soos 'n ballon wat geprik is en sy raak skielik haastig om by die huis te kom.

"Ek sal agter jou ry en kyk dat jy veilig by die huis kom," bied Carl aan toe Magriet 'n halfuur later haar leë koppie neersit.

"Dankie, maar dis nie nodig nie. Ek ken darem teen hierdie tyd die pad."

"Moenie so ondankbaar wees nie, Griet," berispe Sue in die portaal. "Dis deesdae gevaarlik om saans alleen te ry."

Daarmee beskou Carl blykbaar die saak as afgehandel, want toe Magriet 'n paar oomblikke later wegtrek, ry hy agter haar aan.

Magriet draai by haar oprit in en skrik effens toe haar selfoon begin lui. Terwyl sy wag dat die hekke oopswaai, antwoord sy huiwerig. Dis 'n vreemde nommer wat op die skerm verskyn.

"Kry ek 'n bietjie koffie vir my ridderlike daad?"

Magriet moet lag, hoewel sy vieserig wonder waar hy haar nommer gekry het. "Jy het nou net koffie gedrink en ek is vaak." Dis geen wonder die man ryg die vrouens in nie. Hy het flirtasie tot 'n kunsvorm verhef.

"Dis darem baie moeilik om jou te beïndruk, mevrou Vosloo. Kan ek dan ten minste seker maak jy kom veilig in die huis?"

"Ek het twee kwaai honde wat my sal beskerm," laat Magriet haastig hoor en dan ry sy vinnig deur die hekke en slaak 'n sug van verligting toe sy motor om die hoek verdwyn.

Sy wonder wat Julius sal sê as sy ander mans in sy huis begin onthaal. Miskien is hy verlig, koggel die stemmetjie en sy voel onverklaarbaar naar van die gedagte.

# 15

Magriet tree versigtig van die sypaadjie af en sluit haar motordeur oop. Sy het vroegoggend x-straalplate laat neem en kom pas van die dokter af, waar sy die goeie nuus gehoor het dat sy verlos is van die krukke en voetstut. Haar been voel vreemd lig en sy voel onseker, maar dis so 'n verligting dat sy besluit om mense vir aandete te nooi. Niks deftigs nie. Hulle moet verkieslik bloot in die kombuis by haar wil kuier. Sy haal haar selfoon uit en bel.

"Ek is sommer lus en bel die dokter en sê dankie dat hy jou vandag lus gemaak het om te kook. Wanneer laas het jy ons met jou kookkuns bederf?" Henry strek hom behaaglik uit en vee sy mond met die servet af.

"Ek weet ek is skuldig, maar het darem 'n goeie ver-skoning. Ek was vir ses weke op krukke en besonder knorrig."

"Nie te knorrig om saam met meneer Williams te kuier nie." Dis Alexa wat met 'n swak bedekte beskul-diging antwoord.

Magriet draai met vernoude oë na haar vriendin. "Waarvan praat jy?"

"Ek het hom gister raakgeloop en hy het my vertel julle het Vrydagaand so lekker saam gekuier."

"En intussen is ek onder die indruk jy sit saans alleen by die huis!" laat Sandra ook van haar hoor.

"Die spreekwoordelike stille water," gooi Jan, Sandra se aantreklike jonger man, sy stuiwer in die armbeurs.

"Julle het my klaar verhoor en gevonnis, sonder om na my kant van die storie te luister!" roep Magriet verontwaardig uit terwyl sy na Henry kyk. "Glo jy dit?"

"Ek wil nie graag nie, maar dis geen nuus dat Carl nog altyd 'n besonder sagte plekkie vir jou gehad het nie."

"Waarom het hy dan nooit vantevore iets probeer nie? Hy was nog altyd baie vriendelik en hoflik."

"Hy het seker geweet Julius sal sy nek breek," antwoord Henry sonder 'n oomblik se huiwering en Magriet wonder hoe seker hy daarvan is. Sy het 'n vermoede Julius sou aangebied het om iemand te stuur om dit uit te sorteer. Soos wat hy toenemend haar probleme of probleme by die huis hanteer het.

"Vertel nou eers van jou aand saam met die befaamde rokjagter," onderbreek Sandra haar gedagtes.

Magriet kyk met 'n sug na die twee mans. "Is daar nie iets anders waaroor julle wil gesels nie?"

Jan skuif sy stoel agteruit en vou sy bene gemaklik oor mekaar. "Op die oomblik is ek te vol om te dink."

"Ek was nie saam met hom uit nie," laat Magriet met nadruk hoor. "Die liewe, goeie Sue het ons twee vir ete genooi en arme Dirk het nie geweet nie. En dis al wat gebeur het. Carl was soos gewoonlik baie hoflik en het selfs na die ete saam met my huis toe gery en gekyk dat ek veilig hier kom." Magriet sê die laaste sin met 'n ironiese glimlag.

"Jy laat toe dat hy saam met jou huis toe ry en dan hou jy jou kastig onskuldig!" laat Alexa met 'n uitroep hoor en skud haar kop meerderwaardig.

462

"Ek het hom nie ingenooi nie, Alex." Magriet moet lag vir haar vriendin se ontevrede gesig.

"Ek het nie gedink hy is die tipe man wat by die hek omdraai nie." Jan lyk opreg verbaas.

"Dit was ook nie sy plan nie, en ek was nogal verbaas dat hy dit op die ou end heel gemoedelik aanvaar het." Magriet staan op om die ketel aan te skakel.

Hulle kuier nog 'n hele ruk langs die lang kombuistafel en toe sy voorstel dat hulle koffie in die gesinskamer voor die vuur gaan drink, staan almal lui op. En terwyl sy die groepie agterna kyk, kom die verlange weer brandend. Verlange na vrolike tye saam met hierdie vriende van hulle. Julius se diep stem tussen die ander stemme. Maar is dit genoeg om 'n huwelik op te bou? 'n Paar goeie tye. Soos dun kwashale op 'n groot, skoon doek. Al word dit in sekere kringe as kuns beskou, is dit nie in haar oë 'n skildery nie. Die doek moet vol geskilder wees. Daar moet 'n prentjie wees. Hoe abstrak ook al, maar êrens moet 'n prentjie wees. Sy pak alles op die skinkbord en roep na Jan om die skinkbord vir haar te kom haal.

In die gesinskamer gaan die gesprek oor die bal die komende week.

"Gaan julle almal?" Magriet buk by die koffietafel om die koffie te skink.

"Het jy al ooit probeer om vir Sue nee te sê?" laat Sandra met 'n gaap hoor.

Sandra kyk na Alexa en Henry wat lui agteroor op 'n bank sit-lê.

Dis Henry wat knik. "Dis een van daardie goed waarvoor 'n mens ja sê voordat jy behoorlik daaroor gedink het. Ek het nie regtig vanjaar lus nie, maar ons het gesê ons sal gaan." Sy blik na Magriet. "Wanneer kom Julius terug?"

"Ek dink hulle kom Vrydag. Die kinders het nog net een keer gebel en hulle was so haastig dat ek nie veel kon vra nie."

"Ek het nie sy naam op die gastelys gesien nie," laat Alexa hoor toe sy die koffie koppie by Magriet neem.

Magriet gee die laaste koppie aan voordat sy vir haar inskink en ook gaan sit. Sy skop haar skoene uit en vou haar bene onder haar in. "Hy moet die volgende week blykbaar Amerika toe gaan. Hy sal waarskynlik die naweek moet werk . . . of wíl werk."

Almal begin versigtig aan die warm vloeistof drink en vir 'n oomblik lê daar 'n vredige stilte tussen hulle. Dis die tipe stilte waarvoor werklik goeie vriende en geesgenote nie skrik nie. En Magriet is jammer toe almal net na elf aanstaltes begin maak om te gaan. Dis 'n weekaand en sy weet hoe vroeg Henry soggens moet opereer, maar dis of sy die oomblik net 'n rukkie langer wil vashou.

"Gaan saam party toe," laat Alexa hoor toe sy Magriet 'n drukkie gee. "Die seuns kan sommer by ons huis kom bly."

Magriet sug. "Ek belowe ek sal daaroor dink."

Magriet staan met die telefoon in haar hand. Sy wil nie met Heila praat nie. Sy wil haar nie vra of sy iets van Julius gehoor het nie, maar voordat sy planne vir

Saterdagaand maak, moet sy uitvind wanneer hulle terugkom en by die kinders hoor waar hulle die aand wil bly. Dis reeds Woensdag.

Sy skakel stadig die nommer wat sy toe-oë kan opsê. Sy gaan eers met Herman probeer praat – miskien het hy met Julius kontak gehad.

Maar sy sekretaresse deel haar mee dat hy in 'n vergadering is en sy het geen ander keuse as om vir Heila te vra nie. Die stem wat antwoord, is vrolik en opgewek en Magriet trek sommer 'n gesig.

"Hallo, dis Magriet." Sy wag dat die stem al die nodige sê voordat sy weer praat. "Ek moet dringend vandag met Julius praat en sal bly wees as jy vir hom die boodskap kan gee wanneer hy dalk kantoor toe bel."

"O, jy het hom nou net gemis. Ek het so pas met hom gepraat, maar hy het belowe om my vanaand weer te bel."

Die ergernis trek soos 'n ontploffing deur Magriet en sy moet op haar tande byt om die meisie nie iets toe te snou nie. En sy is seker sy verbeel haar nie die vermakerigheid waarmee die woorde gesê is nie.

"Ek sal bly wees as jy vir hom 'n boodskap sal gee," laat Magriet tussen haar knersende tande deur hoor en voordat Heila nog iets kan sê, sit sy die foon neer. Maar haar wrewel wil nie gaan lê nie en nou spoel dit oor na Julius. Hy is 'n slang, 'n vals Judas. Hoe durf hy haar soen terwyl hy en sy gewillige assistent duidelik meer as net 'n professionele verhouding het? En dit terwyl sy nagte wakker lê en verlang en dit oorweeg om haar naam na Mara te verander. Die gedagtes storm soos

465

wilde perde deur haar terwyl sy by die kamer uitstap.

Toe sy haar kom kry, is sy in die tuin. Sy neem 'n paar diep asemteue. Die tuinier is gelukkig terug van vakansie en is besig om in die nat wintertuin te vroetel. Sy onthou dat sy hom wou vra om iets te doen, maar op daardie oomblik kan sy nie onthou wat dit was nie.

Magriet moet eers haar handsak soek voordat sy die selfoon kan beantwoord. En toe Julius heel gemoedelik groet, ontplof die vulkaan weer en moet sy 'n paar keer asemhaal voordat sy kan praat.

"Hoe gaan dit met die kinders?"

"Baie goed. Hulle wou saamgekom het om te praat, maar was so moeg dat albei aan die slaap geraak het. Elkeen het 'n springbok geskiet en help biltong maak. Vandag was hulle omtrent die hele dag met die perde in die veld. Dis eintlik lekker om te sien hulle is nog nie regte stadsjapies nie."

"Sê vir hulle groete," laat Magriet styf hoor. Sy is bly die kinders geniet dit, maar sy wou ook nou op die plaas gewees het. Daarom gaan sy saaklik voort: "Ek moet Saterdagaand uitgaan en wil net hoor wanneer julle terugkom en waar die kinders wil bly."

Daar volg 'n lang stilte voordat hy antwoord.

"Ons kom Vrydag terug en die kinders kan Saterdagaand by my slaap."

Magriet wil eers vir hom sê sy beplan nie om oor te slaap nie, maar besluit daarteen. Sy weet nie of hy werklik in haar planne belangstel nie.

"Die Karoo is vanjaar besonder mooi," verander hy onverwags die onderwerp en Magriet verwens hom. "En ek weet nie of ek my dit verbeel nie, maar daar is beslis meer sterre as wat ek kan onthou," gaan hy skielik geselserig voort.

"Waar staan jy?" Sy weet nie waarom sy dit vra nie, want sy wil nie weet nie. Sy het genoeg prentjies wat haar snags laat wakker lê.

"Ek sit op die plat klip en probeer sterre tel."

Dis 'n ou grappie tussen hulle. Sy is lief om soms saans buite te gaan sit, net sodat sy die sterre kan sien, en hy en die seuns wil altyd weet of sy nog nie klaar getel het nie.

Sy het nie vir hom 'n antwoord nie. In elk geval nie een wat sy nou vir hom kan gee nie. Ook nie een wat hy seker meer sal wil hoor nie.

"Ons mis jou," neem hy die wind uit haar seile.

Magriet gaan sit op die stoel in haar kamer. "Ek mis julle ook." Daar sê sy dit tog.

"Waarom het jy nie saamgekom nie?"

"Ek glo nie aan kitsoplossings nie."

"Soms is dit al wat daar is."

"Dis gewoonlik 'n tydelike oplossing en spreek nie die probleem aan nie." Sy kan hom voor haar geestes-oog in die Karoonag sien sit en die verlange brand in haar bors.

"Wat sal die probleem oplos?" Sy stem klink moeg.

Sy oorweeg 'n handvol antwoorde, maar die een klink so lamlendig soos die volgende. "Ek weet nie meer nie." Toe die woorde uit is, dink Magriet onwillekeurig aan

467

Storm se woorde dat 'n man nie kan weet wat 'n vrou wil hê as sy self nie seker is nie – of so iets.

"Het ons twee 'n skaakmatposisie bereik?"

Die verlange in Magriet word deur 'n koue vreeshand verdryf.

"Dink jý ons het?" Dis makliker om die bal vir hom terug te gee, want sy weet nie hoe om dit te speel nie.

"Ek is nie die een wat die probleem het nie," stuur hy dit weer netjies vir haar aan en sy frons ergerlik.

"Ek dink die probleem raak ons albei," probeer sy 'n ompad. "Ek was onder die indruk ons albei sal na 'n oplossing probeer soek, maar ek was duidelik verkeerd. Jy het besluit ék het 'n probleem en jy kan eenvoudig aanstap." Die vrees het weer vir 'n skreiende woede plek gemaak.

"Waarheen stap ek aan, Griet?" Hy klink soos iemand wat met 'n kind praat – asof hy sy bes doen om so geduldig te wees as wat hy kan.

"Nuwe weivelde."

"En as ek mag vra, waar is die weivelde?" Weer die effense geamuseerdheid.

"Dis nie wáár nie, dis wié."

'n Hees laggie klink in haar oor op en sy voel hoe die warmte teen haar nek en wange opkruip.

"Sjoe, maar ek is 'n haastige man. Nog nie eers ontslae van een vrou nie en ek is alreeds met 'n nuwe weiveld besig. Ek is beïndruk dat ek dit op amper veertig nog kan regkry."

Magriet klik haar tong. "Die beste verweer was nog altyd om dit as 'n grap te probeer afmaak, nè!"

"Ek was onder die indruk jy is besig om 'n grap te maak, want ernstig kan jy nie wees nie."

"Julius, ek is seker jy weet dit, maar net ingeval jy werklik so naïef is: jou mooie persoonlike assistent is dolverlief op jou."

"Sy is lankal verlief op my, Griet. Jy het dit net nooit opgelet nie." Daar lê 'n vreemde gelatenheid in sy stem.

Magriet wens met haar hele hart hy het dit nie gesê nie. Daar was deur die jare al dikwels vrouens wat openlik met Julius geflankeer het, maar sy was so seker van hulle twee dat sy haar nooit daaraan gesteur het nie. Was sy dalk so gerus dat sy die grootste gevaar nooit raakgesien het nie?

"Griet, is jy nog daar?"

"Ja."

"Waarom sê jy dan niks nie?"

"Wat wil jy hê moet ek sê? Jou gelukwens?" Magriet weet sy is besig om beheer oor haar emosies en tong te verloor, maar sy gee nie meer om nie.

Hy gee weer 'n spotlaggie. "You are busy confusing the issues, my dear. Heila het skielik 'n gerieflike verskoning geword, maar dit gaan jou nie veel help nie. Hierdie is 'n probleem tussen ons twee en hoe gouer jy dit aanspreek, hoe beter vir ons almal."

"Het jy nou skielik besluit jy het tóg deel aan die probleme tussen ons?" Haar stem is snydend en toe hy antwoord, is daar nie meer 'n teken van geamuseerdheid in sy stem oor nie.

"Ek het nooit gesê ek het nie deel daaraan nie, maar

ek het nie gedink om uitmekaar te gaan, is die manier waarop ons dit gaan oplos nie."

"Julius, ons albei weet al 'n geruime tyd ons kan nie so aangaan nie, maar dis so gerieflik om maar oë toe te knyp en te hoop alles sal regkom. En die feit dat ons nog 'n behoefte gehad het om 'n bed te deel, het alles net meer gekompliseer. Ons kon nie met ons lywe al die ander probleme regmaak nie, hoe hard ons ook al probeer het."

"Ek sien ook nie dat ons nou enige iets probeer regmaak nie, trouens, ek dink die probleme het intussen verviervoudig."

"Hoe moet ons aan iets werk as jy nie tyd het om jouself te draai nie? Ek is dankbaar vir die moeite wat jy die afgelope tyd met die seuns gedoen het, want ek weet hoe besig jy is, maar die kinders en hulle geluk is net een van ons probleme."

"Jy kon saamgekom het plaas toe. Dit sou die ideale tyd gewees het om te praat."

Magriet skud haar kop. "Nee, ons sou nie daar gepraat het nie. Ons sou saans om die vuur wou kuier en snags 'n bed wou deel."

"Klink nie vir my na 'n slegte plan nie."

Daar is weer spot in sy stem en Magriet wil haar vererg, maar sy is moeg. Hulle dans in sirkels om mekaar.

Toe sy nie antwoord nie, hervat hy: "Magriet, ons gaan nie vanaand oor die telefoon ons probleme oplos nie, maar die dag wat ons dit sal moet probeer doen, kom al nader. Ek sal die seuns inlig oor die naweek se reëlings," sluit hy die gesprek af en dan groet hy asof hy haastig geword het en al wat Magriet kan doen, is om na die klein selfoon in haar hand te staar.

Dan stap sy studeerkamer toe en skakel die rekenaar aan. Dit het gewoonte geraak om saans te gaan kyk of Storm nie dalk aanlyn is en tyd het om 'n rukkie te gesels nie, maar hy is al die hele week afwesig.

Sy staar na die skerm en sug hardop. Weet hy nie sy wil praat nie? Waarom kies hy hierdie week om weg te raak? Vir wie moet sy vanaand sê dat haar hart besig is om te breek? Vir wie moet sy vra waar die pad terug is?

# 16

Magriet beskou haarself krities in die spieël. Uit ondervinding weet sy die vrouens gaan in hulle beste ontwerpersuitrustings daar aankom en soos duur juwele skitter. Die poeierblou aandrok is besonder eenvoudig en as dit nie vir die fyn kralewerk op die materiaal was nie, sou dit nie so besonders gewees het nie. Die kralewerk sorg dat die rok 'n lewe van sy eie het, sonder om oordadig te wees. Die snit is regaf en veronderstel om haar kurwes te beklemtoon, maar sy het gewig verloor en daar is nie veel kurwes oor nie. Twee fyn bandjies oor elke skouer hou die rok bo en sy dra fyn, silwer sandale wat sy in Italië gekoop het. Sy wou eers haar hare opkam, maar het besluit om dit te laat los hang.

Dit laat haar minder opgetooi voel. 'n Ragfyn tjalie van dieselfde materiaal rond die uitrusting af en sorg vir die nodige warmte. Onder normale omstandighede sou sy bloot vlugtig in die spieël gekyk het, maar nou staar sy minute lank na haarself. Einde ten laaste sit sy haar blou saffier-en-diamantoorkrabbe aan en glip haar trou- en verloofring aan haar vinger. Sy voel nie feestelik nie en het nie 'n begeerte om te skitter nie. Gelukkig lui die voordeurklokkie en sy raap haar klein silwer handsakkie op.

Dirk staan voor die deur en sy blik gaan waarderend oor haar. "Sjoe, jy lyk baie mooi." Hy hou sy arm vir haar uit. "Kom, laat ons gaan party hou."

Sue wag in die motor en Magriet is nie verbaas om te sien sy lyk werklik soos 'n eksotiese juweel nie. Die rooi aandrok beklemtoon al haar perfekte kurwes.

"Ek is baie bly om te sien Aspoestertjie het haar behoorlik vir die bal geklee," laat Sue goedkeurend hoor toe Magriet agter inskuif. "Ek was bang jy kom met jou denim en voorskoot."

Magriet kan net glimlag. Sue kan werklik nie begryp hoe 'n mens ooit in iets anders as die nuutste ontwerpersuitrustings wil wees nie. Selfs haar huisdraklere word gewoonlik op haar oorsese reise gekoop.

'n Reuse-markeetent is op die grasperk voor die eksklusiewe hotel opgerig en plate motors staan reeds eenkant geparkeer. Honderde tuinfakkels verlig die paadjie en feëliggies in die bome skep 'n silwer wonderwêreld. Binne die tent sorg duisende kerse vir genoeg lig, maar daar is ook groot struike in potte waarin nog feëliggies brand. Die mans lyk besonder elegant in hulle donker aandpakke en die vrouens skitter in deftige ontwerpersrokke.

Daar is heelwat bekendes en Magriet groet so ver sy kan, maar het moeite om haar aandag by die gesprekke te bepaal. Sy is verlig toe sy eindelik vir Alexa en Henry gewaar, maar dan verstar die glimlag om haar mond. Langs Henry staan Julius. Hy is altyd 'n baie aantreklike, goedversorgde man, maar in 'n aandpak is hy dodelik.

'n Vreemde blonde vrou staan by hulle en Magriet kan nie help om haar lyftaal raak te sien nie. Sy kan ook nie eers die vrou kwalik neem dat sy openlik met Julius flankeer nie. Maar asof die duiwel self vanaand teenwoordig is, sluit daar nog iemand by hulle aan en Magriet kan net vir 'n oomblik stil staan en kyk hoe Carl almal groet. Sy begin om om te draai, maar Sue het haar reeds aan die arm en Magriet is verplig om saam na die groepie toe te stap.

"'n Droom in blou," sê Carl glimlaggend toe hy haar gewaar en dan buig hy ewe galant oor haar hand en laat sy lippe 'n oomblik te lank teen haar vel rus.

Julius se blik verskuif en vir 'n lang oomblik vrees Magriet hy gaan haar nie groet nie, maar dan buig hy oor en soen haar niksseggend op die wang.

Die blonde vrou se naam is blykbaar Carol, maar Magriet kan nie agterkom of sy Julius se metgesel vir die aand is nie.

Alexa lyk besonder mooi in 'n bottelgroen aandrok

wat by haar rooi hare pas en Magriet is dankbaar daar is iemand met wie sy kan gesels. Toe hulle egter 'n half-uur later hulle plekke by die feestelik gedekte tafels inneem en Carl langs haar inskuif, wens sy sy het nooit gekom nie. Sy kyk weer na die naamkaartjies, maar daar is nie fout nie. Elkeen sit soos hulle ingedeel is. Sy sit tussen Carl en 'n vreemde man van Johannesburg, wat met groot belangstelling die vroue om die tafel bekyk. Afgesien van Sue en Dirk wat ook by die tafel sit, ken Magriet nie die ander mense nie.

Julius sit by die tafel langsaan, en steeds is die blonde vrou langs hom. Henry en Alexa sit ook daar, maar sy gewaar nie vir Jan en Sandra nie. Op haar vraag waar hulle is, lig Sue haar in dat Sandra noodgedwonge vir 'n vergadering Johannesburg toe moes gaan. Dis waar-om Julius op kort kennisgewing 'n kaartjie kon bekom het. Magriet vra nie wie die blonde vrou is nie en Sue verduidelik ook nie.

"Net toe ek begin twyfel aan die bestaan van 'n fairy godmother, kom sit sy jou langs my neer," laat Carl met 'n vonkel in sy oë hoor en Magriet glimlag stram. "Ontspan, Magriet, ek sal jou nie opeet nie, al is die versoeking baie groot." Sy vinger streel teen haar arm af en Magriet voel hoe die hoendervleis ongevraagd op haar lyf uitslaan. "Gelukkig is ek 'n geduldige man en ek is bereid om te wag as die beloning groot genoeg is . . ." Hy het nie nodig om verder iets te sê nie – sy oë laat haar goed verstaan wat hy dink die beloning vir sy geduld gaan wees.

"Ek is nie in die mark nie, Carl, as jy dalk sulke ge-

474

dagtes koester." Magriet kan nie glo sy sê so iets nie, maar met hom moet sy nie doekies omdraai nie.

Weer streel sy vinger oor haar arm en hy laat sy kop effens sak sodat hulle mekaar in die oë kan kyk. "Ek is 'n besigheidsman, mevrou Vosloo, en ek het nog nooit iets teëgekom wat nie 'n prys het nie. Die truuk is net om agter te kom wat joune is, maar ek glo nie dis so moeilik nie."

Magriet rek die tjalie stywer om haar skouers, want ten spyte van tientalle verwarmers in die tent voel sy meteens koud.

Langs haar gee Carl 'n laggie en dan begin hy met die vrou langs hom gesels. Maar as Magriet gehoop het op rus en vrede, word sy gou ontnugter, want die man aan haar ander kant begin met haar gesels, of liewer met mening flankeer. Sy weet nie of sy moet lag of opstaan en loop nie. Tussen twee sulke mans kan dit in 'n nagmerrie-aand ontaard.

'n Paar keer betrap sy Julius se blik op haar, en dis sy wat elke keer eerste wegkyk.

"Die eerste dans is myne," laat Carl by haar oor hoor toe die toesprake verby is en die orkes begin speel.

Magriet het net aan haar voorgereg gepeusel en sy kan voel die twee glase wyn wat sy al gedrink het, laat haar kop effe draai, maar nie genoeg dat sy nie weet sy wil nie met Carl dans nie.

"Kom, Magriet, moenie kyk hoe moeilik jy kan wees nie." Hy het reeds haar arm geneem en sy besef as sy nie 'n scene wil veroorsaak nie, sal sy moet opstaan.

Toe hy haar egter op die dansvloer in sy arms neem,

laat sy sag, maar beslis hoor: "Een dans en dan gaan ek sit."

"Vir so 'n sexy vrou kan jy darem baie streng klink, maar gelukkig skrik ek nie maklik nie."

Sy kan net hoop Julius sien hulle nie, maar oomblikke later word haar hoop beskaam toe sy sien hoe sy blik hulle afgetrokke volg. Sy gaan nie hierdie aand oorleef nie, dink Magriet met 'n naar kol op haar maag. Die hele situasie is absurd en sy sien nie daarvoor kans nie. Sy moes nooit gekom het nie. Sy wil nie meer deel van hierdie glinsterwêreld wees nie. Sy wil nie meer soos 'n trofee aan Julius of enige ander man se arm paradeer nie. Sy is moeg daarvoor om na niksseggende gesprekke te luister of om nog 'n modeslaaf te verseker sy lyk pragtig. Almal is nie so nie, maar 'n groot deel van die gaste lei 'n besonder bevoorregte en kunsmatige lewe. Dis vir haar lekker om soms mooi aan te trek en sy geniet ook 'n partytjie, maar sy wil nie hê haar hele lewe moet daarom draai nie. Sy wil nie vanaand al weer planne maak vir die volgende funksie nie. En sy wil veral nie hê Julius moet onbelangstellend toekyk hoe ander mans met haar dans nie.

Na die eerste dans hou Carl haar op die dansvloer en dis eers na die vierde of vyfde dans dat Magriet vinnig genoeg is en omswaai voor hy haar weer kan keer.

Sy stap haastig die tent uit en is verlig toe hy haar nie volg nie. In die tydelike kleedkamers sien sy haar beeld in die spieël en sy laat haarself aan iemand dink wat verlore is. Wat nie weet waar sy is en wat sy daar

476

doen nie. Sy talm 'n rukkie in die beskerming van die geboutjie voordat sy stadig terugstap.

Gelukkig is Henry die eerste persoon wat sy teëkom.

"Ek soek dringend iets om te drink," laat sy hoor toe sy voor hom tot stilstand kom. "Iets sterks."

Hy tel 'n skoon wynglas van die tafel af op en skink vir haar 'n glas droë witwyn. "Ek dink dis sterk genoeg. Jy kan dalk in die moeilikheid beland as jy vanaand jou kop verloor."

Magriet neem die glas by hom, maar dan rek sy oë toe sy die inhoud met een sluk ledig.

"En nou?" Sy voorkop trek bekommerd saam.

"Ek het moed nodig om my man vir 'n dans te vra," laat sy half binnensmonds hoor. "Het jy vir Julius gesien?"

Henry kyk oor die koppe en dan beduie hy na die plek waar Magriet hom vroeër ook gewaar het. Sonder 'n verduideliking draai sy om en stap na die groepie mans by wie hy staan en gesels. Sy moet net nie nou dink nie, maan Magriet haarself so ver sy loop.

"Kan ek asseblief my man vir 'n oomblik leen?" laat sy hoor toe sy die groepie bereik en Julius se kop swaai verbaas om. As hy sê hy wil nie saam met haar gaan nie, gaan sy uit die tent stap en net aanhou stap. Vir Magriet voel dit soos 'n uur voordat hy by die ander verskoning maak en haar aan die arm weglei.

"En dit nou?" Sy stem en gesig is ewe stram en Magriet voel hoe haar moed begin wankel.

"Ek wil met jou dans," sê sy haastig voordat die woorde haar ontwyk.

477

"Ek is seker hier is genoeg mans wat graag met jou wil dans." Sy greep op haar arm verslap en Magriet gryp byna sy hand vas.

"Hoekom?" wil hy weet terwyl sy grys oë koud in hare rus.

Magriet trek haar vingers deur haar hare. "Moenie moeilik wees nie, Julius, ek vra min genoeg."

'n Spotlag stuur 'n rilling deur haar alreeds brose senuweestelsel. "Ek wil graag van jou verskil oor daardie opmerking, maar het nie lus om daarop in te gaan nie."

"Dans dan met my." Onder ander omstandighede sou sy haarself seker geskaam het vir die smeking in haar stem, maar op die oomblik ervaar sy 'n byna onredelike dringendheid dat hy met haar moet dans. Gelukkig neem hy sonder 'n verdere woord haar hand. En toe die orkes begin speel, trek hy haar in sy arms en hulle raak deel van die veelkleurige see van lywe. Haar enkel pyn en sy weet sy moes nooit gedans het nie, maar sy is bereid om weer hospitaal toe te gaan, solank Julius net met haar dans.

"As jy met vuur speel, moet jy bereid wees om gebrand te word, Griet. Jy is oud genoeg om dit te weet."

"Waarvan praat jy?" Sy het gehoop hulle hoef nie nou te gesels nie.

"Van jou metgesel teen wie jy duidelik nie opgewasse is nie."

"Ek is nie saam met Carl hier nie," roep Magriet gefrustreerd uit. "Ek het nie eers geweet hy gaan hier wees nie."

"En jy wil hê ek moet dit glo?"

Sy wil haar vererg, maar bedwing haar betyds. "Ek maak nie 'n gewoonte daarvan om vir jou te lieg nie, Julius. Na sestien jaar behoort jy dit te weet." Sy het 'n allesoorheersende behoefte om haar kop teen sy skouer te laat rus en haar oë toe te maak, maar iets aan sy regop rug weerhou haar daarvan.

"Wat wil jy hê, Griet?"

Sy kan sy asem teen haar voorkop voel en sy maak tog vir 'n sekonde of twee haar oë toe.

"Om vir die res van die aand so in jou arms te bly staan," antwoord sy voor sy kan dink.

"Omdat jy bang is vir Carl?"

"Nee, omdat ek na jou verlang het." Sy sê dit teen sy baadjie en weet nie of sy moet hoop hy het dit gehoor of nie gehoor nie. Maar toe sy sy lippe teen haar voorkop voel, weet sy hy het haar gehoor.

Die musiek kom tot 'n einde en Magriet wil agtertoe tree, maar Julius hou steeds haar hand vas en toe Magriet in sy oë kyk, slaan haar hart pynlik teen haar borskas.

"Sal ons gaan?"

Dis nie regtig 'n vraag nie en Magriet weet intuïtief dit sal nie help om haar dom te hou nie, maar sy voel hoe nugterheid begin terugkeer.

"Wat van jou metgesel?"

Hy volg haar blik na waar die blondine met Henry gesels. "Ek ken haar nie. Dis iemand vir wie Sandra haar kaartjie gegee het."

Sonder 'n verdere woord begin hy in die rigting van

479

Magriet se tafel aanstap, waar hy haar net genoeg tyd gee om haar handsakkie en tjalie op te tel. Gelukkig dans Carl op die oomblik en Sue staan en gesels 'n entjie daarvandaan. Hulle loop vir Henry en Dirk by die uitgang raak en terwyl Magriet met neergeslane oë staan, lig Julius hulle kortliks in dat hulle twee op pad is. Albei mans knik effe verbaas, maar sê nie 'n woord nie.

"Ek weet nie of dit so 'n slim besluit is nie," laat sy hoor toe Julius vir haar sy motordeur oophou.

"Seker nie, maar ek is nie vanaand in 'n bui om slim te wees nie."

Magriet sak teen die leerkussings terug en maak haar oë toe. As sy helder begin dink, gaan die vrees haar oorweldig. Liewer in hierdie semi-droomstaat bly. Hy praat ook nie en sy verkies dit so, want daar is nie regtig iets wat hulle vir mekaar kan sê nie.

Sy kan nie glo toe hulle skaars veertig minute later by hulle oprit indraai nie. Hy moes vreeslik vinnig gery het.

"Waar is die kinders?" verbreek sy die stilte toe hulle in die motorhuis stilhou.

"Hulle slaap by maats."

Onder normale omstandighede sou sy die name gevra het, maar nou knik sy net. Hy sluit die deur na die kombuis oop en skakel die alarm af voor hulle die huis binnestap. In dieselfde beweging waarmee hy die deur weer op knip stoot, vou hy haar in sy arms toe en sy mond sluit oor hare en sy hande raak verstrengel in haar hare.

Alles vervaag om haar. Al wat saak maak, is hulle twee saam in hulle huis. Sy hande wat besitlik haar lyf verken en sy mond wat honger na hare soek. Hy tel haar met 'n kreun op en stap met haar kamer toe terwyl sy lippe oor haar gesig streel.

Hulle hande rem dom aan knope en ritssluiters, maar uiteindelik sak hulle saam op die bed neer en sy voel hoe haar vel lewe kry onder sy aanrakings. Sy voel soos iemand wat maande lank sonder water en kos in die woestyn verdwaal het en nie genoeg kan kry van die soet water van die oase nie.

Toe die storm tussen hulle oplaas bedaar, bly lê hulle moeg in mekaar se arms. Tevrede en geborge. Magriet wil nie verder as die kamer dink nie. Nie aan gister of môre nie. Hierdie is eers vir haar genoeg. Sy moes ingesluimer het, want toe sy wakker word, is hy nie meer in die bed nie en sy vlieg orent. Hy sit voor die venster van waar hy haar sit en dophou en Magriet voel hoe haar wange rooi verkleur. Op die oomblik voel sy allesbehalwe soos 'n getroude vrou.

"Ek het aan die slaap geraak . . ." probeer sy haar verleentheid wegpraat.

"Ek weet." Hy is kaalbolyf, maar het weer sy swart aandbroek aangetrek en Magriet trek die lakens ewe kuis tot teen haar ken.

"Waarom het jy opgestaan?" Sy donker blik is besig om haar te ontsenu.

"As ek nie opgestaan het nie, sou ek jou wakker gemaak het. Dit het gelyk of jy die rus nodiger het."

"Julius . . .

481

"Sjuut . . ." Hy staan op en kom sit langs haar op die bed. "Nie nou nie . . . ons kan later praat." En dan soen hy haar, eers sag, maar geleidelik raak dit al meer dwingend.

'n Rilling trek deur Magriet en sy voel hoe die emosies weer soos 'n stormwind in haar begin woed. Die stemmetjie probeer floutjies waarsku, maar sy kan niks meer hoor nie. Al waarvan sy bewus is, is sy hande op haar warm lyf en sy mond wat hare van voor af verken.

## 17

Magriet word wakker sonder 'n begrip van waar sy is en hoe sy daar gekom het. Dit duur 'n paar oomblikke voordat sy haar eie kamer herken en dan begin die vorige aand en nag in flitse terugkom. Sy sien die klein wekkertjie langs die bed en kan dit nie glo toe sy sien dis elfuur nie. Sy kan nie onthou wanneer laas sy so laat geslaap het nie.

Die bed langs haar is leeg, maar sy hoor die stort in die badkamer en haar lyf trek onwillekeurig saam by die blote gedagte aan die nag wat hulle saam was. Sy wil verkieslik nie daar wees wanneer hy uit die stort kom nie, want sy weet nie hoe sy sal reageer nie, maar sy wil ook nie weg wees nie.

"A, jy het uiteindelik besluit om wakker te word." Hy staan in die badkamerdeur, besig om sy hare met 'n handdoek droog te vryf. Hy dra 'n denim en informele langmouhemp, van die klere wat hy nooit kom haal het nie. "As ek nie van beter geweet het nie, sou ek gedink het jy het laas nag min slaap gekry."

Magriet trek die beddegoed oor haar en sit regop teen die kussings. "Ek het." Sy kan voel sy bloos.

Hy kom laggend nader en druk 'n soen teen haar voorkop. "As jy wag dat ek moet sê ek is jammer, wag jy verniet." Hy sak langs haar op die bed neer en begin sy vingers deur haar hare vleg.

"Jy is aangetrek . . ." sê sy die eerste ding wat in haar kop kom.

"Ek vlieg drie-uur New York toe en moet nog kantoor toe gaan."

Magriet voel of iemand 'n emmer koue water oor haar oorverhitte lyf omkeer.

"Gaan saam met my. Jy het nog 'n geldige visum."

Sy weet nie wat die ergste is nie. Die feit dat hy oënskynlik moeiteloos langs haar kan opstaan en op die eerste vliegtuig klim, of die feit dat hy verwag sy moet opstaan en saam met hom gaan.

"Ek sal vir Alexa bel en hoor of die kinders daar kan bly. Ons behoort hoogstens tien dae weg te wees."

Toe Magriet hom steeds net stil sit en aankyk, vou hy sy hande om haar gesig. "Ek móét gaan, Griet. Dis afsprake wat lankal gereël is."

"En ek is iets wat toevallig oor jou pad gekom het." Haar stem is stil.

"As ek 'n week gelede geweet het daar bestaan 'n kans dat ons laas nag saam sou wees, sou ek alles gekanselleer het, maar ek kan dit nie nou doen nie."

483

"Ek gaan nie saam nie, Julius."

"Moenie dit aan ons doen nie, Griet. Moenie weer van my af wegdraai nie."

Sy oë brand in hare en Magriet voel hoe die lamheid stadig besig is om die wyk te neem. In die plek daarvan is 'n ondraaglike pyn.

"Gisteraand was 'n massiewe fout, Julius, en . . ."

Sy kop begin skud voordat sy klaar gepraat is. "Jy weet dis nie waar nie."

Magriet vou die laken om haar lyf en staan op. "Ek gee nie meer om nie, Julius. Ek wil nie meer weet waarheen jy moet gaan of hoe lank jy besig gaan wees nie. Ek het genoeg gehad. Gaan en loop doen jou werk, of wat dit ook al is wat jy so graag doen."

Daarmee draai sy om en stap badkamer toe. Sy klap die deur agter haar toe en dan draai sy die sleutel. Net sodat sy hom nie verder kan hoor nie, draai sy die bad se krane wyd oop en dan sak sy in 'n hopie op die vloer neer. Sy vingerafdrukke lê nog op haar vel afgeëts, haar lyf voel broos en haar siel is besig om stadig in haar tot niet te gaan – en hy wil hê sy moet saam New York toe gaan. Soos 'n stuk handbagasie vol plakkers. Nie meer nie. Sy was al daar en het beslis genoeg T-hemde om dit te bewys.

*Sjoe, maar jy is in 'n vernietigende bui. Vir wie is jy so kwaad?*

Dis Woensdagaand en Magriet het teen haar sin weer gaan kyk of sy hom dalk raakloop. Sy het onbelangstellend hier en daar op iemand se opmerkings gereageer, maar kon nie anders as om 'n fladdering te ervaar toe die blokkie met sy naam skielik oopmaak nie. Toe hy vra hoe dit gaan, het sy net 'n drieletterwoord getik en terug in haar stoel gesit. En nou wil hy weet vir wie sy kwaad is. Sy weet nie of sy genoeg woorde het om daardie vraag te beantwoord nie.

*Vir myself.*

*?*

*Ek moes my intuïsie vertrou het, maar toe luister ek mos vir jou.*

*Hoeveel keer moet ek nog 'n vraagteken maak?*

Magriet glimlag teen haar sin. *Lyflike genietinge los geen probleme op nie. Inteendeel, dit vererger alles net. En moenie vra nie, ek gaan dit nie met jou bespreek nie. Ek wil net vir jou sê jou raad werk nie.*

*Hoe weet jy?*

*Ek weet. Amen. Hoe gaan dit met jou?*

*Nie goed nie, maar jy gaan niks daaraan doen nie, al vertel ek jou ook.*

*Jy kan probeer.*

*Kom ons sê maar net ek het ook gedink 'n kitsoplossing is beter as geen oplossing nie.*

Magriet wil eers selfvoldaan laat hoor dat sy hom gewaarsku het, maar sy kry hom tog jammer. *Jammer vir jou. Hoop egter jy het jou les geleer.*

*H'm . . . jy klink nie vreslik simpatiek nie.*

*Wat wil jy hê moet ek doen?*

*Saam met my gaan koffie drink of iets gaan eet.*

Magriet lees die woorde twee keer en dan tree 'n vreesreaksie in. *Ha, ha, ha. Nie eers in my drome nie.*

*?*

*Ek is nie op soek na mansgeselskap nie.*

*Jy gesels darem lekker met my.*

*Dis anders.*

*Dit lyk of jy kan doen met 'n vriend.*

*Jy laat my hopeloos te veel aan my man dink.* Sy skrik self toe sy die woorde sien, maar aan die ander kant gee sy nie juis meer om wat sy vir hom sê nie.

*Tel dit teen my?*

*Ja, want ek wil verkieslik nie aan hom dink nie. Verkieslik nooit weer nie. As ek ooit weer in 'n man belangstel, gaan hy vaal en oninteressant wees. Hy gaan 'n eenvoudige lewe lei en elke aand vyfuur by die huis wees.*

*Waar jy hom met 'n ysterhand gaan regeer . . .*

*Nee. Hy sal daar wíl wees.*

*Die arme man. Dit gaan ook nie lank wees nie, dan bid jy hom weg.*

Magriet is nie in 'n bui om te lag nie, maar sy kan dit nie keer nie.

*Het jy nog nooit iets gedoen omdat jy nie 'n ander keuse gehad het nie?* verander hy die trant van die gesprek.

Magriet oordink die vraag. *Ja, almal van ons moet seker soms iets doen wat ons nie regtig wil nie.*

*En sal jy iemand vergewe as hy of sy iets gedoen het om jou seer te maak, maar net omdat daar nie 'n ander keuse was nie?*

*Dit hang af.*

*Waarvan hang dit af?*

486

Weer bedink sy tydsaam 'n antwoord. *Of dit 'n eerste keer was en of daar werklik nie 'n ander opsie was nie.*

*Was jy destyds oortuig om uitmekaar te gaan, was die beste oplossing vir julle probleme?* slaan hy skielik weer 'n ander koers in.

*Nee, ek het baie getwyfel, maar op daardie stadium het ek gehoop op die lang duur sou dit die beste besluit wees.*

*Koester daardie gedagte, Daisy. Soms neem 'n mens 'n besluit vir die toekoms en nie noodwendig omdat dit op daardie oomblik die beste besluit is nie.*

*Jy is baie vaag vanaand.*

*Net omdat jy nie lus het om te dink nie. Ek moet nou nagsê,* groet hy onverwags eerste. *Ek is ongelukkig nog nie so bevoorreg om saans vyfuur by die huis te wees nie.*

Magriet groet en dan sit sy peinsend na die swart skerm en kyk. Hy is voorwaar vanaand in 'n vreemde bui. Sy herhaal sy woorde in haar kop, maar toe sy later in die bed klim, is sy nog nie veel wyser nie. Sy verstaan nie waarom hy gesê het sy moet daaroor dink nie. Heilig die doel werklik die middele, of is dit nie dieselfde as wat hy sê nie? Daar was vanaand iets anders tussen hulle, maar sy kan nie haar vinger daarop lê nie. Uiteindelik maak sy moeg haar oë toe.

## 18

"Ek het jou nodig," val Magriet met die deur in die huis toe Alexa vroeg die volgende oggend die telefoon beantwoord.

"Ek wag al dae lank dat jy my bel of ten minste net my oproepe beantwoord," beskuldig Alexa haar toe sy hoor wie praat.

"Ek is jammer, maar ek was regtig nie in 'n toestand om te praat nie."

"Jy en Julius verdwyn soos groot spelde van die duurste party in die land af en dan wil jy vir dae nie met my praat nie."

"Ek sê weer ek is jammer."

Iets in haar stem moes Alexa tot bedaring gebring het, want sy klink bekommerd toe sy weer praat.

"Wat's fout, Griet? Wat moet ek vir jou doen?"

"Kan my kinders asseblief vir 'n paar dae by jou bly?"

"Waarheen gaan jy?" Die bekommernis slaan nou duidelik deur.

"Plaas toe."

Alexa bly eers 'n lang oomblik stil voor sy antwoord. "Wat gaan jy daar doen?"

"Iemand het eendag vir my gesê as 'n mens verdwaal, moet jy teruggaan en gaan kyk waar jy die verkeerde pad gevat het. Ek vermoed dis wat ek wil gaan doen. Ek is op 'n pad wat ek nie ken nie en ek weet nie meer waar die regte pad is nie."

"Ai, Griet." Alexa sug. "Dit maak my bang dat so

iets met julle kan gebeur. Watter kans het ons ander dan?"

"Sal jy na my kinders kyk? Ek wil vandag nog ry," ignoreer Magriet die vraag.

"Ek sal hulle by die skool oplaai en hulle kan met liefde hier bly totdat jy terugkom, maar ek is bekommerd oor jou."

"Moenie wees nie. Ek sal julle bel sodra ek daar kom."

Die swart teerpad rol onder Magriet verby en met elke kilometer wat sy aflê, is dit asof die afwagting groter word. Asof die antwoorde oor die volgende bult vir haar wag. By Laingsburg draai sy weg en sy verlustig haar in die landskap. Julius was reg toe hy gesê het die Karoo is vanjaar besonder mooi. So ver as wat die oog kan sien, het die veld 'n groen skynsel. Dit moes onlangs nog gereën het, want die grondpad is klam en kort-kort kom sy stroompies water teë.

'n Uur later hou sy voor die huis stil. Alles lyk kraakskoon en vars. In die kombuis is die ou koolstoof heerlik warm en 'n pot sop staan liggies en prut. 'n Varsgebakte brood is in 'n spierwit melkdoek toegevou en Magriet gee 'n behaaglike snuif. Sy het vroegoggend vir Herklaas laat weet sy is op pad en sy kan sien Lizzie was daar. Toe hulle destyds die plaas gekoop het, het hulle dié twee aardse siele saam met die plaas geërf en as dit nie vir hulle was nie, sou Julius lankal 'n ander plan moes maak.

Herklaas sorg dat die drade heel bly, die skape en

wild nie sommer net verdwyn nie en hy regeer die ander twee werkers met 'n ysterhand. Lizzie se trots is die huis en as sy weet hulle kom, word dae lank skoongemaak en gesorg dat daar 'n warm ete is wanneer hulle arriveer. Hulle huis is so 'n kilometer daarvandaan en al het hulle 'n bakkie tot hulle beskikking, is dit nie vreemd om albei van hulle die afstand te sien stap nie. Volgens hulle is die mense deesdae so sieklik omdat hulle te veel sit.

'n Klop aan die deur laat haar opkyk en dan sien sy die twee songebruinde gesigte.

"Ek het nou net gewonder wie die engel was wat vir my kos gemaak het," spot Magriet toe sy nader stap om te groet.

"As ek geweet het jy lyk soos 'n geraamte, sou ek meer kos gemaak het." Die swart kraalogies gaan krities oor Magriet se lyf.

Magriet weet dit sal nie help om met haar te stry nie, daarom vra sy liewer vir Herklaas hoe dit op die plaas gaan.

"Waarom het jy die mansmense hierdie jaar alleen gestuur?" onderbreek Lizzie na 'n oomblik hulle gesprek.

"Ek het my enkel gebreek en moes dokter toe gaan," probeer Magriet verduidelik, maar sy kan aan die ander vrou se gesig sien die vae rede maak nie veel van 'n indruk nie. Hulle gesels nog 'n rukkie en dan groet hulle.

"Ek sal môreoggend kom skoonmaak," laat Lizzie oor haar skouer hoor en Magriet kan net knik.

Magriet se pas is stadig en afgemete soos sy elke stukkie grond per voet aftree. Die laatmiddagson gooi sy strale oor haar rug, maar die luggie wat van voor af kom, is reeds koel. Haar arms is vol klippe, tarentaalvere, skilpaddoppe, blare en allerhande interessante optelgoed. Sy het die afgelope drie dae seker kilometers ver gestap. Elke oggend slaan sy 'n ander rigting in en wanneer sy terug by die huis kom, het Lizzie die skottelgoed gewas en is daar kos op die stoof. Magriet het probeer verduidelik dat sy dit nie hoef te doen nie, maar die ander vrou het aangegaan asof sy haar nie gehoor het nie.

"Is jy seker jy het net jou enkel gebreek?" wou sy die vorige dag weet toe Magriet by die huis gekom het.

Magriet wou weet wat sy bedoel en die ouer vrou het skuins oor haar skouer van die wasbak af opgekyk: "Dit lyk of jy jou hart ook gebreek het."

Die woorde het soos 'n ballon in die kombuis bly hang en Magriet het verskoning gemaak en kamer toe gestap.

Sy bel saans die kinders en volgens hulle het Julius haar gesoek. Sy het die nuus met 'n mengsel van pyn, ergernis en gelatenheid aanvaar. Sy weet nie wat hy vir haar wou sê nie en sy wil beslis nie nog 'n keer na 'n verskoning luister nie.

Magriet pak al haar vondste op die stoepmuurtjie en dan sak sy op een van die rusbanke neer. Haar enkel pyn nogal en sy vermoed sy het dit die afgelope paar dae ooreis. Maar sy het die fisieke oefening nodiger gehad as wat sy nou kos het. Sy het alleenwees en stilte nodig.

Behalwe snags – dan haal die dinge wat bedags 'n

seëning is haar in en word dit 'n kruis. Sy droom van Julius. Drome wat haar soms laat wakker skrik, of andersins die volgende dag met 'n dowwe hartseer laat opstaan. Sy maak haar oë toe en gee haar oor aan die groot stilte wat oor die vlaktes lê.

Magriet weet nie wat haar wakker gemaak het nie en sy lê en luister vir 'n oomblik of sy iets kan hoor. Die son het intussen gesak, maar sy voel vreemd warm. Dan gewaar sy die kombers wat oor haar gegooi is en die lamp wat op die stoeptafel brand. Sy rek haarself uit en sit orent. Die oomblik toe sy hom gewaar, is haar eerste gewaarwording een van skrik, maar dan tree herkenning in en sy voel hoe haar hart 'n onverwagse ruk gee en dan moeisaam voortklop. Hy sit op die stoel oorkant haar. Sy gesig is in die skaduwees en sy kan nie die uitdrukking in sy oë sien nie.

"Julius?"

"Ek het nie gedink jy gaan vandag wakker word nie. Het jy weer pille gedrink?"

Magriet skud haar kop. "Nee, baie vars lug en oefening het soms dieselfde uitwerking." Sy swaai haar bene van die bank af. "Wat maak jy hier? Hoe het jy hier gekom?"

"Met 'n vliegtuig tot op Laingsburg en daarvandaan saam met Herklaas."

"Watse vliegtuig vlieg Laingsburg toe?"

"Een wat gehuur word om daarheen te vlieg."

"Is jy nie veronderstel om in Amerika te wees nie?" Sy wonder amper of sy besig is om gesigte te sien.

492

"Ek kon al my sake daar vinniger afhandel as wat ek beplan het."

"Herklaas het niks gesê dat hy jou moet gaan haal nie." Magriet vee oor haar oë omdat sy steeds nie vertrou wat sy sien nie.

"Miskien oor ek hom gevra het om dit nie te doen nie. Die kanse was goed dat jy dan nie meer hier sou wees wanneer ek kom nie."

Magriet weet nie of sy daarop moet antwoord nie. Dis waarskynlik die waarheid. Dan onthou sy hy het een van haar vrae nog nie beantwoord nie. "Waarom het jy gekom?"

Julius strek sy bene voor hom uit en laat gaan sy blik oor haar. "Hoeveel redes wil jy hoor?"

Magriet begin om die kombers op te vou. Haar hart maak steeds eienaardige fladderings. "Hoeveel is daar?"

"Genoeg om jou die hele nag mee wakker te hou."

Sy weet nie presies of hy bedoel wat sy vermoed nie, maar 'n warm gloed trek stadig deur haar en sy begin die kombers van voor af opvou.

"Waarom dink jy is ek hier?" Behalwe dat hy sy bene voor hom uitgestrek het, sit hy nog soos hy gesit het toe sy wakker geword het. Asof hy die wêreld se tyd het.

"Ek weet nie en ek gee ook nie regtig om nie." Sy moet êrens weer beheer oor haar verraderlike emosies kry. Hy kan nie net opdaag en haar weer soos 'n klim-tol op en af laat gaan nie. Sy soek nou bestendigheid. Eenvoud. Ongekompliseerde emosies. Nie die op en af van die afgelope paar maande nie.

"As jy nie omgee nie, waarom het jy my dan gevra wat ek hier doen?"

Magriet staan op en begin voordeur toe stap. "Dit was seker maar 'n onwillekeurige reaksie omdat ek jou nie verwag het nie." Daarmee stap sy die huis binne en gaan bêre die kombers in die linnekas. Dan stap sy kamer toe en tot haar verbasing is daar nie 'n tas nie. Óf hy het nie bagasie saamgebring nie, óf hy het dit in die ander kamer neergesit. En die vreemde teleurstelling wat laasgenoemde gedagte by haar opwek, laat haar ergerlik haar kop skud.

Sy stap kombuis toe, net om weer om te draai toe sy hom daar gewaar, maar hy is vinniger en haar arm word vasgevat voordat sy kan wegloop. En voordat sy kan praat, haal hy iets uit sy sak en druk dit in haar hand.

"Ek het vir Herman en die ander personeel gesê ek gaan vir 'n onbepaalde tyd weg en kan nie in die hande gekry word nie. Dis reeds afgeskakel."

"Waarom het jy dit gedoen?"

"Is dit weer 'n retoriese vraag of wil jy werklik die antwoord weet?"

"Ek weet nie wat jy dink jy daardeur kan bereik nie."

Julius hou meteens sy hande in die lug. "Ek gaan nie met jou baklei nie, hou dus op my aan te val. Ek vra net 'n paar dae se rus en vrede sodat ons dinge kan uitsorteer. Ek sal niks doen wat jy nie wil hê nie. Ek gaan jou nie druk vir kitsoplossings nie." Die sin word met nadruk gesê en 'n glimlag trek aan sy mondhoeke.

494

"Dis blykbaar iets waaroor jy baie sterk voel. Dus, tot tyd en wyl jy tevrede is dat ons 'n behoorlike oplossing bereik het, is ek net joune."

Magriet kom agter dat haar hand krampagtig om die selfoon gevou is en sy strek haar hand uit. "Ek wil nie jou foon hê nie. Jy is nie 'n kind nie en ek gaan nie jou gewete wees nie."

Hy wend nie 'n poging aan om die klein instrumentjie by haar te vat nie en sy voel hoe haar ergerlikheid toeneem. "Julius, dit gaan nie werk nie. Dit wat ek wil hê, kan jy nie meer vir my gee nie. Solank ons hier is, is dit maklik om te dink dinge kan weer regkom, maar hierdie is nie die werklikheid nie. Die werklikheid is dat ons verskillende dinge wil hê en dis nie meer versoenbaar met mekaar nie."

Julius vou sy arms voor hom en leun terug teen die kombuiskas. "Hoe weet jy ek kan dit nie vir jou gee, as jy my nog nooit presies gesê het wat jy wil hê nie?"

"As jy dit teen hierdie tyd nog nie weet nie, sal jy dit wragtig nooit weet nie!" Haar stem styg saam met die rooi vlekke wat teen haar nek opslaan.

"Dis waar jy die fout maak. Jy het nog altyd net vir my gesê wat jy nié wil hê nie, maar ek weet nie wat jy wíl hê nie."

"Ek is seker jy is slim genoeg om daardie som te maak." Sy staan oorkant die kombuistafel en al probeer sy hard om kalm te klink, beweeg haar hande saam met elke woord.

"Ek dink dis net regverdig om vir my te sê wat dit is wat ek nie vir jou kan gee nie."

Sy stem is kalm. Te kalm na Magriet se sin. Dis makliker as albei kwaad is, maar nou voel sy soos 'n onredelike kind. En wat haar die kwaadste maak, is dat sy skielik nie vir hom woorde het nie. Sy het nog altyd geweet waarvoor sy nie meer kans sien nie, maar het nog nooit gaan sit en vir haarself uitgemaak waarmee sy tevrede sal wees nie.

"Dis die een rede waarom ek hier is, Griet. Sodat jy daardie redelik belangrike stukkie inligting met my kan deel." Toe sy haar mond oopmaak, hou hy egter sy hande omhoog. "Ek verwag nie jy moet dit nou vir my sê nie. Ek wil hê jy moet baie seker maak. Wat ek vra, is dat jy hierdie tyd gebruik om daaroor te dink. Moenie haastig wees nie, ek gaan nie weg nie."

Magriet se mond gaan weer oop, maar hy het reeds omgedraai en die yskas oopgemaak. "Lizzie sê sy het lekker tjops uitgehaal om te braai."

"Ek is nie honger nie," kom die outomatiese reaksie, maar die manier waarop hy oor sy skouer na haar gluur, laat haar teen haar sin grinnik.

"Hoe kan jy verwag ek moet onder sulke omstandighede eet?"

"Kom sit dan net saam met my by die vuur. As jy nie wil gesels nie, kan jy sit en sterre tel."

Magriet weet sy moet haar nie laat verlei nie, maar die versoeking om buite langs die vuur te gaan sit, is net té groot.

Sy voel aanvanklik verleë, maar algaande bring die Karoonag ook in haar 'n stilte en is hulle bymekaarwees nie vir haar 'n bedreiging nie. Hy hou woord en probeer nie 'n sinnelose gesprek aan die gang hou nie, en tussen hulle kom lê 'n vredigheid.

Sy eet later selfs 'n stukkie vleis saam met hom, terwyl hulle oor die kinders gesels.

Nadat sy klaar geëet het, sê sy nag, maar hy bly met uitgestrekte bene langs die vuur sit.

As sy egter gedink het die slaap wag vir haar in die ou koperkatel, het sy nie rekening gehou met haar gedagtes en ongevraagde emosies nie. Eers bly haar ore gespits vir enige teken dat hy dalk van plan gaan verander en by haar gaan kom inkruip. Sy hoor hom net na eenuur inkom en kan nie glo dat sy tot soveel gemengde gevoelens in staat kan wees nie. So min soos sy kans sien dat hy na haar toe moet kom, so min kan sy die teleurstelling keer toe sy die gastekamer se deur hoor toegaan.

Vir die volgende uur of wat rol sy in die bed heen en weer terwyl haar gedagtes en emosies onkeerbaar met haar weghardloop.

## 19

"Ek het die artikel gelees wat jy vir Sandra geskryf het," laat Julius hoor terwyl hulle stadig uit die veld uit terug huis toe stap.

Dis al vier dae sedert hy op die plaas aangekom het en tussen hulle hang 'n versigtige vrede. Magriet kan nie anders as om wantrouig te wonder wanneer dit gaan eindig nie. Sy het hom egter lanklaas so ontspanne gesien, asof hy die wêreld se tyd het om vakansie te hou. Hulle gaan stap soms saam in die veld en saans sit hulle buite langs die vuur. Hy slaap steeds snags in die ander kamer en steeds lê en luister sy saans tot sy die deur hoor toegaan.

"Jy moet weer meer gereeld skryf. Jy het 'n uitsonderlike taalvermoë en 'n baie interessante skryfstyl."

Magriet se blik draai vraend na hom, asof sy nie kan glo wat sy hoor nie.

"Waarom lyk jy so verbaas? Ek het nog altyd gedink jy is 'n baie goeie artikelskrywer."

"Maar my nooit juis aangemoedig om dit te doen nie . . ."

Dit is sy beurt om verbaas na haar te kyk. "Dis nogal lekker vir 'n man om te weet sy vrou hoef nie te werk vir 'n inkomste nie, maar as ek geweet het jy wil skryf, sou ek jou aangemoedig het. Ek is nie so egoïsties dat ek tot elke prys nie wil hê my vrou moet werk nie."

"Al sal dit beteken dat ek nie sommer net meer op kort kennisgewing saam met jou kan gaan nie?" Magriet weet nie waarom sy die teenwoordige tyd gebruik nie. Sy is nie seker dis 'n relevante vraag vir die toekoms nie.

"Griet, ek het jou nie saamgeneem omdat jy 'n gerieflike reisgenoot was wat my klere kon versorg het en intelligente gesprekke met sakekennisse kon voer nie. My oorweging was baie meer selfsugtig. Ek haat dit om lank sonder jou te wees. Ek verlang net eenvoudig te veel."

Magriet se voete wil gaan stilstaan, maar met 'n ysere wil hou sy hulle aan die loop. Haar hart klop egter weer skielik met pynlike slae.

"Dis seker nie vir jou nuus nie?" Die verbasing lê vlak in sy stem.

"Jare terug sou ek nie getwyfel het nie, maar die afgelope jaar of twee was ek van baie min dinge seker."

Dit lyk of hy sy hand wil uitsteek en aan haar raak, maar in plaas daarvan druk hy sy hande in sy broeksakke. "Ek is jammer. Ek moes nooit toegelaat het dat jy dit vergeet nie."

Die pyn wat al so deel van haar geword het, kom lê brandend in haar bors. Hy moet eerder met haar baklei. Sy is bestand daarteen, maar hierdie kant van hom laat haar altyd weerloos. Daarom stap sy maar weer verder sonder om hom te antwoord.

Op die stoep krul sy haarself op die bank op en maak haar oë toe. Sy weet sy skuld hom antwoorde, maar wat kan sy sê? Miskien dat sy wil hê hulle twee moet vir ewig hier op die plaas bymekaar bly? Hier waar geen telefone hom van haar af kan wegneem nie.


"Julius, jy sal die een of ander tyd vir Herman móét bel. Is jy nie bekommerd dat daar probleme kan wees nie?" Dis die sesde aand en sy het pas klaar met die kinders gepraat. Sy selfoon lê egter steeds onaangeraak en afgeskakel op die kombuiskas, waar sy dit die eerste aand neergesit het.

"Herman ken sy werk. Ek het volle vertroue in hom." Hy gooi nog hout op die vuur en strek weer sy bene lank voor hom uit. Al kom kook Lizzie soms vir hulle kos, maak hy elke aand 'n vuur.

"Waarom kan jy nou skielik vir dae weggaan, sonder dat hulle met jou in aanraking kan kom, terwyl dit nooit voorheen moontlik was nie?" Sy klink vir haarself vieserig. Die slapelose nagte is besig om haar in te haal.

"Ek het ons twee grootste filiale verkoop. Dis wat ek dringend in die VSA moes gaan doen. En ten tweede wil ek hê jy moet weet as ek ooit moet kies, wat my keuse sal wees."

"Waarom het jy dit gedoen?" ignoreer sy die tweede deel van sy antwoord. "Jy het so hard gewerk om hulle op die been te bring." Sy huiwer 'n oomblik. "Het jy dit gedoen omdat ek gekla het?"

"Dan sou ek die hele maatskappy moes verkoop het," laat hy lakonies hoor. Dan skud hy sy kop. "Ek is nie met die maatskappy of enige van sy vertakkings getroud nie, Griet. Dis iets wat vir ons 'n gerieflike lewe verseker, maar dis al." Lagplooitjies keep skielik langs sy oë en mond. "En dit het nogal gehelp dat die kopers my 'n besonder goeie prys aangebied het."

Magriet kyk hoe die vlamme vuurtonge in die koue aandlug maak. Sy voel soos 'n seilboot sonder wind. "En nou?" Sy weet genoeg van die besigheid om te verstaan dat die verkoop van twee vertakkings nie beteken hy het skielik nie werk nie. Selfs daarsonder is die maatskappy so groot dat dit nie veel van 'n verskil aan hulle kan maak nie.

"Ek weet nie. Miskien volg ek jou voorstel en werk

500

net van nege tot vyf en laat die ander die res van die werk doen. Of miskien brei ons in 'n ander rigting uit en moet ek soms saans weer laat werk of weggaan. Dit hang alles af van wat jy wil hê."

"Wanneer het ek vir jou gesê jy moet van nege tot vyf werk?" Sy kan nie onthou dat sy dit ooit vir hom gesê het nie.

"Ek verbeel my jy het iets gesê van as jy ooit weer 'n man vat, sal hy net van nege tot vyf werk." Sy oë hou haar stip dop asof hy op iets wag om te gebeur.

Magriet skud haar kop. "Ek kan nie onthou dat ons daaroor gepraat het nie."

Julius trek sy skouers op. "Dan was dit seker iemand anders."

"Ek verwag dit nie van jou nie."

"Griet, ek wil nie meer hoor wat jy nie verwag nie. Sê vir my wat jy wil hê."

"Dis makliker om te weet wat 'n mens nié wil hê nie," laat sy peinsend hoor.

"En soms kan 'n mens nie alles te maklik hê nie."

Ek wil jóú hê, dink sy byna hardop. "Ek wil weet ek en die kinders maak saak."

"Kom ons los eers die kinders hier uit. Ek wil net hoor wat jou eie behoeftes is."

Sy tel 'n houtstomp op en gooi dit op die vuur. Haar eie vaevuur waarin sy gemartel word. "Ek wil seker wees ek maak saak."

"Hoe sal jy dit weet?"

Die gesprek laat haar skielik aan Storm se manier van ondervraging dink en sy vee moedeloos haar hare

agtertoe. "Ek wil jou meer sien. Nie net soos toeval-
lige huismaats nie. Ek wil meer tyd hê om met jou te
gesels, om saam iets te doen. Al is dit bloot om saam 'n
boek te lê en lees of koffie te drink. Ek wil saans na 'n
funksie saam met jou huis toe gaan, en saam met jou
in die bed klim." Toe sy eers begin praat, is dit soos 'n
sluis wat oopgetrek is. "Ek wil meer dikwels met goeie
vriende kuier en minder met kennisse. Ek wil meer
funksies en geleenthede bywoon wat vir my as mens
iets sal beteken. Ek wil meer draklere koop waarmee
ek saam met jou kan ontspan, en minder aandklere
waarmee ek soos 'n kunswerk aan jou arm moet hang.
Kry jy die prentjie? Ek wil eintlik meer én minder hê.
Meer van jou en minder van die res."

Sy oë rus peinsend in hare en dan steek hy sy hand uit
en sy vingers raak-raak net aan hare. "Ek verstaan."

"Hoe kon jy dit nie weet nie, Julius?" Magriet skrik
vir haar eie stem wat driftig in die stilte opklink.

"Omdat ek vergeet het jy is anders as die meeste
vrouens wat ek ken. Omdat jou stiltes my soms laat
wonder het of ek nie harder moet werk en beter moet
voorsien nie. Omdat ek gedink het ons twee sal 'n
kernontploffing kan oorleef en ek geglo het jy sal altyd
daar wees."

Sy wil vir hom vra: wat nou? Waar gaan hulle hier-
vandaan? Het hulle toe nie die ontploffing oorleef nie?
Was sy reg, dat hy nie al hierdie dinge vir haar kan gee
nie?

"Ek is lief vir jou," kom dit stil van hom en sy vin-
gers vleg deur hare.

"Ek is vir jou ook lief, Julius, maar dit maak my op die oomblik seer."

"Ek kán vir jou al daardie dinge gee."

Magriet skud haar kop. "Moenie leë beloftes maak nie."

Hy lag onverwags. "Heng, maar jy is 'n moeilike onderhandelaar." Dan sug hy. "Op pad hierheen was ek bereid om alles te los en vir die volgende duisend jaar hier op die plaas saam met jou te woon. In vergelyking daarmee vra jy baie min."

"En wat sou van die kinders geword het?"

"Hulle kan al lees en skryf. Wat meer het hulle nodig om skape op te pas?"

Magriet skud haar kop terwyl sy uit die stoel opstaan. "Jy het op alles 'n antwoord."

"Ek word betaal om antwoorde te hê."

Sy maak haar vingers uit syne los terwyl sy voel hoe sy frons. Êrens aan die rand van haar bewussyn probeer iets deurkom, maar haar gedagtes is so vol dat dit haar bly ontglip.

"Waarheen gaan jy?" Hy het ook opgestaan.

"Ek gaan nou slaap. Jy het my genoeg vir een dag gemartel."

"Dit gaan vannag baie koud word." 'n Veelbetekenende glimlag pluk aan sy mondhoeke.

"Daar is ekstra komberse in die linnekas."

"Ek het 'n beter plan . . ."

Magriet probeer haar stem gelykmatig hou. "Ek wil dit nie nou hoor nie. Ek het baie om oor te dink."

"Jy dink te veel, Griet."

Magriet lig haar hand in 'n groet terwyl sy die trappies opdraf. Dit gaan so maklik wees om net om te draai en na hom toe te gaan, maar dan sal sy nie weer kan terugdraai nie. As sy na hom toe gaan, wil sy weet dis met haar hart sowel as haar rede. Want dis vir die volgende duisend jaar.

Sy stort vinnig en klim half verkluim in die bed. Sy maak haar oë toe, maar haar gedagtes hardloop wild en wakker rond. "Miskien volg ek jou voorstel en werk net van nege tot vyf," hoor sy hom in haar gedagtes en sy weet dis iets wat sy nooit regtig van hom sal verwag nie.

Magriet is nog besig om daardie moontlikheid te bedink, toe 'n ander gedagte haar tref. Sy swets hardop.

"Hoe kon jy dit doen?"

Sy het nie eers moeite gedoen om iets aan haar voete te trek nie en sy maak Julius se kamerdeur oop sonder om te klop. Sy knip haar oë toe die bedlamp aangeskakel word, maar kry vinnig haar stem terug.

"Hoe kon jy my so bedrieg het?"

Hy sit met 'n glimlag op sy gesig orent teen die kussings en Magriet kry die vreemde gevoel hy het vir haar gewag.

"Hoe kón jy dit doen?"

"Ek het dit nie met opset gedoen nie. Die kinders het my vertel en ek was nuuskierig. En toe ons eers begin gesels, kon ek nie ophou nie. Jy het my dinge vertel waaroor jy nooit meer gepraat het nie. Daar was 'n paar keer dat ek vir jou wou sê, maar dit was op 'n vreemde manier 'n brug tussen ons en ek wou dit nie ook verloor nie."

"Moenie my probeer paai nie! Ek gaan nie weer met jou praat nie." Sy swaai om, maar hy is te vinnig en voor sy by die deur is, sluit sy arms van agter af om haar. Hy tel haar op en stap agteruit met haar tot hulle saam op die bed neerval.

"Los my. Jy is 'n bedrieër."

"Ek was die hele tyd voor jou oë, Griet. As jy nie so besig was om kwaad te wees nie, sou jy my gesien en gehoor het. Jou onderbewuste moes dit geweet het. Dis waarom jy veilig genoeg gevoel het om met my te gesels. Jy praat nie maklik met vreemdelinge nie."

Magriet gee 'n onvroulike snork. "Moenie jouself probeer verontskuldig nie. Ek gaan jou nie maklik hiervoor vergewe nie."

"Dis nie 'n probleem nie – jy het 'n duisend jaar om vrede met my te maak."

Sy beur orent. "Los my, ek wil terug bed toe gaan."

"Jy het tog nie gedink ek sal jou laat teruggaan nie . . ."

"Ek het ook nie gedink jy sal my teen my wil hier hou nie." Haar oë daag hom uit en tot haar verbasing kom hy orent en is sy vry om te gaan.

"Dis die een ding wat ek nooit sal doen nie."

Magriet voel hoe die skok en ongeloof in haar kom lê en al wat sy kan doen, is om na hom te staar. Hy begin lag en dan druk hy haar op die bed neer en sy lippe begin oor haar gesig streel. "Het jy vergeet ek is 'n baie goeie pokerspeler?"

"Jy is onmenslik wreed." Sy voel hoe 'n genadige warmte stadig deur haar trek, dan sorg sy mond en hande dat dit in 'n vuur verander en sy sluit haar arms om hom.

"Nie naastenby so wreed soos jy nie. Hoe kan jy verwag ek moet 'n week lank alleen slaap terwyl ek weet jy is net 'n paar treë van my af?"

"Dit het nie gelyk of dit jou gepla het nie . . ." fluister sy teen sy mond.

Hy gee 'n beterweterige laggie en dan pluk hy aan een van haar kledingstukke. "Hoeveel vervloekte klere hét jy aan?"

Magriet giggel. "Dit was baie koud . . . Om watter ander rede dink jy het ek hierheen gekom? Ek was besig om te verkluim."

"En dit was al rede?"

Sy mond is by haar oor en sy ril liggies, maar sy knik dapper.

"Daar ís ekstra komberse in die linnekas . . ." Hy is besig om die geveg met al haar klere te wen en sy hande laat haar vel afwagtend tintel.

Magriet knik half uitasem. "Ek weet . . . maar hierdie . . . is beter . . ."

"Moet dit nooit weer vergeet nie . . ."

Hy soen haar sag en sy sug hardop terwyl haar arms om sy nek gaan.

*Ook beskikbaar!*

*Ook beskikbaar!*

# Ook beskikbaar!

# Ook beskikbaar!

Omnibus 5

Louisa du Toit

Skepe in die nag • Die huis langsaan
Soetendal se mense • Die goue vuur